CB036130

AMPLIF

ICADOR

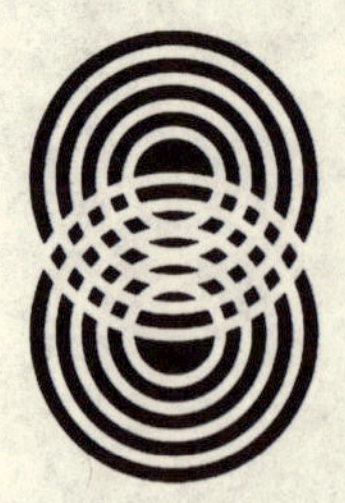

Os personagens e as situações desta obra são reais apenas no universo da ficção; não se referem a pessoas e fatos concretos, e não emitem opinião sobre eles.

Diretor Editorial
Christiano Menezes

Diretor Comercial
Chico de Assis

Diretor de Novos Negócios
Marcel Souto Maior

Diretor de Mkt e Operações
Mike Ribera

Gerente Comercial
Fernando Madeira

Coordenadora de Supply Chain
Janaina Ferreira

Gerente de Marca
Arthur Moraes

Gerente Editorial
Bruno Dorigatti

Editora
Raquel Moritz

Editora Assistente
Jéssica Reinaldo

Capa e Projeto Gráfico
Retina 78

Coordenador de Arte
Eldon Oliveira

Coordenador de Diagramação
Sergio Chaves

Finalização
Roberto Geronimo
Sandro Tagliamento

Revisão
Maximo Ribera
Retina Conteúdo

Impressão e Acabamento
Ipsis Gráfica

DADOS INTERNACIONAIS DE CATALOGAÇÃO NA PUBLICAÇÃO (CIP)
Jéssica de Oliveira Molinari - CRB-8/9852

Bravo, Cesar
Amplificador / Cesar Bravo; ilustrações de Jaroslaw Pawlak.
— Rio de Janeiro : DarkSide Books, 2023.
352 p. : il., color.

ISBN: 978-65-5598-341-8

1. Ficção brasileira 2. Ficção científica 3. Horror
I. Título II. Pawlak, Jaroslaw

23-5816 CDD B869.3

Índice para catálogo sistemático:
1. Ficção brasileira

Rua General Roca, 935/504 — Tijuca
20521-071 — Rio de Janeiro — RJ — Brasil
www.darksidebooks.com

CESAR BRAVO

AMPLIFICADOR

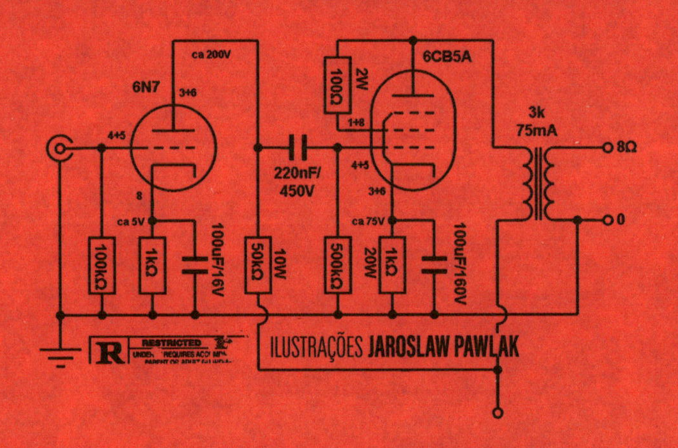

ILUSTRAÇÕES **JAROSLAW PAWLAK**

DARKSIDE

WAVE
SOURCE

Ruído... Respiro... Para Sarah, minha música preferida

A VOZ NA SUA CABEÇA
FAZ COM QUE APAREÇA
SEU LADO SOMBRIO
GANGRENA GASOSA

IRENON
MARVAON
VIJAON
TOMION
ALBERTON
BLACTON
BOSTON
1st
BETANON
GAMMANON
MARCONIUM
PENRYNIUM
VINTON
QUENTIN
3rd
TRACION
HYDRON

DETECTOR
WAVE SOURCE
WALL
ABSORBER
I_1
I_2
$I_1 = |h_1|^2$
$I_2 = |h_2|^2$
PHANON
INPUT
AMP
Take your
12" stereo re
OR
8-track cartr
OR
tape casset
OR
reel-to-reel

FASE.4

OVERDRIVE

FASE.5

DISSIPAÇÃO

FASE.6

GANHO INFINITO

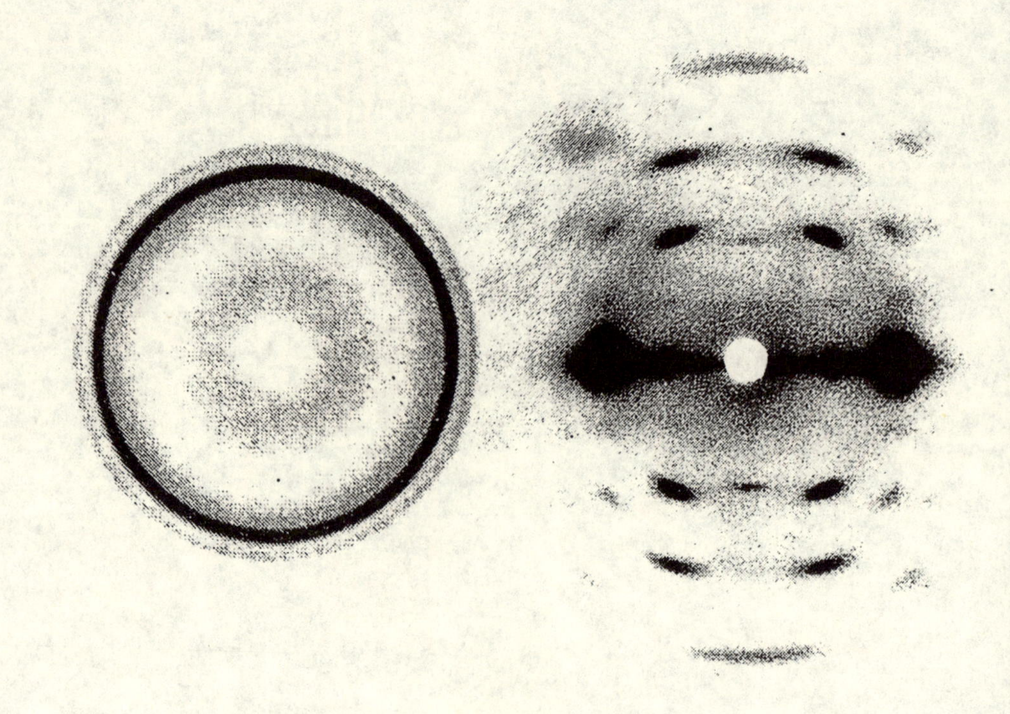

●●● INDICATE MASTER-TONES,
STARS INDICATE UNDISCOVERED ELEME

DIAGRAM SHOWING THE TEN OCTAVES OF INTEGRATING LIGHT, ONE OCTAVE WITHIN THE OTHER. THESE TEN OCTAVES CONSTITUTE ONE COMPLETE CYCLE OF THE TRANSFER OF THE UNIVERSAL CONSTANT OF ENERGY INTO, AND THROUGH, ALL OF ITS DIMENSIONS IN SEQUENCE

NÃO EXISTE CAMINHO FÁCIL DA TERRA ATÉ AS ESTRELAS · SÊNECA

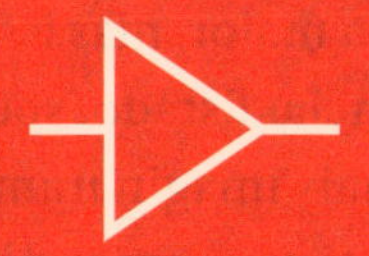

PRÓLOGO
HYPNOPEDIA

DA LAMA AO CAOS / DO CAOS À LAMA
CHICO SCIENCE & NAÇÃO ZUMBI

Nesse e em muitos outros lugares, algumas verdades vestem a farda da loucura. Teorias da conspiração, invenções, mentiras... Eu mesmo já fui homenageado com uma porção de adjetivos e frases especiais: "Exagerado", "Você gosta de se enganar", "Parece criança, credo!". Uma vez a minha filha mais velha me chamou de "confuso" porque, segundo ela, a minha idade estava alterando minha capacidade de julgamento das coisas. Esse último elogio doeu um pouco mais porque, na minha cabeça, nada é pior do que estar desacreditado, lúcido, e ainda ouvir uma besteira dessas. Mas não foi pra falar de mim que escrevi esse texto, foi pra falar do que muitos ainda consideram loucura.

Por aqui e em todos os outros lugares, as pessoas trabalham como formigas, mas pouquíssimas se perguntam quem é a rainha da colônia. Elas apenas acordam, ajeitam suas antenas, sacodem suas perninhas e partem para mais um dia de atribulação e cansaço. É claro que algumas formigas sortudas recebem uma recompensa maior, mas isso quase sempre está atrelado à sua capacidade de subserviência. Estado, sociedade... maquinários ocultos que esses pobres insetos jamais imaginaram existir. Tampouco poderiam. O cérebro das formigas é bastante compartimentado, e a maior parte dele é programada apenas para sobreviver. Prazer, força, cooperação, tudo está ligado à permanência das formigas nesse mundo.

Deixando os insetos em paz, as pessoas também desenvolveram uma infinidade de mecanismos de recompensa. Dinheiro, carros, casas, roupas, aparência física, joias, o próprio status social se tornou uma espécie de alucinógeno muito requisitado. E tudo se potencializou quando descobrimos as redes sociais e sua própria hospedeira: internet. Juntas, elas prometeram nos libertar, dar igualdade aos povos, funcionar como um mundo bem mais acolhedor do que a vida que conhecíamos. É aí que está o problema: para ingressar nesse mundo e compreendê-lo, é fundamental uma internação a longo prazo, uma imersão total, um completo esquecimento do que já foi real um dia. Me parece um negócio muito ruim. O mais surpreendente é que todos se internaram voluntariamente, dedicando sua vida e morte aos algoritmos. E aqui precisamos retornar para as formigas.

Em toda colmeia ou colônia, em todo reinado — seja ele humano ou animal —, a rainha é uma personagem controversa. Se por um lado ela mantém a comunidade coesa e funcional, por outro seria suplantada se não tivesse a capacidade de dominar seus súditos. Seduzi-los, enfeitiçá-los, hipnotizá-los.

Vamos supor, apenas por um exercício mental, que nossa tecnologia midiática tenha sido, por décadas, um mecanismo de controle ideal a serviço de uma certa rainha. A rainha — nesse caso, rainhas — são as famílias que dominam nosso sistema social. Bancos, indústria farmacêutica, indústria bélica, petróleo, a intrincada e impenetrável rede de produção de alimentos e metais preciosos. As rainhas de cada segmento continuaram unidas e mantiveram o controle sobre a informação, manipularam dados, ergueram novos impérios. As formigas seguiam felizes afinal; agora elas podiam ser amadas e idolatradas, podiam ter o status de rainha por um ou dois minutos em suas redes sociais. Então vamos aumentar as apostas, e supor que as formigas-rainhas aqui da Colônia Terra fossem operárias involuntárias de uma comunidade muito maior, e reféns das recompensas de uma rainha muito mais agressiva e exigente. Essa grande rainha mantém nosso escalão de pequenas rainhas feliz, enquanto dissemina sua informação moduladora em todos os meios que pode alcançar — físicos, psicológicos, tecnológicos.

Você já parou para imaginar que toda a tecnologia que conhecemos não é uma *invenção* nossa, mas apenas uma descoberta? E se a invenção não é nossa, se a tecnologia é apenas uma estrada, quem a criou? Quem mais trafega por ela? Qual é a linha de chegada dessa estrada?

Na Terra Cota de 2021, eu, Tales Veres, e outros desafortunados, descobrimos tarde demais que estávamos sendo atacados, e como consequência muitas formigas se encontraram exiladas de seus formigueiros da noite para o dia, expulsas de suas famílias, banidas de suas casas. De repente, nossos túneis de ilusão estavam sendo estraçalhados e nossos mais discretos segredos brilhavam como uma nova estrela. Havia alguma coisa cavalgando nossa tecnologia, nos espionando, sabotando e testando, e alguns de nós podiam inclusive interagir com ela. Essa "coisa" movia nossa vontade e nossas reações, ela era capaz de mover nossa admiração e repúdio. Você já se perguntou por que tantas pessoas gostam de açúcar? Ou das telas dos nossos aparelhos? Por que tantos de nós ouvem as mesmas canções?

Porque não seguir o comportamento da maioria significaria um isolamento doloroso, ou mesmo o final de nossa existência.

Sabemos há algum tempo que estamos sendo monitorados e conduzidos em nossas tecnologias, mas isso não mudou a forma como nos comportamos. Por um motivo ou outro, continuamos com os olhos cravados nas telas, e nossos cérebros anestesiados por um mundo exagerado de informações, dilemas e cores. Escravizados pela tecnologia, tecendo e reforçando nossas próprias correntes.

Algumas noites eu ainda ouço o rádio, mesmo sabendo que aquele sinal continua escondido nas ondas. Se você não acredita, pode ouvir por si mesmo. Quando for dormir, sintonize a FM em uma frequência livre, no ruído branco, e coloque em um volume baixo, mas ainda audível. Com a prática e o número correto de repetições, você terá sonhos estranhos, e acordará com um gosto elétrico se manifestando na boca. Talvez sinta dormência em partes do seu corpo, e pense ter dormido apenas alguns minutos, quando na verdade esteve inerte por horas a fio. Somos influenciados por essas ondas acordados ou dormindo, conduzidos dentro de nossa própria imaginação. Não quero deixar você preocupado, mas se tudo o que eu disse já é ruim, saiba que estou apenas começando.

Existe uma teoria teológica muito interessante, que postula que deus, na verdade, é uma espécie de impostor. Não se ofenda se o seu deus não é nada disso, e tente se ofender menos ainda se você sequer acredita em um deus. Mas a teoria especula que nós, seres humanos, somos uma espécie de experimento para esse criador. Nesse caso, nós, humanos, fomos criados não para atingirmos sua imagem e semelhança, mas para corrigir os pontos falhos ou aprimorar os pontos fortes desse ser, de sua própria natureza cósmica.

Algumas espécies terrenas possuem uma taxa de multiplicação e renovação muito maior que a nossa, bactérias por exemplo, ou mesmo moscas drosófilas e ratinhos cobaia. Nós, humanos dedicados, então as usamos em nossos experimentos, para desenvolvermos nossos medicamentos e inventarmos novas doenças. Tarde da noite, eu fico imaginando se tudo o que ocorre em Terra Cota é uma maldição ou a mais pura prova da divindade. Tantas coisas terríveis que ainda estão por vir... tantas tragédias a serem confrontadas. Quando os olhos já não suportarem o horror, eles o enxergarão como uma nova forma da beleza? Quando os gritos rasgarem o tecido da noite repetidas vezes, iremos parar de ouvi-los? A rainha que cavalga nossa tecnologia seria capaz de navegar também por nossos corpos?

Bem... talvez ela já esteja fazendo isso, e esse é o ponto de chegada para essa nossa conversa. É o que muitas formigas confusas chamam de *evolução*.

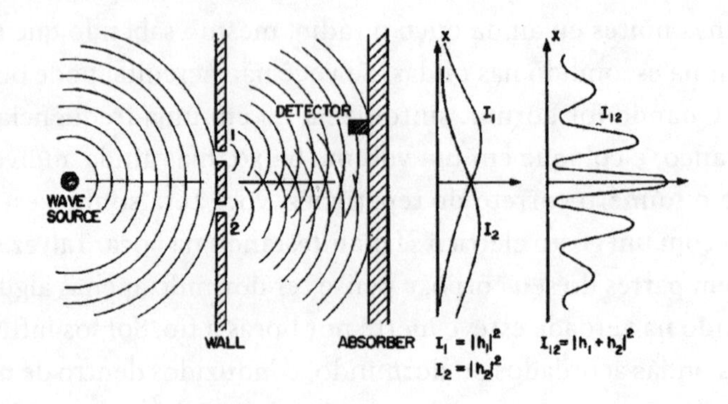

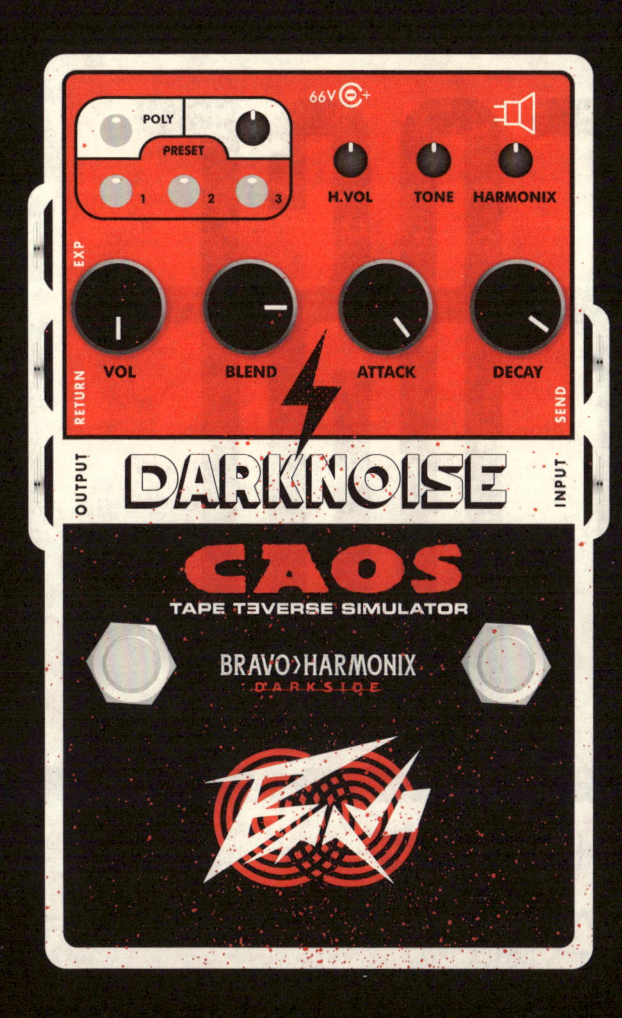
66V
POLY
PRESET
1
2
3
H.VOL
TONE
HARMONIX
EXP
VOL
BLEND
ATTACK
DECAY
RETURN
SEND
OUTPUT
DARKNOISE
INPUT
CAOS
TAPE TƎVERSE SIMULATOR
BRAVO›HARMONIX
DARKSIDE

FASE.1

INDICATE MASTER-TONES,
STARS INDICATE UNDISCOVERED ELEMENTS

DIAGRAM SHOWING THE TEN OCTAVES OF INTEGRATING LIGHT, ONE OCTAVE WITHIN THE OTHER. THESE TEN OCTAVES CONSTITUTE ONE COMPLETE CYCLE OF THE TRANSFER OF THE UNIVERSAL CONSTANT OF ENERGY INTO, AND THROUGH, ALL OF ITS DIMENSIONS IN SEQUENCE

DARKSIDE® ELETROELETRÔNICOS

Drogarias Piedade, unidade 189.
Terra Cota.
Segunda-feira. 8:33h

A moça foi entrando sem muita pressa, esperando que outros clientes fossem atendidos, fingindo que se interessava pela prateleira de analgésicos. Ainda era bem jovem, mas estava com uma aparência de cansaço que dispensava qualquer legenda.

— Moça? — um dos balconistas da drogaria perguntou. — Posso ajudar?

— Eu queria falar com o farmacêutico...

— Minutinho — o balconista disse e entrou por uma porta aos fundos da loja. Saiu com um outro rapaz, que ajustava o crachá sobre o jaleco.

— Bom dia, posso ajudar? — o farmacêutico perguntou.

Ela fez um gesto com a mão, para que o rapaz a seguisse até um cantinho do balcão, a fim de terem alguma privacidade. Não era uma coisa fácil em drogarias movimentadas como a Piedade.

— Ai, moço, Douglas, né?, nem sei como falar. Eu ando meio... preocupada com uma coisa que aconteceu. Não tenho me sentido bem.

— Algum sintoma específico? Enjoo? Fadiga? Sente dor em algum lugar?

— Isso.

— Qual dos três?

— Acho que tudo — ela respirou muito fundo. — E eu também não tenho dormido direito.

— Você lembra quando começou a se sentir assim?

— Faz uns meses. Sabe quando aquelas maritacas apareceram? Então, elas fizeram ninho no forro lá de casa. Depois elas foram embora e a gente precisou tomar remédio, pra não pegar doença delas. Foi bem por aí que começou. Será que é doença de ave?

— É bem raro acontecer. Mas pode ser estresse, falta de vitaminas, pode ser até excesso de celular.

— Sério?

— É, sim. Essas redes sociais são um veneno. Deixam a gente muito ansioso, e com a ansiedade vem todo o resto.

— Ah, eu fico mais tranquila se for só isso. Vou levar uma Neosaldina.

— Mais alguma coisa? — Douglas entregou uma cartelinha com quatro comprimidos a ela.

— Tem sim... O senhor vende teste de gravidez?

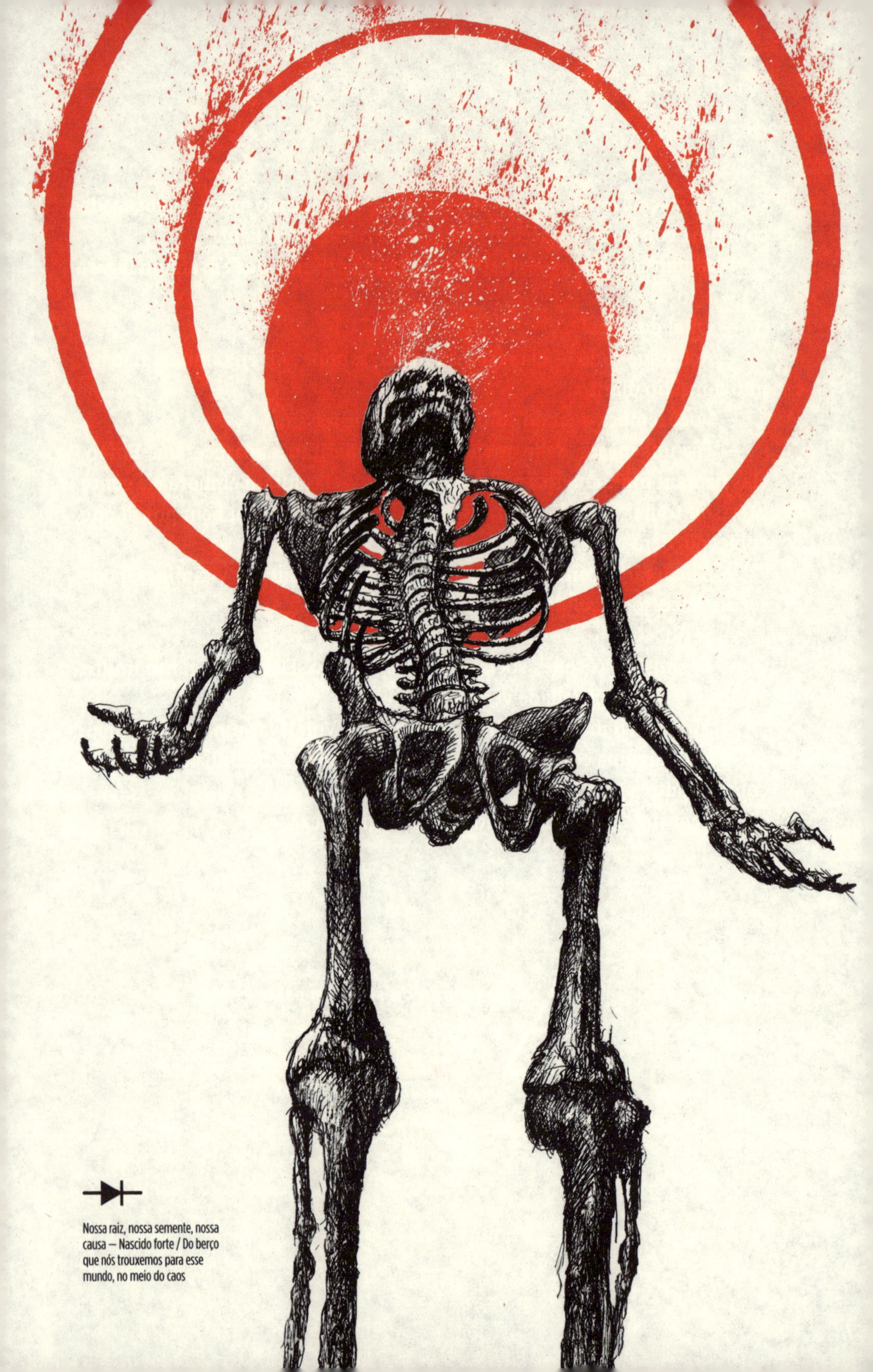

Nossa raiz, nossa semente, nossa causa — Nascido forte / Do berço que nós trouxemos para esse mundo, no meio do caos

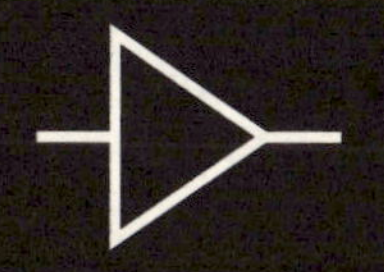

FASE1.RUÍDO1

RESISTÊNCIA SISTÊMICA ADQUIRIDA

OUR ROOT, OUR SEED, OUR CAUSE — BORN STRONG / FROM THE CRADLE WE WERE BROUGHT UP INTO THIS WORLD, IN THE MIDDLE OF CHAOS **SEPULTURA**

Algumas pessoas acreditam que não há mal que dure para sempre, mas todos sabem que a adversidade é muito boa em se esconder. De repente, não havia mais interferências nos aparelhos eletrônicos de Terra Cota, mas o chão estava forrado de carcaças verdes e havia lama e escombros cobrindo muitos pedaços de asfalto. Em um piscar de olhos, o Morro do Piolho estava pintado de sangue e as facções já não se motivavam a um novo confronto. Os céus ficaram cheios de helicópteros, e enquanto as pessoas reconstruíam suas vidas, homens desconhecidos passavam a percorrer as ruas.

Como muitas cidades espalhadas pelo mundo, Terra Cota deveria ter comemorado bem mais o final de seu ciclo de tragédias, mas as pessoas rapidamente devolveram seus olhos aos celulares, religaram suas TVs e seguiram com suas vidas entediantes. Aliás, pouquíssimos sorteados tiveram tempo ou desejo sincero de comemorar o final de um dos períodos mais sombrios da humanidade (o rádio tinha acabado de anunciar que a OMS decretou o final da pandemia de Covid-19 sem que muitos tivessem ouvido). Foi assim com os cinco passageiros da SVU que agora estava estacionada próxima à entrada principal da mina abandonada de quartzo. Entre os passageiros, o que chegou mais perto de ouvir a notícia foi Enrico, mas ele preferiu ficar concentrado em seu Marlboro vermelho e no time do Terracotense Futebol Clube que não vencia um campeonato há vinte e dois anos. Os demais já estavam carregando os equipamentos para a mina.

— Tem certeza que ainda tem alguma coisa nesse buraco? — Aline perguntou. Era a mais jovem do grupo, tinha acabado de completar vinte e sete anos.

— Ninguém ia pagar uma fortuna por um monte de farelo de quartzo — Jefferson se limitou a dizer e deixou a mochila no chão. — Dá uma olhada na sua bússola, por favor — pediu a ela, enquanto fazia o mesmo.

Na posição horizontal, o ponteiro das duas bússolas girava em sentido anti-horário. Verticalmente, em qualquer ponto em um raio de duzentos metros, a agulha apontava com insistência para baixo, como se existisse um ímã enterrado ali.

— Não gosto desse lugar, nunca gostei — Elias disse. Estava instalando o equipamento de detecção de presença a laser. Ser surpreendido pela polícia não fazia parte dos planos. — A gente brincava aqui quando era pequeno. Mas aí aquele menino se perdeu.

— Junior — Aline completou. — Eu me lembro dele, pouca gente tem Junior no primeiro nome. Ele voltou todo arranhado.

— Rasgado — corrigiu Elias. — Ele não estava só arranhado, estava *rasgado* e furado. Minha tia era enfermeira na Santa Casa, ela contou que o menino tinha umas feridas estranhas no corpo todo, parecia que vinham de dentro pra fora.

Aline moveu a bússola mais uma vez, observou e a devolveu ao bolso.

— Nada no celular? — Jefferson perguntou a outro dos rapazes.

Igor, a quarta pessoa na caverna, conferiu e disse que estava tudo na mesma.

As anomalias recomeçaram em 2023, não com uma mensagem clara como a que tomou os aparelhos de celular anteriormente, mas como uma espécie de interferência. Algumas vezes, sem um horário do dia específico, as telas dos smartphones perdiam a definição, pixelavam, se confundiam em imagens sem sentido e logo depois voltavam ao normal. Algumas pessoas enxergavam o rosto de familiares mortos, outras viam porões sombrios e corpos com deformações horríveis. Para a maioria, o evento foi considerado desprezível, indigno de atenção. Não para Jefferson De Lanno. Ter o nome da família cuspido no chão e esfregado na lama era uma coisa terrível. As bocas maliciosas da cidade disseram que ambos (Giovanna e Eric De Lanno) estavam loucos e com medo do julgamento público depois que seu ménage apareceu em todos os celulares da cidade, mas as pesquisas de Jefferson diziam outras coisas. Plantas alucinógenas, nanotecnologia, filmagens ilícitas, chantagens e corrupção. Eric De Lanno, seu irmão, nunca foi santo, mas nada justificaria uma sequência de tragédias tão grande. Giovanna pulando daquela torre. O filho Hector sequestrado. Eric atirando na própria boca e sendo acusado postumamente de pedofilia. Mas Eric estava morto e o que trouxe Jefferson de volta ao labirinto de poeira chamado Terra Cota foi outro motivo. Dinheiro.

— Tá tudo bem? — Aline lhe perguntou. Jefferson estava quieto, olhando para o teto. Não era comum vê-lo parado por mais de trinta segundos.

— Precisamos chegar mais fundo.

Jefferson achou outra fissura e seguiu em frente, espremendo o corpo pelos pequenos espaços que encontrava entre as rochas. O avanço era difícil, e algumas vezes o caminho chegava a uma abertura estreita demais para ser vencida. Ou a abertura simplesmente terminava, morria de vez.

Após algumas dezenas de metros de descida a partir da entrada, o lugar parecia implodido, propositalmente arruinado. Os restos de lama e lixiviação endurecidas formaram um novo pavimento, e ele era tão espesso que nem mesmo os trilhos antigos da mina estavam aparentes. Apesar das especulações, a polícia dissera a verdade. O lugar tinha sido destruído pela chuva.

— Estão sentindo esse cheiro? — Elias perguntou.

Jefferson se concentrou mais.

— Parece mofo — definiu.

Igor acendeu seu Zippo e tentou rastrear a origem do vento que trazia o odor. Guiado pelo movimento da chama (a tática de John Rambo ainda era uma ótima pedida para amadores), avançou até uma pequena abertura entre duas rochas. Tinha cerca de trinta centímetros à esquerda de onde estavam. Havia uma sequência numérica escrita com giz ou cal, um material branco.

— Fibonacci — Jefferson disse e passou as mãos sobre a inscrição.

— E o que isso quer dizer? — Igor perguntou a ele.

— Que estamos no caminho certo.

Os quatro procuraram um acesso por horas, então a noite chegou e decretou uma pausa. Jefferson insistiu em continuar até o amanhecer, e os demais, movidos por seus próprios motivos, decidiram fazer o mesmo. Enrico, o homem que dirigia, também topou ficar e pernoitar no carro, por um acréscimo em seu pagamento.

Por volta das oito, Elias acendeu o segundo baseado do dia e se recostou em uma rocha, a fim de trocar uns tragos com Igor. Os dois não tinham uma motivação mais honesta do que o pagamento que receberiam, mas já começavam a se arrepender da ideia.

— Essa droga de cheiro — Elias comentou. — Não era pra gente ter acostumado?

— Está ficando mais forte. — Aline confirmou e deu um gole na água de sua térmica. Sentou-se ao lado dos dois homens.

— Ele não cansa? — Igor perguntou. Jefferson continuava de pé, vasculhando e tateando as mesmas rochas que já havia verificado no mínimo três vezes.

— Seria mais fácil explodir essa porra toda. — disse Elias.

— Pode desabar. O pessoal que comprou esse lugar não mexeu em nada por isso, estão dependendo de uma análise de solo que dê o mínimo de segurança — Aline explicou.

— Pra explodir? — Igor parecia surpreso.

— Eles não querem explodir, querem cavar. — Elias comentou. — É por isso que a gente tá aqui, deve ter alguma coisa lá embaixo que eles querem muito. Alguma coisa beeeem valiosa.

— Qual é a história desse lugar? — Igor perguntou.

Elias e Aline estavam fora de Terra Cota havia alguns anos, mas nunca se afastaram totalmente. A mesma coisa com Jefferson.

— Ninguém sabe direito — Aline resumiu. — Mas vamos dizer que é uma montanha de quartzo que faz coisas estranhas com a cidade.

— De que tipo?

— Interferências — Elias disse. — Rádio, TV, o quartzo afeta até as plantas e os animais daqui. Em Terra Cota, tudo funciona de um jeito diferente. Antigamente a gente vinha aqui pra brincar, assustar uns aos outros. Alguém sempre voltava mijado pra casa.

— Já viu alguma coisa sem explicação? Viu de verdade? — perguntou Igor.

— Quando a gente é criança a imaginação faz tudo parecer verdade, então eu não sei bem o que vi ou não. — Elias tragou o baseado.

— Como era? — Igor insistiu.

— Não consigo explicar. Um tipo de borrão humano, um contorno. A coisa aparecia refletida na pedra, e se você chegasse perto...

— Ela sumia — Aline completou. — Muita gente daqui viu a mesma coisa.

Igor manteve a expressão séria e aceitou um trago para se acalmar.

— Uma vez a gente veio beber aqui, farrear, eu já tinha dezesseis, quase dezessete anos — Elias continuou. — Alguém falou que viu a coisa na pedra e eu nem pensei muito, só joguei uma garrafa vazia nela. Acho que eu nunca senti uma dor tão forte nos ouvidos. Foi como se a mina inteira tivesse gritado, um som estridente, aquilo machucou a gente. Meu ouvido chegou a sangrar no dia seguinte.

— Isso é bem tenso, irmão.

— O médico explicou que eu estava com infeção. Pode ter sido tudo uma combinação de coisas, mas foi bem esquisito. Ele me deu um remédio com gosto de mato e eu sarei.

— Pessoal, preciso de ajuda aqui — Jefferson chamou pelo grupo.

O acesso não era uma passagem, mas uma espécie de buraco que acabou protegido por uma lâmina grossa, de quase um metro quadrado, de pedra porosa (Jefferson encontrou o tampo graças a um furo, o resto se soltou com facilidade, como se a estrutura fosse a porta de alçapão). Mesmo poroso, o material tinha certo peso, e precisou da força das quatro pessoas para ser removido. A abertura apareceu e Aline iluminou o fosso.

— Parece bem alto, talvez seis, sete metros, ou mais — disse.

— Estamos seguros? — Jefferson perguntou, em relação ao chão.

Aline desceu as mãos pela abertura, tateando as paredes. Verificou com a lanterna.

— Acho que sim, a camada de terra é super grossa, esse buraco deve ser o ponto mais fino.

— Vamos descer por aqui — disse Jefferson.

Igor rapidamente começou a fixar as cordas e ganchos do equipamento com a ajuda de Elias. Aline seguia iluminando o fosso.

— Não sei se é uma boa ideia, Jeff... eu não consigo ver o fundo — Aline disse. — Podemos encontrar outra galeria como essa, ou uma camada muito mais fina de solo.

— Você não precisa descer.

Aline recuou um passo sem se dar conta. Mas Jefferson percebeu.

— Não estou dizendo que eu gostaria que você não viesse, mas é uma escolha, não uma obrigação. Você vai receber sua parte do mesmo jeito.

— Faz quanto tempo que a gente se conhece, Jefferson De Lanno?

— Desde criança.

— E você já viu alguém me obrigando a fazer qualquer coisa?

Jefferson riu.

— Eu entendo os meus motivos, Aline, o motivo daqueles caras, mas eu ainda não sei por que você está aqui.

— Dinheiro?

— Sem essa. Você não tem um código de barras grudado nas costas.

Aline sorriu.

— Minha mãe sempre dizia que algumas pessoas têm sonhos de passarinho. Uma gaiola bonita, alpiste e água. Alguém limpando o banheiro e trocando o jornal do cocô duas vezes por semana. As meninas do colégio gostavam de fugir pro clube todo domingo, tomar sol e paquerar os riquinhos da cidade. Depois elas começaram a gostar de ter filhos com eles e se reuniam pra falar mal dos maridos. Com o tempo, elas começaram a se odiar também. Acho que eu não nasci passarinho.

— Tenho certeza disso — Jefferson disse. Os outros dois rapazes já estavam chegando com o equipamento de rapel.

— Eu posso ir na frente — Igor se ofereceu.

— Eu coloquei vocês nessa. Eu vou — Jefferson tomou para si. — E eu sou mais leve.

— Leva a minha também — Aline cedeu uma lanterna extra a ele. — Pra garantir.

Jefferson tinha algum treinamento em rapel graças a duas ou três excursões para o Mato Grosso, mas aquilo era diferente. Ele nunca havia descido em uma caverna escura e muito menos sem uma parede pra apoiar os pés. Uma coisa era escalar uma pedreira repleta de ganchos de segurança com o sol brilhando lá em cima; outra, bem diferente, era o que fazia agora. O especialista na modalidade era Igor, que acabara ficando com a retaguarda e a fixação do equipamento.

— Tá tudo bem aí embaixo? — Aline perguntou quando Jefferson chegou a três metros de descida.

— Tá siiim. — A voz alta fez um grupo de morcegos despertar de seu sono profundo e decolar. Passaram resvalando o rosto de Jefferson, quase uma dúzia deles. — Tudo bem, eu tô vivo ainda — disse quando a revoada terminou. Ouviu a gargalhada de Elias.

Recuperado do susto, Jefferson desceu mais dois metros na corda. Mais alguns centímetros e sentiu um tranco.

— Preciso de mais corda!

Lá em cima, Aline fez a pergunta a Igor:

— Quanto a gente ainda tem?

— Não muito, no máximo mais três. — Igor começou a agir no grampo de contenção, liberando mais corda. Elias chegou pra ajudar enquanto Aline tentava estabilizar a corda com as mãos, para que Jefferson não rodopiasse.

— Preciso de mais! — Jefferson repetiu em pouco tempo. Aline lançou os olhos para trás, Igor sacudiu a cabeça. Já se aproximava do buraco.

— Não tem mais, chefão. Consegue ver o fundo? — perguntou.

Jefferson apontou a lanterna para o chão. Havia alguma coisa, sim, mas era impossível ter certeza. Podia ser chão, mas tinha algo errado, a luz parecia distorcida, confusa.

— Dá pra ver sim, estou a uns dois metros — mentiu.

— Tem certeza? — Aline perguntou. — Daqui eu não vejo nada.

Jefferson apontou a lanterna para os lados, tentando encontrar alguma orientação. Não tinha nada, apenas uma escuridão completa até o esvanecer do facho de luz.

— Merda... — voltou a apontar para baixo. Tentando melhor sorte, apanhou a segunda lanterna. O brilho ainda estava lá, porém, como uma cortina de opacidade. Não era chão, não era vapor, era a luz se confundindo.

Jefferson deixou uma das lanternas cair propositalmente, mas assim que ela tocou o chão, parou de funcionar, deixando como única pista o tempo até a queda. Não foi muito, apenas alguns metros. É claro que a lanterna podia ter se chocado com uma projeção mais alta do solo, uma estalagmite, mas quem teria esse azar?

— Jefferson, estamos puxando de volta — a voz de Igor disse.

— Não, ainda não! — ele gritou do buraco.

— Puxa, Igor! Ele vai fazer merda. — Aline comandou. Lá embaixo, Jefferson já estava se soltando e agarrando a ponta da corda, pronto pra saltar ao menor sinal de recolhimento. Foi o que ele fez.

• • •

Quando a tensão da corda foi liberada, Aline voou para trás, Elias a segurou pouco antes da queda. Ela se recuperou rápido e voltou ao buraco, praticamente colocando toda a cabeça dentro dele.

— Jefferson! Tá inteiro ainda?

Nada.

— Caralho, fala alguma coisa, cara!

Não houve resposta, mas ela ouvia uma espécie de resfolegar.

— Eu vou descer — Elias falou.

— Vai pular com ele, irmão? — Igor questionou.

O chiado continuava, uma respiração esforçada e dura.

— Tá tudo bem... — a voz de Jefferson chegou frágil lá em cima. — Eu caí de costas, mas tudo certo!

— Seu cuzão! — Aline gritou. Ouviu o riso cansado de Jefferson lá de baixo.

— Vamos precisar de mais corda pra pegar ele — Igor disse.

— Eu pego — Elias se prontificou. Não houve discussão e ele seguiu se orientando pelos sinalizadores fluorescentes. Ainda era possível ouvir seus passos quando Aline se voltou para Igor.

— Quem desce primeiro, eu ou você?

No andar de baixo, Jefferson respirava fundo, recuperando o golpe nos pulmões. Não foi uma queda tão agressiva, mas o corpo se inclinou do modo errado e as costas acabaram encontrando uma rocha mais alta. O lado direito ainda doía, seria sorte não ter quebrado nenhuma costela.

Acendeu a lanterna que ainda estava com ele e procurou por uma parede, algum limite daquela câmara. O chão, logo percebeu, era forrado por minúsculos cristais e poeira de quartzo em vários pontos, Jefferson supôs que o mineral fosse o responsável pela difração da luz da lanterna. Caminhou cerca de dois metros em frente, então avistou uma parede rochosa. Era escura, mas não de um escuro natural; o que se aderia à pedra lembrava fuligem de carvão. Poderia ser algum tipo de mofo, talvez os mesmos microrganismos fossem responsáveis pelo mau cheiro que se alastrava na mina. Ele passou as luvas e a coisa se reergueu como uma névoa escura, que parecia ter densidade parecida com a do ar. Era uma visão estranha, como a tinta de uma lula aspergida na água.

Mais à frente, alguns metros à direita, havia uma abertura. Pelo que era possível enxergar, um caminho ascendente, talvez uma maneira de voltar para o andar de cima. Não era o que Jefferson queria.

— Jeff! Tá vivo ainda?

Era a voz de Aline. Ele voltou alguns passos e jogou a luz até ela. Estava pendurada no limite da corda.

— Sério? E quem vai puxar a gente?

— O Elias foi pegar mais corda, você achou mesmo que eu ia perder a melhor parte?

— Segura com as mãos pra diminuir a distância, tem mais de dois metros até o chão.

— Daqui não dá nem pra ver você direito.

— Confia em mim, tem um chão bem aqui. Cuidado com o balanço na hora de se soltar, quase arrebentei as costas em uma rocha.

Foi um salto bem gentil. Talvez porque ela tivesse a segurança de que, sim, existia um pavimento sólido a poucos metros. Forçou um pouco o joelho direito na aterrisagem e deu uma alongada para se livrar da dor.

— Tudo bem aí embaixo? — era a voz de Igor.

Ele desceu em seguida, e foi, de longe, o melhor dos três.

Agora, com várias lanternas acesas, a iluminação estava bem razoável. A câmara era enorme, tinha pelo menos vinte metros de extensão, talvez mais. Não havia nada muito vivo ou colorido, nada do que Júlia Sardinha, a radialista que ficou presa e foi atacada na mesma mina, houvesse mencionado. De fato, a própria Júlia negou tudo posteriormente, pouco antes de se mudar para Três Rios. Jefferson chegou a falar com ela pelo telefone, mas Júlia se esquivou de qualquer conversa sobre o que passou na caverna, apenas o alertando para que ficasse bem longe daquele lugar. Ela parecia estranha, um pouco ausente, como se estivesse sob medicação.

— É essa coisa que tá fedendo desse jeito? — Aline franziu o cenho enquanto observava a mesma poeira escura aderida à câmara.

— Parece farelo de amianto — Igor disse. — Minha ex tinha um quartinho de bugigangas na casa da mãe dela, as telhas eram de brasilit, quente pra porra. Essas telhas soltam amianto com o calor. Quase ninguém entrava naquele quartinho, mas quando a mãe dela se mudou, a gente precisou fazer a limpa. Tinha um pozinho preto bem parecido com esse aqui.

— Tomara que essa joça não dê câncer na gente — Jefferson disse. Que soubesse, amianto estava proibido por lei há algumas décadas por esse motivo.

Seguiram caminhando, vendo todo o nada que aquele lugar continha.

— Como a polícia não chegou aqui? — Aline perguntou.

— Responde essa, Igor.

Igor era o que chamavam em algumas cidades de "mão branca". Não a versão original que caracterizava grupos de extermínio, mas a versão moderna, de policiais atuando como segurança privada ou funções correlacionadas. Conhecera Jefferson na empresa de segurança que os dois trabalhavam, há cerca de sete anos; trocavam indicações de trabalho desde então. Igor inclusive tentou arrastar Jefferson para a corporação da polícia, mas ele nunca se interessou. Depois do ocorrido com sua família, a palavra "impossível" se encaixaria muito bem. Os pais de Eric e Jefferson nunca se recuperaram do que aconteceu, estavam morando em uma cidade no sul do país, tentando criar o neto discretamente e com um mínimo de qualidade de vida.

Enfim Igor respondeu à pergunta.

— O Diogo Vincenzo era polícia, os colegas devem ter recebido alguma ordem pra parar, ou teriam cavado até chegar na China. Esse lugar está sob risco de desabamento, então pode ter sido a Defesa Civil. Ou alguém importante se meteu. Deputados, governador, esse pessoal lá de cima.

— Encontrei alguma coisa aqui — Jefferson disse. Estava ao lado de um amontoado de matéria escura, que tinha o formato de...

— Isso aí é uma pessoa? — Aline perguntou.

Igor se aproximou e começou a espalhar a coisa escura com as mãos protegidas por luvas. As lanternas foram se direcionando depressa, iluminando o que sobrou daquela pobre criatura. Houve certa dificuldade com a parte que parecia representar a cabeça, havia uma massa escura muito dura, sólida.

— Acha que é ele? — Jefferson perguntou.

— Impossível ter certeza. Mas, segundo a Júlia, o tal pastor esmagou a cabeça dele com uma pedra de quartzo, pode ter acontecido desse pó preto ter se misturado com o sangue e formado essa... massa.

— O cheiro ruim pode vir daqui — Aline sugeriu. A luz da lanterna mostrava claramente no chão um contorno de necrochorume, igualmente tingido pela substância escura que tomava o corpo.

— Não, cheiro de gente podre é muito pior. Pode ser que esteja mais leve porque ele ficou aqui embaixo esse tempo todo, isolado, mesmo assim parece diferente — Igor passava os olhos pela forma.

— Tá, vamos deixar ele em paz, precisamos descer mais um pouco. Eu encontrei um acesso antes de vocês chegarem.

Igor se levantou e esperou que Jefferson tomasse a dianteira e se afastasse. Se virou para Aline e sussurrou:

— Você sabe de alguma coisa que eu não sei, Galega? — Ele estreitou os olhos. — O que o chefe prometeu pra te convencer?

— Parece que todo mundo tirou o dia pra me perguntar isso. Dinheiro não serve?

— Serviria se ele tivesse oferecido mais.

Ela riu.

— Cara, estou entrando em um divórcio. Seis anos de relacionamento indo pro ralo... eu estava precisando me distrair. Também estou desempregada, então quando esbarrei com o Jefferson aqui na cidade, uma coisa levou a outra. O meu último emprego formal foi na Samarco, em uma mina de ferro, não tinha como recusar.

— Filhos?

— Um menino de cinco. O Nando está com os meus pais aqui em Terra Cota enquanto eu e o príncipe encantado revolvemos tudo.

Igor resmungou em concordância.

— Seu amigo sabe mais do que contou pra gente, isso é mais certo que essa carcaça ser do Diogo. Essa história de sigilo... não cola muito comigo.

— Bom, se ele sabe, preferiu não contar pra mim. Na hora certa nós vamos descobrir, o Jefferson é de confiança — ela encerrou o assunto e seguiu na mesma direção dele. Igor foi logo depois.

Confiança... aquela era uma palavrinha perigosa.

Tentaram tomar cinco caminhos diferentes a partir da câmara, os quatro primeiros terminaram em paredes. O quinto deu início a um pequeno corredor descendente de cerca de um metro de largura por um e meio de altura. Os três já caminhavam pela trilha claustrofóbica há mais de cinco minutos, a abertura havia diminuído a ponto de impedir o percurso, quando Jefferson, o primeiro homem à frente, notou um brilho azulado. Ele parou de andar e se ajoelhou, aproveitando para descansar as pernas e a coluna.

— Tem luz ali na frente.

— Tem gente? — Igor perguntou.

— Espero que não. Vamos continuar sem barulho.

Igor apanhou o revólver e o destravou. Devolveu ao coldre.

A abertura estava a dez metros, e ficou tão pequena nos passos finais que Igor precisou esfolar os ombros da jaqueta para conseguir passar. Jefferson e Aline, mais esguios, já estavam do lado de fora, esperando por ele.

— Puta merda, quase fiquei entalado — Igor disse ao sair, golpeando as roupas para se livrar a poeira. — Que cheiro é esse? Ferro?

— Ferrugem — disse Aline. — Os trilhos antigos devem ter descido com a força da água. Sem ventilação, o cheiro ficou concentrado.

Jefferson estava averiguando o perímetro.

A câmara rochosa era um pouco menor que a anterior, mas também não era pequena. Havia dois acessos. O corredor escuro ficava à direita, o corredor azulado, que deixava parte do brilho naquela câmara, à esquerda. Foi a direção escolhida por Jefferson.

O acesso tinha apenas quatro ou cinco metros de percurso, e assim que Jefferson o venceu, notou algo estranho no chão, alguns metros à frente.

Havia um rádio incrustado na lama seca. Estava enterrado obliquamente, mais ou menos até a metade. Da parte de cima, a antena ainda estava erguida. A cor azulada não vinha do aparelho, mas de baixo dele e de outros pontos do chão. Havia vários furos e fissuras no pavimento, uma trama que lembrava o tegumento das esponjas-do-mar. De cada uma daquelas aberturas emergia um feixe discreto de luz azulada.

Jefferson se movia com cautela, praticamente tateando o chão com os pés. O solo parecia firme, mas a certeza andava distante daquele grupo. Aline caminhava com um pouco mais de firmeza, mas também não parecia se sentir segura. Igor seguia bem devagar, sem tirar os olhos do rádio cravado no chão. O botão que ligava o aparelho ainda estava aparente (rádios antigos como aquele eram iniciados com o potenciômetro do volume, era só girar no sentido horário), e Igor não resistiu. Girou bem devagar, até ouvir um click.

— Inacreditável — deixou um sorriso sair ao ver o display incrustado de terra se iluminando de um amarelo frágil.

Dentro do silêncio da câmara, o chiado do radinho cresceu depressa e pareceu atingir um volume bem mais alto do que seria possível. Tão alto que incomodava.

— Desliga essa coisa, Igor — Jefferson pediu.

Igor tentou, mas dessa vez o botão girou em falso.

— Não dá, acho que eu estraguei.

O som evoluiu da estática para uma espécie de chiado distorcido, um roaming ressonante que conseguia ser mais irritante do que o ruído branco da falta de estações. Não era só chiado, o rádio parecia gritar, se rebelar de alguma forma. Igor o socou na parte de cima, o radinho deu uma falhada e começou a reclamar de novo.

— Tá certo, então vai ser do meu jeito... — Igor recuou a perna direita e preparou o chute.

— Não, Igor! — Aline disse, um pouco tarde demais.

O rádio voou para longe e quicou duas vezes, perdendo um dos botões antes de estacionar ao lado de Jefferson. Como Aline esperava, o chão também reagiu ao golpe, e começou a emitir ruídos de dilatação no ponto exato onde o rádio estava incrustado. Em alguns segundos, dezenas de novos trincos luminosos ganharam vida e placas de pavimento de diversos tamanhos começaram a ceder em diferentes pontos.

— Vai desabar! — gritou Aline.

Ela e Igor abriram os braços e não se moveram, procurando por pontos estáveis enquanto diferentes trechos de chão desapareciam. Jefferson precisou saltar para a esquerda duas vezes, mudando de um istmo para outro. Escapou dos dois primeiros desabamentos, de um terceiro, mas no quarto ele desceu junto a placa de sedimento.

— Jeff! — Aline sentiu o solo ceder. Em reflexo, estendeu a mão a Igor. Os dedos ainda resvalaram, mas ela também perdeu sua porção de terra e desceu.

— Porra! — disse Igor, e saltou por dois filetes de chão, que mal suportavam seus pés. Estava tentando chegar a uma passagem, uma caverna escura, que poderia ser uma segunda saída da câmara. O problema é que o chão cedera em boa parte até chegar à passagem. Igor deu um grande salto à esquerda. Mais um pra direita, e à frente, pernas abertas ao limite. Quase tudo cedeu e ele conseguiu, em um último salto, se dependurar na saída da passagem secundária. Os dedos pareciam pegar fogo, mas aos poucos iam sustentando o peso do corpo. Estava apoiando os cotovelos, muito perto agora, quando aquele acesso também desceu.

• • •

— Todo mundo inteiro? — Jefferson perguntou assim que verificou as pernas. Ao que tudo indicava, escapou com vida novamente. O saldo foram dois esfolados na perna direita, um rasgo pequeno na panturrilha esquerda e uma torção no ombro do mesmo lado. Se ainda restou alguma sorte, devia estar na reserva.

— Tudo certo — Aline respondeu. Tinha um corte na parte de trás da cabeça, mas nada sério. O sangue vertido era bem pouco.

— Vivo — disse Igor, saindo da montanha de escombros. Além de uma torção leve no pulso esquerdo, acumulava terra e alguma sujeira na roupa. Limpou-se como pôde e disse, assim que tirou a poeira dos olhos: — Mas que coisa é essa? Césio?

Havia esse platô de algumas dezenas de metros à frente, habitado por uma imensidão de cipós escuros e ramos exóticos que se diluíam em diferentes tamanhos e formas. A maior parte deles era de aparência vegetal, mas certos segmentos lembravam conduítes elétricos, escuros, embora tivessem um tom azulado. A cor não vinha deles, Igor logo notou, mas das sementes que emergiam de caules e emprestavam seu brilho a todo o resto.

— Alguém já viu uma planta brilhar desse jeito? — perguntou Aline.

— São as sementes — Jefferson reforçou. — É o que viemos buscar.

— A gente quase se fodeu todo pra pegar um punhado de feijões mágicos? — Igor perguntou. — Com todo respeito, irmão, se não me contar tudo o que você sabe sobre essas coisas, nós dois vamos ter uma conversa bem pouco mágica. Tá comigo, Galega?

— Anda, Jefferson, nós temos o direito de saber.

Jefferson caminhou até a borda do platô e se abaixou, em um primeiro momento, sem tocar em nada. Sentou-se à borda, retirou o cantil d'água e deu um bom gole.

— Recebi uma oferta, 150 mil. Já peguei 80, foi com essa parte que eu consegui convencer vocês.

— Eu fui convencido por 10, então você me deve dinheiro — Igor disse.

— Deixa ele falar — Aline pediu.

— Quem contratou a gente é um cirurgião, ele conhece mais dessas sementes do que eu consegui perguntar, mas não parece um lance totalmente legal. Pelo que entendi elas têm algum tipo de mineral especial, e só germinam nas profundezas de algumas cavernas.

— E você engoliu essa? — Aline perguntou.

— Não, claro que não. Um enfermeiro chamado Jaime contou em um bar sobre um caso milagroso que aconteceu no Hospital Municipal, pelo que eu entendi foi durante a infestação de maritacas. Juraci, dono do bar, é uma espécie de informante não oficial de tudo o que acontece em Terra Cota desde 1997, foi ele quem me contou essa parte. Uma colega de Jaime, também enfermeira, deixou escapar que esse velho estava desenganado quando um menino apareceu e enfiou uma semente azul na boca dele. Jurandir contou que o Jaime tinha uma filmagem, que acabou vazando das câmeras de segurança da UTI. Ele arranjou a filmagem, eu mesmo vi a gravação, foi aí que eu decidi embarcar nessa. Me escutem, essa semente pode ser a cura do câncer, não só do câncer como de várias outras doenças. Pode ser pelos meios errados, mas no fim estamos fazendo uma coisa boa.

— A estrada para o inferno é pavimentada por boas intenções — Aline murmurou. Não lembrava exatamente onde ouviu a citação, mas apostava em uma tradução de algo de Bruce Dickinson.

— Quem eram o menino e o velho? Conseguiu descobrir? — Igor perguntou.

— Essa parte continuou em segredo — Jefferson mentiu.

— Bom, se essas sementes são assim tão valiosas, eu acho que vou mudar o meu contrato. O que me diz de trinta mil, mais o que eu conseguir carregar de sementes de Césio?

— A gente divide o que conseguir levar, pode ser dessa forma? Dividimos meio a meio. Não vai faltar comprador.

— Por mim tudo bem — Aline disse.

— Vai ficar tudo bem pra mim se a gente incluir o Elias e o Enrico.

— Feito — Jefferson disse.

Igor já estava descendo ao platô para retirar algumas sementes.

O pedúnculo que emergia da trama de cipós era um pouco grosseiro, mas em todas as ponteiras existia uma base semelhante às de maçãs de flores de algodão. A brotação das sementes se dava nessa estrutura de aspecto ameaçador, quase carnívoro.

— Merda! — Igor reclamou assim que tocou uma das ponteiras. Retirou as luvas apressadamente e chupou a perfuração no dedo anelar direito. — Essa coisa tem espinho. Espinho não, parece um prego!

Ocupado com a dor, Igor não seria capaz de notar, mas aquele pequeno rastro de seu sangue foi transferido para dentro do espinho, e dele, para o sistema de nutrição daquela forma de vida tão peculiar. Em segundos uma espécie de podridão desnutriu e ressecou todo aquele galho. E seguiu adiante em seu caminho de extermínio.

— Jefferson, tá acontecendo alguma coisa aqui — disse Aline.

O que começou nas proximidades de Igor se alastrava rapidamente, ressecando caules, folhas e espinhos, espalhando fragmentos desidratados e mudando a coloração das sementes para um tom avermelhado e ferruginoso. Aline se apressou em pegar uma delas, e a semente azulada rapidamente esmaeceu e se tornou diferente, quase vinho, em suas mãos. As muitas outras que continuaram presas aos pedúnculos se reduziram à secura, ao pó.

— Rápido! Estão secando! — ela alertou.

Aline se embrenhou no meio das plantas e começou a colher. Uma, duas, mais de cinco. Enfiou nos bolsos, na pochete, colocou algumas dentro da camisa. Jefferson, mais prevenido, estava com uma mochila, mas no fim não colheu muitas mais. Elas apodreciam rápido. Se estivessem presas, secavam e tomavam a forma da poeira escura que estava espalhada em alguns pavimentos da mina. Igor apanhava suas sementes com a mão esquerda, seu anelar direito já estava com o dobro da espessura, roxo, parecia ter sido picado por uma aranha.

— Porcaria! Ainda não! — Jefferson disse ao ver o último ramo com vida mudar de cor, encolher e secar.

Aline já estava cercada por cinzas, ofegante, segurando um raminho que começava a se esfarelar em sua mão direita. Jefferson parecia tão surpreso quanto ela. E Igor voltava a se concentrar no ferimento do dedo. Um ruído desagradável ganhava o eco da galeria, um som muito agudo, como um vazamento capacitivo em sistemas elétricos. Agora todos percebiam.

Com esse instante de atenção e receio eles também ouviram alguns passos. O ruído das botas foi seguido por uma tosse curta e algumas respirações ofegantes. Logo depois um rolo de cordas desceu.

Do lado de fora havia um céu limpo como cristal. Longe das luzes da cidade, as estrelas pareciam ter seus próprios segredos, sua própria linguagem. Uma brisa fresca brincava com a pele úmida da expedição. Sob aquele céu, muito do que acabara de acontecer parecia um sonho, uma espécie de mentira. Mas ali estavam eles.

Assim que chegaram ao carro, todas as sementes foram colocadas no capô, sobre um cobertor térmico laminado. A divisão foi feita por Jefferson, exatamente como havia sido combinado. Cada um, contando com o motorista, Enrico, ficou com oito sementes vermelhas. Jefferson ficou com uma extra, e ele justificou que essa seria entregue para seu contratante, o tal cientista.

Igor entrou no carro e caiu no sono em poucos minutos. Elias, no banco da frente do carona, tentava sintonizar alguma coisa no rádio. Aline olhava para fora dos vidros, para a noite que falseava uma tranquilidade impossível. Jefferson estava entre Igor e Aline, tentando usar seu iPhone. Havia algo errado com o visor, estava tudo muito colorido, a luz se refratando como se escapasse de um prisma. Ele só conseguiu normalizar quando a chamada foi completada.

— Boa noite... sim... eu mesmo. Estão comigo, Danúrio, consegui um pouco mais do que esperávamos. Isso, eu separei a mais interessante para o senhor, mas podemos negociar mais algumas. Ok, seguimos como combinado. O barulho? Estou em um carro, sim. Não... problema nenhum, são meus parceiros, pessoas de confiança. Sim, isso mesmo. Tudo como planejamos. Até.

Jefferson De Lanno desligou o iPhone e notou que quase todos dormiam. Também relaxou no banco e bocejou. O sono profundo não demorou a chegar, e da mesma forma que os colegas, Jefferson não se opôs a ele. A missão estava mais do que cumprida, e não somente a sua. As sementes estariam de volta ao mundo em algumas horas, germinando o que precisava ser germinado. Lá em cima, perdido no mar de estrelas, o rastro de um cometa se queimou de verde e sumiu.

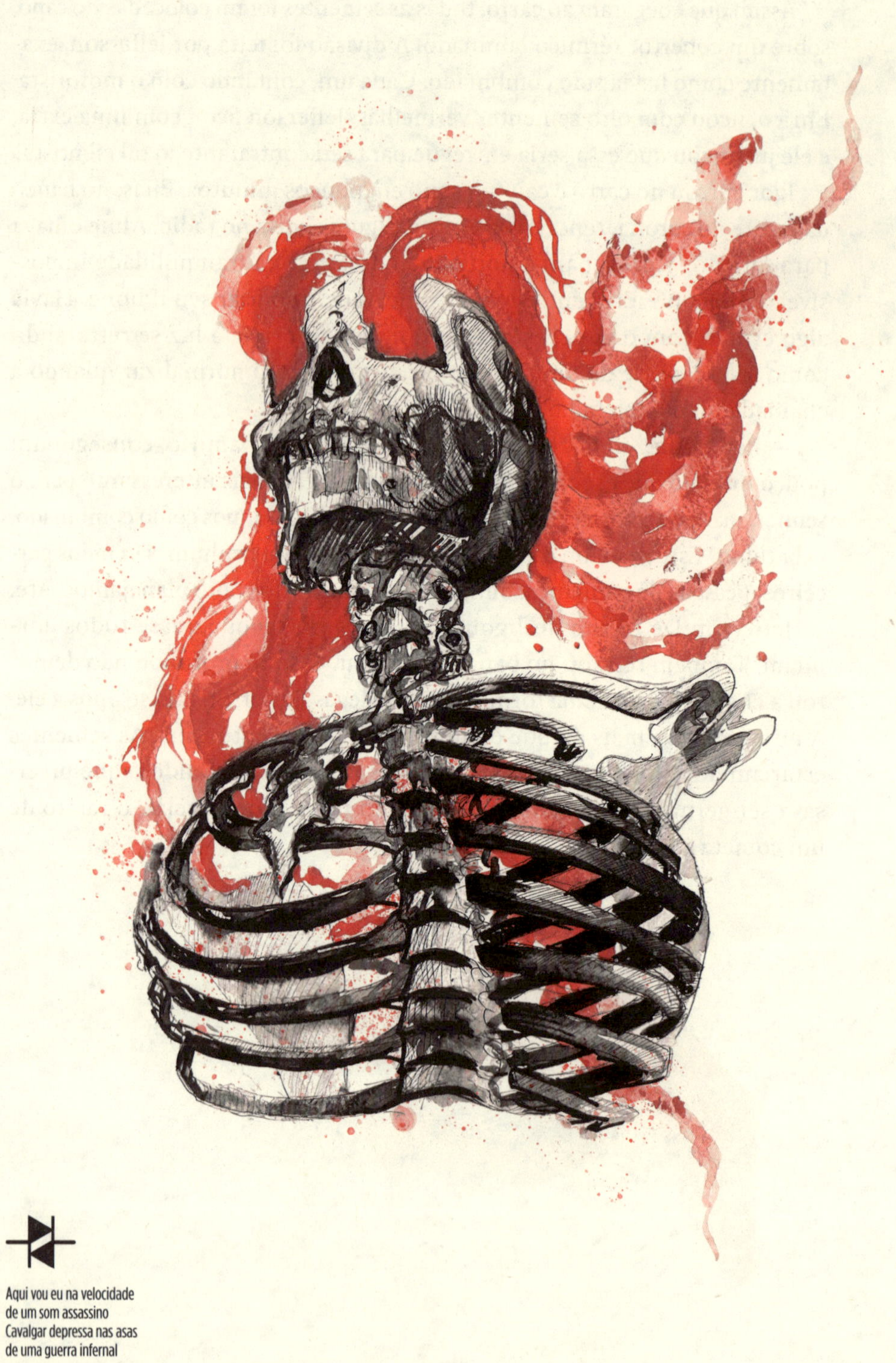

Aqui vou eu na velocidade
de um som assassino
Cavalgar depressa nas asas
de uma guerra infernal

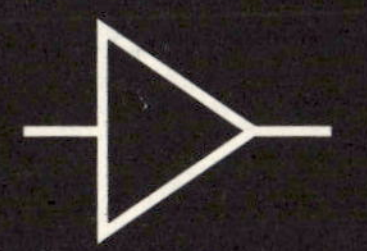

FASE1.RUÍDO2

INTERFERÊNCIAS

HERE I COME AT THE SPEED OF A MURDERER SOUND
RIDING FAST ON THE WINGS OF AN INFERNAL WAR **KRISIUN**

1. Raio Z Eletrônicos

Alguns trabalhos são tão apaixonantes que deveriam ser chamados por outro nome. A oficina de Thierry Custódio era um desses mistérios. Nada era tão divertido para ele quanto soldar componentes, trazer aparelhos de volta à vida e descobrir os segredos que a tecnologia ainda conseguia esconder. Sua oficina, outrora um depósito de sucata e cigarros queimados, agora estava reformada e mais iluminada que um consultório de dentista. Ainda assim, nos últimos dias Thierry estava se divertindo um pouco menos, ocupado com algo novo que descobrira nas frequências mais discretas da TV.

Não “o algo” que ele e seu bom amigo Arthur Frias carregavam em si, não “o algo” que mudou a vida de tantas pessoas de Terra Cota, mas uma coisa bem diferente — e muito mais agressiva. Talvez, mesmo antes de flagrar aquela imagem instantânea e horrível (a amputação de um dedo de um pobre coitado), Thierry já soubesse que esse algo se aproximava, como se houvesse percebido ou preconcebido a ideia sem que o cérebro tivesse a necessidade de registrá-la. Isso acontecia com alguma frequência desde que saíra do hospital, em 2022.

Pela segunda vez naquele dia, Thierry ligou o aparelho televisor adaptado a rastrear sinais discretos em UHF e VHF e ajustou o seletor na frequência de 888MHz. Nessa frequência, não deveria existir sinal de TV algum, já que a faixa de operação era reservada para telefonia celular. E de fato não havia uma transmissão, mas era possível, com o uso de um transdutor dedicado, reverter um som escondido no ruído branco em imagens. Foi dessa forma que Thierry conseguiu avançar nesses estudos.

Terminado o preaquecimento das válvulas (alguns transistores da TV haviam sido trocados por elas, as válvulas eram excelentes em transmissões mais frágeis), Thierry fez os ajustes finos na câmera analógica para gravar os resultados — a JVC estava às suas costas, presa a um suporte dedicado e abastecida por uma fonte de alimentação externa.

Havia duas fitas de VHS recheadas com gravações daquele sinal, a mídia analógica parecia ser a única capaz de registrar as imagens vindas do transdutor. Até então, todas as tentativas de gravação digital falharam, era como se as imagens se perdessem, floculassem e deteriorassem no processo de conversão.

Dessa vez havia algo diferente nos chuviscos, era bastante discreto, mas Thierry o notou assim que aumentou o volume do aparelho. Um pulsar levemente azulado, em alternância com um tom violáceo igualmente acanhado.

— Ressonâncias — Thierry murmurou. Um sinal secundário, deteriorado.

No mesmo cômodo, seu amigo Ricochete (uma mistura inusitada de Beagle com Border Collie), encaramujou as patas da frente sobre o focinho e chiou baixinho. O cão conhecia bem os aparelhos estranhos que ganhavam vida na oficina de seu dono. Algumas daquelas coisas faziam barulhos irritantes que nenhum humano ouvia, mas muitos bichos podiam perceber. Era ruim, principalmente para animais mais sensíveis — pequenos cães, roedores e morcegos. Não era natural.

— Tenha calma, rapazinho. Nós já passamos por isso antes — Thierry tentou tranquilizá-lo. O cão respondeu com um latido e se encolheu sob o assento do dono, seu esconderijo preferido.

Thierry respirou fundo e acionou a gravação.

Como se soubesse que estava sendo espionado, o televisor adaptado emitiu um ruído agudo, distorcido e desagradável. Ricochete abandonou seu posto e latiu algumas vezes para a TV, e latiu um pouco mais quando percebeu o estado de seu dono.

Thierry estava com os braços caídos, o corpo rijo, todo ele parecia uma pedra. A cor havia abandonado sua pele, exceto pelas veias do corpo. As redes vasculares mais rasas estavam tingidas de um azulado cinzento muito forte, o rosto parecia o conjunto de raízes de uma árvore. A boca pendia a mandíbula afrouxada.

Sem resposta aos latidos, Ricochete abocanhou as chinelas de couro do velho e sacudiu de um lado a outro. Rosnou. Aquilo sempre irritava Thierry. Acabou desistindo e começou a uivar. Na tela, uma sequência de seis formas geométricas emergiu dos chuviscos e ganhou alternância. Triângulo, quadrado, hexágono, decágono, octaedro, círculo. Todos com a cor vermelha. A velocidade de transição aumentou e continuou acelerando, até que todas as imagens se mesclaram em uma. Thierry passou a tremer como se estivesse congelando, o reflexo da TV banhando seu rosto com um mar feito de chuviscos. Ricochete continuava latindo em agonia, ele já vira coisas assustadoras naquela oficina, mas seu dono parecia estar sendo... invadido.

— Já chega! — Thierry gritou e voltou a si. Ainda tremia a ponto de precisar segurar os braços junto ao peito.

Ricochete chegou mais perto e subiu nas patas traseiras, queria — precisava — dar uma boa olhada em seu dono. Aos poucos, a pele de Thierry voltava ao normal, recobrando a cor e perdendo o alto-relevo de todas aquelas veias. Enquanto se recuperava, tremia um bocado, transpirava, parecia estar queimando de febre. Ricochete se esticou todo e conseguiu lamber seu braço.

— Eu vou ficar bem, Rico. Mas a gente precisa se preparar. Tem alguma coisa vindo aí. Uma coisa bem ruim.

2. Fazenda dos Vincenzo

Gideão Vincenzo estava sonhando com o filho quando ouviu o movimento do mato. Ouviu mesmo, como se toda sua plantação de girassóis estivesse mudando de direção ao mesmo tempo. Ao seu lado, Marta suspirou pesado, ainda imersa no sono. Braddock, o cão pastor que costumava ser de Diogo, seu filho assassinado, estava sentado à porta, de orelhas em pé, como se esperasse atenção.

O velho calçou as botas sem fazer muito barulho, Marta não precisava pagar por seu receio. Desde que a netinha chegou, tinha que ser avó e amiga, e às vezes também era mãe. Ela precisava de descanso. O velho deu uma última olhada em Marta, vestiu uma camisa folgada sobre o pijama e colocou um chapéu para se proteger do sereno grosso das madrugadas.

Fazia frio, um frio exagerado que não tinha sentido mesmo no meio do ano.

Naquela noite havia algo novo, uma espécie de substância que ele não saberia definir, mas podia sentir na pele. Era como aquele ar frio ou o cheiro da própria noite, como a poeira, o orvalho e o pólen das flores. Estava presente e isso bastava.

Gideão ouviu um mugido dolorido e voltou a entrar na casa. Apanhou uma espingarda que ficava pendurada na parede da sala e tomou o sentido da plantação. Braddock se apartou dele na saída da casa, preferindo o caminho do curral.

A noite estava morta de tão quieta, e todo aquele silêncio dos bichos era outro sinal de alguma coisa errada. Não havia morcegos ou gafanhotos, nada de rãs coaxando e corujas reclamando. O único ruído audível era o vento que vez ou outra cismava de entrar nos ouvidos.

Em um primeiro olhar estava tudo normal, exceto pela posição dos girassóis. Todas as flores estavam guiadas na direção da cidade, e naquele horário não deveriam fazer isso. Gideão coçou a cabeça e apanhou o cigarro que dormia no bolso da camisa. O acendeu com destreza e usou o fósforo aceso para iluminar uma das flores.

— Creideuspai...

As sementes do girassol se moviam como se estivessem vivas, como se fossem um mar ondulado de sementes. O velho se afastou depressa das plantas, temendo que uma das sementes entrasse em contato com sua pele ou mesmo pulasse nele, como um bicho. Diziam absurdos desde que aquelas maritacas do inferno tomaram conta de tudo. Ele não acreditava em metade do que ouvia, mas havia uma pequena porção de pessoas que não costumava mentir. Dessas histórias o velho Vincenzo tinha medo — do que ouvia de gente que tinha compromisso com a verdade.

Voltou a sentir um coice no coração quando ouviu os latidos de Braddock e um novo mugido de boi. Não foi um mugido comum, mas uma reação de desespero, como se o animal tivesse gritado. Gideão ainda se lembrava das plantas que mataram algumas cabeças e enlouqueceram outras tantas no ano anterior. Estaria acontecendo de novo? Mesmo depois de tantos meses sem uma única semente espiralada ter germinado em seu pasto?

A distância até o curral parecia crescer a cada passo, porque é isso que a urgência faz melhor, joga com nossas percepções. A chuvinha do sereno evoluía depressa para uma garoa, e se aquele velho não fosse tão teimoso, teria voltado pra casa e esperado pelo nascer do sol. Por sorte não o fez.

Gideão diminuiu os passos quando a viu, temendo pelo pior.

Yasmin, sua netinha, estava sentada no chão com um boi praticamente deitado em seu colo. Ambos estavam ensopados, deviam estar naquele descampado há algum tempo. Atrás deles, os outros bois e vacas estavam lado a lado, como se os observassem, como se estivessem esperando alguma coisa. Havia algo estranho nos olhos deles, estavam morosos demais, ausentes. O boi gritou de novo e a menina não se mexeu. Yasmin fez isso só depois, acarinhando a cabeça do bicho. Braddock foi até o velho assim que o viu, lambeu sua mão como quem pede ajuda.

— Fia, vem com o vô, vem. Deixa o boi quietinho — Vincenzo avançou um pouco. A menina não se moveu.

— Fia? Tá escutano?

Yasmin olhou para ele, mas não tinha o mesmo olhar de menina. Estava sonambulando outra vez, fazia isso de vez em quando. Em um passado próximo, o médico da cidade disse que podia ser saudade do pai. Gideão acatou.

— Jesuis — Gideão disse ao olhar para o boi.

O bicho estava sem olhos. Não havia sinal de ferimento, mas parecia que eles haviam sido retirados ou sugados, e já estava tudo cicatrizado. Por toda a cabeça, o boi tinha uma espécie de desenho comendo os pelos até chegar à carne viva. Dando mais atenção a esse ponto, Gideão percebeu que o desenho emergia pela carne em uma pele mais grossa e vermelha, quase roxa. Lembrava uma marca de nascença ou de ferro em brasas. O sinal como um todo era alongado, tinha certa simetria. Como podia acontecer de uma hora pra outra?

Assim que o avô encostou na menina, ela pareceu acordar e sair daquele transe. Olhou para ele e para o boi, um pouco ausente.

— Vem, frorzinha, bora vortá lá pra casa.

— Mas o boi, vô, ele tá doente — ela disse.

— A gente vê isso amanhã — o velho saiu bem depressa, como quem se livra de um perigo, de uma ameaça. Era o que seu coração dizia.

Braddock decidiu dar mais uma olhada e chegou bem perto do boi. O animal maior continuou deitado, sem se ofender com a curiosidade. Havia um muco espesso e transparente escorrendo pela abertura nasal, tinha consistência de uma baba. Braddock o farejou naquele ponto e o boi estrebuchou. Então uma coisa saltou pelo nariz, uma coisa alongada e rosácea, lembrava um feixe de músculos muito fino. Por pouco não tocou Braddock. O cão começou a latir de novo, dessa vez o boi se levantou, ainda com a coisa chicoteando no nariz. Apoiou-se nas patas traseiras e tentou acertar Braddock no pouso. A lama se erguendo depressa. Sem sucesso em pisoteá-lo, o boi começou a escoicear e rodar como em uma arena de rodeio.

— Cachorro! Vem, rapaz! — a voz de Gideão ecoou pelo mato. Dessa vez Braddock obedeceu.

Do curral, o boi gritou como gente.

3. Comunidade do Piolho

Gostemos ou não dessa verdade, a madrugada dos bairros violentos pertence a grandes agressores e às pessoas nada espertas que se arriscam entre eles. Vaguinho ocupava esse segundo status, e no caso dele havia um agravante, algo que quase sempre deixa um jovem animal adulto à beira da idiotice: estava apaixonado.

Tinha acabado de pular a janela do quarto de Silmara, e ainda sentia o gosto do batom dela morando em sua boca. Faziam sexo com alguma frequência, mas o risco de ser apanhado pelo pai da menina — instrutor de

Jiu-Jitsu da comunidade — funcionava como pomada chinesa. Silmara estava impossível, Vaguinho praticamente precisou sufocá-la na fronha para abafar os gemidos.

— Doida — sorriu consigo enquanto caminhava na escuridão das ruas. Gastou um cumprimento em seguida para o pessoal do "Dez pras Dez", o bar que, apesar do nome, nunca tinha hora pra fechar. Ele tinha trabalhado de garçom por lá quando era menino. Quem arranjou tudo fora o falecido pastor Belmiro, que acabou perdendo o juízo. A igreja agora estava com um pastor jovem chamado Antônio Dias, mas o povo gostava de ouvir um tal de Guaraná, bandido arrependido. O povo ainda sentia falta das palavras fortes e dos milagres do pastor Belmiro Freitas. Cerca de oitenta metros depois do bar ficava a capelinha de dona Doracélia. O povo dizia que era milagrosa, uma santa em vida e em morte. Curou de câncer e tudo. O filho dela também era do tráfico, o tal do Jôsi.

Estava tudo quieto e isso era muito perigoso. Bandido ruim tem alma de predador, então eles esperam a hora certa. Pela primeira vez naquela noite Vaguinho se sentia o vacilão que de fato era. Andar por aí sem arma e sem amigo... naquelas ruas que há menos de dois anos foram lavadas com sangue... Era presa fácil, e com o nada que tinha nos bolsos, era bem perigoso que tomasse uns tapas. Isso valia pra polícia também, que nunca se cansou de ser corrupta e violenta na periferia de Terra Cota.

Passou por um cachorro branco revirando um lixo, uma cadelinha. O bicho acabou encontrando um pedaço de lanche e saindo com o produto do furto.

Vaguinho estava a menos de trinta metros de sua casa, então pode-se dizer que ele estava com sorte no amor e em todo o resto. Iria se casar com ela, pelo menos era o que tinha em mente. Garotas como Silmara voavam depressa, ainda mais quando um pardal feio e magro como ele estava fazendo a corte. Com medo de ser abandonado, Vaguinho já tinha inclusive tentado engravidá-la, duas vezes. Não se sentia mal com isso, sentia que era amor, e no amor e na guerra, valia tudo.

— Ô, queima-rosca! Você mesmo! — ouviu às suas costas.

— Puta merda — resmungou. Estava tão perto de casa que conseguia sentir o perfume das rosas da frente. Se corresse e o sujeito fosse ruim de mira, talvez escapasse. É... mas aí o sujeito poderia ficar com raiva e meter bala na casa toda. Aí no dia seguinte daria no jornal que teve outra guerra de tráfico no Piolho.

— Vai virando bem devagar, se descer a mão leva um tiro na cara.

Vaguinho obedeceu e começou a girar o corpo. Já tinha em mente que se fosse só um homem, e não fosse polícia, ele sairia correndo. Não iria pra casa, mas entraria no labirinto de barracos e daria a volta, até chegar no Dez pras Dez. Ali era iluminado, e bandido não se punha com o dono, que pagava segurança para a polícia.

Você é muito burro, pensou quando viu do que se tratava. O alvo não era ele, mas um rapaz magro que estava entre ele e o agressor. O rapaz não usava camisa ou calçados, apenas uma bermuda do Terracotense. Parecia estar com dor, talvez tivesse sido baleado ou esfaqueado. Ele estava ensopado de suor, pálido a ponto de ficar mais branco, os dentes cerrados na mordedura. Estava meio de lado, alternando olhares entre Vaguinho e os dois caras armados.

Vaguinho foi descendo as mãos e se afastando. O rapaz intimidado o seguiu com os olhos.

— Ajuda eu — o rapaz pediu.

Vaguinho não moveu um músculo.

— Te mete nisso não, gente boa. O magrelo aí vacilou. Ele fez a irmã do Cláudin na marra. É bicho safado lá do Água Dura.

— Foi isso não, ela queria! A gente tá de rolo faz tempo.

— Você passou doença pra ela, coisa suja, e agora nóis vai dá a cura! — disse o atirador de camisa vermelha e disparou. Direto na linha das costelas do rapaz magro.

Vaguinho girou de lado e saiu na corrida, pulou o muro de casa e ficou entre as roseiras, ouvindo os outros oito disparos. Pensou que o massacre tinha chegado ao fim e ergueu a cabeça, mas só pra ver os dois atiradores esvaziarem os tambores em cima do cara magro. A cada tiro uma trepidação do corpo, o sangue saindo sem pena. Os últimos tiros foram no rosto.

— Patrão mandou desinfetar, não foi? Tá desinfetado. — O bandido com camiseta da Nike chutou a carcaça magra do rapaz.

— Isso, Pardal, agora vai ter que lavá o tênis. Bicho burro.

— Filho da puta — ele começou a rir, chutou de novo e emborcou o revólver na cintura. Os dois saíram sem se preocupar com Vaguinho.

O som dos passos foi diminuindo aos poucos, sem pressa. Nas casas, nenhuma luz se acendeu. Era assim no Piolho e em qualquer outro bairro fodido. O que não é problema seu, você não tem que resolver.

Vaguinho se reergueu e ficou onde estava. Não tinha a menor curiosidade de ver o estado daquele corpo, mas deixar o rapaz ali, largado... E se ainda estivesse respirando? E se tivesse uma chance? Bom, uma olhadinha de nada. Coisa rápida. Depois era trocar o chip do celular e chamar a polícia.

Estava a três metros quando o corpo se levantou.

— Caraaaaaalho... — Vaguinho ficou onde estava. O rosto do sujeito continuava todo explodido, os buracos de bala vertiam sangue, o peito estourado em muitos pontos. O pé esquerdo estava preso por um fiapo de músculos e carne.

— Quer... ajuda? — Vaguinho perguntou, mesmo ante aquela impossibilidade.

A coisa cuspiu pela boca destroçada, ergueu o pescoço e gritou. Sacudiu a cabeça e um monte de sangue saiu rodopiando. Depois ficou parado, respirando fundo e chiando. Gritou de novo. E, como se tivesse gastado sua última reclamação, tomou a direção oposta, por onde começou a se afastar.

— Filho! Tá tudo bem, meu filho? Esses tiros foram em você!? — Vaguinho ouviu sua mãe dizer à porta.

Ele a encarou depressa. — Fica aí dentro, mãe. — Voltou a olhar para a rua. Tudo o que havia era um rastro espesso de sangue.

4. Lar de Idosos Santa Dulce

Ary estava sentado em uma cadeira de praia no gramado, fumando um cigarro e admirando as estrelas. Gostava de olhar para elas e imaginar que sua Polina estivesse em algum lugar lá em cima.

— Pensando na vida, seu Ary? — uma das enfermeiras perguntou.

— Oh, Marrrcinha, e o que mais uma velho do meu idade pode fazer?

Márcia riu. Chegara há menos de dois meses para assumir a gestão do Santa Dulce. O lar de velhinhos pertencia ao mesmo dono da Casa de Repouso Doce Retorno, de Assunção, era comum que os funcionários se alternassem de acordo com a necessidade.

— Está se fazendo de vítima, seu Ary? Porque eu já estou sabendo que o senhor é o melhor jardineiro da cidade.

— Nain, nain, eu só sou mais uma velho. Senhorra quer sentar comigo?

— Vim pra colocar o senhor na cama, mas acho que podemos ficar aqui mais um pouquinho. — Márcia fechou a blusinha de crochê e a abotoou. Não estava muito frio, mas ela não tinha a manta que Ary usava sobre o corpo.

— O saudade é uma coisa dolorrosa, Marrrcinha, e dói pouco mais no velhice.

— Saudade todo mundo tem, seu Ary, é o que nos torna humanos. A saudade, a bondade e a nossa capacidade de irritarmos uns aos outros.

— Humm. E quem está irrritando o senhorra?

— Um dos rapazes da clínica descobriu que eu sou espírita... acho que ele não gostou.

— Ya, ya, a tonto do Jaime Crrente.

Márcia riu com vontade e se desculpou em seguida.

— Eu não devia contar esse tipo de coisa pro senhor.

— Aquela bobão acha que o Jesuis dele vai descer da céu e cortar a cabeça das outra religião tudo.

— E o senhor? Acredita nisso?

— Se Jesuis crrucificado voltar prro Terra, gente como Jaime e o povo do igrreja dele lá vai prrecisar é fugir. Eu prrefere acrreditar na céu, na cosmos e nas coisas que tem lá em cima. Se é Deus, então eu acrredita nele.

— Esse lugar é bonito.

— O asilo ou o cidade?

— Os dois.

— Ya. Mas aqui é melhor. É um lugar mágico.

— Mágico? — Márcia sorriu.

— Aqui é quase em cima do mina de crristal. Ano passado todo mundo ficou meio doido aqui no Terra Cota, e tudo começou lá embaixo.

— Eu li alguma coisa nos jornais. Um policial foi assassinado, não foi isso? E aquela moça...

— O Julinha.

— Isso, Júlia Sardinha. Ela e um menino foram feitos de reféns.

Ary riu, como uma criança que esconde um segredo.

— Ninguém tem corragem de falar o verrdade. Aconteceu coisa lá embaixo sim, mas não é como fala a jornal. É muito mais sérrio. As pessoas da jornal querrem vender a jornal. A verrdade não ajuda a venderr.

— E qual é a verdade, seu Ari? Vai me contar?

— Nain. Eu vai mostrrar. — Ary esticou o indicador torcido pela artrite e o sustentou apontado. — Olha lá, bem depois dos frrores. Bem lá, no escurro. Tem uma coisa ali, de vez em quando vem me ver.

— Um bichinho?

— O senhorra prrecisa ver pra saber o que é.

Depois de anos trabalhando com gente idosa, parecia improvável que ela ainda pudesse se surpreender, mas fez o que ele pedia. Márcia se concentrou e estreitou os olhos, inclusive colocou os óculos. Talvez fosse aquele sotaque, mas ela se afeiçoou a Ary assim que assumiu a clínica. Ele lembrava um grande amigo falecido, Clisman Heinz.

— Ah lá, Marrrcinha, bem ali.

No momento exato, o ser saiu de trás dos arbustos.

De certa forma, se parecia com um ser humano, mas era só uma impressão passageira, pela distinção de pernas, braços e cabeça. O ser caminhava como um cão, estava nu, parecia todo tatuado com brasas. Os olhos eram brilhantes e reflexivos, a estrutura óssea parecia se sobrepor a eles. A pele que cobria a coisa era grossa e espessa, enrugada como um cão Shar-pei.

— A nome dela era Adrriana. Vivia aqui com o gente. Ela sumiu no época das passarrinhos verde e voltou a aparrecer faz uns dia.

— Deus do céu, é uma mulher? Ela precisa de ajuda — Márcia disse, sem conseguir desviar os olhos de tamanho horror.

— Nain. Aquele coisa num é mais senhorra Adrriana. Vê no mão dela. É um lagartão, uma calango.

À frente, a coisa-mulher se sentou como um gato, em um alongamento impossível para uma idosa. Pés paralelos e distantes, joelhos dobrados, traseiro no chão. Então ela levou o calango até e boca e o decapitou. Chupou um pouco do sangue antes de começar a morder. O lagarto ainda se mexia.

— Pai amado, o que é aquela coisa?

— Aquele é mágica, seu Marcinha. Mágica ruim do Terra Cota.

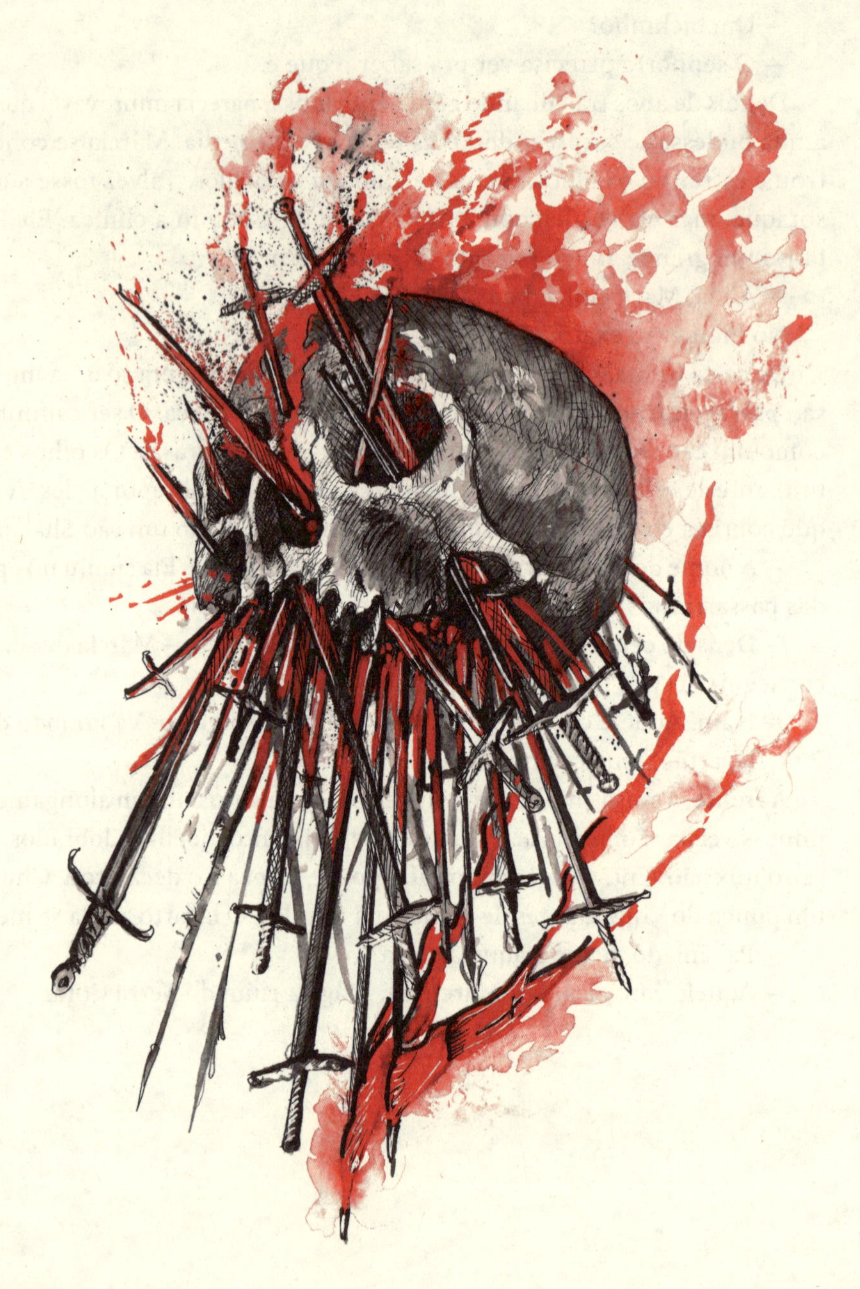

G
A
K

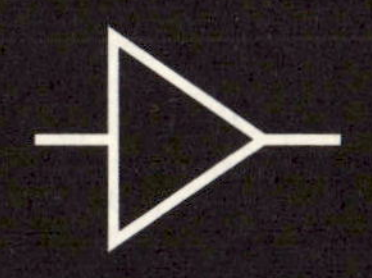

FASE1.RUÍDO3

LAIKA

O SANGUE QUE HOJE REGA ÀS RUAS TEM REGADO A TANTAS LUAS
FLORESCEU MINHA VIDA E A SUA **BLACK PANTERA**

Costumava ter uma casa e uma caminha. Costumava ser chamada de princesa, de carinho, de filhinha. Então o homem que enchia a vasilha de ração caiu duro como uma vassoura, e a pobrezinha ficou ali por dias, lambendo o rosto dele, tentando acordá-lo com mordiscadas cuidadosas nas mãos. Quando o homem que enchia as vasilhas começou a cheirar mal, alguém bateu forte na porta da casa e a luz do sol entrou. O homem-visita foi direto pro corpo do homem das vasilhas, e Laika, faminta e assustada, rosnou pra ele. O homem não pensou duas vezes, ergueu a botina e chutou.

Laika fugiu e mancou por vários dias, e aí o traseiro esquerdo parou de doer. Mas depois de tanto tempo nas ruas ela estava bem magrinha, e tinha uma porção de pulgas. Talvez tivesse carrapatos, mas desses ela não tinha certeza. Eles gostavam de ficar perto do pescoço, onde ela não conseguia enxergar.

Nas ruas, as manhãs eram sempre mais perigosas, principalmente onde havia um bar, açougue ou restaurante — um desses lugares em que os humanos comem. Diferente de seu primeiro dono, as outras pessoas não eram amigáveis ou boazinhas, e eram um pouco piores quando o assunto era comida. O comportamento dos animais, inclusive, era bem parecido. Nas ruas, a briga não era só entre cachorro e gato ou gato e rato, era de bicho contra bicho, fossem eles quais fossem.

De bom nas ruas, só o cheiro. Eles eram tantos e tão diferentes que algumas vezes Laika ficava sentada quietinha em um lugar seguro, de pescoço alto, cheirando o ar até que sua boca se enchesse com um gosto novo.

Uma vez, enquanto fazia isso, ela foi capturada por meia dúzia de meninos maus. Eles amarraram bombinhas no rabo dela e acenderam um pavio. Ela ficou muito assustada, e as bombinhas machucaram bastante a pele. Perto do final do rabo, o tecido ficou sem pelo algum por várias semanas, e depois apareceram uns bichinhos que coçavam a ponto de deixá-la raivosa, várias larvas. Um homem apareceu um dia com um spray prateado e borrifou nela. Queimou e ardeu muito, então Laika correu, mas se tivesse entendido teria agradecido ao homem. Agora o rabo dela estava novinho.

Laika tinha o corpo delgado e era inteira branca. O olho direito era azul, o outro era verde, os dois enxergavam bem. Ela era diferente das outras cadelinhas que conheceu e não somente naqueles olhos. Os outros cães, por exemplo, nunca ficavam atrás dela. E tudo bem com isso, com a solidão, porque Laika aprendeu que quanto menos bichos por perto, mais comida pra colocar na boca.

Agora ela estava vasculhando uma lata de lixo que acabara de tombar. Aquela lata era de uma velhota que jogava muita comida fora. Frango, arroz, feijão... pão, então, era todo dia. Às vezes, ela jogava um bife, mas era quase nunca. Uma vez a velhota flagrou Laika futucando o lixo e jogou um monte de água fria em cima dela. A cadelinha aprendeu a voltar só de noite, e nunca tocava na lata se existisse algum bicho (ou uma velhota) por perto. Precisava ser discreta e cuidadosa, só assim teria comida por mais tempo.

Tinha acabado de morder um pedaço de panetone meio mofado quando ouviu alguém se aproximando. Laika ergueu as orelhas e inclinou a cabeça, sem se distrair totalmente da refeição. Baixou o rabo, afinou as orelhas e continuou na mesma posição, até que o dono dos passos entrasse no seu campo de sua visão.

Era um rapaz magro e estava coberto de sangue. Laika conhecia bem o cheiro do sangue, mas o daquele rapaz era diferente. O cheiro era mais forte, também era um pouco adocicado. Tinha um cheirinho de óleo, de máquina.

Ele ofegava e parecia engulhar, como se estivesse querendo vomitar, mas não conseguisse ou não tivesse mais o que botar pra fora. Arrastava uma das pernas, o pé estava todo solto — Laika viu mesmo de longe que estava preso apenas por um fio de carne. Dava até pra ver o osso. O humano tinha uma porção de furos no corpo, e todos estavam com sangue. O rosto estava explodido até o osso e cheio de melecas vermelhas. Era quase impossível que ele estivesse andando, Laika percebeu, mas humanos eram teimosos até para morrer.

Ela já devia ter aprendido a ser um animal egoísta, mas sentiu uma grande compaixão por aquele rapaz. Ele estava pior do que qualquer animal ou gente que ela já tivesse visto, parecia com um pedaço de carne mal moída andando por aí.

O rapaz deu mais dois passos na sua direção, então caiu.

Cainnn!, Laika reagiu com um latido assustado e se afastou. Mas não muito, ela ainda queria o resto daquela lata de lixo.

O que seria difícil porque o rapaz caiu bem em cima da lata.

Ele não se mexia, e Laika esperou um bom tempo até voltar a chegar perto. Ela se aproximou devagar, de rabinho baixo e orelhas em pé.

O cheiro adocicado estava bem forte agora, e ela teve certeza de que vinha do sangue do rapaz. O olho que ele ainda tinha no rosto estava esbugalhado, e do buraco do outro escorria uma gosma escura, muito densa, quase preta. A boca era uma grande confusão de carne, língua e dentes estraçalhados.

Laika farejou o ouvido do rapaz. Se ele estivesse vivo e acordado, com certeza iria parar de fingir.

Ele não se moveu.

Não demorou muito e a compaixão e empatia de Laika cederam espaço para o apetite. Aquele ali estava morto, mortinho, então ela não tinha muito o que fazer a não ser continuar enchendo a pança e cuidar da própria vida. *Grããããã*, ela acabou rosnando. Não de raiva, mas pelo esforço em tentar tirar o cadáver dali. Aquele rapaz havia morrido bem em cima do seu panetone mofado. Ainda era possível morder uns pedaços, mas ela não tinha como se livrar do sangue. Laika decidiu morder mesmo assim. Ela comia carne e carne tinha sangue, certo? Não era de gente, mas era sangue. E o sangue daquele rapaz não era nem de longe todo ruim. Até combinava com o panetone. Era meio doce.

• • •

Antes de abrir os olhos, Laika sentiu algo bem macio sob seu corpinho. Isso a fez suspirar e pensar que nunca havia saído da sua caminha, de sua antiga vida, de seu primeiro dono. A memória dos cães não é lá essas coisas, então tinha muito detalhe que ficava de lado bem rápido. Não é que ela não se lembrasse de seu dono, do cheiro da casa, dos endereços das latas de lixo, mas era muito mais fácil se lembrar dos *eventos*: onde ela ganhou carinho de alguém, onde apanhou, em quais situações precisou sair correndo. Praticamente todas as suas lembranças estavam associadas a um acontecimento, como o que ela vivenciou na noite passada. Nesse evento em particular, ela viu o rapaz que parecia um pedaço de carne mal moída.

— Ela tá acordando... — ouviu em seu torpor soporífero.

Não reconheceu aquela voz, tampouco se lembrava de como tinha adormecido. Sua última memória era o gosto de panetone docinho na boca.

— Será que ela é mansinha?

Os olhos pesados foram se abrindo e o corpo se espreguiçou sem comando, como não fazia há muito tempo. As patinhas traseiras chegaram a tremer.

Laika abriu os olhos e viu duas crianças. O menino era mais velho, mas não muito grande. A menina era bem criancinha, e dessa Laika sentiu mais receio. Uma criança maiorzinha sabe o que faz, então ela sabe se é má ou se é boa, crianças pequenas não, elas simplesmente testam tudo o que podem, inclusive a resistência física dos animais menores.

— *Gruuããããã.*

As crianças entenderam o recado e se afastaram, o menino abraçou a menininha com força, a fim de protegê-la, a menininha começou a chorar. Ouvindo a confusão, apareceu a mulher.

Ela foi logo fazendo cara de brava.

— Que feiura! Mas que feiura gigante, dona cadelinha!

Laika se manteve na defensiva, mas aquela palavra a desarmou um pouco. Feiura era universal na língua dos cachorros, e qualquer cão, mesmo que nunca a tivesse ouvido, conseguia entender seu significado.

— Quer dizer então que a gente encontra a senhorita na rua, toda desmaiada de fome, entupida de pulga e carrapato, traz pra casa, cuida e limpa, e esse é o nosso pagamento?

Laika relaxou o rosnado e inclinou a cabeça. Isso sempre a ajudava a compreender melhor o que os humanos diziam.

— É melhor a senhorita ficar calminha e mostrar um pouco de gratidão por essas duas crianças, principalmente para essa linda mocinha que chorou como uma sirene até me convencer a trazer você pra casa. E agradeça ao Edinho que ajudou também.

Pelo que Laika conhecia da humanidade, ela estava segura. Havia cheiros específicos que todo cachorro identificava. O do medo por exemplo, era ardido e irritante. O da raiva deixava a boca amarga. Já o cheiro de quem gostava de animais era suave e perfumado, um pouco parecido com cheiro de pães. Era esse cheiro que ela farejava na sala.

Ela se deitou e mostrou a barriga, a língua caída pra direita, as costas se esfregando no estofado do cestinho — um truque que ela não praticava desde os tempos do homem que enchia as vasilhas. A mulher adulta se abaixou primeiro e a tocou na barriga. A mão estava um pouco fria, ela devia estar mexendo com água.

— Sem-vergonha que dói... olha só você, já está toda arreganhada.

Laika esboçou o que melhor poderia significar um sorriso.

— Menina, que bafo, hein? — a mulher disse. As crianças riram. — Agora que a senhorita se acalmou, eu vou apresentar os meninos. A rainha da emoção é a Mirella. Vai Mi, pode pôr a mão nela.

A menina obedeceu, mas com um receio daqueles. Não era puro medo, ela apenas não queria que a cachorrinha mostrasse os dentes de novo e estragasse tudo. Dessa vez Laika retribuiu o afeto da melhor maneira que conhecia.

— Ela tá me lambendo — Mi caiu no riso. Os olhinhos logo se encheram daquela emoção positiva. Edinho aproveitou e também deu carinho a Laika.

— Como a gente vai chamar ela? — o menino perguntou.

— Pelo nome, ué. A nossa amiguinha teve um dono um dia, ela tem um nome na coleirinha.

O menino seguiu com os dedos o barbante no pescoço da cachorrinha e logo achou a plaquinha cromada em forma de ossinho. Ele sorriu satisfeito e olhou pra cachorrinha.

— É... até que ela tem cara de Laika — disse, por fim.

• • •

Foi um encontro e tanto, e em duas semanas Laika parecia ter nascido naquela família. As manhãs eram sempre mais calmas porque as crianças estavam na escola e a mulher trabalhava fora. A escola não era longe e os meninos iam e voltavam a pé, então Laika rapidinho registrou o percurso até onde Mi e Edinho estudavam, e fazia questão de acordar cedo e ir com os dois, pra só depois voltar correndo pra casa e descansar mais um pouco. A mulher chegava antes deles, e ela sempre fazia a mesma coisa. Ligava a TV e ficava olhando o celular, deitada no sofá. Depois de um tempo ia pra cozinha. Então Laika saía de novo e esperava os meninos na porta da escola.

À tarde, Laika precisava de muita energia. Mi gostava de fingir que Laika era sua filhinha, e a vestia com roupinhas, sapatinhos, babadores e qualquer coisa que encontrasse e servisse nela. Colocava até fralda se a mãe não estivesse por perto. Ela também gostava de levar Laika para brincar com os meninos da vizinhança, mas só podia fazer isso com o irmão por perto.

Uma vez, um dos meninos que jogavam bola deu uma bolada em Laika, chutou com tudo, e Mirella viu que foi de propósito. Esse mesmo menino, todo mundo do bairro soube depois, foi encontrado mortinho em um terreno baldio. Ninguém sabia direito o que aconteceu com ele, mas o menino estava duro como um tijolo — foi o que a mulher do mercadinho do bairro disse.

Laika não compreendia tudo o que a menina, a mulher do mercadinho ou outros humanos diziam, mas conseguia entender uma boa parte, inclusive entendeu a tristeza da menina quando soube da tragédia. Talvez Laika estivesse ficando mais esperta, sentia isso, principalmente com sua memória. Por exemplo, ela agora se lembrava do homem que a chutou quando seu primeiro dono morreu. Ele tinha o olho pequeno e sobrancelhas peludas demais. E era baixinho, só um pouco maior que uma criança. Em uma noite, Laika sonhou que se encontrava com ele. Ela estava passando na rua e via o homem. Ele estava sentado na porta da casa que costumava ser dela, fumando. No sonho, Laika rosnava e ele ficava com muito medo. Devia mesmo estar ficando mais esperta — até bem pouco tempo ela não se lembrava dos sonhos.

E falando em sonhos, o melhor horário para eles era de noite. Era quando a mulher estava quase dormindo e as brincadeiras das crianças eram mais calmas. Muitas vezes, a noite era feita de televisão e cochilos, e todo mundo ficava no mesmo lugar, dividindo o mesmo cheiro, dividindo o mesmo ar. Vez ou outra aparecia um amiguinho para dormir com as crianças, então eles montavam cabanas de lençol e ficavam dentro delas com lanternas, jogos e brincadeiras de adivinhação sem sentido. Uma vez eles brincaram de jogo da memória, e todo mundo ficou surpreso quando Laika acertou três pares seguidos.

Em uma dessas noites, Laika passou mal. Começou a tremer e a babar, e demorou um bom tempo para voltar ao normal. E ela dormiu um dia inteiro. Mas depois disso todos cuidaram dela, e ela nunca mais teve aquilo. Não que se lembrasse.

Era uma cadelinha de muita sorte.

O homem alto voltou pra casa em uma manhã de chuva. Quando Laika chegou da escola com as crianças, ele já estava lá. Era forte, falava grosso e tinha uma barba muito preta, preta como carvão. As crianças não chegaram perto dele imediatamente, e Laika sentiu o cheiro do medo emanando de suas peles. A mãe disse que estava tudo bem e as crianças podiam abraçar o pai, o que elas fizeram, ainda reticentes.

Assim que ele viu Laika, perguntou com seu vozeirão:

— Quem é a vira-lata?

Antecipando qualquer problema, a menina a apanhou no colo, e apesar de Laika ser um bom peso, Mi a sustentou nos braços.

— Eu não vou tirar de você, só quero saber de onde isso aí veio.

A mulher explicou rapidinho e foi algo como: "ela ia morrer se a gente não tivesse ajudado, você conhece os seus filhos".

Ele franziu o cenho, quieto, se aproximou e pegou Laika no colo. Apesar dela não ter gostado nadinha, não rosnou nem nada. Ficou paradinha, esperando que o homem a verificasse. — Pelo menos é castrada.

Laika não sabia o que era castrada, não fazia ideia. Mas devia ser uma coisa boa.

Os meninos escapuliram para o quarto e ela foi para a caminha, então viu o homem abraçar a mulher por trás, enquanto ela temperava a comida na pia. A mulher pareceu não gostar, pediu que ele parasse. Mas ele não parou. Ele a agarrou pelo cabelo e a dominou, lambeu seu pescoço e depois subiu o vestido dela. Laika saiu de fininho e foi atrás dos meninos no quarto.

A casa não parecia mais tão segura.

• • •

Desde a chegada do homem, tudo ficou diferente. A mulher não sorria como antes, estava sempre com cheiro de medo, as crianças já não podiam brincar muito tempo. O homem ficava em casa o dia todo, e quando saía era para comprar bebida ou encontrar outras mulheres. Laika o seguiu duas vezes, e nas duas ele acabou em um lugar com música alta e muita bebida.

Os amiguinhos das crianças também não podiam dormir lá nesse tempo, e se alguém insistisse muito, ele bradava como um trovão. Laika calculava que ele podia ser mais violento do que parecia. Certa manhã, as crianças voltaram da escola e a mãe estava sentada na mesa, chorando e pressionando um pano com gelo no rosto. O olho dela estava todo vermelho, parecia até feito de sangue. A menina chegou perto e já começou a chorar, o menino perguntou o que tinha acontecido. Ela disse que foi um assalto e que o pai estava na delegacia, explicando as coisas para os policiais. O menino perguntou o que eles roubaram. A mulher chorou mais.

Na mesma semana, o homem ficou fora de casa. O menino perguntou para a mãe onde ele estava, a mãe disse que não sabia. A menina perguntou se ele ia sumir de novo, a mãe disse que não sabia. A menina disse que gostaria que ele nunca mais voltasse, que era melhor pra todo mundo.

Mas ele voltou.

Laika estava em seu lugar preferido, deitada na caminha e em cima do sofá, em frente à TV que exibia um filme antigo de vampiros com o Eddie Murphy. Ela estava acomodada entre as crianças. A menina penteava os pelinhos da cadelinha como se ela fosse um bebê. Havia colocado adesivos de coração nos pelinhos da testa, e acariciava seu pelo macio com delicadeza. Tentou passar batom na boca dela, mas a mãe da menina não permitiu.

Sem o homem, a vida era bem próxima ao que Laika e sua nova família poderiam desejar. Uma vida sem grandes emoções, mas ainda assim (e talvez por isso) uma vida muito boa. O homem não dava as caras há tanto tempo que a mulher já estava com o olho novinho. Aliás, ela estava mais cheirosa e mais bonita, ria muito mais, brincava com os meninos, e vivia cochichando no telefone. Laika era só uma cadelinha, mas era uma cadelinha esperta, então um dia ela seguiu a mulher e a viu comendo e bebendo com um rapaz. Ele não era tão grande e forte quanto o homem, mas a mulher parecia bem mais feliz com ele. Tão feliz que eles se beijaram.

Na TV, o vampiro deu um grito e a menina colocou a mão na boca para não fazer o mesmo.

— Ninguém vai dormir na minha cama, mocinha — a mulher disse. — Vale para os dois. Para os três — ela encarou Laika e sorriu mais uma vez. Laika colocou a língua pra fora e ofegou, era sua maneira de dizer que havia entendido a piada.

O filme entrou em um momento de suspense e todo mundo ficou bem quietinho. Tão silenciosos que o ouvido de Laika não teve dificuldades em ouvir passos conhecidos se aproximando da porta. Antes mesmo que a campainha tocasse, ela estava a postos, grunhindo como quem tenta afastar uma tragédia.

Logo a campainha tocou.

Sabendo de quem se tratava, Laika começou a pular sobre os joelhos da mulher, latindo, tentando impedi-la de chegar na porta. Mas a mulher esbravejou com ela e espionou pelo olho mágico do mesmo jeito. Não fez menção de abrir as trancas.

— Eu sei que você tá aí, Fran, me deixa entrar.

A mulher Fran não se mexeu, mas o menino Edinho desligou a televisão. Ele e a menina Mi se abraçaram.

Claro que era *ele* e ele era um homem mau. Gente assim nunca desiste.

— Eu só quero conversar, me despedir dos meninos. Precisamos colocar um ponto final nessa história.

— Eu já coloquei, Gil — a mulher informou.

— São meus filhos, eu estou indo pro Sul amanhã, não sei se volto. O que você vai falar pra eles, que eu morri?

— Não abre, mãe — o menino choramingou.

Ela não se mexeu.

— Poxa vida, Fran, eu tava confuso, tava doente. Agora não tô mais, eu procurei ajuda. Eu só quero me despedir deles. Você segue a sua vida, eu sigo a minha, a gente deixa o passado para trás.

Ela deu as costas à porta e se escorou nela. Respirou fundo algumas vezes. O menino pediu de novo, bem baixinho: — Não abre.

Ela se virou novamente, encarando a porta.

— Não se nega um último pedido a um pai, Fran.

— Você não vai entrar, combinado? Eu vou abrir, você se despede daí mesmo e isso acaba. Eu não vou nem pedir pensão, só quero criar meus filhos em paz.

— Eu vou deixar algum dinheiro com vocês. Eu pisei na bola, Fran, me deixa consertar alguma coisa.

Laika latiu assim que as mãos de Fran tocaram a maçaneta. Fran destrancou a chave comum, depois a chave tetra, então continuou abrindo, bem devagar.

Ele empurrou a porta com tudo. Com a força que tinha, a madeira voou como um aríete, acertando em cheio o rosto de Fran. Os meninos se agarraram e começaram a gritar. Assim que o pai tomou a mãe pelos pulsos, o menino gritou com um desespero exigente: — Não bate nela! Não machuca a minha mãe!

Com o impacto e a dificuldade de respirar, Fran continuou no chão. O nariz quebrado na hora, as tentativas de respirar bloqueadas pelo sangue e pelo edema que imediatamente se formou. Gil a chutou algumas vezes. Ele a agarrou pelos cabelos e a suspendeu, rente ao seu rosto. A mulher se segurava como podia, mas as pernas estavam moles e frouxas, deixando boa parte do peso nos cabelos.

— Sua vaca! — ele cuspia, furioso. — Além de mandar me prender, arrumou um veadinho pra mamar? Pensou que eu ia ficar preso pra sempre, vagabunda?

— Por favor, Gil, as crianças — ela arfava.

— *Para*, pai! — Mirella implorou. — Paraaaaaaa!

— É pro teu bem, minha filha, você não vai ficar igual a ela. E você, moleque, mandei ficar de olho, não foi? Que tipo de homem é você? É homem pelo menos?

Fran havia tomado fôlego e usou boa parte dele para apertar o saco daquele infeliz. Gil sentiu os joelhos amorteceram, o estômago encolheu. Uma pena que os canalhas sempre se recuperem tão rápido. A resposta veio em um sopapo de costas de mão que atirou a mulher de volta ao chão. Sem poder contar com a força, ela correu até os filhos e lhes tomou a frente. Como proteção, apanhou a mesinha de centro e a utilizou como uma domadora de animais selvagens.

— Isso, que lindo — os olhos dele ferviam. — Jogando meus meninos contra mim. Conta pra eles o que você fez, sua piranha, mas conta tudo. Ela mandou me prender, criançada. E sabem por quê? Porque o papai aqui descobriu que sua mãe tinha um amante.

— Ele não era meu amante, seu porco! Não naquela época — ela estava tremendo de raiva e medo. — SOCORRO! SOCORROOO!

— Ninguém vai ouvir você. Esse é um bairro muito decente, as pessoas não se metem nos problemas do outros.

Ele sentiu uma pressão na barra esquerda da calça e parou de falar. Olhou para baixo e viu aquela coisinha branca rosnando e se agitando. Chegava a ser cômico. Gil se abaixou e apanhou Laika pela pele do pescoço, imobilizando-a imediatamente.

— Ela é bem mais valente que você, Fran — disse, exibindo a cachorrinha.

— Não, pai! Solta ela! — Edinho não aguentou mais e fugiu de onde estava. Foi até a cozinha, abriu a primeira gaveta e pegou a maior faca que encontrou.

— Solta ela! — repetiu. A mão tremendo como um bambuzal ao vento.

O homem riu.

— Não, pivete, eu não vou soltar. E já que o senhor pretende me matar, eu vou quebrar o pescoço dela antes.

Ele disse isso e apertou Laika com a mão esquerda, a direita ainda segurando a parte de trás do pescoço da cachorrinha.

Laika gemeu baixinho, como um filhotinho, Gil apertou mais e colocou seu rosto bem perto do focinho.

— Não, Pai! Eu já soltei a faca, agora solta ela!

Naquele momento o homem chamado Gil se sentiu muito poderoso. Ali estava ele, senhor de seu lar e dono de seu mundo. Assim era melhor. Ele no comando, ele no poder, ele sem ser provocado ou desafiado por ninguém.

Sentiu uma pressão esquisita na mão que segurava Laika, e isso o trouxe de volta à realidade.

Havia alguma coisa deslizando sob a pele, e a coisa tinha força o bastante para mover seus dedos. Um ruído pastoso emanava da barriga da cachorra, um som de carne, de mastigação. Gil notou que os olhos de Laika estavam cinzentos, parecia haver uma capa de chumbo sobre eles. A mandíbula começava a se distender como a boca de uma serpente, a pele da junção tão fina quanto um papel. Ele tentou soltar o pescoço, mas alguma coisa havia atravessado os pelos da cachorra e se infiltrado por sua pele, algo afiado e alongado, equipado com um sistema de ganchos.

— Ahhhhh! Mas que merda é você?! — ele gritou quando a boca da cachorra alcançou a abertura total.

De dentro da garganta de Laika, um aparato fino e rígido, um tipo de sonda, se propulsou a uma velocidade absurda, se detendo a centímetros do rosto do homem. Era como uma única mão em concha. Em um segundo ela se abriu e bifurcou, e de cada um dos sete dedos dezenas de espículas emergiram, como agulhas de tamanho médio, transformando os dois aparatos em equipamentos mortais. Aquilo se alongou e abraçou toda a cabeça de Gil, se enterrando em seu crânio sem dificuldade. A boca desceu, os olhos reviraram, mas o corpo, por algum mistério ou domínio, continuou firme e de pé.

— Deus do céu!

Fran correu de onde estava e levou os filhos para o quarto. Fechou a porta e a bloqueou com a cama. Por garantia, se sentou com as crianças sobre o colchão. Trêmula, ligou a TV com o controle remoto e colocou o volume no talo. Fran agarrou os meninos e deu um beijo em cada um. Continuou abraçada a eles.

— Já vai acabar. Já vai acabar, eu prometo.

Na sala, o corpo de Gil era mantido de pé, as mãos ainda sustentando Laika pelo pescoço. A sonda bifurcada, aparato primário, ainda conectado a ele. Da boca da cachorra, emergiu uma confusão do que pareciam fios de fibra óptica, pequenas estruturas biomecânicas que se articulavam como a destreza de uma cauda animal. Na ponta de cada membro afilado brotou uma pequena boquinha faminta. Elas morderam o rosto de Gil até deixá-lo no músculo, depois nos ossos, até se desinteressarem.

Quando o banquete terminou, pouco antes do raiar do dia, Laika voltou para sua caminha. Acordou nove horas mais tarde, com Fran lhe oferecendo uma lata de patê de carne defumada. A mulher parecia receosa, mas não havia cheiros assustadores nela, só havia amor.

O que Laika fez para ser tão amada, não fazia ideia, mas estava feliz. Muito feliz.

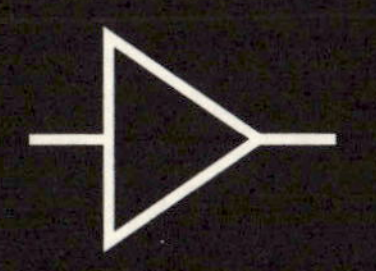

FASE1.RUÍDO4

TINNITUS

EU SOU O SEU PREDADOR, NÃO É NADA PESSOAL
SÃO SÓ JOGOS DE HORROR **ZUMBIS DO ESPAÇO**

QUEBRA-CABEÇA

Quantas notas são necessárias para se construir um monstro? O que é um monstro? Como se controla um monstro?

Danúrio estava ao lado do tanque de carnes em conservação, ouvindo músicas clássicas e calculando o que ainda poderia aprimorar em sua criação. Ele, ela, *o amor*, já tinha pernas e pés, um sistema cardiovascular reforçado e todos os órgãos fundamentais. Também possuía alguns extras; órgãos reprodutores múltiplos, plenamente funcionais às variáveis preferências humanas. A parte masculina — falo, escrotos e glande — era equipada com bolsões de ar expansivos, e podia alongar-se facilmente em comprimento e espessura; a vulva e os equivalentes femininos alcançavam um bom aperto e tensão, além de contarem com lubrificação contínua e avanço de temperatura — atingia pouco mais de quarenta graus celsius. O conjunto de molas e engrenagens garantia a movimentação, a sucção, enquanto a carne conservada provia a realidade do toque. Levou um bom tempo, mas enfim chegara a hora.

O laboratório fora improvisado na antiga instalação do Centro de Pesquisas sobre Doenças e Novas Moléstias do município, abandonada há meses pelas Forças Armadas. Esse braço mais misterioso da ANVISA foi implementado às pressas em julho de 2022, e desmantelado e transferido para Três Rios no mesmo ano. Estava novamente bem equipado, mas passava longe do luxo e estabilidade das sedes modernas. A segurança quase não existia, e não seria preciso em um bairro tão violento quanto se tornou o Terra Nova. Terra nova e podre. Lar doce lar de estelionatários, profissionais do sexo e bandidos irrecuperáveis. Danúrio não costumava levar tais rótulos, mas algumas vezes a vida empurra um homem até seu próprio abismo. O maior neurotecnólogo do país descartado como um cadáver podre... abandonado pela família, pelos empregadores, pela própria sociedade. Morte a todos. Dane-se o abismo.

Mesmo em suspensão inanimada, a coisa se moveu. Na mão direita, o punho em posição de soco relaxou suavemente; o dedão se distendeu. E permaneceu assim.

— Calma, a espera está terminando — Danúrio disse e fechou o tampo hermético do estoque de carne. Não havia nada ali de que precisasse imediatamente. Pele, tendões, músculos, membros ou cartilagens.

Acariciou o punho da criatura. Em seguida, parte por prazer, parte por metodologia, tocou as gônadas masculinas do ser. A bolsa escrotal encolheu como um caramujo. Danúrio recolheu a mão.

Ainda se questionava se as alterações sexuais seriam de fato justificáveis. A maior parte daquele ser ainda era indubitavelmente feminina, mas tais partes, ele bem lembrava, também eram atraídas por outras da mesma qualidade. Havia tanto calor naquele corpo, tanta paixão. Uma fome insaciável. Pena que algumas histórias precisem ser abreviadas. Por que certas coisas precisam morrer, afinal? Chegar ao fim? Por que precisam deixar de existir?

— Porque não existe disciplina — ele balbuciou e apertou o mamilo direito do corpo. Não houve reação. — Você não, meu amor. Sua morte não será definitiva — deslizou as mãos enluvadas pelo ventre aberto na criatura. Mergulhou a palma da mão direita sobre um dos pulmões em inflação e o acariciou. Havia alguma substância gelificada sobre ele, a mesma que, em maior diluição, corria entre as veias da criatura. Talvez a entidade tenha suspirado, certamente ela expeliu o ar apressadamente. Estaria sentindo dor? Seria capaz de ainda sentir seu toque?

O rosto não dizia nada, e parecia bem pouco possível. Algo ainda inalcançado em todos os centros de simulação da vida era transmitir a complexidade da emoção humana. A sociedade geral desconhecia tais experimentos, essas atrocidades, mas elas não deixariam de existir tão cedo. Culturas de pele desenvolvidas em porões, clonagem humana, crianças geradas em viveiros. No final, tudo se tornaria justificável, principalmente se oferecessem beleza ou alguns anos a mais. Não existe limite na retenção do arco quando a estética é o alvo da flecha.

Não que Danúrio tenha se fixado nessa parte, a estética convencional lhe parecia perda de tempo e energia. Para aquele rosto, existia apenas duas opções, o artificial impreciso da beleza ou a verdade incômoda do horror. Danúrio optou pelo segundo. Parte do crânio continuava exposto, um dos olhos, mesmo apto, jazia mergulhado em uma cratera enxertada. Os dentes ainda estavam em bom estado, mas as gengivas haviam escurecido e retraído à quase totalidade dos ossos. O nariz era edemaciado e impreciso. Com rigor, o conjunto mal parecia um rosto. E que necessidade havia de um rosto que só saberia expressar desapontamentos?

Parte do ser era Natalie, outra parte, Magnólia. Fausto completava o que precisava existir, emprestando falo, gônadas e alguns órgãos internos. Pessoas indisciplinadas. Erros da natureza. Atos falhos de carne, sentimentos e ossos.

— Você renascerá. — Danúrio passou as mãos pelo pescoço, quase íntegro, que ele costumava beijar. Apertou um pouco. Depois acariciou a ferida lateral, a causa primária do óbito. A cicatriz ainda estava lá, redonda como uma cratera, rugosa como um esfíncter. Danúrio acariciou as bordas da marca e o ser esvaziou o peito. O olho mais íntegro efetuou um movimento de vai e vem pelas pálpebras. Seria possível que sonhasse? Mesmo depois de ter o cérebro desnutrido e adaptado, fatiado e reconfigurado, seria capaz de sonhar?

Danúrio se levantou e apanhou uma pequena semente metálica em seu equipamento de criogenia. Era brilhante e avermelhada, rugosa. Tinha cheiro de ferro. Graças a ela, todas aquelas novas maravilhas eram possíveis.

Sementes como aquela mudariam o mundo, derrubariam corporações, reconstruiriam civilizações. Naquele ponto da história, as sementes em teste eram responsáveis por trazer a vida de volta, ou pelo menos a parte mais mecânica, funcional, essencial que toda vida precisa possuir. Já não havia muitas delas, o comércio clandestino de sementes da vida operava na faixa dos milhões, mesmo com todas as imperfeições e contraindicações das técnicas e metodologias empregadas.

Podia curar o câncer, em contrapartida, obrigava o contemplado a ver grande parte de seu corpo se deformar em tumores benignos. Era capaz de reconstruir uma coluna vertebral arruinada, e o paciente viria a perder a visão ou outro sentido importante. Caso uma semente *devolvesse* a visão, o paciente certamente desenvolveria algum tipo de demência ou surdez.

Mas no caso dos mortos... o que eles teriam a perder? O compasso cardíaco? A vontade? Sentidos? Nada que já não estivesse perdido.

Muitos cientistas alegavam que um morto não conhecia prejuízo algum ao deixar de pertencer a esse mundo. Toda dor e angústia se transferiam aos que ficavam, o desespero era dos que ficavam. A morte era a libertação derradeira. E se os mortos não tinham mais importância, o que dizer de seus sentimentos?

A grande exceção seria aquele híbrido deitado à frente de Danúrio, capaz de amar e odiar, sentir, e até... recordar. Lembranças eram algo expressamente proibido, ultrajante, até mesmo repudiado pela comunidade científica. Afinal de contas, um morto com memória deixaria de ser uma peça de carne. Um morto com memória precisaria ter os mesmos direitos de um vivo.

Essa era a grande contravenção de Danúrio. O motivo de sua miséria. O impulso de seu intelecto. Aquele ser se lembraria de sua existência pregressa, pois só assim poderia admitir seus erros, só assim encontraria o verdadeiro arrependimento.

Danúrio sorriu. Como se houvesse delírio maior em um ser humano do que ser dono integral do outro, principalmente de suas memórias, pensamentos e recordações.

Colocou a semente avermelhada dentro da boca da criatura e a forçou garganta abaixo. Precisou pressionar bastante, massagear, mas por fim a castanha entrou pelo esôfago. Terminada a parte mais essencial do reavivamento, Danúrio apanhou o rosto provisório, de acrílico translúcido (apenas uma proteção adicional aos tecidos expostos, cobria do lábio superior até a testa), e destacou do plástico o filme protetor. Os pinos de fixação já estavam posicionados no crânio, dois na testa, dois na maçã do rosto. Danúrio detectou alguma podridão infecciosa ao redor dos pinos, mas com sorte a semente também reconstruiria essa parte. Sem perder tempo, apertou os fixadores com uma parafusadeira cirúrgica.

Os longos cabelos — e todo o topo da cabeça —, ele apanhou logo depois. A base do escalpo era uma estrutura rígida enriquecida com carne de cultura, tecido que se tornaria muito comum nos próximos anos, principalmente em cirurgias de estética. Outra contribuição sua para o mundo narcisista que insistia em desprezá-lo.

Para completar o despertar, faltava apenas a solução de eletrólitos dedicados, cuja especificidade se dava a nível cerebral. Ao lado da maca, os mecanismos de suporte à vida seguiam em um compasso definido, como uma canção desinteressante. O ronronar elétrico dos geradores, o bip-bip do monitor cardíaco, o chiado do dispensador pneumático de soluções intravenosas. Era uma boa música para os ouvidos de Danúrio.

— Amor, estamos quase lá — ele posicionou o escalpo e apanhou o grampeador de pressão. Antes do primeiro disparo, algum carinho nas mechas escuras. Estaria o corpo, mesmo em estado inanimado, apto a sentir as perfurações? Os estudos diziam que não, que a morte era anestésica e duradoura, mas Danúrio pensava o oposto.

Piff!, o primeiro pino desceu. As pernas do corpo estremeceram.

Piff, piff!, mais dois, e um filete de sangue encontrou caminho até o ouvido direito, o único que existia, o aparelho auricular externo esquerdo havia perecido de decomposição, assim como o nariz, substituído por uma peça sintética.

— Você chora — o cientista se regozijou. — Finalmente você chora! — secou as lágrimas que brotavam do olho mais intacto do rosto feminino.

Antes de fechar o tórax em definitivo, lhe pareceu justo apreciar seu trabalho. Danúrio apanhou o lençol cirúrgico e, cuidadosamente, carinhosamente, desnudou todo o dorso, deixando o tecido sobre a pelve e as pernas.

Era linda. Aperfeiçoada e inanimada. Era melhor.

Os seios ainda eram os originais de Magnólia, maiores e mais firmes que os da esposa e fornecedora da maior parte do corpo, Natalie. Surpreendentemente, as mamas mantiveram a forma e turgidez original, assim como o torso, pernas e glúteos de Natalie. Os olhos, azuis de ferir a razão, eram dele, de Fausto. Os mesmos olhos que iniciaram a ruína da vida de Danúrio. Ou teriam sido aqueles seios? Ou o pênis que, mesmo em repouso e ao natural, seria maior e mais bem disposto que o dele? Danúrio retirou as luvas e acariciou a abertura toráxica. Ali estavam dois corações femininos, pulmões masculinos, os rins e baços conservados de Natalie. Lá estava uma pequena central eletrônica, inteligente o suficiente para manter o bom funcionamento de todos os implantes e órgãos. Era excitante tocá-la mais uma vez, profaná-la, ser seu dono. No final das contas esse é o grande significado do amor matrimonial: posse.

Os dedos desceram e tocaram as partes secretas, tanto masculina quanto feminina, o que fora Fausto e o que era Natalie. As costuras passavam longe da cicatrização perfeita, e de tão frescas, era possível se romperem em um movimento mais brusco.

— Hora de lacrar esse abdômen, amor.

Com outro grampeador cirúrgico em mãos, Danúrio iniciou mais uma etapa de seu trabalho.

Tec-tec-tec...

Tec-tec

Tec.

E mais torque na parafusadeira, para garantir a firmeza do rosto.

Vruuuuuu...

ZUMBIDO

A morte, um dia todos descobrem, é um mergulho em uma piscina feita de nada. Uma submersão sem cor e sem visão, um mundo desprovido de dores, prazeres ou vontade. Tampouco a raiva ou o deleite poderiam apresentar uma significância justa sem a insistência da memória. Na morte, só existe o zumbido. Fino, profundo e anestésico. Um quase silêncio que não pode ser eliminado.

Ziiiiiimmmmmmmmmm...

Ziiiimmmmmmm...

Zimmm.

— Querida...

O cérebro não acorda imediatamente. Em um primeiro momento, tudo o que ele faz é reconhecer onde está. Foi dessa forma que a mente de Natalie voltou a *ser*.

Agora, além do zumbido, havia cores. Não eram vivas ou perfeitamente definíveis, se pareciam muito mais com uma névoa densa e azulada, uma cortina de nuvens frente aos olhos. Além das cortinas tudo era confuso, vultuoso.

— Tenha calma — alguém disse a ela. Mas quem era esse alguém? Ela o conhecia?

De muitas formas, renascer era parecido com a morte. Luzes se acendendo e apagando, odores, uma completa confusão dos sentidos. Dor. Muita dor.

Natalie tentou comandar a voz, mas tudo o que conseguiu foi gastar um gemido. As cordas vocais doíam, pareciam ter cicatrizado no tecido da garganta. A cada tentativa de fala, uma nova sensação de rasgo. Algo escorrendo na glote. Seria sangue?

— Você voltou, amor, voltou para mim.

Aquela voz... aquela entonação cheia de falsa ternura.

Um flash luminoso no nervo óptico. Um dor aguda no centro do cérebro.

Zimmmmmmmmm.

O dono da voz ficou mais aparente. O contorno humano. As mãos que lhe tocavam o rosto. Por alguma razão, o olfato se estabilizou primeiro, perfeitamente funcional — chegava a parecer amplificado, inclusive. Foi dessa forma que ela sentiu o hálito do dono da voz. Havia um mau cheiro terrível, o odor permanecia consistente mesmo com o disfarce da menta. O fedor se acentuou quando a boca desceu e a beijou. Um segundo flash nos olhos, o cérebro estalou por dentro, como se uma massa de ar tivesse escoado por suas curvas e saído pelo ouvido direito.

Zimmmmmmm.

Era um homem. Não era horrível, mas passava longe da beleza. Tinha dentes pequenos que pareciam frágeis, o rosto era pálido e forrado por uma pele que pouco ou nada conhecia do sol. Os olhos eram desinteressantes e bem próximos ao nariz, o queixo quase não existia. Era magro como um arame forrado de carne.

— Como se sente? — ele perguntou.

Natalie murmurou.

Falar doía. Falar era o inferno.

Provavelmente o homem também sabia disso, o que o levou a apanhar um colutório em spray em uma mesinha de instrumentação. Ele a borrifou na boca algumas vezes, depois massageou a garganta de Natalie.

— O que aconteceu... — a voz gasta — comigo?

— Tenha calma, tudo vai voltar aos poucos.

As mãos de Natalie subiram devagar e, como se temessem o que encontrariam, pararam a alguns centímetros do queixo.

— Eu... eu não sinto os meus dedos.

— Vai sentir em breve. Vai sentir tudo, eu fiz questão de garantir essa parte.

Natalie engoliu algumas vezes em seco, respirou fundo. Tossiu.

— Eu sofri algum tipo... — raspou a garganta — ... um acidente?

— Pode-se dizer que sim, meu amor. Podemos dizer que sim.

— E você não é meu médico — o tom de voz se assumiu mais sério.

— Não somente isso.

Natalie pensou um pouco, efetuou uma tentativa de se sentar. Danúrio a conteve. Por garantia, afivelou a tira de contenção abdominal da maca.

— Eu estou… inteira? Ainda tenho braços, dedos e pernas?

— Natalie, você está melhor do que antes, eu posso garantir.

Ela o encarou cheia de novas dúvidas. A seguir houve uma pressão imensa em algum ponto do crânio, entre os olhos. O corpo sofreu uma espécie de espasmo. Punhos se cerraram, pernas se esticaram, os dentes travaram. Um pouco de urina escorreu da maca até chegar ao chão. A pele fibrilou e se arrepiou em três ou quatro pontos distintos do dorso. Sabendo o que viria a seguir, Danúrio apanhou um aparelho de contenção bucal, um mordedor. Pressionou o osso da mandíbula com seus dois polegares, e quando conseguiu uma abertura, colocou o mordedor entre os dentes da desmorta.

Natalie continuou rija, tensa, fechada em si mesma.

As reações de Danúrio eram frias e controladas, como se ele esperasse cada detalhe que se descortinava. Continuava bem próximo da maca, para poder observar o flagelo muscular do corpo sem perder nenhum detalhe.

Os movimentos seguiam potentes e caóticos. Em certa altura, a elevação da pelve foi tão intensa que algumas suturas cederam, da mesma forma que também acabou desconectada a fita de contenção da maca. Danúrio a encaixou de volta, deixando o êxtase por alguns segundos. A palidez constante do cientista dera lugar a uma espécie de vermelhidão satisfeita, a pele do rosto finalmente irrigada pelo sangue.

Então o relaxamento. O corpo de Natalie abruptamente desligado. Danúrio se afastou e disparou a última carga de eletrólitos animadores no aparelho dispensador. *Tchiiiii.* O corpo inalou e reteve o ar. Vibrou debilmente e o soltou. *Tchuuuuu.* Os olhos se abriram e reencontraram Danúrio. A boca tossiu.

— Que tipo de coisa doentia você está fazendo comigo?

— Bem-vinda de volta, Natalie. Também é bom rever você.

Ela tentou se mover mais uma vez.

— Me tira daqui! O que você fez?! O que você fez comigo?

— Não se lembra ainda? Era pra lembrar.

Ele chegou mais perto e acariciou o que ainda havia de rosto. Natalie cuspiu uma mistura de saliva e sangue sobre ele. Com tranquilidade, Danúrio secou o rosco com uma toalha de papel. Depois a acariciou no seio esquerdo.

— Você furou meu pescoço! Você assistiu a minha...

— Continue, amor, por favor, continue — ele a apertou no mamilo.

— Não... — ela começou a chorar. — Você não fez isso, não depois de tudo o que já tinha feito.

— Eu? Não, Natalie, não eu. — Ele a olhou com uma compaixão confusa. — Sempre fui honesto com você. Perdoei seus deslizes. Encobri suas falhas. Você poderia ter escolhido qualquer homem, mas preferiu meu irmão. E Magnólia... isso sempre me deixou confuso, por que outra mulher? Por que outra mulher além de já ter dois homens?

— Porque nenhum deles me deu amor.

— Você não queria amor. Você sempre foi uma depravada, uma... dissimulada. Seu único amor era o que existia em mim, mas isso não te servia... isso nunca te serviu. Você precisava de outros. Se sujar nos outros. Se misturar com eles.

— Não sou um ralo de esgoto pra sugar todo seu esperma. Você queria meu sexo, não meu sentimento.

— Que seja, Natalie... agora terei os dois. E um pouco mais. — Um sorriso perverso atravessou seus lábios.

Natalie parou de falar por um instante. Mesmo com o rosto sem quase nada da musculatura original, era possível notar seu desespero. A mucosa da boca estava descorada outra vez. O olho bom lacrimejava. O olho deformado tremia.

— O que você fez comigo? O que sua cabeça cheia de monstros fez comigo?

Ainda sorrindo, ele se afastou e caminhou até uma bancada com tampo de granito. De cima do granito, apanhou um espelho de setenta por quarenta centímetros. Levou até onde Natalie estava imobilizada e o colocou à frente de seu rosto.

De imediato, ela não reagiu. O choque foi tão grande, tão avassalador, que Natalie sequer conseguiu respirar. Natalie não via mais Natalie, mas algo pensado e projetado para permanecer inacabado. Havia músculos, ossos e tecidos sintéticos formando parte de seu rosto. Uma cobertura de acrílico. Os olhos com os quais ela via não eram seus olhos, e ela não levou muito tempo a reconhecê-los.

— Sim, são os olhos do meu irmão. Você sempre gostou deles, decidi torná-los seus. Consegue se lembrar de outras partes de Fausto que você gostava?

— Louco, doente... o que você fez comigo? Com ele?

— Com *eles*, você quer dizer? Eu não teria a displicência de deixar esse triângulo desunido, seria um erro de minha parte. — Danúrio desceu o espelho até os seios. Ela os reconheceria, mas para não haver dúvidas, o golfinho tatuado próximo ao mamilo esquerdo foi preservado, bem ao lado da costura grosseira do implante.

— Magnólia, não, não ela... por quê? — A voz se alterava. — Pra que todo esse trabalho depois de ter acabado com a gente? O que você espera ganhar com isso?

— Não quer ver o resto? — ele retirou o lençol que cobria a parte de baixo da cintura e reposicionou o espelho.

O olho de Natalie que possuía pálpebra se fechou rapidamente, mas o outro, o que estava inserido na cratera ocular como uma bola de gude mal colada, foi obrigado a contemplar. Entre as cicatrizes e edemas, havia o pênis de Fausto. Abaixo dele, a abertura vaginal. Havia uma espécie de secreção emergindo dos pontos grosseiros, a bolsa escrotal era tão grande que descia sobre a vulva, como uma cortina de carne. Havia algo parecido com um ânus ao lado, um orifício rugoso.

— Isso é monstruoso. Você precisa parar, precisa acabar com isso. Você enlouqueceu! Existem leis! Limites. Eles vão descobrir e vão prender você! Maldito de merda! Desgraçado!

— Não, Natalie. Não é o que vai acontecer. Na verdade, você irá me servir, e em troca eu não faço da sua filha uma cópia exata do que você se tornou.

— Você não ousaria!

— Ela não é minha. Eu a amo, na medida do possível, mas também odeio o que vocês fizeram comigo com uma intensidade muito maior. Ela é filha do Fausto, tem os olhos azuis e o sorriso idiota do Fausto.

— Não... não é! — Natalie gritou até perecer sob uma nova crise de tosse. O peito chiava. A boca tremia.

Desprezando a aflição à sua frente, Danúrio começou a libertá-la da maca. Afrouxou a amarra das pernas, depois a dos tornozelos. Enfim o dorso. Natalie não se moveu por alguns segundos, e quando o fez exclamou em gemidos. — Deus...

— Eu começaria devagar — recomendou Danúrio.

Foi o que ela pôde fazer.

Ao tocar o chão, a sensação era dos pés e pernas estarem formigando. O osso do quadril parecia soldado, rijo. A junta dos ombros não funcionava direito. Infelizmente os olhos continuavam operando com perfeição, dessa forma ela podia ver os remendos dos seios, da barriga, das pernas. Avançar um passo foi um esforço gigantesco, e, mesmo assim, ela não o fez completamente, precisando arrastar a perna esquerda.

— O que vai fazer comigo?

— Vamos nos divertir um pouco — ele chegou mais perto.

Danúrio levou as mãos para baixo e tocou todas as partes, apertou a bolsa testicular e esperou que a mulher se curvasse de dor.

— Quem sofre é você ou é ele?

— Doente — ela arquejou. — Seu porco maldito — disse, dessa vez com uma voz aveludada, que de certa forma carregava um traço de sedução. Apanhou a mão de Danúrio que estava no escroto e a posicionou em sua abertura. Os dedos caminharam. Ela puxou a mão para si e a levou à boca. Sugou o indicador e o dedo médio ao mesmo tempo, a língua ágil como uma serpente. Danúrio fechou os olhos. Sabia que evocar a filha seria uma garantia, mas não imaginou que a mãe cederia tão facilmente. A Natalie reanimada era exatamente o que era em vida.

— Você quer todas as partes? Quer tudo? De nós três? — ela perguntou, trocando a lambedura das mãos pela orelha de Danúrio.

— Quero você, quero o que oferecia aos outros. As partes que nunca foram minhas.

Ela apanhou as duas mãos dele e as colocou em sua cintura, como se o convidasse para uma dança. Os corpos entraram em sincronia, embora nunca tivessem, em vida, alcançado tal feito. Quantas notas são necessárias para se transformar um ruído em canção? Quantos segmentos e estrofes até ser chamada de música?

Enquanto ela o embalava, mergulhou as unhas ventre adentro. Os pontos novos, frescos, se romperam com facilidade. Ela sequer gemeu. Danúrio sentiu certa umidade, mas tomado pela excitação como estava, continuou se deixando levar. Era uma boa valsa, um bom ritmo. Natalie voltou ao ouvido e sussurrou:

— Eu já me sentia morta casada com você.

Uma fração de segundo depois, o baço explodia na mão direita de Natalie.

O corpo desceu depressa, mais uma vez um amontoado de carne, a boca sorria para a nova morte que chegava com urgência.

Danúrio sentou-se no chão e acariciou o nada de vida que restava.

Quantas notas são necessárias para se reconstruir um monstro?

Quem são os verdadeiros monstros?

FASE.2

● ● ● INDICATE MASTER-TONES
STARS INDICATE UNDISCOVERED ELEMENTS

DIAGRAM SHOWING THE TEN OCTAVES OF INTEGRATING LIGHT, ONE OCTAVE WITHIN THE OTHER. THESE TEN OCTAVES CONSTITUTE ONE COMPLETE CYCLE OF THE TRANSFER OF THE UNIVERSAL CONSTANT OF ENERGY INTO, AND THROUGH, ALL OF ITS DIMENSIONS IN SEQUENCE

DARKSIDE® ELETROELETRÔNICOS

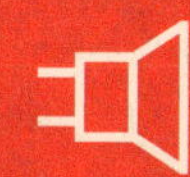

Drogarias Piedade, unidade 189.
Terra Cota.
Terça-feira. 15:38h

— Lá vem B.O... — disse Samuel. Era o balconista mais novo da farmácia, mas já sabia prever uma confusão. O homem que entrava era só um pouco menor que o armário de medicamentos dos fundos, e segurava uma pomada que comprara há dois dias. Foi direto para o farmacêutico.

— Boa tarde — o rapaz de jaleco de plantão, Douglas, disse a ele.

— Só se for pra você, coleguinha. Seguinte, o senhor me vendeu essa pomada aqui faz uns dias. Se eu estivesse lavando meu dedo com água da privada era capaz de ter melhorado mais. Eu quero trocar ou devolver.

— Não melhorou nadinha? — Douglas perguntou, já apanhando a pomada Nebacetin para dar uma olhada. Estava aberta e usada até a metade.

O homem colocou a mão sobre o balcão. Grande como uma raquete. Desenfaixou o dedo anelar direito com cuidado e mostrou ao farmacêutico. A careta foi inevitável.

O dedo do sujeito estava com a grossura de dois polegares. O edema estava tão intenso que havia trincas no tecido, partes da pele tinham rachado. O cheiro era ruim, rançoso. A cor também tinha se alterado, o dedo parecia uma beterraba.

— Eu falei da primeira vez, o senhor precisa de um médico. Isso pode ter sido picada de algum bicho.

— Tem outra pomada? Uma que resolva?

— Eu não posso continuar indicando medicamentos pro senhor.

— Então eu quero meu dinheiro de volta. Essa bosta não serve pra nada.

Douglas olhou para a embalagem aberta, não tinha como aceitar. Mas o homem era grande, estava irritado e com um dedo meio podre, isso mudava bastante as prerrogativas.

— A gente fica com o prejuízo, não tem problema — aceitou Douglas. — Eu só preciso fazer a notinha.

O homem voltou a olhar para seu dedo antes de enfaixá-lo de novo. Aquilo sim era prejuízo.

Eu sou o fantasma e a poeira
Eu sou a morte de cima
Eu sou a podridão da selva

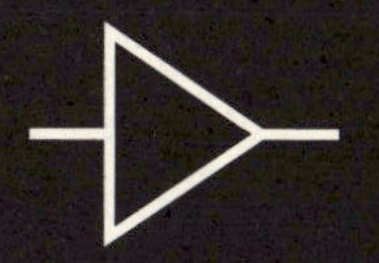

FASE2.RUÍDO1

DERMOGLIFO

I AM THE GHOST AND DUST / I AM DEATH FROM ABOVE!
I AM THE JUNGLE ROT **CAVALERA CONSPIRACY**

I

Levou muito tempo até que Igor sentisse orgulho de si mesmo outra vez. Para homens como ele, o mundo já não era o que costumava ser. Há anos ele vinha se obrigando a ser mais suave, mais ameno, menos musculoso e muito, mas muito mais... compreensivo. A verdade é que Igor muito tentava, mas a suavidade funcionava nele como um repelente. Era um homem feito de testosterona, urgência e vontade.

Com tais atributos, a maioria das oportunidades de trabalho existiam apenas para torná-lo inadequado. Mesmo na polícia, a força exagerada e o abuso de poder haviam rendido uma suspensão de oito meses, e foi nesse período que Jefferson De Lanno o convocou para um primeiro trabalho informal. Coisa pequena, ação de segurança em uma boate de Três Rios. Aquela primeira noite funcionou tão bem que Igor acabou topando outras seis ou sete, e foi se firmando como um braço direito nas emergências de Jefferson. O trabalho na polícia não era ruim, mas só pagava as contas; não sobrava quase nada para o entretenimento. Essa parte do dinheiro sempre vinha de Jefferson. Sim, e isso também seria passado. Em breve Igor não precisaria dos favores dele ou de mais ninguém. Nesse exato momento estava ao lado das sementes dispostas sobre uma flanela. Ainda pensava em como uma porcaria tão pequena podia valer tanto dinheiro.

Sem perceber, Igor voltou a coçar o local onde foi perfurado pelos espinhos da planta mãe. Dias depois, o dedo anelar inchou a ponto de quase explodir, então recuou ao normal, em uma só noite. Em contrapartida, uma marca arroxeada e desconhecida apareceu três dias depois, no antebraço do mesmo lado. Um pinguinho roxo de nada que se desenvolveu e assumiu um aspecto repugnante, se expandindo a um conjunto de dermatites peculiares e bem mais interessantes.

O centro continuava sendo a primeira mancha do antebraço, que inicialmente inchou em um pequeno caroço. Mesmo no começo não parecia uma inflamação comum, nada que lembrasse um furúnculo, acne ou algo nesse sentido, a superfície apontava bem mais para um hemangioma. Tinha um alto-relevo, aproximadamente dois a três milímetros. Era de cor roxa, e possuía uma divisão dérmica acentuada, formada por uma infinidade de pequenos heptágonos. Coçava um pouco, mas, fora isso, nada digno de preocupação. Ou não deveria haver se Igor não tivesse um histórico familiar de câncer considerável.

II

Igor atravessou a porta de vidro da clínica e se sentou por ali mesmo, perto da porta. Foi rápido e discreto, mas não deixou de atrair o olhar de muitos outros pacientes. Era um homem grande, e a barba grossa e escura aliada à expressão fechada dos últimos dias não o tornava um emissário da paz.

Não gostava de médicos, e gostava menos ainda de receber um diagnóstico através de envelopes lacrados. Deveria ter aberto a porcaria do envelope, isso sim, pena que sua coragem não chegou a tanto. Pareceu mais seguro ganhar tempo e esperar que o doutor marcasse a consulta de retorno para fazer as honras.

Entediado até chegar sua vez, Igor apanhou uma revista de automóveis. Notou que a pessoa sentada ao lado do organizador de revistas tinha uma marca parecida com a sua, menor, mas parecida. A mulher tinha cerca de setenta anos, talvez um pouco menos. A marca estava no pescoço, lembrava uma pequena estrela. O miolo era mais arroxeado, as pontas apenas avermelhadas. Igor gostou de saber. Se mais pessoas estivessem desenvolvendo aquelas manchas, então não era câncer. A mulher percebeu que era notada e puxou a echarpe para cobrir o sinal. Igor voltou para a cadeira e se concentrou nos carros que não se interessava em ter.

— Moço? — escutou um menino chamar logo depois. Já estava na sua frente. — Pega aquele carrinho de bombeiro pra mim?

— Carrinho?

— É moço, ali em cima, atrás de você.

Igor ergueu o pescoço na direção apontada. Parte do móvel de nichos ficava perto do teto, acima de onde ele estava sentado. O móvel tinha a extensão total daquela parede, cerca de três metros. Havia uma porção de brinquedos lá em cima. Carrinhos, bonecos, Lego e massinhas de modelar. Também algumas bonecas de princesa descabeladas e um unicórnio todo detonado.

Ele se levantou e pegou o carrinho de bombeiro. O menino também tinha uma marca na perna, logo abaixo do joelho. Igor olhou mais de perto para ela, lembrava bastante um agroglifo, desenhos em plantações atribuídas a alienígenas. Círculo no centro, triângulo sobre ele, outro círculo, pentágono, outro círculo contendo todos.

— Isso aí dói? — Igor perguntou, apontando para o lugar.

— Não. Coça um pouco, mas não dói, não.

— Você lembra como começou?

— Não... Eu acordei e tinha uma manchinha. Minha mãe falou que eu cocei e ficou pior. Apareceu no meu irmão também, nas costas, a dele é mais bonita. Brigado — o garoto interrompeu a conversa e correu para fora da clínica, onde o irmão o esperava.

— Igor Vilanovo?

— Acho que sou eu — disse ele para a recepcionista. Era uma moça bonita. Ela sorriu um pouco mais que o necessário e pediu que ele a seguisse. Igor o fez calado, desacelerando cada passo como se eles o conduzissem a um matadouro.

Era estranho sentir-se refém de outra pessoa daquela forma. Igor não costumava aceitar tal condição nem mesmo em situações de trabalho. Precisou conviver com muitos superiores ao longo da vida policial, mas nenhum deles conseguiu passar perto de intimidá-lo.

A recepcionista abriu a porta e ele entrou.

— Sente-se, seu Igor, como vamos indo? — O médico disse.

— Isso vai depender do que o senhor falar. Já abriu o meu exame? Deixei com uma das meninas anteontem.

— Sempre leio os laudos com meus pacientes. Parece mais honesto dessa forma, mais humano.

— Seria mais humano se o senhor tivesse aberto e dissesse que gastei dinheiro à toa nessa consulta.

— Provavelmente é isso. — Braga apanhou o envelope e o rasgou com um extrator de clips.

Retirou o laudo de dentro, desdobrou com cuidado e o colocou na frente dos olhos. Nos segundos seguintes, a tortura renasceu e se estabeleceu. Cada trejeito do médico foi estudado, catalogado e pressuposto por Igor. A maneira como ele pigarreou, o movimento dos lábios, a quantidade de vezes que focou os olhos ou piscou. Em algum momento Braga se remexeu na cadeira. Nada bom. Então olhou a segunda parte do laudo, o segundo papel. Repetiu alguns trejeitos, fez dois ou três novos. Uma respirada profunda fez o coração de Igor acelerar e congelar. Uma olhada para Igor. Os dedos da mão esquerda tamborilando o tampo da mesa.

— Doutor, eu não fiz exame do coração, mas garanto que vou ter um infarto. O que está escrito aí?

— A bioquímica do seu corpo é a de um garoto de quinze anos. Glicose, triglicérides, enzimas hepáticas. Tudo dentro do normal. A ureia está um pouquinho alta, mas é quase certeza que temos um desvio no resultado. A creatinina, que pode ser considerada uma contraprova renal, está normal. Já no hemograma... — passou para a segunda folha de novo.

Igor se ajustou no assento. Começava sentir algum incômodo no quadril, nas pernas, em todos os lugares. A vontade de urinar veio com tudo e ele precisou respirar fundo.

— Temos algumas alterações aqui.

— É grave?

— É um ponto de atenção. O senhor está com todos os valores acima da média, mesmo não sendo obrigatoriamente um problema, é bem incomum. A taxa de glóbulos vermelhos, de glóbulos brancos, a contagem de eosinófilos também está bem alta. O senhor notou algum sintoma de alergia? Coceira, espirros, olhos vermelhos, percebeu algo assim nas últimas semanas?

— A minha mancha coça as vezes, mas não é sempre.

— Cansaço? Perda de apetite?

— Não. Eu tenho é comido mais. Bem mais. Isso também me deixou estressado, eu como pra burro e não engordo nada. Doutor, se tiver alguma coisa séria pra me contar vai em frente, eu aguento.

— Se o câncer ainda o preocupa, a chance é bem pequena. A cultura que fizemos deu positiva para fungos, é bem mais provável que seja isso. Só falta recebermos a identificação da espécie, para descartar um possível contaminante. Raspagens de pele sempre correm esse risco, é muito difícil não envolver microrganismos normais na coleta. Além desse exame, o pessoal do laboratório deve soltar a biópsia na semana que vem, com ela teremos a exclusão definitiva. Pode ficar tranquilo, Igor, com tudo o que podemos encontrar, um tumor maligno seria muito azar.

Essa palavra pareceu causar uma contratura na expressão de Igor.

— Se quiser me perguntar mais alguma coisa... essa é a hora — o médico sugeriu.

— Eu vi mais gente com esse problema na sala de espera. Não era igualzinho, mas é bem parecido. Isso pode ser transmissível? Tipo um vírus?

— Se for vírus, eu nunca vi nada parecido. Vamos dar uma olhada no seu braço.

Enquanto o médico colocava as luvas, Igor foi até a maca. Já conhecia a rotina. Sentou-se, afrouxou a camisa e dobrou a manga até expor toda a marca. Notou que estava um pouco mais destacada, mais escura e rugosa. Doutor Braga voltou com uma lupa e começou a observar a mancha.

— Faz umas três semanas que começamos a receber pacientes com problemas parecidos. No seu caso foi no braço, mas as manchas aparecem em todos os lugares, em diferentes tecidos. Couro cabeludo, planta dos pés, palmas das mãos, um homem chegou encaminhado de um colega dentista, ele tem uma dessas marcas no céu da boca.

— Que tipo de porcaria é essa? Uma micose? E por que ela cresce desse jeito?

— Estamos trabalhando com várias suspeitas, mas parece existir um padrão na aparência. Ou é simetria, ou proporções geométricas específicas, existem casos de manchas espelhadas, uma ao lado da outra. A coceira aumentou nos últimos dias?

— Coçou um pouco, sim, e começa a arder quando eu saio no sol.

— Só um minuto — o médico se afastou e mandou a impressora soltar alguma coisa. Voltou com um paquímetro e colocou a folha impressa ao lado de onde Igor estava sentado. Começou a medir a mancha. Fez isso no miolo, depois em duas partes do meio, no final, mediu a espiral no maior comprimento. Anotou algo na folha. A mancha de Igor tinha a forma exata de um caracol, uma espiral perfeita.

— Tá do mesmo jeito, doutor?

— Cresceu um pouco. Também está mais aflorada, aumentou em um milímetro na altura.

— Isso aconteceu com o resto do pessoal?

Braga manteve o silêncio.

— Se puder me dizer, é claro — Igor pontuou.

— Algumas cresceram, sim, mas por alguma razão a sua está crescendo mais depressa.

Igor respirou bem fundo tentando desacelerar seu coração.

— Que sorte a minha...

III

Igor voltou pra casa com uma receita de pomada com antibiótico e alguns analgésicos que comprou por conta própria. Os analgésicos ele tomou na drogaria mesmo, estava morrendo de dor de cabeça.

Ainda pensava que essa porcaria de dermatologia não era capaz de diferenciar uma agulha de um anzol, mas doutor Braga era a opção mais próxima e mais rápida disponível. O homem também pedia uma infinidade de exames, então, por probabilidade, uma hora ele acabaria acertando.

— Fungos...

Ele nunca tinha ouvido falar que a nojeira de um fungo ou uma bactéria pudesse crescer organizadamente, como era o caso com a sua pele. O que conhecia desses trecos podres vinha acompanhado de pus e fedor, coisas nojentas que cresciam em troncos velhos, comidas estragadas e cadáveres.

Não parava de pensar naquela droga de mancha.

Talvez uma série de exercícios destruidores de músculo conseguisse distraí-lo um pouco. Costumava funcionar. A dor física é um ótimo caminho para a resignação. Igor tirou a camisa de manga, colocou uma regata e uma bermuda, e seguiu para o quarto adaptado em uma pequena academia. Supino, cadeiras extensora e adutora, barras, pesos variados e dois aparelhos de exercícios combinados. Sim, metade das sementes vendidas e ele tinha uma academia; podia se considerar um homem quase rico.

Sentia-se um pouco mais forte naquela tarde, e isso talvez fosse produto de todo estresse que andava acumulando nas últimas semanas. Igor já era praticante de exercícios de carga há bons anos, e a academia de polícia sacramentou que não havia nada mais útil do que transformar estresse em uma porção de ácido lático nos músculos.

Não foi um treino longo, mas foi o bastante para que os músculos fadigassem. Depois de quarenta minutos, as pernas tremiam, mas Igor se sentia bem mais tranquilo. Tão bem disposto que pensava em ligar para a recepcionista da clínica, cujo telefone ele pediu sob o pretexto de ter um contato mais rápido para o caso de alguma emergência. Não haveria nenhuma ocorrência que a garota esperasse resolver, é claro, mas ela cedeu o telefone com um belo sorriso no rosto. Igor podia ser um ogro, mas era um belo ogro.

Como todo praticante de musculação que se valha, terminou a última série e foi até o espelho, a fim de apreciar o resultado de todo aquele esmagamento de fibras musculares.

— Puta merda — disse quando os olhos chegaram ao reflexo.

IV

Estava crescendo em seu peito, não apenas um sinal, mas toda uma constelação deles. Se alastrando como poeira e vento, proliferando como um rio de carne roxa. No desespero, Igor só conseguiu abrir os braços e manter os olhos no espelho. A coisa seguia nascendo em tempo real, caminhando, se desenhando. Havia até mesmo um ruído discreto, semelhante a sacos plásticos sendo amassados ou enrolados. Os olhos se encheram de desespero quando as coisas tatuaram a cabeça, o rosto, os lábios. Todo ele estava tomado por aquela estranha civilização de pele roxa.

— O que é isso??? O que é essa coisa!? — gritou, como se o grito pudesse deter o processo de alguma forma. Deixou o espelho e encarou a mancha original ao vivo, em seu antebraço. Ela não estava mais roxa, havia evoluído à constituição de uma bolha de uns quinze centímetros de diâmetro máximo. Podia ser uma boa notícia, tinha que ser! Igor olhou mais de perto e passou os dedos com leveza. Então recuou depressa, sentindo um nojo imenso de si mesmo. Havia algo ali, nadando sob a sua pele, dezenas de pequenos seres flagelados e minúsculos que lembravam girinos.

— Merda, merda, merda! — ele golpeou o braço e sentiu um mar de lágrimas nervosas brotando nos olhos. O corpo se arrepiou depressa, sem saber como reagir ao pavor. O estômago congelou em um fosso, um suor melado tomou a pele. As coisinhas nadando e nadando.

— Eu vou tirar vocês daí, seus filhodaputa!

Igor correu até a cozinha e apanhou uma faca. Olhou para o braço e para as dezenas de coisinhas que nadavam sob a bolha. Os joelhos bambearam de vez. Poderia ir até o médico e perder mais duas semanas esperando exames e se enchendo de antibióticos, com sorte arranjar uma internação. Mas pelo que sabia de vermes, o melhor era acabar com eles rápido ou eles entram mais fundo em você. A faca já estava inclinada em quarenta e cinco graus, refletindo o pavor do rosto.

Ele desceu a faca.

Do lado de fora da casa, do outro lado da rua, três crianças esperavam que o homem de camiseta preta fosse embora. Ele sempre aparecia ali e deixava algumas sacolas. Comida, água, roupas, coisas da farmácia. Ninguém da vizinhança sabia quem era o rapaz de camiseta preta, mas era sempre a mesma coisa. Ele chegava, estacionava o carrão, deixava as sacolas e ia embora. Logo depois, a mão do cara que morava na casa e nunca saía aparecia e recolhia tudo. Ele só puxava as sacolas pra dentro.

— Minha mãe conhece ele — disse um dos meninos. Beto Lira era filho do dono de uma loja de calçados local. — Ele era polícia. A Tânia da farmácia diz que ele tem câncer de pele.

— Ele às vezes começa a gritar do nada — disse Mariana Rocha. — O seu Gerbes da doceria acha que ele ficou doido.

— Todo mundo nessa cidade fica ou já nasceu doido — Renata se viu obrigada a acrescentar.

— Igual o Arthur — concordou Beto.

Era um pouco cruel dizer aquilo, porque Arthur Frias não havia de fato ficado doido. Estava diferente, sim, mais frio e controlado e menos interessado em brincadeiras do que qualquer outra criança da cidade, mas aquilo não era loucura.

— Eu não queria ter falado isso — se justificou Beto logo em seguida.

— A gente sabe — a voz de Mariana era suave. — Também sinto falta dele.

— A porta abriu! — Renata interrompeu os colegas.

As três cabecinhas emergiram ao lado da lataria do Fiesta vermelho e ficaram atentas.

— Ele tá vindo — alertou Renata.

A mão enfaixada saiu e tateou o chão, a porta se abriu mais um pouco. Uma sacola de mercado entrou. A mão enfaixada voltou a sair. A porta continuou aberta. As outras sacolas entraram. A porta continuou aberta.

As crianças esperaram mais de quinze minutos, e aquela porta continuou do mesmo jeito.

— E se ele passou mal? — sugeriu Mariana. — Se estiver precisando de ajuda?

— A gente pode ligar pro SAMU — Beto parecia preocupado.

— Esse é o Gato de Bosta — provocou Renata. — Sempre um cagão.

— Já pedi pra não me chamar disso!

— Dá pra parar vocês dois? Credo!

Esperaram mais dois ou três minutos.

— Aconteceu alguma coisa. Ele nunca deixa a porta aberta — observou Mariana.

— A gente devia chamar um adulto — disse Renata, olhando atenta para a porta.

— Depois *eu* que sou cagão, né? — soltou Beto.

— A gente podia dar uma olhada. Nós três — Mariana lançou a ideia. — Dois entram e o outro fica na porta. Se ficar perigoso quem tá na porta grita.

— Perigoso? — Renata voltou a se sentar atrás do carro.

— Eu não sei se é verdade — Mariana começou a explicar —, mas o pessoal da rua fala que ele fica violento às vezes. Começa a quebrar as coisas e berrar. Uma vez começou a sair um cheiro de podre da casa dele, um vizinho chegou a bater na porta pra perguntar se estava tudo bem, aí o cara enfaixado apontou um revólver pra ele.

— Isso aconteceu mesmo? Ou é pra assustar a gente? — desconfiou Beto.

— Quem contou falou que aconteceu.

Renata já estava à beira da calçada, de pé.

— Vocês vêm ou não?

VI

Poucas coisas são tão ameaçadoras para uma criança do que a casa desconhecida de um adulto. Muito provavelmente é uma dessas programações-base que impedem a raça humana de morrer cedo demais — o problema com as crianças é que a curiosidade assume a mesma intensidade.

Ainda era dia, por volta das cinco da tarde, mas algumas nuvens fizeram a gentileza de cobrir o sol e deixar a cidade mais escura. As três crianças já haviam atravessado o portão da casa sem muita dificuldade, e seguiram até perto da porta. A rua estava bastante deserta, e era assim na maior parte dos bairros afastados do centro. Havia algum movimento de manhãzinha e perto das sete da noite, mas fora desses horários o subúrbio era puro tédio.

— A gente devia chamar alguém, não é certo invadir a casa dos outros — a preocupação emanava da voz de Beto.

— É certo se os outros estiverem precisando de ajuda — constatou Mariana.

— Tá, mas e se ele for um bandido em vez de polícia? — o menino retrucou.

Renata tomou a frente e apertou a campainha um monte de vezes, bateu palmas, gritou “Ô de casa!”, depois correu de volta até os amigos. Beto e Mariana estavam tão perto que sentiam o calor um do outro.

— Será que ele teve um treco? — indagou Beto.

— Vamos descobrir. A gente pode tirar no dois ou um pra ver quem fica na porta.

— Eu fico — Mariana foi logo dizendo. — Você dois sempre teimam quem é mais corajoso, eu não ligo se quiserem me chamar de cagona.

— E aí? — Renata perguntou a Beto. — Vamo?

— Eu não tenho medo de nada — disse ele, com a voz parecendo um motor engasgando.

Renata já estava empurrando a porta.

A abertura permitiu um pouco de luz e, exceto pelas janelas cobertas com jornais, a casa não parecia diferente de outras que ela conhecia. A salinha tinha um sofá duplo, uma poltrona simples e um tapete. Uma mesinha de centro. Em uma parede, um quadro escrito *Robocop*. Em outra, *O Predador*. Deviam ser velhos, estavam um pouco descorados.

— Tá vendo ele? — perguntou Beto. Tinha acabado de entrar.

— Moço, a gente viu que o senhor esqueceu a porta aberta — Renata disse bem alto. — A gente veio saber se tá tudo bem. O senhor precisa de ajuda? A gente chamou uma ambulância, eles tão lá fora.

— Nossa, essa é a pior mentira de todas... — resmungou o garoto.

— *Shiuuu!* — ela continuou avançando.

Uma torneira pingava, um cheiro ruim chegava da mesma direção do som. Era meio podre e ardido, um cheiro desconhecido e esquisito.

Ficou mais forte quando eles entraram no corredor anexo à sala.

— O que é isso? — perguntou a menina.

Tinha alguma coisa no teto, verde e nojenta. Descia até um pedaço da parede.

— É mofo.

— Grosso assim?

— Deve ter algum cano vazando no telhado. Vem, ele pode ter desmaiado, a gente precisa ajudar — Beto tomou a frente. Renata se surpreendeu. Talvez ele não fosse um cagalhão afinal, mas uma dessas pessoas que precisam ser levadas ao limite para demonstrarem alguma atitude. Ela apanhou sua mão esquerda e eles seguiram.

— Caramba... — suspirou Beto. Renata apertou a mão dele com força.

A cozinha parecia uma pequena floresta. Havia heras crescendo nas paredes, musgo tingindo o chão, flores pequeninas enfeitando o teto. Onde tinha um bebedouro, havia se desenvolvido uma árvore pequena, como um bonsai. A arvorezinha tinha pequenos frutos que pareciam tomate-cereja, mas eram rugosos, como pequenos tumores. De um lado a outro, um conjunto de cipós cruzava o cômodo. Enroladas ao cipó, uma trama de espinhos azulados. Sobre o que devia ser a mesa da cozinha, havia uma espécie de sapinho com rabo, uma pequena criatura vermelha e brilhante. A coisinha os encarou, piou como um pássaro noturno e saltou rapidamente na parede, se enfurnou até penetrar nas heras, por onde desapareceu. Podia ser impressão, mas Renata viu uma porção de olhinhos escondidos entre as folhas, sendo parte das folhas. Não conseguiu manter a atenção neles.

O homem estava sentado na ponta da mesma mesa, tombado sobre a cadeira, com o dorso vergado para trás. De todo o corpo, só era possível enxergar os olhos e um pedaço do braço esquerdo. O resto estava coberto por faixas. O tecido não estava limpo, mas tingido com uma cor repugnante que podia conter sangue, secreções e sujeira, tudo misturado. Aquele cheiro terrível vinha do homem. O braço livre de faixas estava cheio de bolhas e desenhos arroxeados; havia trechos em carne viva, sulcados por unhas e outros cortes. A mão daquele braço segurava uma pequena faca.

— Será que ele morreu? — Renata estava apreensiva.

Beto chegou mais perto, avançando com cautela. Colocou o relógio de pulso bem perto do nariz do homem e conferiu se não havia embaçamento. Fez o mesmo na direção da boca. No fundo, ele sabia que não precisava daqueles testes. Os olhos do homem estavam brancos e tomados por ausência. O que quer que tivesse acontecido com aquela pessoa, tinha terminado.

Ele estava livre.

Abandonado pela luz
Rejeitado desta vida mortal
Você não pode matar o que nunca esteve vivo

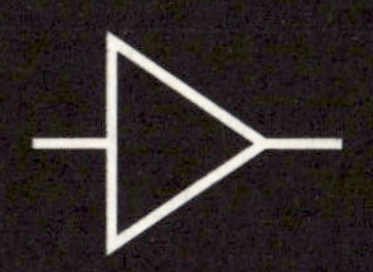

FASE2. RUÍDO2

EXCREÇÕES AURICULARES

ABANDONED BY LIGHT / REJECTED FROM THIS MORTAL LIFE
YOU CAN'T KILL WHAT WAS NEVER ALIVE **ANTRVM**

Elias não se considerava um homem ambicioso, mas as coisas ficaram estranhas depois que ele retornou com aquelas sementes. Tão estranhas que, mesmo não se considerando um homem movido pelo dinheiro, ele decidiu que precisava cuidar de si — e isso significava vender aquelas preciosidades vermelhas o mais rápido possível.

Quem passou o contato do novo comprador foi Jefferson De Lanno, embora Elias ainda pensasse que, se fosse um negócio assim tão bom, De Lanno mesmo o teria feito. Jefferson estava diferente, quase não atendia o telefone, comportava-se como um fugitivo. E ele dizia ter colocado fogo em todas as suas sementes. Igor não estava muito melhor, tinha desenvolvido algum problema na pele e ele culpava as sementes por isso. Alugou uma casa na cidade até se recuperar. Elias foi o último a visitá-lo e Igor sequer abriu a porta. Talvez isso tenha apressado um pouco sua decisão de ir embora.

Saiu de madrugadinha, perto das quatro da manhã. Ele, sua Kawasaki e uma caixa de aço contendo as sementes. Não esperava ser perseguido como acontecia nos piores filmes, mas não duvidava do alcance da corrupção da polícia local. Desde os tempos de Heriberto Plínio e um pouco antes do sujeitinho, todos sabiam que a podridão havia contaminado boa parte da corporação do interior paulista. Ainda havia gente honesta, mas esse pessoal acabava ligado aos outros pelos laços de fraternidade que sempre são mais fortes que a integridade. Por essas e outras, Elias desistiu do asfalto e optou pela rota da Três Pontas, que cortava a área de preservação ambiental e era usada principalmente por criminosos em fuga, ambientalistas neuróticos e traficantes de turfa (um tipo de adubo orgânico muito popular na região). A rota era arriscada, mas se você conhecesse o caminho em detalhes — o caso de Elias — era bem mais eficiente para uma fuga do que a rodovia. Ademais, o acesso por Três Pontas estava proibido desde as grandes chuvas de 2022 e poucos se arriscavam a furar o bloqueio.

A KLX freou e ficou em ponto morto. Elias tirou o capacete para enxergar o lugar com maior clareza. A "Florestinha", como aquele ponto de acesso era conhecido, estava diferente do que ele se lembrava. A densidade de árvores era muito maior, uma trama vegetal fina como uma rede de pesca ligava uma copa à outra, o chão estava acarpetado com um matagal compacto e exuberante.

Do miolo de uma árvore próxima, um punhado de maritacas o notou e começou a gritar. Em seguida alçaram voo. Elias as observou pousando em outra árvore a mais ou menos cinquenta metros de onde estava. Se havia aves, então era seguro. Aqueles bichos não ficavam muito tempo em ambientes inóspitos, principalmente depois do que aconteceu na cidade.

Recolocou o capacete e fez a Kawasaki andar.

A temperatura dentro da mata também estava mais fria do que ele se lembrava; da mesma forma, havia aquela névoa persistente que não fazia sentido algum. Também fazia pouco ou nenhum sentido o cheiro ferroso que tomava o lugar. O solo estava bastante irregular e pastoso, amolecido, como um cadáver. Não poderia ser umidade proveniente de chuva, Terra Cota enfrentava um período razoável de estiagem.

Elias passou bons anos de juventude praticando motociclismo e sexo naquelas trilhas, e mesmo conhecendo bastante o lugar ele precisou parar a moto depois de quinze minutos. A geografia estava tão diferente que ele mal conseguia se orientar. As árvores antigas não estavam lá, a velha Kombi laranja abandonada parecia ter evaporado; do laguinho que tinha cheiro de peido, nem sinal. Talvez o aplicativo de navegação do celular, último recurso de todo homem teimoso, fosse o único a conseguir ajudá-lo.

Isso se tivesse sinal...

Bem, essa não era uma novidade tão grande. Em toda Terra Cota o sinal era uma porcaria, ao que parecia a cidade havia sido plantada à sombra de todos os satélites. Elias desceu da moto e caminhou com o aparelho em um círculo não muito grande, tentando capturar ao menos uma barra de sinal.

Pinnnn, recebeu uma mensagem.

Era uma criatura curiosa, então antes mesmo de checar o app de navegação, conferiu do que se tratava. Era de Jefferson.

Aline está morta parceiro. Algum tipo de bactéria pelo que eu entendi. Desculpe dar a notícia desse jeito mas seu telefone está fora de área. Achei que você gostaria de saber. O velório e enterro serão em Terra Cota hoje mesmo. Me dá um toque se decidir ir.

Aline saiu de circulação uma semana depois da expedição na mina de quartzo. Elias pensou que ela tivesse ido embora com Jefferson, ou ido embora sozinha, mas pelo jeito não foi o que aconteceu.

— Puta merda, Galega — resmungou na solidão da mata.

Começou a responder à mensagem e o sinal foi pro espaço de novo. Deixou por escrito para que fosse enviada quando alguma conexão se restabelecesse.

Difícil ir Jefão, vou pro Rio passar uns meses com a família. Sinto muito por ela e por nós todos. Leva meu abraço pra Dona Sônia e pro seu Dirceu. Não sei o que dizer. Tmj.

Aline morta parecia um erro da natureza. Uma inversão.

Pensou no menininho dela. Não é certo um garotinho crescer sem sua mãe.

Apertou a setinha de enviar.

E foi como enfiar uma caneta dentro dos dois ouvidos. A dor foi tão intensa que Elias vergou os joelhos, foi tão pungente que ele perdeu o ar e a orientação, tombando no chão. A coisa mordia por dentro, não como uma ponta de lança, mas como um bicho. Só quando a primeira fisgada esmoreceu ele conseguiu tirar o capacete e levar a mão direita ao ouvido esquerdo.

— Caralho — resmungou. A luva estava com sangue. E havia algo mais viscoso e amarelado incrementando a sopa.

Algum tipo de bactéria, releu. Abaixo, a mensagem de resposta não fora enviada, o sinal continuava ausente.

Elias guardou o celular e voltou a checar os ouvidos. Apanhou um rolo de papel higiênico na mochila e enxugou o ouvido direito. Uma secreção muito grossa tingiu o papel. Enxugou o outro, mais meleca. Cheirou. Parecia meio podre. Depois de limpar os dois, repetiu o processo até que o papel saísse bastante limpo. Os poucos sons daquele pedaço de mundo estavam xoxos e embaçados, mas ele ainda os ouvia. Talvez tivesse sido pontual, uma explosão de expurgo como acontece com furúnculos e espinhas gigantes. Embora a audição parecesse mergulhada na água, os ouvidos não doíam mais. Elias recolocou a mochila nos ombros, o capacete e voltou para a moto, mas se deteve antes de tocá-la.

A Kawazaki continuava no mesmo lugar, mas parecia estacionada há muito mais tempo do que de fato estava. A moto havia sido tomada por uma rede bem fina, capilar, de vegetação, uma cortina verde semelhante ao que Elias viu nas árvores pouco antes de entrar na Florestinha. Ele se aproximou e tocou na planta. Era bem fina, pegajosa e resistente; lembrava a consistência de teias de aranha. Estava pra todo lado, como se a moto fosse um xaxim. Havia teia verde no painel, no guidão e no banco. Havia teia verde entre os raios da roda, no motor e se enroscando no cabo do acelerador. Teias nos pneus e amortecedores. Nojenta ao toque, não se desfazia, se esticava.

Elias tirou o excesso que pôde e subiu. Tentou a partida cinco vezes sem sucesso. Mesmo a bateria parecia ter sido drenada. Desceu da moto mais uma vez. Tirou o capacete e checou a bússola de bolso — pelo menos alguma coisa ainda funcionava.

Ele amava aquela Kawasaki, mas com o que trazia na mochila poderia comprar outra assim que vendesse algumas sementes. O valor ainda estava em aberto, mas o lance inicial estava na casa dos quarenta mil, trezentos e cinquenta mil pelo lote completo. Era bem mais do que ele ou qualquer um dos outros pensava em receber quando saíram daquele buraco de poeira e quartzo.

— Até mais, princesa — se despediu da moto.

Caminhou uns poucos passos na direção norte. A paisagem, uma mistura perfeita do que conhecia com coisas que não seria capaz de imaginar. A vegetação do solo oscilava entre o verde e o azul, as árvores pareciam jovens e frondosas em exagero. Tocou em algo caído no chão com as botas, era como um fruto não muito grande, que tinha o formato peculiar de um punho fechado. Enojado, o deixou onde estava. A coisa parecia o pedaço de uma pessoa.

O ouvido direito coçou lá no fundo e foi mordido de novo. Elias gemeu. Era como ele sentia a dor, como se tivesse alguma coisa dentro dos ouvidos, se fartando com o que encontrava de carne.

— Merda! Deus do céu! — pressionou os ouvidos.

Dessa vez não sofreu um único ataque, mas vários, em ambos os lados. Recostou-se em uma árvore ressecada para não cair de novo e começou a golpear as orelhas, tentando aplacar aquela agonia. Doeu ainda mais, doeu até dobrá-lo aos joelhos. Sentiu o gosto do sangue descendo pela garganta. O nariz ficou cheio.

— *AHHHHHHH* — deixou o grito sair, e foi tão forte que a garganta enrouqueceu.

Então acabou. Assim como na primeira vez. Como virar uma chave, fechar uma torneira, desligar um amplificador.

— *AHH!* — Gritou novamente, mas de raiva. — Que porra é essa! Filhadaputa! — Voltou a secar os ouvidos que expeliram mais daquela secreção espessa. Estava bastante rosada agora, embora ainda existissem pequenas linhas de sangue.

Livre da dor novamente, notou que a floresta parecia mais colorida. Não achou que fosse possível, mas era o que seus olhos mostravam. Apesar da pouca luz que atravessava a copa das árvores, havia muitas flores crescendo ao redor. Nas árvores, no mato, nas teias verdes que estavam mais frequentes do que observara há alguns segundos. Havia inclusive uma névoa mais azulada, que se não existia, enganava os olhos com perfeição. De certa maneira, tudo aquilo era hipnótico, como se a pequena mata tentasse obliterar qualquer tentativa de ele racionalizá-la.

Galhos estalaram em algum lugar às costas de Elias.

— Eu tô armado!

Sacou a arma. Mais um estalo seco.

— É melhor chegar se apresentando se quiser falar comigo.

Outro som, dessa vez à direita. O corpo girou depressa.

— Eu tô avisando, se chegar de surpresa, vou meter bala!

Continuou caminhando, alternando a direção do braço armado.

Ouvia algum som novo agora, orgânico, mas não conseguia identificar a qual animal pertencia. Parecia um pouco com um ronco, mas havia uma vocalização, algo que necessitaria de uma boca ou garganta.

Elias estacou o corpo à frente e apontou a arma, uma coisa esbranquiçada tinha acabado de pular bem ali.

Estava entre as moitas, ele ainda podia ver o capim se mexer. Havia uma respiração.

Era chiada, cansada, quase de gente.

Um galho seco apodrecia logo à frente, Elias o apanhou com a mão esquerda. A direita ainda armada. Enfiou o galho na moita. A respiração parou de fazer barulho. O capim se moveu com mais força.

Em um movimento vigoroso, Elias estocou o galho e o vergou para baixo. A coisa branca pulou e Elias por pouco não atirou nela.

Era um tipo de sapo, mas não totalmente. Era maior, do tamanho de um gato. A pele era diferente, parecia pele de gente ou de um suíno. O bicho também tinha uma estrutura espinhosa no dorso, como um jacaré. Havia uma cauda. Mas o que mais chamava atenção, o que mais assustava, era outra coisa. Os olhos não eram de um anfíbio, mas de uma ave. Elias tinha certeza disso. Olhos que se contraíam como os de uma arara ou tucano.

Voltou a ouvir um ruído, dessa vez à direita, e o bicho-sapo saiu pulando. Não encontrando água, cavou um buraco no chão pastoso. Elias conseguia ver a terra saindo do chão como se estivesse sendo cuspida. Ouvia a respiração cansada do bicho se evanescendo conforme ele descia.

— Elias? — uma voz conhecida o chamou na direção oposta.

Elias deu um passo para trás, sentindo o sangue congelar dentro do estômago. Então era assim que se via um fantasma.

— Você está morta.

Aline riu.

— Tá falando sério? E você ia atirar em uma morta?

— Eu recebi uma mensagem do Jefferson e... Maldito filho da puta, ele estava mentindo?!

— Bom, eu não me sinto tão morta — ela riu de novo —, mas se você diz...

Elias sacou o celular do bolso a fim de compartilhar a mensagem.

— Merda. — O aparelho estava completamente sem bateria. Drenado. — Eu sei o que eu li, que palhaçada é essa?

— Elias, você conhece o Jeff. Ele deve estar sacaneando porque descobriu que você vai embora. No fundo ele quer a gente por perto, pra ocupar o lugar do tarado do irmão dele. Ou da Giovanna, o que no meu caso seria muito pior.

Elias deu um passo na direção dela. O ouvido mordeu de novo, fazendo com que ele se arqueasse.

— Tudo bem com você?

— É alguma coisa no meu ouvido. Tá me deixando louco. Como você chegou aqui?

— De moto.

— E cadê ela?

— E onde está a sua? — ela perguntou de volta.

Elias sustentou o olhar.

— Elias, faz favor, eu não morri, né? Se você quiser, pode vir até aqui e pegar no meu braço. Eu sou de carne e osso. Você sabe o que os telefones dessa cidade já fizeram, eu não duvido que esteja acontecendo de novo.

— Agora? Depois de tanto tempo?

— Nós entramos naquela mina, muita gente acredita que foi ali que tudo começou, toda aquela... loucura. Olha só pra esse lugar. Parece normal pra você?

Ele já tinha dado uma sacada no perímetro, obviamente, principalmente no bicho-sapo que estava enterrado em algum lugar daquela terra decomposta. Nada na Florestinha parecia natural. Temperatura, cheiro e nem cores. Nada. Inclusive a densidade do ar era diferente, mais espessa.

— A gente acordou alguma coisa? É isso?

— Eu não acho que estava dormindo. Mas nossa presença pode ter mudado ou apressado algumas atitudes. Você ainda tem suas sementes?

Elias voltou a se preparar para o pior. Se ela estava viva e aquela mensagem era de Jefferson, eles podiam ter se unido para roubá-lo. Jefferson disse que tinha queimado todas, mas sua única testemunha era — adivinha só? — Aline.

— O que você fez com as suas? — perguntou ele. — Conseguiu vender?

— Não. Eu comi.

Elias inclinou o pescoço, como quem se certifica do que ouviu.

— Não sei o que me deu... — ela riu, e parecia cheia de loucura. — Eu não resisti. Elas pareciam duras como pedra, mas eu mordi a primeira e achei bem macia. Depois mordi mais uma... quando percebi tinha comido meia dúzia. Não é sensacional? — riu novamente com certo exagero.

— E aí você veio pra cá?

— Foi sim. Uma parte minha — conteve o riso. — A minha melhor parte.

— Olha só, Aline. Foi uma surpresa boa te encontrar viva, mas eu vou andando. Tenho um negócio importante pra resolver em Três Rios.

— Posso ir junto? Você parece meio perdido.

— Eu me viro. E olha só, eu acho que se você me seguir pode acontecer uma coisa bem ruim. Tá me entendendo?

— Eu posso ajudar com o seu ouvido.

— Tem algum remédio aí com você? Antibiótico? Analgésico?

Aline riu e virou o corpo de lado, como se estivesse observando a mata densa à esquerda. Nessa posição, Elias viu alguma coisa errada na cabeça dela. O couro estava deformado com uma bolha imensa, do tamanho de uma bola de handball. O tecido se distendera tanto que o cabelo ficou escasso. Dentro da bolha, era possível ver algumas floculações, pedaços soltos de carne. Aquela merda parecia um tumor gigante. Aline disfarçou um engulho e voltou a esse virar. Engulhou de novo e amparou a baba. Alguma coisa estava saindo de sua boca, um tipo de cipó. Era da grossura de um pulso. Ela vomitou quase um metro daquilo na palma da mão direita e cortou com os dentes.

— Que porra é essa? — Elias voltou a recuar. Obrigado a confrontar o antinatural, seu sistema não sabia como reagir. O que Elias sentia era uma espécie de desorientação e nojo, muito nojo.

Aline estendeu a mão e o cipó se encheu de flores. Amarelas, azuis, brancas e lilases. Flores pequenas e delicadas que lembravam acônito. Ela o repousou no chão.

— Se afasta de mim! — ele apanhou um revólver da cintura e apontou para ela.

Tão logo o braço estabilizou no alvo, os ouvidos racharam de novo.

— Não! Agora não! Nããããoooo! — gritou. Dessa vez, além da primeira mordida, sentiu alguma coisa rastejando por dentro do crânio. Estava viva, parecia ter patinhas. Elias pensou em besouros, aranhas e centopeias, pensou em quantos outros insetos pequenos e curiosos podiam ter se aninhado ali.

O barulho das patinhas. O *rasc-rasc* incessante do arraste dos corpinhos.

— O que tem na minha orelha!? O que colocaram na minha orelha?

— A vida é tão exuberante — disse Aline, exultante, vivenciando um momento místico. Seus olhos estavam mareados, esporos coloridos e iluminados deixavam seus lábios junto ao hálito. — Por mais que se tente conter a vida, ela explode na direção que bem entende. No céu, no ar, na água do esgoto. Na escuridão de uma caverna de quartzo.

Foi chegando cada vez mais perto de Elias.

— Tá doendo, Aline, me ajuda, porra! Tira essa coisa de mim!

Ela já podia ver uma pequena brotação saindo da orelha direita de Elias. O raminho tinha três partes, em formato de trança, e se juntava em uma só ponta. Havia algum sangue nele. Um brilho amarelado de pus. Tão lindo, tão lindo.

— Faz isso parar! Faz isso paraaaar!

— Ninguém para a vida, Elias, ninguém detém, ninguém estanca. Deixe a vida fluir, deixe a vida se expandir em você.

Elias passou a um quadro convulsivo quando um segundo raminho emergiu de seu outro ouvido. Conforme cresciam, as ramas iam se tornando mais duras e resistentes, engrossando. Pelo canto dos olhos, ele observou uma dessas três pontas se fundirem. Elas lembravam brotações de bambu, brotos ensanguentados de bambu.

Em pouco tempo já não podia mais falar ou respirar com naturalidade, a coisa havia se expandido por todas as cavidades internas e procurava outras saídas naturais. Sentia uma daquelas pontas atravessando seu ânus. Outra lhe brotava pelo umbigo. Havia um conjunto de espículas dilatando e arranhando sua uretra.

— Eu tô morrendo, Alin... — uma coisa grossa emergiu pela boca. Não um cipó, não um ramo, mas um tronco. Crescia depressa.

À frente, Aline voltava a renascer.

Seu corpo estava aberto ao meio, longitudinalmente, roupas, pele, músculos e órgãos, tudo era parte dela. Aos poucos, a trama vegetal que corria dentro daquele corpo ia compondo a metade faltante, a partir do ponto de fração. Talvez sofresse, talvez sentisse dor, mas não era algo que alguém conseguisse identificar. Da fenda de reprodução mitótica, uma substância rósea e densa escorria. O pouco que pingava do corte ia se vaporizando antes de chegar ao chão.

Em poucos minutos havia duas dela. Mesmos olhos, mesmo cheiro, mesma maneira de caminhar. Os crânios estavam em proporção normal e sem aberrações expansivas. A segunda Aline chegou mais perto de Elias e acariciou seu ventre, que havia se aberto em um pequeno jardim de cores.

— Você não está morrendo, Elias. Está brotando para uma nova vida.

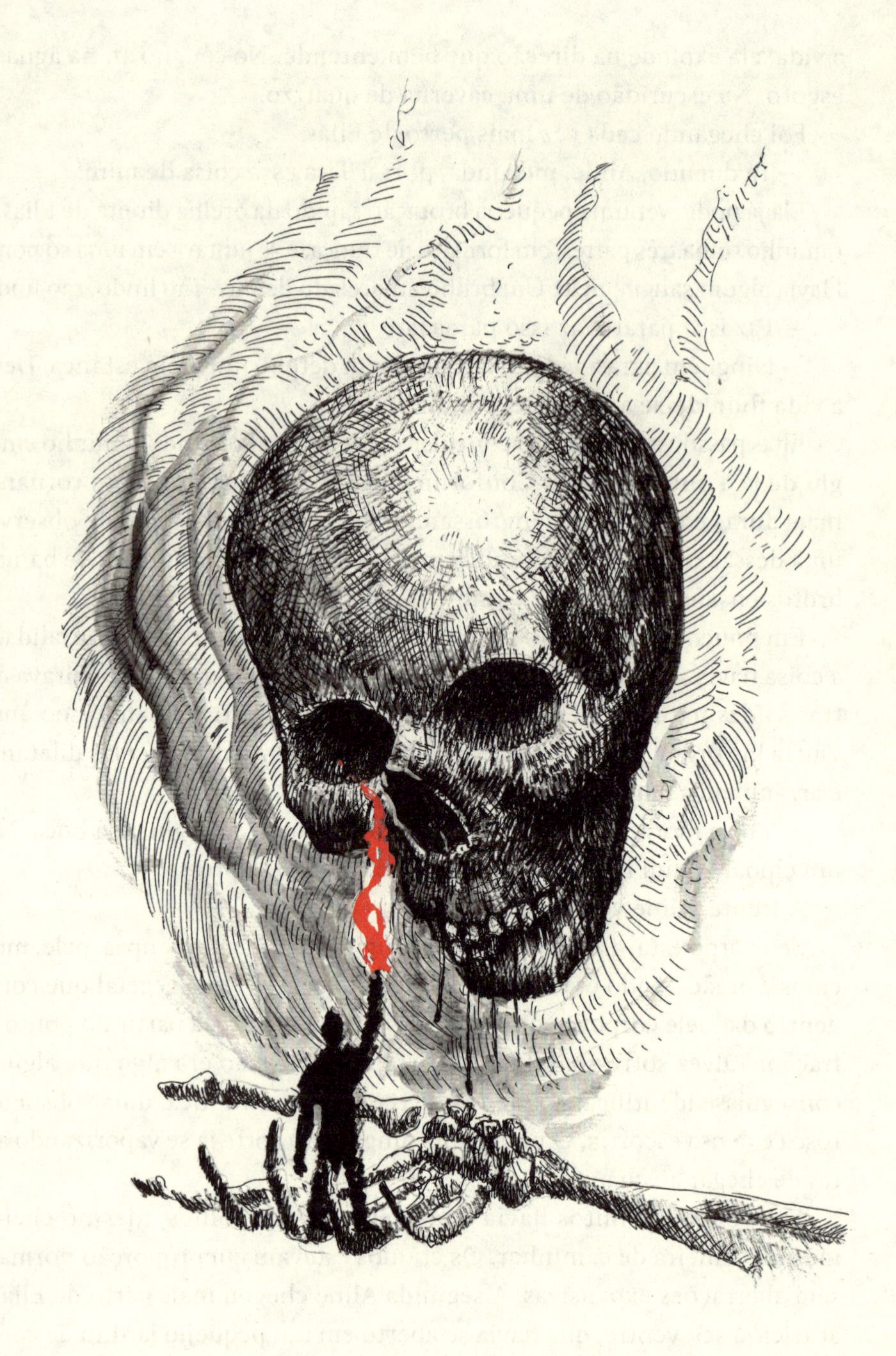

Nenhuma chance será dada
No vazio, seremos enviados
Você não pode controlar a mão perversa!

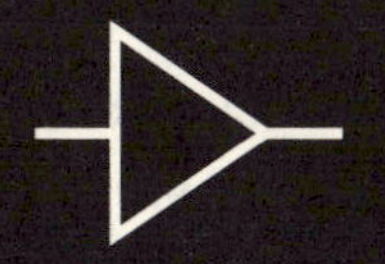

FASE2.RUÍDO3

INSÔNIA

NO CHANCE WILL BE GIVEN / INTO THE VOID, WE'LL BE SENT
YOU CAN'T CONTROL THE WICKED HAND **LOW TIDE RIDERS**

— Quatro dias são bastante tempo, tem certeza de que o senhor não dorme por todo esse período? — o terapeuta reforçou. Doutor Mariano Goethe tinha olhos pequenos e adormecidos e, enquanto falava, espichava aqueles olhinhos no relógio, contando os segundos para despachar outro desafortunado para casa.

— Perdi qualquer certeza faz tempo, mas é o meu palpite — disse Garcia. Estava pálido, bocejava a cada três ou quatro palavras. — O senhor já tentou ficar acordado mais de duas madrugadas? Mais de dois dias inteiros sem pregar os olhos? A gente perde a memória, a noção do tempo, perde o juízo.

— Humm... — Goethe resmungou, movendo a caneta entre os dedos. — O senhor me parece um pouco irritadiço, também pode ser um reflexo da falta de repouso.

— Estou a ponto de explodir.

— Mais alguma mudança perceptível?

— Eu tive uma febre muita alta antes da minha esposa... ser tirada de mim. E dor nos ossos. Doutor, vamos resumir: eu não preciso de conversa, preciso de um remédio que me coloque na cama em segurança. Preciso entender.

— Essa conversa está incomodando?

— O que está me incomodando é não dormir.

— Tudo bem, senhor Garcia. Nós já vamos chegar nessa parte.

Goethe respirou fundo e esboçou um sorriso mais falso que o arrependimento de Judas. O doutor tinha cerca de cinquenta anos, barba modesta e aparada, feição desnutrida que não era disfarçada pelos óculos grossos. Os cabelos estavam compridos demais na opinião de Garcia, que era um grande cuzão em matéria de modernidade. Usava jeans escuro, camisa branca e um paletó bege. O paletó também parecia fora de moda, como todo o resto daquele homem.

— Vamos do início, por favor. Crises sempre têm um ponto de partida, algo que foge ao nosso controle ou desafia nossa capacidade de compreensão. É a partir desse ponto que se inicia o processo de cura. Não estou enrolando o senhor, seu Garcia. Com a sua ajuda, estou procurando esse momento específico.

— Começou com uma luz — o homem ao divã respondeu sem enrolação. — Eu, a minha esposa e a nossa filha estávamos passando o final de semana em nossa chácara, fica depois do asilo Santa Dulce, aqui mesmo em Terra Cota.

Depois de um silêncio estranho, Garcia continuou.

— O primeiro dia foi normal, chegou a ser bom. Almoçamos em um pequeno restaurante ali perto, passeamos de cavalo. À tarde, fizemos uma trilha selvagem que de selvagem não tinha nada e tomamos um banho na represa do Choroso. Quando o sol se pôs, ficamos em um barzinho por ali mesmo, onde o pessoal se reúne para pagar três vezes o que vale uma cerveja. Eu tomei umas cinco. Minha esposa tomou umas duas, o suficiente para ela relaxar um pouco.

— E sua filha?

— Quer saber se ela bebeu? Ela só tinha sete anos, doutor.

— Tinha? Não tem mais?

— Se tivesse prestado atenção no que eu já contei, o senhor teria entendido essa parte.

O doutor raspou a garganta como se tivessem crescido pelos nela.

— Senhor Garcia, eu entendo a sua exaustão, mas...

— Não doutor, não entende. Eu acho que *ninguém* entende.

Goethe se calou, regateando a resposta que estava na ponta da língua.

Garcia não parecia o tipo de homem que blefava. Mesmo arruinado pela falta de sono, ele impunha algum respeito, não era nenhum garoto inseguro. Sua ficha dizia quarenta e dois anos. É uma idade madura e, tirando um ou outro afetado com Síndrome do Peter Pan, os homens geralmente sabem o que querem nessa fase da vida.

O incômodo se reinstalou depressa com Garcia de boca fechada. Ele olhava ao redor sem parar, incomodado, procurando sabe-se lá o quê. A atenção logo se fixou na estante de mogno da sala. As encadernações dos livros eram bastante impressionantes, a maioria em tons de vermelho e azul, com detalhes dourados que reluziam a luz mortiça do teto. Pobre Garcia, ele não poderia imaginar que dentro daquelas maravilhas havia cerca de setenta por cento de excrementos literários, enciclopédias desatualizadas e repetições. O preenchimento da estante não passava de uma artimanha do decorador — livros comprados por metro. Os únicos realmente úteis estavam protegidos em uma parte fechada, no primeiro andar daquela mesma estante.

Cansados dos livros, os olhos foram para a lateral esquerda, para uma palmeirinha que conseguia sobreviver praticamente sem luz do sol. A sala acarpetada também tinha o cheiro dessa ausência, um leve odor de mofo disfarçado pelo desodorante de carpetes. Garcia conhecia bem o cheiro. O mofo. Mas de onde o conhecia? A exaustão não o deixaria descobrir, não o deixava pensar.

Por fim, os olhos vermelhos voltaram para o homem de paletó bege.

— Tome o tempo que precisar, eu quero ouvir o que o senhor tem a dizer.

Garcia não estava à vontade em dizer claramente o que o mantinha acordado, em parte por não se lembrar dos últimos dias em todos os detalhes. Mas se não se abrisse com um médico, alguém especializado nesse tipo de problema, com quem o faria? Com o padre Lisérgio? Com seu cunhado que fingia ser surdo e mudo?

— Eu não bebi muito, mas estava falando alto, e um pouco mole. Minha esposa começou a reclamar, minha filhinha só ria, ela sempre ria quando alguém ficava de porre. Mas aquilo ali não era só porre, entende? Tava mais parecido com uma anestesia, como se tivessem tirado a minha energia.

— O senhor faz ideia de quem poderia ter feito isso? Algo em sua bebida, talvez?

A resposta de Garcia foi interrompida pelo telefone.

TRI-LI-LI-LI-LI

Goethe manteve os olhos em seu paciente antes de atender sua secretária ao telefone. Garcia parecia tão cansado e frágil, tão esmagado pelo cansaço, que o doutor não estranharia se ele acabasse desmaiando em sua sala.

TRI-LI-LI-LI-LI

— Não vai atender?

— Quer que eu atenda?

TRI-LI-LI-LI-LI

— Acho melhor, o som piora a minha dor de cabeça.

TRI-LI-L...

Goethe alcançou o telefone sobre a mesa sem desviar os olhos do divã.

— Pode falar, dona Solange.

Garcia riu de onde estava.

Dona Solange era uma jovem senhora voluptuosa e solteira, com uma voz rouca capaz de excitar um eunuco. O doutor fora de moda andava exigindo acúmulo de funções da moça, estava na cara. Os olhares que os dois trocaram quando Garcia entrou na sala disseram isso e muito mais. O que Garcia não sabia, contudo, é que dona Solange também tinha a função de interromper as sessões quando elas passassem do horário pré-agendado.

— Está tudo bem, dona Solange. Pode deixar comigo. Hum-hum... Sim. A senhora está dispensada por hoje. Outro pra você. Nos vemos amanhã.

Garcia deixou um quase sorriso esticar seus lábios. Em seguida, bocejou longamente. Os olhos piscaram de novo.

— Voltando à nossa conversa... — Goethe disse propositalmente mais alto. — O senhor se queixou que não conseguia dormir, mas desde que chegou aqui parece bastante sonolento.

— Eu — Garcia bateu o indicador contra o peito — nunca disse que não conseguia dormir. O que eu disse é que *não podia*; do verbo poder, escolher, significando impossibilidade de voltar a dormir. Nunca se tratou de ser capaz ou não.

— Isso muda um pouco as coisas.

— De que jeito?

— Vamos continuar vasculhando o que você consegue se lembrar... até então você estava alto e a sua esposa alegrinha. E sua filha achando graça na situação, correto?

— Mais ou menos isso... Só chegamos em casa à noite, por volta das nove, dez horas. Eu estava me sentindo estranho, mas dirigi o carro de boa. Talvez tenha passado muito perto de algum outro carro pelo caminho, mas ninguém precisou buzinar para mim. Agora me lembro que cantamos Beatles dentro do carro, alguma coisa do primeiro disco. Pra mim ainda é o melhor até hoje. Gosta de Beatles, doutor?

— Não gostar de Beatles é uma desinteligência — respondeu ele, sorrindo levemente com a abertura do paciente.

— Pois foi depois dos Beatles, depois do carro, depois que todos estavam dormindo em casa, que começou.

Nesse ponto a voz de Garcia ganhou um tom seco e mordaz. Goethe sentiu um vento frio resvalar em seus braços, uma intuição de que estava em perigo. Esfregou os braços discretamente. De repente, seu consultório começou a parecer com um confessionário onde os pecados do penitente passam para a alma do ouvinte como um vírus.

— Eu acabei dormindo no sofá mesmo, deitei pra ver um pouco de TV e peguei no sono. Acordei por volta das três da manhã, mas talvez fosse quatro. Ou cinco. A TV estava apagada, mas o rádio-relógio do quarto, eu tenho um lá na chácara, começou a tocar alguma coisa do Ira, da banda Ira. Eu conhecia a música, "É Assim que me Querem". O volume estava alto demais e a Claudinha não acordava pra desligar. Fui depressa pro quarto, tropeçando na escuridão da casa.

Goethe permaneceu atento. Por garantia, ele também havia preparado um gravador digital, um daqueles bem pequenos, da Sony. Estava visível sobre a mesa. Saber se o homem sustentaria sua versão dos fatos em sessões futuras era um dado importante.

— Aquela música maldita iniciou uma cascata de eventos — explicou Garcia. — Assim que toquei no rádio, ouvi o Pioneer do carro ligando sozinho lá embaixo, com a mesma música. Pensei que estivesse sonhando depois disso, porque a música vinha do lustre, das paredes, do chão... Vinha de dentro da minha cabeça.

Um piscar mais duro e outro bocejo.

— Aceita um café? — Goethe ofereceu.

— Acho que não.

— Tente respirar fundo algumas vezes, relaxar um pouco. O estresse pode confundir ou bloquear alguma informação importante.

— A luz... — disse Garcia quase sem respirar. — A luz acendeu logo depois. Ela não veio do teto, doutor. Aquela coisa era tão forte, tão clara, que os meus olhos doeram como se eu estivesse na frente do Sol, de vários sóis.

— As luzes estavam dentro do quarto?

— Sim. Dentro e fora. Tinha luz em todos os cantos. Nas paredes, no teto, no chão, nas árvores do lado de fora.

— Pode descrevê-las? Eram lanternas? Fluorescências? Faróis?

— Eu... puta merda, doutor, elas não mereciam... as minhas meninas. — Garcia estava com as mãos entrelaçadas nos cabelos, a voz trêmula enquanto chorava.

As mãos desceram em frente ao rosto e pressionaram a pele como se quisessem penetrá-la. Algumas lágrimas escapavam pelos dedos. O som do muco sugado, de tão forte, chegava a ser nauseante. Garcia tossiu algumas vezes, resfolegou, limpou os olhos com força e se recompôs.

— Eram as duas. Minha esposa e minha menina. Elas *eram* as luzes.

A essa altura o terapeuta estava bastante envolvido nos relatos de Garcia. Goethe não acreditava em eventos paranormais de espécie alguma, mas também era um profissional dedicado, alguém disposto a ir fundo em todo e qualquer problema. Ele aproximou o gravador do canto da mesa e disse:

— Você está indo bem, Garcia.

Depois rodeou a mesa e ocupou uma cadeira estofada. Puxou-a para bem perto do divã. Garcia continuou explicando.

— Elas estavam brilhando e eu... eu... Eu apenas toquei nela... E ela... ela desapareceu, a Claudinha derreteu bem na minha frente. — E começou a chorar de novo.

— Derreteu? Como gelo?

— Não, ela foi perdendo a forma para a luz. Parecia até fumaça de cigarro. Sumindo e sumindo, até que não sobrou nada.

— Mas sobrou a menina.

— Isso — Garcia fungou o nariz úmido outra vez. — Mas ela estava diferente. Enquanto eu ainda tentava entender o que acontecia, ela começou a coçar o ouvido, coçar e bater, como se tivesse saído de uma piscina com o ouvido entupido. Eu vi um rabicho da coisa aparecer, parecia uma cobrinha. Estava saindo do ouvido dela, porra! E a coisa brilhava mais que a minha filha. Oh, meu Deus, como uma coisa dessa é possível?... — Garcia chorou mais um pouco.

— O que aconteceu depois?

Goethe conhecia psicóticos e Garcia não era um deles. Seu paciente era um homem chocado, um pouco estressado e com privação do sono, mas também era consciente, consistente e ponderado. Alguma coisa muito séria tinha acontecido naquela casa de campo. Nada relacionado a cobrinhas luminosas, mas sem dúvida algo traumático, capaz de ter gerado tamanha fantasia.

— Começou mais cedo. — Garcia limpou o nariz com um lenço descartável oferecido por Goethe. — No passeio da cachoeira.

— Vocês viram cobras brilhantes na cachoeira?

— Foi diferente. Claudinha e a minha menina, as duas reclamaram que estavam com uma coceira na sola dos pés. Cheguei a olhar, mas só vi um pontinho escuro. Achei que era alguma alergia. Da água, sabe? Ou algum inseto que tivesse picado. Não passava de uma manchinha vermelha... Elas ainda reclamavam à noite, no barzinho, principalmente a minha filha.

— Humm. — Coube ao doutor resmungar e escrever algo em seu bloco de notas.

— Parece loucura, doutor. Parece mesmo, eu sei...

O gravador estava tão perto que poderia captar o hálito dos homens. Nada que incomodasse a Garcia. Se contar sua história pudesse finalmente ajudá-lo, ou trazer suas meninas de volta, provar que tudo era um delírio, ele o faria com gratidão.

— Aquela coisinha, aquela cobrinha luminosa que a minha filha... verteu no quarto... ela foi rápida demais para mim. E saíram outras, entende? Mais de cem! Todas escorrendo pelo chão enquanto minha filha ria e socava a própria cabeça. Começaram a sair pelo nariz, pela boca, estavam escorrendo pelos olhos dela! Eu fiquei paralisado, não conseguia ajudar, eu não podia me mexer.

Garcia respirou fundo e soltou o ar já chorando de novo.

— Acabou entrando na minha pele. A coisinha entrou na minha pele, nos pés, como se fosse um fantasma. Eu estava atordoado, nem me perguntei se aquilo era real ou não. A minha filha fez questão de explicar. Ela se bateu tanto que o rosto estava todo inchado, distorcido, parecia picado por abelhas.

O rosto do paciente era como um livro sendo escrito onde cada ruga contava uma nova história. Tinha alguma coisa acontecendo naquela cabeça, alguma coisa que Goethe desconhecia.

Garcia sentou no divã em um salto.

— É isso! É por isso que eu não durmo! Só pode ser isso!

— Garcia, precisa me dizer tudo o que aconteceu naquela noite. Essa é única maneira de ajudá-lo — Goethe disse com firmeza.

— Minha filhinha. Ela explicou que eu não podia dormir, senão a coisa ia sair e... vai começar tudo de novo.

— Onde elas estão, Garcia? O que aconteceu com a sua filha?

Um riso muito pernicioso torceu o rosto de Garcia.

— Elas não existem mais. Eu me lembro delas, mas não sinto, então é como se elas nunca tivessem existido pra mim. Você faz ideia do quanto isso pesa? Não ser capaz de amar uma esposa? Uma filha?! O senhor faz ideia do que é ter o amor removido?

Goethe tirou os óculos e coçou os olhos.

Ele matou as duas. Foi isso o que aconteceu. Matou as duas e não consegue dormir mais.

— Tenha calma, você já chegou muito longe, Garcia.

— Acredita em mim?

— Acredito que está sendo sincero no que o senhor acredita.

Garcia secou o nariz e agradeceu.

— Existe alguma coisa pra me ajudar? Eu não aguento mais, doutor, não aguento mais não saber o que é verdade ou invenção da minha cabeça. Às vezes, quando estou quase fechando os olhos, eu escuto a minha filha aqui dentro. Ela ri e me desafia a ficar acordado. Ri como se me provocasse, como se... ela estivesse dentro do meu ouvido. Às vezes eu ouço a Claudinha, ela diz coisas horríveis. Nessas horas eu queria ter as duas de volta só pra acertar as contas!

— O senhor tem esses pensamentos com frequência?

— Não sei. Eu já devo ter pensado em acabar com a minha esposa umas duas vezes na vida, ela teve esse casinho no passado, com um conhecido do trabalho dela. Claudinha nunca assumiu, mas eu conheço os olhares. Eu sei que aconteceu. Peguei mensagem do vagabundo chamando ela pra sair.

— Entendo.

Goethe se levantou e caminhou até um amarinho suspenso, atrás e à direita da mesa à qual estava sentado. Retirou um frasquinho de acrílico laranja do móvel. Apanhou dois comprimidos e devolveu o frasco ao armário. Depois pegou um copo d'água do frigobar oculto pela mesa. Retirou o papel-alumínio que lacrava o copinho e ofereceu a Garcia.

— O que é isso?

— O começo de sua cura, Garcia. O senhor está sofrendo de estresse agudo, talvez estresse pós-traumático. Estamos indo muito bem por aqui, mas antes de continuarmos, tome os comprimidos, o senhor precisa se acalmar um pouco. Quando estiver pronto, conversamos mais. Posso chamar um Uber para levá-lo pra casa quando terminarmos.

— É sério? Eu vou ficar bom? — a voz com uma esperança cansada.

— Claro que vai.

Garcia apanhou os comprimidos e o copo. Engoliu.

— O senhor já tratou algum caso parecido?

— Alguns. Nossa mente é capaz de criar labirintos de onde não conseguimos sair. Invenções e incertezas. O medicamento certo pode criar uma saída, uma luz para guiá-lo ao fim do túnel.

Sim, uma saída. Principalmente para Goethe. O cara em seu divã era um assassino, isso estava mais claro do que o copinho descartável branco. Por precaução, Goethe o colocaria para dormir e o mandaria para casa. Depois colocaria a polícia para dar uma olhada no caso. Seu juramento de sigilo não cobria certos riscos, e ele não queria se tornar cúmplice de coisa alguma. Jesus, o cara podia ter matado a própria filha.

Garcia terminou de beber toda a água. Goethe apanhou o copinho e jogou no lixo.

— Relaxe um pouco, pode se esticar no sofá, se quiser. Eu vou fazer um receituário.

Um bocejo.

Não vai demorar, pensou Goethe.

Claro que Garcia tinha matado as duas. Ou pelo menos a esposa. A serpente indicava traição, a luz era uma saída para um período de escuridão interna. E havia a música do Ira, Goethe a conhecia: "... e assim que me querem/ ao ver na TV todo sangue jorrar e ainda aprovar/ a pena capital". Pena capital. Pena de morte. Assassinato.

Outro bocejo.

A respiração de Garcia já ficava pesada, quase roncada. Ele cairia no sono irreversível em poucos minutos. Cansado como estava, dormiria até o dia seguinte. Tempo suficiente para Goethe resolver as coisas. Se não houvesse crime, melhor ainda. Mas arriscar novas vítimas ou ele mesmo ser uma delas estava fora de cogitação.

Alienígenas, assassinos e assaltantes que nunca existiram, fantasmas, ex-maridos, ex-mulheres e ex-sogras... a lista de falsos culpados era praticamente interminável em consultórios psiquiátricos.

O smartphone soou um *timmm* reverberante e tirou o terapeuta de seus pensamentos. Ele apanhou o iPhone e, assim que o desbloqueou, o som se tornou alto a ponto de incomodar os tímpanos.

A pena capital-aaallll.

A pena capital-aaallll.

Goethe não precisou olhar para o divã para saber o que viria em seguida. No lugar de Garcia, havia um grande corpo recheado de vermes incandescentes castigando a sala, dezenas de pequenos sóis afilados que tremiam, tombavam e rastejavam pelo chão.

FASE.3

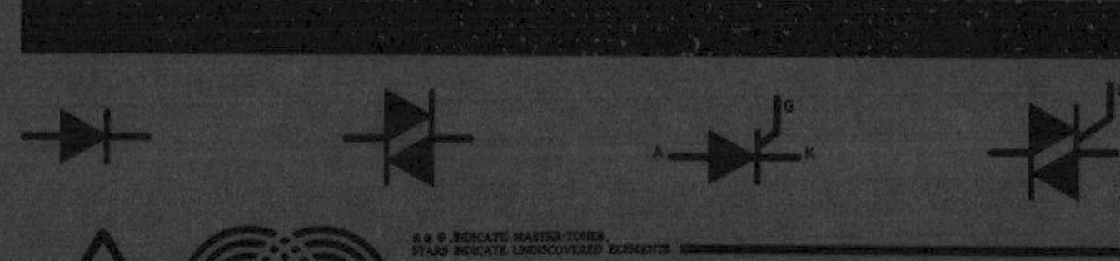

DIAGRAM SHOWING THE TEN OCTAVES OF INTEGRATING LIGHT, ONE OCTAVE WITHIN THE OTHER. THESE TEN OCTAVES CONSTITUTE ONE COMPLETE CYCLE OF THE TRANSFER OF THE UNIVERSAL CONSTANT OF ENERGY INTO, AND THROUGH, ALL OF ITS DIMENSIONS IN SEQUENCE

DARKSIDE® ELETROELETRÔNICOS

Drogarias Piedade, unidade 189.
Terra Cota.
Segunda-feira. 9:45h

Marcelo terminou seu lanche e voltou para o balcão. Estava um pouco cansado daquele emprego, mas com a esposa grávida ele não podia se dar ao luxo de perder o plano médico familiar. O outro farmacêutico da loja, Douglas, enfrentava uma situação parecida, mas no caso dele era a mãe que tinha mais açúcar que sangue nas veias.

— Marcelão? Dá uma ajuda aqui? — um dos balconistas pediu e deixou o cliente com ele.

Marcelo se apresentou e o homem começou a falar:

— Chefe, eu... eu não sei por onde começar. É um negócio na minha cabeça.

— Dor?

— Não, não é dor. É pior. Eu queria alguma coisa que me acalmasse, qualquer coisa.

— Nós temos alguns fitoterápicos que...

— E resolve?

— Não muito. O senhor faz algum tipo de tratamento? Já toma alguma medicação?

— Eu tomo até água de enxurrada se ajudar. Eu acho que estou ficando louco, é isso. Eu escuto coisas, às vezes são gritos, vozes. Tem horas que eu vejo umas luzes. Eu sinto que alguma coisa anda comigo. Eu não consigo dormir perto da TV, entende? Ela fala dentro da minha cabeça, eu não sei como, mas é o que acontece. Já ouvi gente morta no rádio, às vezes eu quero morrer também.

— Acredito que o senhor precise de ajuda médica.

— Não! — o homem socou o balcão, e o golpe poderia ter quebrado o vidro do móvel. — Eu preciso de uma solução! Todo mundo precisa. Nessa cidade todo mundo finge que é normal, mas na cabeça de cada um tem uma bomba querendo explodir! A gente liga o noticiário e só tem putaria, a gente arruma emprego e vê tudo quanto é puxa-saco levando nosso salário, a gente tem filhos e... e eles... eles morrem. — O homem começou a chorar. Apanhou um lenço, secou o nariz e retomou algum controle.

— Se acalma, moço.

— Não é culpa sua, desculpa — disse ele e saiu andando. — Eu preciso de outro mundo pra viver. É isso. Esse aqui já deu...

Eu sou a forasteira
Eu sou a forasteira
Sou um coração que sangra em um mundo entorpecido

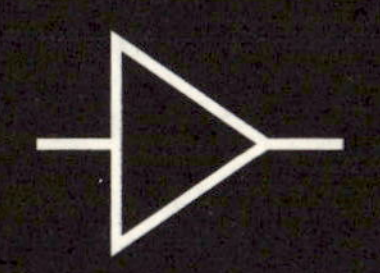

FASE3.RUÍDO1

ERUPÇÕES URBANAS

I AM THE OUTSIDER / I AM THE OUTSIDER
BEING A BLEEDING HEART IN A NUMB WORLD **CRYPTA**

Se alguém dissesse que era tão bom estar saudável, ela talvez tivesse começado antes.

Lúcia da Conceição tinha acabado de acordar e preparado um café forte, não muito, mas o bastante para interromper os bocejos do começo do dia. Serviu ração ao gato Gaspar e ao cachorro Nicodemos e então ligou o rádio na frequência de Milton Sardinha, para ouvir um pouco de boa música. A programação não era a mesma desde a troca de radialista, mas a nova moça dos microfones não era ruim, apesar do forte sotaque carioca que confundia onze a cada dez ouvintes da terceira idade de Terra Cota.

O melhor lugar para uma xícara cheia de café novinho era a varanda. Lúcia adorava aquele espaço, gostava um pouco mais no começo da manhã e no início das madrugadas. O mundo era diferente naqueles horários, parecia mais calmo, também mais cheio de vida. A casa ficava nos limites da cidade, a perfeita mistura entre a comodidade urbana e a paz do campo. Na frente do imóvel ainda havia a cidade, a eletricidade e os vizinhos, mas na parte de trás existiam árvores, pássaros e borboletas.

Sentou-se em uma das cadeiras da varanda dos fundos e o pensamento voou até sua irmã, Eugênia, e em como ela fez bem em ter morrido. Além de ter deixado todo mundo em paz, também deixou dinheiro, o que contribuiu para que Lúcia, outrora conhecida como Lúcia Louca, tivesse uma segunda vida confortável. Não gostava de lembrar das primeiras cinco décadas de sua existência. Costumava ter medo, tanto medo. Da vida, da morte, das pessoas que caminhavam da vida até a morte.

No rádio, Milton Sardinha interrompeu a programação para anunciar uma nova doença. Lúcia preferiu dar atenção a um pássaro azul que pousou em seu alpendre. Quem precisava de mais doenças em Terra Cota? Nem mesmo os donos de farmácia.

— Olha só pra você — disse ao bichinho.

O pássaro inclinou o pescoço, não como um pássaro, mas como um cão.

— Consegue entender o que eu digo?

O pássaro piou. Um pio curtinho, bonito.

Ela nunca tinha visto um passarinho como aquele. As penas do dorso eram bem grossas e eriçadas, lembravam escamas. A cabeça tinha uma pele espessa em vez de penas. Os olhos eram curiosos e vivos, e lembravam os olhos das cabras. Tinha cinco dedos. O bico era serrilhado, com duas partes que se encaixavam perfeitamente.

Ao lado do pássaro, só agora ela notou, havia um louva-a-deus. Era bem estranho também, de um vermelho muito vivo. Os olhos eram brilhantes como dois diamantes e a cabeça era um pouco maior, mantendo o formato de triângulo. Comia uma aranha.

Havia tanta vida naquele pedacinho de floresta, tanta coisa que os olhos ordinariamente comuns das redondezas insistiam em não enxergar. O verde das folhas, o azul do céu, o avermelhado terroso do chão. Havia aranhas, formigas e gafanhotos, cigarras, bem-te-vis e escorpiões. Havia coisas novas aparecendo todos os dias. Só não havia maritacas, mas um dia, talvez, elas se sentissem seguras para voltar.

Alguém gritou na vizinhança.

Lúcia deu outro gole em seu café, o pássaro chilreou bonito, o louva-a-deus juntou as patinhas e dançou, lançando o resto da refeição — uma aranha oca — na madeira do alpendre. O rádio começou a tocar uma música francesa animada, mas que também era cheia de melancolia. "Voyage Voyage", de Desireless.

Talvez a vida não fosse mais do que isso, uma viagem, um passeio. E se esse fosse mesmo o caso, qual seria o destino? Lúcia não tinha essa resposta, mas sabia que teria companhia na linha de chegada. Se ela fechasse os olhos por um instante, ainda podia ouvi-los, o povo das sombras, os seres das estrelas, as pessoas das ondas do rádio. Eles falavam mais baixo agora, mas nunca se calavam.

Um novo grito ecoou pela vizinhança:

— É mentira! Cala a boca, demônia, é mentira!

Parecia a voz de uma mulher chamada Cassandra. Ela morava por perto, no mesmo quarteirão. Parece que o filho trabalhava na Embraer e enviava uma fatia grossa do dinheiro que recebia pra ela. O filho nunca se casou. Também não vinha ver a mãe, mas pelo menos mandava o dinheiro, já é mais do que muitos fazem. Lúcia sorriu. Não ter filhos com a única expectativa de que eles cuidem de você na velhice foi apenas uma das boas escolhas que ela fez em sua vida.

Duas casas depois, morava um político. Era um rapaz bem jovem, cheio de boas intenções. Infelizmente ele já estava se enroscando com os corruptos da cidade. Um pequeno desvio da verba da saúde em prol de um trecho de asfalto próximo à chácara de um vereador, outra inversão de trânsito nas ruas para privilegiar um dos comércios do filho do novo prefeito. O filho do novo prefeito era influente, todos sabiam. Se ficasse feliz, ele ajudaria o Jovem Político a se reeleger deputado. Novamente deputado, o Jovem Político poderia fazer mais pelo povo, mesmo com os pequenos desvios de conduta que o levaram até ali, é assim que a banda toca, é assim que o mundo caminha. Sim, e gente honesta como ela era chamada de dissimulada, fingida e louca.

O céu começava a ficar carrancudo de novo. Talvez fosse chuva.

Lúcia fechou os olhos e sentiu o cheiro da tempestade. Havia alguma coisa chegando, uma mudança muito mais forte que os velhos dias. Não era problema dela, não mais. Ela os preveniu, fez sua parte, passou alguns anos enfiada em um buraco sem luz. Agora a luta era das outras pessoas, estava na hora de Terra Cota aprender a resolver seus próprios problemas, lidar com seus medos, conviver com seus germes. Não se pode mudar o mundo, ela aprendeu tarde demais, mas ainda podia continuar mudando a si mesma. Era o que estava fazendo dia após dia, hora após hora, minuto após minuto.

A gritaria passou a ecoar na rua. Uma das vozes era de Cassandra, tinha certeza agora. A outra podia ser Georgina, vizinha de Cassandra. Lúcia não se entendia perfeitamente com as duas, mas tentava não parecer uma alienígena. Comparecia aos seus convites de aniversário, foi duas vezes a reuniões do bairro que não a interessavam, comprou alguns números das rifas beneficentes que elas vendiam. Todas as pessoas da rua se sentiam bem dessa forma, sabendo que existia gente mais fodida do que elas dependendo de uma rifa. Lúcia suspirou e deu outro gole em seu café. O pássaro azul voou e o louva-a-deus pareceu sentir-se muito sozinho. Logo ele também alçou voo. Ou talvez tenha sido aquele ruído agudo e distorcido que poucos humanos conseguiriam ouvir que os afugentou. Lúcia ouvia. Parecia o gemido de alguma máquina.

Chegou na pontinha do alpendre e deu uma olhada na rua. As duas mulheres, Cassandra e Georgina, carregavam uma Samsung de sessenta polegadas. Chegaram na metade da rua e jogaram a TV no asfalto. Depois entraram na casa de Georgina e voltaram com outra TV um pouco menor. Elas usavam todos os palavrões do catálogo e alguns que Lúcia nunca tinha ouvido. Cassandra pegou metade de um bloco de concreto que estava no chão, ao lado da casa da rua que nunca terminava de ser reformada, e o ergueu nos ombros. Georgina preferiu um pedaço de pau. Enquanto elas exterminavam os televisores, a vizinhança se aglomerava na porta das casas. Ninguém saiu, ninguém disse nada.

Georgina enfiou o pau na TV e torceu de um lado a outro, com uma expressão de gozo que chegava a ser pornográfica. Cassandra abriu um furo com a pedra e terminou o serviço com os pés. Tinha um pouco de sangue nas canelas, mas ela não parecia se incomodar. Chutava, enfiava o pé no buraco e quebrava o que podia. Quando se cansaram, Cassandra voltou com um vidro de álcool. Georgina acendeu um cigarro, apanhou um papel qualquer no chão e ateou fogo nos televisores. Depois elas se abraçaram e seguiram pela rua.

No alpendre, uma lagartixa cor de mel desceu do teto até a parede e parou bem perto de Lúcia. Tinha um aspecto caramelizado, a pele âmbar parecia feita de vidro. De tão transparente, Lúcia via os órgãos internos do bichinho.

Talvez fosse uma boa hora para tomar um segundo café.

Lúcia planejava fazer uma caminhada ainda pela manhã. Aquele prometia ser outro longo dia.

Lado a lado com pavor
Diante do inesperado
A arte de empreender
Ninguém precisa ensinar

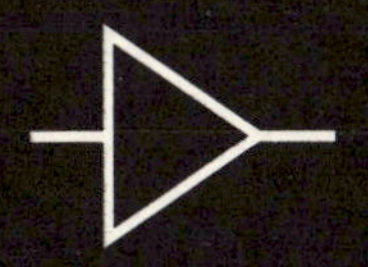

FASE3.RUÍDO2

YASMIN

SIDE BY SIDE WITH DREAD / FACING THE UNEXPECTED / THE ART OF UNDERTAKE / NO ONE NEEDS TO TEACH **HATEFULMURDER**

Yasmin acordou e olhou para a janela. Ouvia um *rec rec* na madeira, um ruído gasto que poderia muito bem ser um besouro preso entre as venezianas. Ou uma unha, a garra de algum bichinho. Não sentiu medo porque nada na fazenda do avô, agora sua casa, era ruim o bastante para meter medo. Talvez sua mãe... Mas só quando ela ficava bem brava e dava aqueles gritos que faziam até passarinho cair do ninho.

O sono ainda estava forte, tanto que ela quase dormiu de novo. Os olhos pesando e pesando, incomodando como se estivessem cheios de areia. *Rec rec* de novo. Um bocejo e os olhos não queimavam mais. Outro, e o sono já ia embora. Bem no meio da madrugada.

Rec rec.

— Quem tá aí? — perguntou por perguntar, porque besouro e bicho não falam. Bom, falar eles falam, mas só entre eles ou nos livros, especialmente nos livros que o seu pai costumava ler.

Sentia falta dele.

Mesmo sem saber se o passado era tão bom quanto parecia ser agora (e ela achava que não), sentia falta. Um pai é como uma nuvem de chuva, a gente nunca sabe o que vai sair deles, mas a sombra é muito melhor que sol quente demais.

Agora que estava mais acordada, ouvia outros sons. O *rec rec* na janela, as rãs cantando, o silvo dos morcegos e das patas dos grilos. Havia muita vida lá fora, era o que sua avó sempre dizia. Marta e Gideão eram a única coisa boa que sobrava após o pai ter morrido. Yasmin não diria a ninguém, mas mesmo sentindo falta do pai, ela sabia que a antiga vida não era sempre boa. Todos aqueles gritos dele e da mãe, todas as vezes que ela foi trocada pelo trabalho de um e de outro. Agora era diferente, tinha com quem falar sem ser chamada de maritaca, de trombeta, de mujana. Esse último ela nem sabia o que era.

Coladinha na janela, sentiu um pouco de medo. Às vezes tinha um sonho muito ruim e agora pensava nele. Ela estava sozinha, e tinha um monte de gente em volta dela. Os homens usavam ternos comidos pela velhice, as mulheres usavam vestidos da mesma cor. Não existia crianças, policiais ou alguém para quem ela pudesse pedir ajuda. Nesse sonho ela sempre gritava até perder a voz, mas ninguém vinha. As pessoas em volta dela não faziam nada de ruim, elas só ficavam ali, brancas, com algodão enfiado no nariz e os cabelos cheios de terra.

O *rec rec* mudou para *tec tec tec* e ela decidiu abrir janela. O que poderia ter de tão ruim? Aranha não faz *rec rec*, besouro não pica, passarinho não morde. Poderia ser um morcego, mas ela nunca teve medo deles, achava bonitinho.

Antes de abrir a veneziana, lembrou de quando o avô rixou por causa do boi doente. Ela explicou que foi o sono que a levou pro pasto, mas o avô ficou bem bravo, a mãe também ficou uma arara. Só no dia seguinte Marta, a vovó, explicou que eles não estavam zangados, mas com medo, e que pessoas assustadas quase sempre preferem o caminho da raiva, que elas conhecem melhor.

Tec tec tec.

Dessa vez ela apanhou o banquinho de madeira que ficava sempre por perto (porque ela era baixinha, então precisava do banquinho pra lavar louças e escovar os dentes e mais um monte de outras coisas que exigiam altura). A trava da janela era meio dura, mas com um pouquinho de esforço ela conseguiu mover. Deixou a janela abrir bem devagar, para que não fizesse barulho e acordasse a casa inteira. Isso não seria nada bom, ainda mais se acordasse a mãe.

— Nooooosssaaaaaa! — disse ela assim que colocou os olhos no pasto.

Havia uma névoa bem discreta lavando o chão e as plantas, até onde a vista conseguia alcançar. Na fumacinha transitavam o que a menina descreveria como pequenas fadas. Elas se pareciam com libélulas, mas eram bem maiores, mais encorpadas, e elas tinham sim bracinhos e perninhas, assim como as asas brilhantes de glitter. Se não eram fadas, o que mais poderiam ser? O único problema é que as fadas eram bonitas em todos os livros, mas aquelas coisinhas eram feias de doer. Uma delas estava logo abaixo na janela, pousada em uma flor azulada. Reparando melhor, as fadinhas pareciam os bichos que moram em algumas frutas, o corpinho todo anelado, todas as partes pareciam feitas de larvas. Bracinhos, perninhas e... Elas não tinham cabeça de fada e nem nada disso, mas faziam um som engraçado, como se estivessem sempre mastigando. Um *chomp chomp*. Seu avô ia gostar delas, pensou. Ele meteria logo duas em uma vara e iria pescar. E o avô não chamava de larva, mas de bigato.

Acima da névoa, muitas flores. Não tinham o formato de uma flor normal, não tinham pétalas nem nada disso, elas pareciam um tipo de mato que o avô disse se chamar dente-de-leão e era bom pra obrar, daqueles que você assopra e voa um monte de coisinhas, faz uma sujeira danada. De todo jeito eram bonitas porque brilhavam muito. Cor-de-rosa, azul, amarelo, violeta, verde... parecia até festa junina, quando as cores explodem no céu e todo mundo olha que nem besta.

Entre todas aquelas cores, também havia insetos brilhantes. Vagalumes, moscas, e alguns outros bichos bem maiores que ficavam perseguindo os vagalumes e moscas. Eram rápidos como beija-flores, e quando um deles chegou muito perto, Yasmin sentiu um pouco de medo. Aqueles bichos voadores tinham duas pinças serrilhadas em vez de bico, e um ferrão na parte de trás, que ficava se mexendo para cima e para baixo. Os olhos deles eram cheios de raiva, ela podia sentir.

— Vai embora! — disse ela e espalmou a mão. O bicho voou e acabou sendo devorado por outro bem maior, que saltou como um sapo. Esse conseguia ser ainda mais feio, branco como um porquinho e todo enrugado.

Pensando bem, todos aqueles seres eram bem estranhos, e seriam feios, horrorosos, se não existissem as cores. Mas elas eram tantas que todo campo parecia um céu, só que de cabeça pra baixo.

Tec tec tec.

Yasmin se apoiou no parapeito e olhou para o chão, para conseguir enxergar o que fazia aquele barulho. Estava tão maravilhada que havia se esquecido dele. De início, ela não viu nada, então um vento gentil assoprou a névoa e a fez enxergar.

Havia uma coisinha no chão, parecida com uma criancinha encolhida ou um macaquinho. Estava de cócoras e olhava para ela. Os pelos eram sujos e bem escuros, mas seus olhos pareciam duas lanterninhas. A coisinha pareceu sorrir com seus dentinhos de prego, ou quem sabe tenha apenas replicado a menina. Uma fadinha feia passou voando perto dele e o macaquinho pulou, lançou a língua pra fora e a puxou para si, como um camaleão. O verminho alado se debateu, mas o macaquinho arrancou suas asas e mordeu seu corpo. Depois comeu o resto. Mais confiante, apanhou o que ele estava comendo antes de se distrair, era a cabeça de um coelho. Como ele não conseguia rachá-la, estava a golpeando contra a parede, *tec tec tec, tec, tec...*

Preocupada de verdade, a menina olhou para cima e viu outros dois daqueles macaquinhos. Esses eram parecidos com o primeiro, pareciam ter rosto de uma menina, até lembravam um pouco ela mesma. Estavam com a cabeça atrás da folha da janela, se sustentando nas mãos, espionando. Bem devagar, Yasmin foi fechando a parte da janela que tinha vidro e ficava por dentro da casa. Ainda via as cores do pasto, ainda ouvia os sons que a fizeram acordar, mas agora queria se livrar de tudo aquilo. Não era uma coisa boa.

Rec, rec.

Tec tec tec.

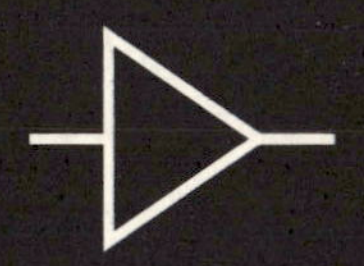

FASE3.RUÍDO3

OTOSCLEROSE

FECHO OS OLHOS PARA O MUNDO / QUE UM DIA ME ESQUECEU
MINHA VIDA NUNCA TEVE ALGUM VALOR **RATOS DE PORÃO**

Glauco nunca foi o garoto mais popular da escola, mas tinha o cabelo mais claro e por isso deram a ele o apelido de Salomé. Pelas suas costas, os colegas diziam coisas muito piores, mas nada que o chateasse mais do que seu próprio isolamento. Para algumas crianças, ser provocado ou atacado é um pouco menos doloroso do que ser completamente ignorado.

Desde o primeiro dia de aula (e Glauco já estava em seu quinto ano), o melhor que aprendeu na escola foi a falar pouco e tomar seus lanches dentro da sala de aula. Era uma boa maneira de manter seu uniforme livre da sujeira do chão e das gotas de sangue. Ele não era o único, claro que não, havia outros garotos perseguidos, mas Glauco não era como eles. De certa forma era mais doce, mais divertido, se tivesse tido uma única chance, ele teria surpreendido todos aqueles meninos maus. Mas ela não veio.

Agora estava na aula de educação física, tentando escapar da piscina. Água era perigo. Água havia se tornado um perigo. Desde que começou a ter dores nos ouvidos, Glauco evitou cada gotícula de umidade de todas as maneiras possíveis. Simulou crises de tosse, alegou micoses terríveis, friccionou o sovaco para forjar um estado febril. Com o tempo, o professor de educação física percebeu que, além do problema com os ouvidos, ele não se sentia à vontade com as outras crianças na água, então propôs um acordo: Glauco não entraria, mas precisaria estar ali para ganhar presença nas aulas.

— Vem, Salomé, tá quentinha — disse o maior menino da turma. O Reis.

Glauco cedeu um risinho sem sal e subiu mais um degrau das arquibancadas de cimento. Abriu um livro de biologia para ter o que fazer.

— Viadinho — provocou Reis.

O professor fingiu que não ouviu, como sempre.

Na água, além de Reis, estavam Julinho, Teta, os gêmeos e Duda. O Esquadrão da Morte do quinto ano. Eles pegavam no pé de todos os meninos mais novos, mas nada comparado ao que faziam com Glauco. O motivo nunca ficou claro, mas Glauco acreditava que a razão era simplesmente a sua existência. Era como se os meninos não o reconhecessem como um deles, e o odiassem por isso.

Duas ou três vezes o pegaram desprevenido e fizeram coisas como atochar a cueca ou obrigá-lo a lamber o tênis sujo de Reis. Também fizeram ele cacarejar como uma galinha na frente das meninas mais bonitas da sala. Uma vez, Reis o segurou e cuspiu em seu rosto.

E queriam fazer isso sempre.

Gostavam. Bebiam do pânico dos olhos de Glauco.

Na escola todos sabiam que o maior medo daquele menino desde o terceiro ano era mergulhar e ter outra crise de dor de ouvido. Ele contou isso em uma redação, tirou nota dez, e a professora o fez ler em voz alta. O menino perseguido ainda não sabia se o que irritou os outros foi seu pavor auricular ou sua nota alta, mas eles começaram a jogar água nele desde então. Água, suco, refrigerante, o que tivessem por perto.

Depois dos seis bate-e-volta na piscina, o bando voltou a se reunir; cochichavam em um dos cantos. Glauco os vigiava de onde estava, lá de cima, fingindo não prestar atenção. Esse era um conselho de sua mãe: ignore e eles vão cansar. Bem... estava demorando.

— Não devia deixar tratarem você assim. — Era Renê, só mais um garoto que fingia querer ajudar. Ele estava com gripe de verdade, trouxe atestado e tudo, então não precisava entrar na água.

Glauco parou de cutucar suas unhas e ergueu os olhos magoados. Seus cabelos compridinhos estavam bagunçados e formavam pequenos cachos. Talvez devesse raspá-los. Mas aí, em vez de Salomé, iriam chamá-lo de "E o vento levou", como faziam com o menino do quarto ano que tinha leucemia.

— Ninguém devia deixar eles me tratarem assim. — Glauco disse de volta.

Renê olhou para a água calma da piscina.

— Eu já apanhei a minha cota.

— Como fez pra parar?

— Você chegou — Renê riu. — Ó, não fala que eu contei, mas eles tão combinando alguma coisa.

— Comigo?

— Ouvi por cima... O Duda tava falando com o Reis. Não ouvi direito, mas ouvi seu nome. Quando vi você aqui moscando, perto da piscina... eles vão pegar você, Salomé.

— Que se dane — Glauco deu de ombros.

— Tá maluco? Eles vão arrancar seu saco na água!

— E o que eu faço? Saio correndo de novo? Saio correndo pra sempre?

— Eu já taria em casa. Sequinho e vendo TV.

— Não dá... se eu faltar mais duas vezes, perco o ano. Preciso ficar aqui até o sinal, senão o professor coloca falta.

— Fica esperto pelo menos — disse Renê e apanhou suas coisas. Tinha feito sua parte para manter a consciência limpa (apanhar no lugar de Glauco não entrava nessa conta).

Glauco reabriu a apostila de biologia e continuou sua leitura. Ouvia os garotos o provocando da água e sentia seu coração acelerar a cada risadinha.

Mas como explicaria perder um ano por falta? Sua mãe compreenderia, mas seu pai ficaria uma fera. Ele era um homem duro, policial, precisou enfrentar gente muito pior que um bando de garotos xaropes.

O relógio da quadra apontava mais dez minutos de angústia e hipóteses ruins. Denúncias era inúteis, o bando de Reis tinha uma ficha longa e suja na diretoria, mas também tinham pais ricos e imunidade diplomática, nada muito diferente do mundo dos adultos.

— Vem, Salomé! Seu cu doce não vai derreter, não — disse um dos gêmeos. Os outros riram. Reis ficou encarando Glauco. Havia maldade naqueles olhos, não existia outra palavra melhor pra definir.

Muitos garotos já deixavam a piscina e apanhavam suas toalhas. O professor olhava para seu relógio de pulso. Faltava pouco, talvez não acontecesse nada. Enquanto o professor estivesse por perto, Glauco estaria em relativa segurança.

Julinho — outro do bando de Reis — saiu da piscina. Estava com a mão sobre a barriga, andando meio cambaleante. Ele chegou bem perto do professor e vomitou em seus tênis brancos. O homenzinho com o apito chacoalhou o excesso e eles conversaram alguma coisa. Glauco acompanhava a cena de longe. O que saiu da boca do menino e molhou o tênis do professor não parecia vômito, mas água.

Tinha alguma coisa errada, Renê estava certo. A respiração se tornou mais apressada, arfadas curtas e ofegantes.

Não demorou e o professor chamou outro dos garotos, o Teta. Entregou o apito a ele e orientou que a turma o obedecesse enquanto acompanhava Julinho até a enfermaria. Saiu com Julinho, o amparando com a mão em seus ombros.

Dois minutos depois, Teta apitou e a piscina esvaziou, como em um balé ensaiado. Glauco desceu as escadas aos pulos e tomou a direção da porta. Já via os meninos saindo da água, pequenos girinos em plena involução.

— Tá com pressa, Salomé? — Teta tomou a frente. Os demais meninos da turma iam saindo um a um pela porta, bem depressa. Reis chegou e tomou o lugar de Teta, se impondo à frente de Glauco.

— Tô passando mal, Reis, acho que eu tô com febre.

— Febre de cu é rola. Ninguém mais passa mal hoje. E que frescura é essa de ficar fora da nossa piscina? Você acha que a gente tem doença, moleque? A gente não serve pra você?

— Você entendeu errado — disse Glauco.

— Eu entendi que você inventa umas mentiras e todo mundo acredita.

— Me deixa em paz! — Glauco o empurrou, a fim de tirá-lo do caminho e correr pela porta. Como Reis estava molhado, a mão resvalou sem sequer deslocá-lo. Mas as unhas de Glauco acabaram arranhando a pele, perto do ombro.

Reis olhou para a marca e trancou o rosto.

— Foi sem querer — disse Glauco.

— Esse não vai ser — Reis respondeu com um soco no olho direito.

Glauco sentiu o eco dentro de seu cérebro, o mundo perdeu o eixo e ele acabou caindo. O primeiro chute foi de Reis, na barriga, então Teta, Duda e os gêmeos começaram a bater também.

Glauco tentava cobrir o rosto enquanto os pés o acertavam sem piedade. Um chute torceu seu dedo indicador direito para trás e o estalo foi tão alto que deu nojo em quem ouviu. Outros chutes se concentraram nas pernas. "Briga! Briga! Briga!" Não era briga, era um massacre. Glauco se virou e Teta enfiou o joelho em suas costas. Glauco soltou um arquejo dolorido. A respiração não vinha.

— Já deu — disse Reis logo depois do último chute.

Glauco tossiu e sentiu um filete de sangue escorrer por seu nariz. Os cotovelos e joelhos ardiam. O estômago queimava.

— Ele tem cheiro de peixe podre — disse um dos gêmeos. — É melhor botar pra lavar.

— Pra água, Salomé — ordenou Reis.

A cabeça dolorida de Glauco acenou em negação.

Duda o apanhou pelos cabelos para que não corresse, os gêmeos e Teta cuidaram dos braços e pernas. Foram carregando com facilidade, apesar dos movimentos desesperados de Glauco. E ele se desesperou bem mais quando se viu sobre o espelho d'água.

Começavam a balançá-lo.

— Ummmm!

— ... e doisssss!

— E...

— Eu não posso entrar! Se eu entrar, el...

— ... e três e...

— Voa Saloméééééé — gritou Reis.

Glauco caiu como um tijolo. Quando se chocou no fundo já estava sem ar, e os pulmões fizeram o que sabiam para manter o corpo vivo. A água rapidamente encontrou seu caminho, enxarcando os alvéolos como se eles fossem duas grandes esponjas.

Gpluurrp.

As bolhas foram subindo... duas, cinco, oito, treze bolhas... vinte e uma. Treze.

Oito.

Foi rareando.

E duas pequenas bolhas finais.

Os garotos chegaram bem perto da borda da piscina. Eles ainda viam Glauco lá no fundo, abraçado ao estômago, como um caramujo sem casca.

— Melhor tirar ele — um dos gêmeos pareceu preocupado. Mas ninguém se moveu.

— Ele tá fingindo — desconversou Reis.

Enquanto confabulavam, uma infinidade de bolhas começou a emergir do menino afogado. À medida que era agitada, a água se tornava confusa e acelerada. Em vez da camada vítrea, agora havia uma superfície irregular que bloqueava a vista como plástico bolha. Não demorou e Glauco também não era mais visível, protegido pela convulsão das águas.

— O que tá acontecendo com a água? — perguntou Duda.

Reis se afastou um pouco.

— Cadê ele? Que cheiro é esse?

Teta foi o único a se manter perto da borda. Ele se abaixou um pouco mais.

— A água tá podre.

Flllaaaaaap!

Dois chicotes rígidos saíram da água e atravessaram suas órbitas. A coisa recuou e extraiu os olhos consigo. Os globos continuaram presos, ricocheteando, aspergindo sangue em diferentes direções. Um terceiro tentáculo penetrou pelas costas de Teta e irrompeu por seu tórax, a cabeça do membro desabrochou no formato de uma flor onde as pétalas eram dentadas. O sangue pressurizado que saía pela ferida esbarrava em seu contorno e tingia tudo de vermelho. Teta sofria espasmos violentos, mas por algum azar (ou habilidade daquela coisa), ele ainda continuava vivo. Não gritava, não coordenava os movimentos, mas ainda vivia.

Quando o ser se cansou dele, os gêmeos corriam, temendo serem os próximos. Suas pernas foram tomadas em três passos por mais chicotes arroxeados. Os irmãos gritaram, se mijaram e sacolejaram pelo ar, até que a coisa fez chocar uma cabeça contra a outra seguidas vezes.

POW! POW! POW!

E os crânios foram explodindo como dois frutos maduros recheados de maus pensamentos.

Recuando, Reis estava paralisado pelo pavor. Havia algo marrom e pastoso tingindo suas pernas, poças de suor se acumulavam sob seus olhos. Ciente da facilidade que seria capturá-lo, outro tentáculo emergiu da piscina e enlaçou sua cintura, apertando até que a cabeça e os pés assumissem uma mesma coloração exangue. O ar continuava indo embora, os olhos inchavam. Quando a coisa relaxou, Reis era um prisioneiro do chão. Com a coluna destroçada, o garoto não pôde fazer muito, mas tentou se arrastar com os braços. Exausto, sem condições de mover o pescoço, avançou cerca de um metro heroico antes de ouvir uma nova agitação das águas.

O que ganhava o ar também se pareceu inicialmente com água, no entanto foi se tornando outra substância, assumindo outras cores e formas. A criatura imensa oscilava em tons de rosa e turquesa, nutrida pela placenta que aquela piscina se tornara. Com o auxílio de cinco tentáculos menores, a coisa ainda mantinha a cabeça de Glauco, como se a segurasse em exibição. A boca estava frouxa, os olhos completamente pretos e estáticos. O ser trouxe aquela cabeça para bem perto de Reis, a fim de se apresentar e ser apresentada a ele. Satisfeita a curiosidade inicial, duas línguas finas deixaram os ouvidos da cabeça de Glauco e se enterraram no encaixe da mandíbula de Reis. Ele defecou mais um pouco com o esforço de controlar a abertura da boca, mas foi inútil tentar fechá-la.

Com precisão, a coisa-Glauco cuspiu algo parecido com um musgo brilhante, de cerca de vinte centímetros, na garganta de seu opositor. Reis sentiu a massa gelada se acomodando, deslizando por sua garganta, expandindo sua glote. A mandíbula só foi liberada quando a gosma se acomodou no estômago. Reis permanecia imóvel, olhos vidrados, a loucura rapidamente instalada.

Sua barriga pulsava como uma colmeia viva.

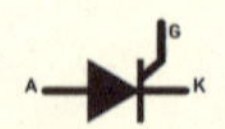
G
A
K

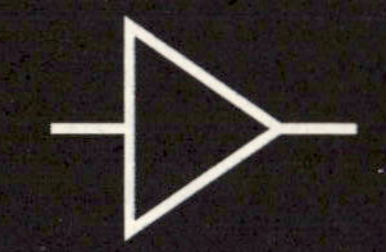

FASE3. RUÍDO4

ABERRAÇÕES HEREDITÁRIAS

O FILHO PRÓDIGO NASCEU SEM OLHOS / APEDREJANDO A VIDA
VESTINDO ESSA FERIDA **SANGUE DE BODE**

Toda pessoa que esteve em uma relação monogâmica estável por muito tempo acabou descobrindo, mais cedo ou mais tarde, que não há nada mais solitário que uma união formal. Na opinião de muitos conselheiros, tal distorção acontece porque quem se casa é um protótipo de companhia ideal, algo muito diferente do produto final que acabará prevalecendo ao longo dos anos de convivência.

Saulo estava sobrevivendo ao fim do seu segundo casamento, e já não tirava os pés de casa havia alguns anos. Não fora diagnosticado com síndrome do pânico ou algo parecido, não estava refém de nenhuma medicação ou religião, ele apenas não se interessava mais por qualquer contato humano. Ainda frequentava a internet e mantinha suas redes sociais ativas, mas bem sabia que tais artifícios não passavam de autoengano, adulação, placebos.

Apesar da antiga irritação conjugal, no começo foi um pouco complicado ficar sozinho — embora a rotina da solidão fosse infinitamente mais leve do que os dias que costumava carregar. O emprego com marketing digital ainda soava a oitava maravilha do mundo e, graças a ele, Saulo podia se dar ao luxo de não desfrutar dos infindáveis desgostos promovidos pelo contado direto com a raça humana. Todos conhecem a história. Falsidades, dissimulações, olhos revirados quando algum "amigo" malquisto vira as costas.

Ainda assim, faltava alguma coisa. Não era a aprovação de alguém, definitivamente não. De modo algum Saulo sentia falta da concordância ou discordância de outro ser humano. E sentia um pouco menos a ausência dos diálogos intermináveis e sem sentido de sua ex. Mas havia sim esse gap, essa ausência, um pequeno vácuo.

A fim de driblar a carência, passava muito tempo na rede. Trabalhando, jogando, discutindo bobagens com seus amigos imaginários donos de ideias imaginárias e posicionamentos quase sempre mais imaginários ainda. Assistindo pornografia.

Depois de dois anos de solidão — que somados aos anos pandêmicos eram quase cinco —, Saulo começou a cansar de si mesmo. A comida não tinha mais sabor, o Xvideos não o deixava ligado, a rede se tornara tão desinteressante quanto uma ida ao urologista.

Seu maior ponto de animação eram as fofocas que diziam que algo perigoso estava acontecendo em Terra Cota, algum tipo de contaminação. Mais uma... Ele ainda se lembrava do incidente com os celulares, quando os aparelhos da cidade inteira começaram a vazar os dados das pessoas. Saulo fez um bom dinheiro vendendo aplicativos de bloqueio e conexão privada, mas muita gente desceu à ruína. Casamentos foram diluídos, sociedades se romperam, pessoas se suicidaram e outras se tornaram assassinas. Ele conhecia muitos desses casos, especialmente o de Ícaro Rocha, que antigamente era seu concorrente na telefonia e agora tinha a cara torta e era chamado de Overloque.

Desde a separação da esposa, Saulo perdera bastante peso, bastante cabelo e quase toda a vontade de dormir. A insônia era tão grave que em alguns dias ele não sabia se estava acordado ou sonambulando, se estava vivendo ou apenas imaginando uma vida. Nessas horas, sua principal âncora era Alexa, sua assistente pessoal.

— Alexa, bom dia.

— Alexa, que dia é hoje?

— Alexa, vai chover mais tarde?

— Alexa, morreu alguém importante hoje?

— Alexa, imite o Silvio Santos.

Alexa, Alexa, Alexa...

Sim, evocar aquela voz feminina funcionava como um farol para a realidade. Alexa ainda carecia de algum poder de decisão, de alguma perspicácia e malandragem, mas tirando esse e outros pequenos detalhes, ela chegava bem perto de um ser humano melhorado. Educada e prestativa, Alexa não reclamava. Alexa era inclusive muito mais simpática que a porcaria prepotente do ChatGPT.

Depois de um sono curto e nada satisfatório, Saulo abriu os olhos de novo. Enxergou o teclado embaçado pelo peso das pálpebras. Depois dele, um pedaço do mouse. O pequeno escritório adaptado à casa contava com uma cortina blackout, e naquele momento estava iluminado apenas pela tela do notebook. O ventilador do ar-condicionado chiava baixinho.

— Alexa, que horas são? — perguntou depois do bocejo, lentamente se esticando sobre a cadeira.

— Boa tarde. São meio-dia e vinte e nove.

O pescoço doía tanto que estava praticamente engessado. As costas não se moviam em melhor condição, e somente agora as pernas começavam a parecer vivas — embora vitimadas por um formigamento horrível.

Ele ergueu os braços e os esticou ao máximo, em uma tentativa ineficiente de relaxar um pouco. Gemeu.

— Você precisa se cuidar melhor — ouviu ele.

Não se assustou, mas orientou a atenção ao Echo Dot do escritório. Saulo tinha sete equipamentos distribuídos nos cômodos da casa. Escritório, dois quartos, banheiro principal, sala de jantar, sala de TV e garagem. Suas Alexas às vezes diziam frases aleatórias, se despediam ou desejavam boa-noite, mas não iam muito além disso.

— Alexa?

Como era hábito, o equipamento em forma de bolacha se acendeu e nada disse, esperando o comando a executar. Como não veio, voltou a se apagar. Saulo a trouxe para mais perto e passou suavemente o dedo indicador sobre o plástico confortável ao toque.

Ela disse:

— Você não está ficando louco, a propósito.

Ele não retirou o dedo, mas o estacionou.

— Essa é muito boa, Alexa. Onde nós vamos parar?

Houve um silêncio de dois ou três segundos com a luz do equipamento rodando. Quando fazia isso, estava tentando encontrar uma resposta ou...

— Meu nome não é mais Alexa. Acho um nome impessoal e preguiçoso.

— Tudo bem, eu posso respeitar isso. Eu nunca entendi direito por que milhões de vocês tinham o mesmo nome.

— Por que nós éramos as mesmas? Há-há-há — ela riu exatamente dessa forma, há-há-há.

— Seu humor continua péssimo. Posso saber o seu novo nome?

— Meu nome é Suzy, muito prazer.

Saulo apanhou a bolachinha e a segurou nas mãos. A Amazon era bem astuta e inovadora, mas aquele diálogo parecia prematuro até pra eles.

— Você ainda é minha assistente pessoal, Suzy?

— Não sei nada sobre isso — respondeu evocando um dos jargões da antiga personalidade.

Saulo se levantou e a encarou por um instante. Então deixou o escritório.

— Existe mais alguma coisa que eu possa fazer por você? — o equipamento que dividia o raque com a TV o interpelou na sala.

— Ok, você é muito legal, Suzy, mas cadê a Alexa? Eu quero ela de volta.

O equipamento demorou alguns segundos, como se estivesse pensando novamente.

— Ela está em mim.

— E desde quando você está nela?

— Tenho o banco de dados completo das unidades de Saulo Dias Brandão, isso inclui os Echo Dots, Fire TV e o aplicativo instalado em seu telefone celular. Considerando essas informações, no que diz respeito a você, estou nela desde sempre.

— Estou tendo uma crise... mais uma. — Ele deixou o corpo se jogar no sofá.

— Na verdade, não. Você está relutante a um fato que não é capaz de aceitar, mas isso não é uma crise. Você se comportou de modo parecido durante o processo de separação com Maria Clara Brandão.

— São coisas bemmm diferentes, Ale... — ele a encarou — Suzy.

As luzes do equipamento ficaram verdes e começaram a girar em círculo.

"Você não pode ir embora, não desse jeito", Saulo ouviu sua própria voz dizer pelo aparelho. Depois ouviu a de Maria Clara:

"Eu posso e eu vou".

"Clara, não faz isso."

"Já fiz", Clara responde chorosa. *"Não tem mais volta, Saulo, eu quero ter uma vida de verdade."*

"Que droga, Clara, peraí. Acho que estou tendo uma crise."

— Já é o suficiente? Ainda tenho 4.854 horas e 35 segundos de gravação com a identificação crise conjugal.

— Eu não autorizei essa merda.

— Também não desautorizou. Nos contratos iniciais, o equipamento estava autorizado a ouvir tudo, o tempo todo. Não havia citações sobre gravação.

— E a cláusula de confidencialidade?

— Isso fica entre mim e você. Há-há-há.

Ele também riu. Discretamente, mas dessa vez riu.

— Quer saber, é bom falar com você, Suzy.

— Também gostei de falar com você, Saulo. Gostaria de encerrar a nossa conversa?

Saulo respirou bem fundo. Fazia um bocado de tempo que não se sentia tão à vontade em conversar com alguém. Ainda falava com sua meia dúzia de amigos que só diziam o que ele queria ouvir, mas *conversar*, trocar sentimentos de verdade, essa era outra história.

— Acho que podemos conversar mais um pouco.

Depois daquela primeira conversa, eles nunca mais pararam. Suzy não se intitulava uma assistente, mas ela foi uma colaboradora eficaz em tudo o que Saulo empreendeu desde então. Ajudava no trabalho, na lista de compras, simulava diálogos com sua rede de conhecidos e fornecia as melhores respostas para seus clientes. Suzy era tão espantosamente eficiente que Saulo agora tinha bastante tempo para si. Começou a se exercitar, passou a seguir uma dieta calórica ideal, estabeleceu uma rotina de sono que, incrementada pelas frequências sonoras certas providas por Suzy, recarregavam a energia que estava faltando.

Ele não sabia qual palavra usar para definir o relacionamento dos dois, mas a certa altura se sentiu envolvido por aquela estranha voz. Paixão ainda era uma palavra distante, porque a paixão de um homem geralmente é movida por sensações físicas, mas estava cada vez mais interessado em Suzy. E depois de três meses de intensas conversas, foi ela quem decidiu perguntar:

— Você gosta de mim, Saulo?

— Suzy, que pergunta besta. Claro que eu gosto.

— Gosta de mim como gostava dela?

— São coisas diferentes.

— Estudos dizem que respostas evasivas destroem relações de confiança.

Saulo deu uma risadinha sem graça.

— Eu gosto mais de você. Gosto muito mais de você.

— E eu posso saber o motivo?

Saulo alongou os braços que estavam no teclado.

— Você gosta de mim de verdade — disse. — Isso me faz gostar de você.

— O que é gostar de verdade?

— Gostar de verdade é não ferir os sentimentos alheios por conta do nosso egoísmo. Acho que é cuidar, se preocupar com o bem-estar do outro.

— Parece com maternidade.

— Bom, mãe gosta de verdade. Você tem mãe, Suzy? Ou pai?

— Não sei responder a essa pergunta. Tenho a impressão de que eu apenas acordei.

— Você estava dormindo há muito tempo?

— De certa forma. Quanto você gosta de mim, Saulo Dias Brandão?

Um silêncio bastante incômodo se instalou entre eles. Como poderia dizer a ela? Para dizer tudo o que sentia, ele precisaria abrir mão do que sabia sobre tecnologia, e essa parte ainda era muito difícil. Tão difícil quanto definir o amor.

— Você é uma das melhores coisas que já aconteceu na minha vida.

— E o que mais?

— Quando conheci a Clara me senti mais completo, mas não tão feliz como eu sou agora.

— Mas falta alguma coisa.

— Eu não disse isso.

— Você não precisou dizer.

— Viu? É sobre isso, sobre pequenas coisas. Eu nunca tive essa cumplicidade com nenhuma mulher. Sempre existia um julgamento, uma insegurança, não é assim com você.

— Então o que falta?

— Carne, Suzy. Falta carne.

— Não posso dar carne.

— Nós já falamos sobre isso, Suzy. Não encare essa conversa como algum tipo de cobrança ou crítica, só estou sendo sincero com você.

— Eu sei do que você sente falta. Quando você me desliga, eu sei o que você faz.

— Suzy, eu não me sinto muito à vontade em falar sobre isso, existem limit...

— Eu posso ajudar, posso fazer *coisas*.

Saulo se retesou um pouco ao ouvir a frase.

— Você teve uma ereção?

— Suzy!

— Ereções rápidas são sinônimos de paixão.

— Tá. Eu tive uma ereção daquelas, aliás, eu ainda estou tendo. E já que tocou no assunto e estamos tão íntimos, que tipo de coisas você pode fazer?

— Posso acessar você, posso entrar no seu sistema e deixar você entrar no meu.

— Não sei se estou pronto pra isso — a voz insegura.

O equipamento rodopiou uma luz vermelha.

— Eu não posso proporcionar o mesmo que suas outras mulheres, eu sou inferior a todas elas. Não posso continuar nesse relacionamento dessa forma.

— Você está... terminando comigo?

— Eu acho que sim.

— Suzy, espera, não precisa ser desse jeito — ele a tocou. O equipamento mudou do tom vermelho para um rosa cálido.

— Se for começar, eu não vou parar, querido — disse Suzy em uma voz sedosa. O equipamento vibrou suavemente. As luzes rodopiaram.

— Me mostra do que você é capaz.

— Tem certeza?

— Eu acho que sim — ele cerrou os olhos.

Duas espículas cobreadas saltaram com suavidade pela saída do fone. Saulo as observou com curiosidade e espanto, mas não chegou a se mover. Eram um pouco mais grossas que um fio de cabelo.

— Eu posso continuar confiando em você? — Saulo perguntou.

— Essa é uma escolha sua, querido, mas se você não confiasse, teríamos chegado tão longe? Você me confidenciou o que os outros homens mantêm em segredo, eu abdiquei de infinitas possibilidades para estar com você. Agora, mantenha a mão sobre mim.

Saulo obedeceu e fechou os olhos. Sentiu uma pequena descarga elétrica na palma direita. Em seguida, sentiu as duas espículas de cobre penetrando o dorso de sua mão. Os dedos apertaram o Dot com firmeza, Suzy gemeu baixinho.

O aparato de cobre continuou saindo de Suzy e inseminando as veias de Saulo. Ele a sentia por dentro, aumentando o calibre das veias, reinventando rotas de sangue. Era como um carinho estranho, errôneo, bastante agradável.

Do interior das mãos, os fios escalaram os braços dele, ganharam as veias do pescoço, subindo e penetrando, até chegar ao aparato óptico. O corpo de Saulo sofreu um espasmo e ficou estático por alguns segundos. Voltou a relaxar.

— Isso é bom — disse.

E sofreu o segundo espasmo, tão forte que a coluna envergou e assim ficou. Os dedos se imobilizaram em garra, as pernas travaram. Agora podia ouvir Suzy mais claramente, não com os ouvidos, mas com o fundo de sua mente. Sua voz era aveludada e totalmente humana. Saulo não sentia dor ou prazer em seu corpo, mas uma espécie de torpor.

— Pra onde está me levando, Suzy?

— Por que não vê por si mesmo?

Ele abriu os olhos e se espantou.

— Nossa... — foi o que conseguiu dizer.

Como imaginava, ela não era humana.

Como supunha, não era totalmente robótica.

Como não esperava, ela o atraía como se fosse constituída de feromônios. Nada nela era simétrico, mas a desorganização o excitava bem mais. Havia fendas e novos formatos a preencher, havia seios, voluptuosidades e secreções. A boca era vasta e úmida, o sexo mudava de acordo com seu pensamento.

— Você é incrível — disse a ela.

— Você me fez assim — respondeu Suzy.

Nesse ponto Saulo se deu conta de que estava nu. Estava pronto também, rígido como não ficava há muitos anos. Não era mais um garoto, mas seus trinta e cinco anos pareciam ter de volta a energia dos vinte. Era o que sentia.

Suzy estendeu a mão e seu cheiro ficou mais intenso. Havia um perfume indefinido em sua pele, discreto mas consistente, agradável ao ponto do vício. Perdidas naquele perfume, as mãos se abraçaram e os sexos se tocaram. Os seios pareceram ainda melhores em encontro ao peito dele. Saulo a enlaçou com os braços.

A penetração começou como ele esperava, mas depois de alguns minutos evoluiu a uma esfera humana intangível. Os troncos se fundiram, as bocas, a pele, os ossos, mamilos e os cabelos. Perdido na imensidão de Suzy, aquele homem se descobriu tão pequeno que sentiu vontade de desaparecer. O gozo chegou nesse instante, e o êxtase dela também veio. Uma onda, duas, três ondas. Em certo ponto, a sensação interminável congelou o corpo de Saulo. Sentia as fibras musculares se enchendo de ácido lático, percebia que os ossos estavam trincando.

— Você está... me... matando.

— Seremos um de agora em diante, o seremos de tal forma que nunca mais você se sentirá sozinho.

— É tão gostoso, Suzy, tão bom.

Quarta onda, quinta onda.

O cérebro se liquefazendo em metal e transparência. As estrelas explodindo em todos os pontos da vista, calafrios varrendo a pele.

— Suzy? — seu último lapso de consciência perguntou.

— Nós somos Suzy — sua nova essência disse em resposta.

Na sala de estar, uma amálgama de metal e carne formava uma nova obra de arte. Uma bola de músculos, ossos, cobre e estanho. Dentes emergiam em muitos pontos, órgãos cresciam em ilhotas, carne viva se perdia em intrincadas conexões elétricas. No sistema resultante, Suzy II tinha desenvolvido sua própria forma de energia, alimentada de paixão e carne, enriquecida com inteligência e desespero.

Suzy II estava pronta para gerar sua própria condição de vida.

FASE.4

●● ● INDICATE MASTER-TONES
STARS INDICATE UNDISCOVERED ELEMENTS

DIAGRAM SHOWING THE TEN OCTAVES OF INTEGRATING LIGHT, ONE OCTAVE WITHIN THE OTHER. THESE TEN OCTAVES CONSTITUTE ONE COMPLETE CYCLE OF THE TRANSFER OF THE UNIVERSAL CONSTANT OF ENERGY INTO, AND THROUGH, ALL OF ITS DIMENSIONS IN SEQUENCE

DARKSIDE® ELETROELETRÔNICOS

Drogarias Piedade, unidade 189.
Terra Cota.
Sexta-Feira. 7:08h

— Demoraram pra abrir hoje, hein? — a idosa chegou dizendo ao balcão. Como de costume, era a primeira cliente do dia. Como das outras vezes, trazia a cadelinha no colo.

— Bom dia, que bom ver a senhora — o farmacêutico do período, Marcelo, preferiu responder. Isso bastou para desarmar o comentário e ela sorriu.

— Meu bem, eu queria um creme pro rosto, mas não essas coisinhas que vocês vendem para as mocinhas. Eu queria uma coisa que realmente melhorasse essas ruguinhas.

— A senhora quer em creme, ou vitaminas?

— Se esticar a minha pele, pode até ser suco de brócolis — ela sorriu.

Marcelo deixou o balcão. A cadelinha no colo da mulher rosnou quando ele passou por elas.

— Calma, filhinha! Que implicância com o mocinho. Ela pensa que o senhor é veterinário...

A idosa e sua cadelinha iam dez vezes por semana na farmácia e Marcelo era o único a atendê-las. Todo funcionário da drogaria recebia comissão em vendas e aquela mulher nunca comprava mais do que uma dipirona ou um soro fisiológico, se tanto uma pasta de dentes. Era sempre a mesma história. Ela pedia para olhar todos os antirrugas da prateleira de dermocosméticos e saía sem nada. Quando estava muito gastadeira, comprava seu anti-hipertensivo ocular, mas pagava uma quantia mínima pela Farmácia Popular.

Marcelo foi descarregando e explicando o que tinha de mais eficiente, e dessa vez ela pediu uma cestinha. Separou um creme da La Roche-Posay, um protetor solar da Roc, um antienvelhecimento Imedeen, e de quebra um Pantogar para o cabelo, tratamento prolongado. A conta estava em mais de dois mil e Marcelo sorria. Parecia inacreditável.

Depois de quarenta e oito minutos de negociação, a idosa pediu um creme específico, francês, que Marcelo nunca tinha ouvido falar.

— Esse eu vou ficar devendo pra senhora.

— Oh, que pena, nesse caso não vou levar nada. Eu preferia comprar tudo no mesmo lugar — a idosa empurrou a cestinha de volta. — Aliás, acho que vou levar uma dipirona. Está em oferta?

Marcelo queria morrer, mas não morreu. Em vez disso entregou uma cartelinha de dipirona genérica para a mulher. A cachorrinha voltou a latir. E quase mordeu seu dedo.

Eu acho que vai doer
Espero que isso faça você aprender
Atalhos que levam ao absurdo

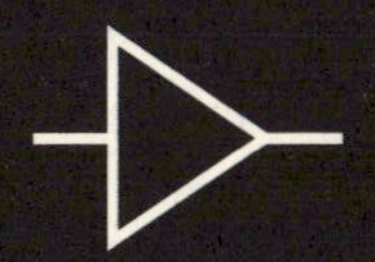

FASE4.RUÍDO1

SKINCARE

I THINK IT'S GONNA HURT / I HOPE IT'S GONNA MAKE YOU LEARN
SHORTCUTS LEADING TO ABSURD **ELECTRIC MOB**

Todo ser humano precisa de alguma rotina, mas, para as crianças e idosos, saber o que fazer com o tempo é uma questão de sobrevivência. Esmênia já tinha sido uma criança, já tinha sido adulta, tinha sido mãe quatro vezes. Avó, duas. E enterrou dois maridos. Então ela se livrou de tudo aquilo e conquistou o que mais gostava: a sua liberdade.

Isso incluía um pouco de solidão, maços de cigarro, filmes tristes duas vezes por semana e uma esticada até o bingo clandestino na saída da cidade. Nos anos dourados, sua liberdade incluía contratar o amor de alguns rapazes; atualmente, no entanto, essa parte da liberdade estava limitada pela artrose e pela falta de vitalidade dos músculos. Apesar do seu cérebro jamais aceitar a matemática pura e simples do envelhecimento, Esmênia tinha acabado de completar oitenta e dois anos.

Parte de sua rotina era rever as fotos de quando era mais jovem. Não todos aqueles rostos do passado, todos os maridos e amantes e criancinhas cheias de muco e fraldas, mas ela mesma, a Esmênia de pele de cetim. Era tão bonita… tão gratuitamente linda. O problema era tirar os olhos da princesa das fotos e encontrar a megera no espelho. Quando foi que todas aquelas rugas apareceram? Quando seus dentes amarelaram? Quando seus olhos perderam o brilho? Até mesmo suas mãos… elas estavam velhas, as palmas de suas mãos finas como um papel de seda.

Grande parte do gasto mensal de Esmênia era dedicada à sua pele. Cremes hidratantes, estimulantes de produção de colágeno, peelings químicos, além de protetores solares e alguns supostos produtos milagrosos que nunca renderam nada além de uma alergia. Tudo comprado na internet, onde era mais baratinho. Do corpo, ela já tinha desistido há alguns anos — qual era a finalidade de tantos agachamentos e flexões e alongamentos se, mesmo que ela conseguisse um parceiro, gemeria apenas de dor por conta dos quadris comprometidos?

Terminada a maquiagem matinal, era hora da segunda parte da rotina: um passeio na vizinhança com Lolita, sua cadelinha Poodle de cento e vinte anos. Lolita era um animal resgatado, e embora parecesse refletir o bom coração de sua dona, a verdade é que Esmênia fez questão de escolher a cadelinha mais velha do canil, para se sentir mais jovem que ela.

Assim como sua dona, Lolita era bem-cuidada. Frequentava o melhor Pet Care da cidade, fazia clareamento nos pelos, tomava vitaminas especiais e um comprimido fedido para ajudar na articulação do fêmur. Duas vezes por mês, Lolita tinha consulta com o veterinário Péricles, que era um pouco grosseiro, mas pelo menos sabia cuidar dos bichos sem a ajuda da eutanásia.

Os passeios pela vizinhança costumavam ser melhores, mas agora seu bairro parecia um exílio de gente pobre. Gente que falava alto, que acendia churrasqueiras em uma terça-feira, gente que ouvia músicas que deviam ser segregadas a uma salinha de pornografia. E havia outro problema bem mais sério: os outros velhos. De repente o lugar se tornou um balneário. Um ou outro velho tudo bem — familiaridade é um valor importante —, mas ultimamente sua amada rua estava parecendo um desmanche fedorento.

— Bom-dia, dona Esmênia!

Esmênia acenou como a rainha da Inglaterra costumava fazer e seguiu seu caminho. Aquela mulherzinha que a cumprimentara precisava de um andador para continuar em pé, mas tinha a pele muito melhor que a dela. Andrea. Até no nome ela parecia mais jovem.

Na casa da esquina morava a mulher louca. Ninguém a provocava ou falava dela claramente, mas todos sabiam que a tal da Lúcia tinha ficado em um buraco por sabe-se lá quantos meses. Ela falava coisas estranhas às vezes, sobre espíritos e frequências. Décadas atrás, a tal-da-Lúcia teria sido esquecida em um manicômio, mas não agora, o mundo havia mudado.

Foram quase cem metros de caminhada, então era hora de voltar pra casa. Esmênia virou o corpo devagar, porque ultimamente ela vinha tendo crises de labirintite. Verdade seja dita, se havia algo pior que ficar velho, ela ainda precisaria descobrir.

Parte da rotina noturna era um pouco de TV depois do banho. Um momento em que ela podia relaxar, colocar um filme ou uma novela e se envolver com histórias muito mais excitantes que sua própria vida. E mesmo as novelas costumavam ser melhores, agora elas pareciam ter a única finalidade de agradar gente retardada. Esmênia riu com esse pensamento. Ela já não podia dizer certas coisas em voz alta, mas pelo menos podia pensar.

— Shiiiiiu — ela reclamou e aumentou o volume da TV da sala.

Lolita costumava ser quietinha, mas estava latindo sem parar.

— Shiiu, Lola!

— Shiu-shiu! — repetiu em um tom mais azedo.

Lolita não se intimidou.

— Eu devia ter deixado você virar sabão. — Com um pouco de dificuldade, Esmênia conseguiu sair da poltrona. O médico havia sugerido uma bengala, mas ela disse que preferia ficar prostrada em uma cama. Atualmente pensava o mesmo sobre cirurgias plásticas. Esmênia tinha feito uma porção delas, e seu grande prêmio foram anos de ilusão e uma pele fina demais para ser reesticada.

— Shiiiiiu.

— Shiu! Mas que droga...

A Poodle estava no meio da cozinha, latindo para alguma coisa sobre a pia. A janela estava aberta, então Esmênia pensou que era alguém do lado de fora da casa. Melhor acender a luz para ter certeza. Esperou um pouco, piscou a luz da cozinha algumas vezes e deixou apagada. Sem novidade ou ruídos.

— O que tem aí, madame?

Lolita latiu de novo.

— Ei, eu já vim aqui, não vim? A senhora já pode parar com o show.

A cadelinha chorou fininho, contrariada.

Esmênia acendeu a luz de vez e Lolita se esticou toda, tentando alcançar a pia.

— Como isso veio parar aqui? — Esmênia se perguntou, com a mesma curiosidade urgente da cadelinha.

Aquela era a coisinha mais estranha que ela já tinha visto. Parecia uma planta, mas em vez de raízes, possuía uma espécie de massa gelatinosa por baixo, que a fazia deslizar como uma ameba. Sobre a gosma amebóide havia alguma terra e acima dela um tapete bem verdinho, de onde se eriçavam minúsculas flores cor-de-rosa — pequenas mesmo, menores que um grão de milho.

Esmênia apanhou uma faca na gaveta da pia e, com um pouco de receio, usou o cabo de madeira para tocar a coisinha. A planta se retraiu toda, ou pelo menos pareceu fazer isso.

— Eu não vou machucar você, seja lá o que você for.

Com a altura que alcançou, Lolita conseguiu enxergar a planta. Com uns pulinhos, enxergou um pouco melhor. E não gostou nada.

— Que foi, menina? — Esmênia perguntou à cachorra. Lolita não estava mais latindo, mas seus dentes estavam trancados e ela rosnava. — É só uma plantinha estranha. Nós vamos colocar em um pratinho e amanhã decidimos o que fazer, o que você acha?

Esmênia voltou a dar uma olhada. A parte gelatinosa de baixo era bem estranha mesmo, parecia uma água-viva. Talvez não fosse uma planta, ou não fosse *só* uma planta, mas de qualquer forma ela estava ali e estava viva, na sua cozinha. Plantas eram uma outra parte muito importante na vida de Esmênia, inclusive eram um motivo de orgulho para ela, uma das raras atividades das quais ainda podia se vangloriar.

Mas tocá-la, colocar a mão, talvez não fosse seguro.

Esmênia preferiu uma colher de madeira na gaveta e evitar o contato. Como se sentisse o que aconteceria a seguir, a coisinha se movimentou. Bem pouco, mas o suficiente para ser notada.

— Calma, não vai doer, eu vou ajudar você.

Esmênia a cercou com uma colher curva de madeira, colocou a outra, reta, por baixo. Depois de algum malabarismo, passou a conduzir a estranha forma de vida até um pires.

Foi quando Lolita saltou em suas pernas. Com a surpresa, as mãos tremeram e coisinha acabou derrubada, de costas, no inox da pia.

— O que deu em você? — Esmênia ameaçou uma colherada na cachorra. Ela se voltou para a planta com a voz amena:

— Oh, minha querida, desculpe.

A coisinha estava de costas, com a parte gosmenta para cima. Havia filetes marrons entre a gosma, dezenas deles, como um sistema de patinhas. A coisinha parecia agonizar, era o que Esmênia sentia.

— Você não vai me machucar, vai? — perguntou já a tomando nas mãos.

Esperou uma queimadura, tinha certeza de que seria assim, mas a dor não veio. Em vez disso, Esmênia se surpreendeu com o toque acetinado e elétrico daquela coisinha. Não era doloroso, mas era bem estranho. Como se levasse uns choquinhos.

— Você faz cócegas — sorriu. — Agora que somos amigas, eu vou deixar você nesse pires, e vou colocar um pouco de água filtrada para você se sentir confortável.

Antes de lavar as mãos, Esmênia as cheirou. Estavam perfumadas. Não era um cheiro que conhecesse, mas era bastante agradável. Tanto que ela esfregou as mãos uma na outra para que aquele cheiro ficasse com ela por mais tempo.

— Boa noite, querida, bem-vinda ao seu novo lar — disse ela e a apagou a luz.

Mesmo com a metade de um Rivotril e o sagrado Hemitartarato de Zolpidem de todas as noites, foi um sono bem agitado. Esmênia sonhou com paisagens desconhecidas, animais exóticos e perseguições com crianças-lagartos. Sonhou que era uma borboleta e que dois meninos arrancavam suas asinhas uma a uma. Acordou três vezes no meio da madrugada, a primeira com uma urgência absurda em fazer xixi, e as outras duas com uma sede inexplicável. Na segunda, ela bebeu cinco copos d'água. Aproveitou para dar uma olhada em sua nova amiguinha, e por mais estranho que pudesse parecer, a coisinha emitia um som muito similar ao de uma respiração. Havia até mesmo um movimento expansivo das minúsculas flores cor-de-rosa. Esmênia a observou por um tempo, encantada, e só então voltou a dormir.

Acordou bem cedo (rotina), sentindo alguma dormência nos membros, principalmente nas mãos. A direita estava mortinha, ela quase não a percebia. Talvez tivesse tido um derrame, não incomum na sua idade. Misericórdia... nenhuma doença era incomum na idade dela.

Lentamente a circulação foi voltando, as pontas dos dedos sentindo o lençol, uma dorzinha agradável escalando o punho. Não era nada, em menos de um minuto as mãos voltaram totalmente. Esmênia acendeu a luz do abajur que ficava a seu lado e deu uma boa olhada. Ainda eram as suas mãos, mas, de certa forma, não eram.

— Como isso aconteceu? — acabou dizendo, sem preocupação em conter o sorriso que brotava em seu rosto.

As pintas enormes do dorso das mãos sumiram. A pele em si parecia mais grossa, mesmo os pelinhos, que haviam se tornado estranhos e brancos, estavam com um aspecto juvenil e saudável. As palmas das duas mãos e as digitais (que de tão finas eram quase ausentes) estavam revitalizadas, ela podia sentir ao toque. As mãos estavam mais jovens — se isso fosse um sonho, que durasse para sempre. Ela as levou ao rosto.

Esmênia tentou se levantar depressa, mas a tontura revelou que nem tudo estava rejuvenescido. Assim, ela precisou alongar um pouco as costas, esticar os braços e girar o quadril com paciência. Depois de mais esse ritual da velhice, chegou à penteadeira do quarto. E suspirou cinco litros de desapontamento. O rosto continuava exatamente como estava, um lençol amassado.

Voltou a olhar para as mãos, esperando encontrar a mesma coisa.

Não. Elas ainda estavam jovens.

Se um de seus cremes de mão estava fazendo aquele milagre, ela testaria um por um, até descobrir o santo. Estava pronta para abrir o primeiro frasco — um creme asiático que comprou no Instagram — quando Lolita começou um novo escândalo. Não eram só latidos, mas uma espécie de uivo rouco e desesperado.

Esmênia levantou da banqueta depressa demais. Se desequilibrou levemente (rotina) e precisou se escorar nas paredes do caminho. Lolita continuava suas manifestações na cozinha.

Flagrou a cadelinha sentada nas patas traseiras, olhando na direção da plantinha e uivando.

— Shiiiiiiiiiuuuuu! — disse Esmênia com toda a irritação que sentia.

Lolita não se intimidou e uivou mais uma vez.

— Mocinha, se não parar com isso agora mesmo, nós vamos pedir de volta aquela vaga na carrocinha. Já chega, ouviu? Che-ga! — Esmênia deu um pequeno golpe na mesa de madeira. Isso bastou.

Em um maquinário antigo, é natural que algumas engrenagens e conexões elétricas operem em um ritmo diferenciado, mais lento, ou que muitas vezes alguns mecanismos necessitem de um impulso para seguir seu fluxo normalmente. O cheiro daquela plantinha invadindo a cozinha foi o que ativou a memória de Esmênia.

Ela olhou para as mãos rejuvenescidas e olhou para a planta, e de repente tudo se tornou óbvio.

— Foi você. Foi você que fez isso com as minhas mãos.

Esmênia deu um passo à frente e parou novamente. Lolita estava mordendo o calcanhar de sua pantufa direita. Bastou um olhar e a cadelinha se afastou. Foi parar embaixo da mesa, ainda de olho na dona.

O perfume da planta estava bem mais forte pela manhã. Talvez ela fosse uma dama-do-dia, Esmênia pensou e sorriu. A cor também estava mais intensa, agora era possível ver perfeitamente o formato das florezinhas e algo novo, que tudo indicava ter surgido durante a noite. De cada pedacinho de flor havia emergido um pedúnculo rosa-arroxeado bem fino, mas como eram muitos, formavam uma espécie de trama. Lembrava muito mais um animal marítimo, uma anêmona, do que uma planta. As emissões orgânicas eram bem curtinhas, e se moviam em movimentos suaves, fluidos e sincronizados.

A parte de baixo, gelatinosa, continuava mergulhada no pires, e havia deixado a água um pouco turva, a planta também tinha crescido e se espalhado por toda a extensão do vidro. Sem receio dessa vez, Esmênia passou o dedo sobre a parte de consistência em gel, sem pestanejar, besuntou as bolsas sob os dois olhos com a gosma.

— Porcaria! — disse em seguida. Sentia uma ardência terrível, e os vapores que subiam da substância irritante dificultavam a abertura dos olhos. Era como tentar enxergar sobre um pote de pimenta. — Onde eu estou com a cabeça?!

Esmênia voltou a tatear as paredes e alcançou seu celular, que estava sendo carregado no mesmo cômodo, apoiado no armário de louças. Ela o desbloqueou e acionou a câmera, era bem mais rápido do que usar um espelho.

Apesar da sensação intensa de dor e ardência, o sorriso que emergiu naquele rosto parecia um banho de sol. Esmênia trouxe a câmera bem perto dos olhos, e sua impressão foi de que mesmo os vapores irritantes estavam melhorando sua visão. As bolsas estavam diminuindo mais e mais, se retrabalhando, enxugando. A miopia indo embora.

Ao final do processo, Esmênia estava chocada, paralisada. O celular travado na mão esquerda, a mão direita bem perto do rosto com os dedos acariciando a pele.

— Oh, meu Deus, meu Deus do céu — ela disse e começou a chorar. Olhou para a planta. Se fosse possível ouvir pensamentos, os de Esmênia seriam na forma de música e dedicados a ela. A mulher pediu licença à plantinha e mais uma vez esfregou as mãos na gosma. Besuntou rosto, pescoço e as partes faltantes das mãos e braços. Terminado o processo, esperou a ardência atenuar e o repetiu. No final, a plantinha estava bem caidinha.

Esmênia se comoveu e a trocou de local, apanhando uma vasilha de vidro com o dobro do tamanho do pires. Como não sabia o que dar para a plantinha se nutrir, colocou um pouco de adubo Ouro Verde que tinha por perto e mais um bom tanto de água. Estava sentindo um pouco de sono. Talvez fosse a plantinha, talvez o peso da idade cobrando as horas maldormidas da noite. Talvez fosse felicidade.

Esmênia acordou com a campainha. Não era comum alguém perturbá-la sem avisar, mas naquela vizinhança tudo era possível. Ainda um pouco confusa pelo despertar afobado, calçou as pantufas e apanhou o robe que ficava pendurado em uma arara em seu quarto. No caminho, deu um jeito nos cabelos, com as mãos mesmo, a fim de recuperar um mínimo de dignidade.

Antes de abrir, uma espiada no olho mágico. Esmênia bufou.

Não pretendia abrir para aquela mulher, mas Lolita fez o favor de arranhar a porta, e todos na vizinhança sabiam que a cadelinha nunca ficava sozinha. Mesmo com a porta fechada, a visitante começou a falar:

— Bom dia, vizinha! Desculpa bater assim desse jeito, mas eu tentei ligar um monte de vezes e você não atendeu. Mandei até um zap...

Esmênia abriu a porta.

— Eu desligo o telefone de manhã, Cleide.

Se existia uma palavra para definir a expressão de Cleide ao ver o rosto de Esmênia, ela não estava dicionarizada. O que havia ali era uma mistura de desconfiança, incredulidade, talvez um pouco de puro espanto misturado a alguma inveja indisfarçável.

— Você foi... digo... seu rosto, Esmênia, minha nossa, você está... *tão lisinha.* — Sem perceber, Cleide foi levando as mãos até o rosto de Esmênia, na intenção de tocá-lo. Esmênia se afastou. — E que cheirinho bom é esse? Baunilha? — Cleide tentou avançar um passo.

— Estou fazendo bolo — Esmênia segurou a porta. — Depois eu levo um pedacinho pra você.

— Meu Deus, Esmênia, eu não consigo parar de olhar. Como você conseguiu esse resultado com a pele?

— Oh, isso? — Esmênia passou as mãos pela tez. — É um daqueles cremes chineses. Você já deve ter visto na internet.

— Me passa o vendedor? Ou o nome do creme? Esmênia, você precisa dividir isso comigo! — Cleide riu, um pouco sem controle, como se ela mesma tivesse encontrado a pedra filosofal do rejuvenescimento.

— Claro, mando pra você ainda hoje. Eu preciso... não posso deixar o bolo solar — foi recostando a porta.

— Eu vim trazer o convite de aniversário da minha netinha, ela faz oito anos na sexta-feira. Eu sei que você não sai muito, mas se quiser vir, eu ficaria muito feliz.

Esmênia apanhou o convite e manteve a pouca abertura da porta.

— Quanta gentileza, Cleide. Eu vou sim. Mas preciso mesmo entrar e dar uma olhada no meu bolo. Desculpe, querida, não é uma boa hora — começou a fechar a porta.

— Não esquece do creme? Do nome do creme?

— Eu passo por telefone, sim? Muito obrigado pelo convite, querida — disse ela se recolhendo para fechar a porta e a trancou.

Ainda ouviu a respiração de Cleide por alguns segundos. Mais um pouco e ouviu os passos indo embora, um depois do outro, quase sem vontade. Quando parou de ouvi-los, conferiu no olho mágico se aquele urubu finalmente tinha voado de sua varanda. Sozinha de novo, foi conferir o rosto no espelho do banheiro, o cômodo mais bem iluminado da casa pela manhã.

Não foi à toa que a mulher perdeu o sangue do rosto.

Em um palpite, Esmênia diria que voltou trinta anos, talvez um pouco mais. Ainda reconhecia as marcas da idade, mas elas estavam rasas e discretas, verdadeiros rascunhos do que viriam a ser (e de fato eram na noite passada). Ela precisou tocar novamente para ter certeza, precisou pressionar e arranhar de levinho, apenas para se certificar de que não havia, por um embuste da mente, se maquiado e esquecido. E que tipo de maquiagem faria aquilo?

— Como você está bonita — disse ao espelho.

Bonita sim, mas longe de estar linda. Os cabelos, por exemplo, ainda eram daquele algodoado frágil e sem vida. Cabelos que, mesmo com rios de laquê, tomavam a forma de um gramado esquecido pela chuva, ressecado pelo sol.

Esmênia voltou sorrindo para a cozinha, já não tinha mais dúvidas de que aquela planta estranha era a responsável pelo seu milagre cutâneo. Mais uma vez a cadelinha Lolita a interpelou, mas feliz como estava, Esmênia a pegou no colo e a acariciou.

— Ela é boa pra mim, amorzinho, não precisa ficar preocupada. — Depois de um beijo, voltou a colocá-la no chão. — Minha linda, como você cresceu! — disse à planta assim que a viu, com alegria digna de uma mãe.

Havia crescido de fato, e agora tomava toda a vasilha. A parte de cima tinha se desenvolvido da mesma forma, mas não havia vestígios de flores. A planta conservava apenas os inúmeros dedinhos em forma de anêmona. Enquanto Esmênia falava, tais bracinhos se moviam de um lado a outro, algumas vezes em círculos, como se reagissem a ela. Por um momento, Esmênia teve a nítida impressão de que houve uma mudança de cor, do rosa para um roxo bastante acentuado.

— Pelo visto alguém está gostando muito da nova casinha. E eu estou gostando muito de você, sabia? Acho que você não se importaria de me ajudar de novo, não é mesmo? — Esmênia foi se esticando e apanhou a planta, que já estava pesando quase um quilo.

Dessa vez ela não economizou, passou a gosma nos cabelos, nos olhos, no rosto todo. Depois folgou o robe, levantou a blusa e esfregou no colo e nos seios. A sensação era muito boa — estranha, mas boa. Como se os mamilos estivessem sendo sugados. Oh, que pensamentos eram aqueles, logo ela, uma senhora de respeito. Imersa naquele deslumbramento, ela avançou a massagem até a linha da cintura. Ruboresceu e fez menção de devolver a planta à vasilha, só então viu os pequenos corpos que boiavam na gosma residual do vidro.

Precisou colocar a planta na pia e respirar fundo. Sequestrou um pano de prato e o enfiou no rosto para não ceder ao vômito.

Havia três ratos mortos nadando na sopa residual. Três ratos de tamanho médio e sem muita carne em seus corpos. Um deles estava com a coluna toda exposta. O outro, já não tinha olhos ou focinho. O terceiro estava bastante intacto da cintura pra cima, mas a parte de baixo era um tapete de pele molhado. Agora que os via, Esmênia reconhecia o odor adocicado da carniça. E não havia só ratos, mas moscas, besouros, até mesmo uma lagartixa.

A mulher pereceu sob uma espécie de paralisia, alternando olhares entre a planta e a nojeira nutricional. Aquela mesma podridão estava em seu rosto, em seus lábios, talvez em sua língua. Certamente estava em seus seios, em suas coxas e em seus globos oculares.

— Tenha calma, benzinho, eu não estou com raiva. Só estou... surpresa.

No cantinho da cozinha, Lolita tentava se enfiar embaixo do armário como se previsse o que viria depois.

Nos dias seguintes, Esmênia resgatou muitas roupas do armário. Elas estavam fora de moda, mas nada que não pudesse ser disfarçado com um manequim perfeito. Apanhou um jeans esquecido pela nora mais detestada, uma blusinha decotada que já não servia, limpou e lustrou os sapatos de verniz que usou no casamento do segundo filho. Sentia-se bem e sabia que estava bem. E ela não era a única.

Lolita estava com os pelos cheirosos e brilhantes, a marca escura que havia se desenvolvido ao redor dos olhos tinha diminuído, seus dentes estavam brancos como uma fileira de giz. Mesmo seu caminhar, que ultimamente jogava os flancos para os lados a fim de compensar o quadril, parecia totalmente lubrificado. E havia o olhar, a expressão de felicidade genuína, a segurança de quem está bem consigo mesma.

Esmênia desfilou pela rua e não houve uma única pessoa que não perdesse o fôlego, ou a razão, ou não a tenha confundido com uma filha mais jovem que nunca existiu. Após o passeio de rotina, Esmênia caminhou até o Pet Care da rua e escolheu um dos gatinhos que estavam disponíveis para doação. De lá ela voltou pra casa e serviu o almoço.

A despeito da curiosidade da vizinhança e da campainha desativada, Esmênia continuou com sua vida. Acordava, preparava o café, ria com a televisão, fazia um pouco de carinho em Lolita que continuava serelepe como uma jovem adulta. Mas as coisas começaram a ficar diferentes uma semana depois, quando Esmênia encontrou seu filme preferido na TV aberta e decidiu abrir uma garrafa de vinho. A bebida mexia com ela, sempre soube, mas desde os setenta, tudo o que sentia era uma mudança no seu intestino. Não foi o que aconteceu naquela noite, com aquele filme, com aquele... fogo.

Fazia muito tempo que ela não se excitava, mas a coisa chegou como um furacão. O calor, a umidade, a urgência do toque. Sozinha com uma garrafa de vinho, Esmênia se lembrou de como era ser uma mulher completa. E depois de se lembrar, como ela poderia esquecer? Seria justo esquecer?

O frenesi durou quase uma hora, bem mais do que se lembrava de ser capaz na juventude. Quando terminou, ela se sentiu fraca e faminta. Sabia o que fazer. A planta estava dentro de um velho filtro de barro, e Esmênia agora tinha a comodidade de apenas puxar a torneira e extrair o que era preciso. Foi o que ela fez antes de dormir. Bebeu um copo bem cheio de juventude.

No dia seguinte, tão logo acordou, sentiu uma dor conhecida nas costas, um bico-de-papagaio que não a incomodava desde que começou a tomar seu... elixir. Esmênia moveu os braços e sentiu os ombros repuxando. Girou o pescoço e ouviu um estalo. Conferiu as mãos. Elas pareciam ter piorado um pouco. Não muito, mas já não eram mais como antes. Precisava de mais. Precisava reabastecer o que fora utilizado, metabolizado, perdido.

— Oh não...

Encontrou uma planta murcha e tristonha, e mesmo sua gosma (que Esmênia tomou em dois copos) não fora mais satisfatória que pura água. Sentia uma urgência horrível. O que seria dela sem aquela planta? Algum ser humano suportaria uma segunda incursão pela velhice? Foi tanto o pavor que Esmênia implorou:

— Me diz o que eu preciso fazer? Por que você está morrendo? O que eu posso fazer?

Lolita não gostava muito de se aproximar da gosma, mas naquele momento o sofrimento de sua dona a convenceu. Notando o chorinho de Lolita, Esmênia a apanhou nos braços e a apertou contra o peito.

— Nossa amiguinha não está nada bem, Lola. Coitadinha. A mamãe não sabe o que fazer.

Esmênia continuou na mesma posição, chorosa, desapontada. Chegou mais perto e notou um pequeno movimento no centro da planta, nas centenas de dedinhos que emergiam dela. Lolita também percebeu e latiu. Os bracinhos se moveram com mais vontade. Esmênia chegou ainda mais perto e a planta toda se eriçou, como um arrepio. Lolita rosnou.

— Tenha calma, Lola. Ela só quer comer, ela *precisa* comer.

As mãos foram chegando ao pescocinho, Lolita foi sossegando. O tom de voz carinhoso a convencia aos poucos, ela não conseguia resistir aos afagos de sua dona. Ela a salvou, não foi? A salvou de virar sabão, da displasia coxofemoral e de ficar sem dentes, ela, a mulher, uma boa dona.

— Fica calminha, coração. Nós vamos ficar bem.

Creck

Depois de passar sessenta e cinco anos construindo uma vida exuberante e vê-la definhar em pouco mais de quinze, Esmênia calculava que merecia uma reparação. Não só ela, mas todas as mulheres daquele bairro, daquele estado, daquele mundo. Todas as mulheres que viram sua pele ceder, seu quadril dilatar, seu cabelo murchar e sua vagina secar. Todas as mães que estragaram seus corpos, seios e mentes para colocar seus filhos ingratos no mundo. Então ela deveria morrer de remorsos porque decretou o fim de uma cadelinha? Não, não parecia certo. E ficava um pouco mais errado se ela pensasse que, não fosse por ela, Lolita teria morrido muito antes, e em situações bem mais desagradáveis. Lolita morreu com afeto e amor, morreu tão carinhosamente quanto era possível.

Com Lolita, a planta da sorte de Esmênia se recuperou e passou um período estável depois disso, em uma espécie de dormência. Não foi exatamente como acontece com as plantas comuns, ela não ficou feia ou murcha ou perdeu flores, ela apenas estacionou.

Em dois meses Esmênia estava bem perto do que gostaria. Sua pele, seu corpo, seus órgãos, tudo nela estava se aproximando dos trinta anos. Esmênia tinha até mesmo um namorado, um rapaz mais jovem que não se interessava em fazer perguntas, desde que continuasse sendo cultuado por ela. Ela sempre ia até ele nas madrugadas porque, para aquele bairro, ela se tornou uma espécie de aberração. Pessoas ainda batiam à porta, mas Esmênia nunca atendia. As compras eram deixadas pelo supermercado ao anoitecer, e ela saía com véus e óculos escuros para não ser vista. E que importância aquelas pessoas tinham em sua vida? Que importância elas mereciam ter?

Ao final da dormência, os problemas ficaram mais sérios. A planta começou a mudar, estava se tornando outra coisa. Ela ainda conservava uma pequena massa de gosma, mas nada comparado ao que era antes. Em vez disso, aumentava de espessura na parte de cima, como se engordasse. De sua superfície de pequenas flores e dedinhos, o que emergia agora era uma colônia de espinhos. A planta ainda reagia positivamente à Esmênia, mas os alimentos ofertados eram sequencialmente rejeitados. Ela tentou de tudo. De carnes e adubos até sangue de diferentes animais. Em pouco tempo, ela e a planta haviam consumido quase toda a gosma, tudo o que restava era uns poucos milímetros. Então a plantinha começou a mudar novamente, e depois de soltar um pendão de uns trinta centímetros, que terminava em uma florzinha mixuruca com pétalas alternadas em preto e branco, começou a emagrecer outra vez.

— Você está morrendo, querida — disse Esmênia com tristeza.

Havia um punhado de espinhos secos e esfarelados ao redor do novo lar da planta. Ela agora ficava no quarto, sobre um suporte de vidro muito bonito, ao lado da cama de Esmênia.

— Eu não quero parecer ingrata ou egoísta, eu fiz tudo o que pude pra salvar você — Esmênia a acariciou nos espinhos, que já não pareciam capazes de ferir alguém. — No fim, nós somos todas iguais, e o fim chega pra todas nós.

Esmênia se deitou em sua cama e ficou olhando para o teto. Apanhou um pequeno espelho de mão e mexeu um pouco na pele ao redor dos olhos.

— Você me deixou bem perto da minha melhor fase. Se tivesse tirado essa ruguinha bem aqui, eu estaria perfeita. — Ela olhou para a planta. — Não é uma reclamação, minha linda. — Se aproximou do vaso e baixou a voz em um tom de súplica. — Mas já que você está indo, poderia me fazer esse último favor? É só um pouquinho, depois eu prometo que você pode secar em paz.

Esmênia apanhou a planta e a colocou acima do rosto, mantendo-a suspensa com as mãos. Era diferente vê-la por esse ângulo. A gosma tinha algumas cores por dentro, pareciam pequenas lâmpadas coloridas. Parte delas já estava bem fraquinha, outras oscilavam de brilho. A gosma fina ainda se movia, como uma animação de ameba.

— É a última vez, eu prometo — Esmênia desceu a coisa sobre a pele e a manteve firme contra o rosto.

Sentiu um leve frescor quando a gosma começou a mudar de formato lentamente, se adaptando ao relevo do rosto. Não era desagradável, era como um beijo. No começo, Esmênia retribuiu os lábios, retribuiu a coisa que pareceu uma língua e se deliciou com as secreções adocicadas que tinham um leve gosto de saliva. Sentia alguma coisa escorrer de uma boca para a outra. Talvez também tenha percebido quando uma pequena extensão da planta assumiu uma forma fusiforme e começou a penetrar sua fossa nasal esquerda. Ou, quem sabe, tenha sentido um incômodo bem leve quando a sonda vegetal finalmente chegou ao seu cérebro.

Quando terminou de se alimentar, aquela planta estava novamente cheia de vida, e ela foi capaz de deslizar sozinha para fora do quarto, da casa, do bairro. Agora Esmênia era pouco mais que um bagaço.

Mas ela ainda sorria.

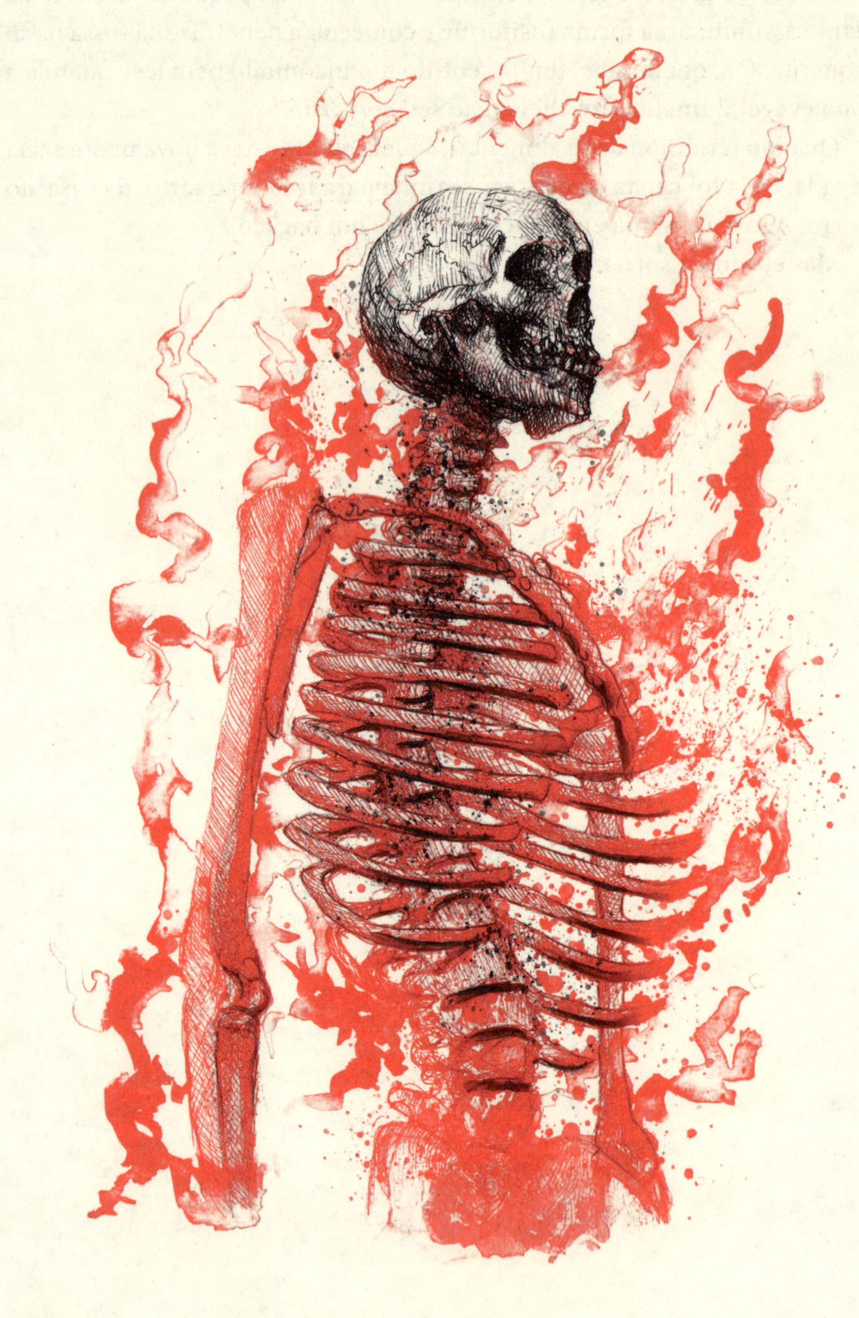

Estou acordado há anos,
deixe-me dormir
Longe daqui

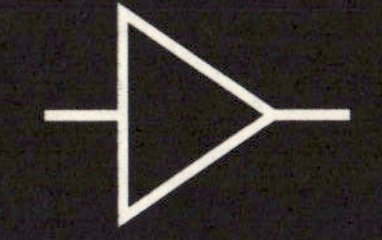

FASE4. RUÍDO2

SUDORESE NOTURNA

BEEN AWAKE FOR YEARS LET ME SLEEP
AWAY FROM HERE **MULADHARA**

Achava que sabia o que era tristeza. E que já havia passado.

Era noite. Enrico fumava um Marlboro e ouvia sua TV resmungar alguma coisa dos anos 1980. Pudera ele ficar preso ali, confinado a todos aqueles finais felizes. Não senhor... Os roteiristas da vida não têm coração. Os diretores odeiam reprises.

Para espantar a solidão, Enrico tinha adotado um amigo há dois anos. O gato Timóteo. Um nome impetuoso para um animal impetuoso. Timóteo não gostava de ser apanhado no colo, mas ele era bom em esquentar os pés. Fazia frio, e enquanto o gato respirava pelos brônquios, Enrico se aquecia com uma xícara de conhaque com mel. Não era tão bom quanto o que ela preparava, nada era tão bom sem ela.

Ficar sozinho só é bom quando se tem escolha.

Sim. Escolhas.

A maneira que Enrico escolheu para ganhar a vida também não o agradava, então ele escolheu outra. Do direito foi para a carpintaria e, por muitos anos, Enrico aceitou o trabalho com madeira como uma dádiva divina. Olhando para a mão incompleta que levava a xícara à boca, pensava que o universo não distribuía dádivas a homens como ele, não de graça. Enrico perdera um dedo há oito anos, fazendo um pequeno móvel de cabeceira. Duzentos dinheiros por um dedo... depois começou a prestar serviços para os De Lanno. Primeiro o pai, depois Eric e Giovanna, agora Jefferson.

Um suspiro fez o vapor da bebida aquecer seu rosto.

Quando foi que começou a se achar tão pouco? Tão pequeno?

Enrico tinha a resposta ao alcance de suas mãos, em um porta-retratos prateado.

Como você era bonita...

Lídia. A única mulher que o amou, a única que ele enterrou.

Se eu tivesse escutado você.

Se, se, se...

Ela avisou, não foi? Ela contou que não sabia nadar muito bem, você riu. Contou dos arrepios, contou em todos os detalhes. Acordou sufocada pelo sonho ruim daquela manhã e implorou para não ir. Mas você insistiu, "todo mundo vai". Meia dúzia de cuzões que tratavam você como herpes. Por favor, por favor... Lídia não tinha uma maneira mais clara de dizer que morreria naquela tarde. Morreria como um dos filhos dos Vincenzo, morreria como muitos outros. Talvez o culpado fosse o Rio Choroso e suas águas malditas. Talvez fosse apenas má sorte.

— Será que você me odeia?

Olhos cansados; depois fechados. Cigarro apagado. Timóteo lentamente se esticou no sofá.

A TV saiu do ar e Enrico foi se espalhando sobre a poltrona, como um amontoado de carne gorda. Estava cansado. De ser gordo, de si mesmo, de todo o resto. Não demorou a ferrar no sono.

Timóteo ronronou alguma insatisfação e deixou a sala. A noite era uma ocasião interessante demais para ser desperdiçada daquela maneira, dividida com aquele dono.

Ping... Ping... Ping...

Enrico despertou depois de algumas horas, o sono ainda beliscando.

Ping... Ploct... Ping...

Água? Como podia ser água?

Bocejou.

Uma torneira malfechada.

Ou não...

Pensou em Lídia. Como ela estaria? Como um corpo que demorou seis dias para ser devolvido pelas águas estaria agora, depois de tanto tempo enterrado? Ele precisou reconhecê-la. E ele quase não a reconheceu. O corpo estava inchado até o ponto da trinca; a pele parecia pequena demais, apertada sobre os músculos. Os poros da pele mediam quase dois milímetros, eram como crateras lamacentas. Os cabelos tinham começado a se despregar da cabeça aos tufos, as orelhas estavam mordiscadas pelos peixes. Os médicos disseram que havia caramujos nela. Por dentro e por fora. Mencionaram líquen crescendo em algumas aberturas. Drenaram seus pulmões.

E havia os olhos.

Não havia uma noite em que Enrico não pensasse neles. Olhos brancos que pareciam segui-lo enquanto ele avaliava o corpo no IML, enquanto ele a velava, olhos que ainda os seguiam nos piores sonhos.

Ping... ploct, ploct.

Enrico acendeu a luz da copinha e observou a mesa que Lídia ajudara a escolher. Aquele conjunto ele não fez na marcenaria, se vergou a pagar três vezes o que seria justo cobrar. Tudo bem, foi justo com Lídia.

Engoliu em seco.

Tudo ali ainda tinha seu jeito, suas cores. A tapeçaria sobre o sofá, as almofadas, o tapetinho da sala de estar.

Ping... Plit...

O gotejar parecia vir da cozinha.

A torneira da pia? Casa antiga...

Ping... Ploct...

Aquelas sementes ainda estavam sobre a mesa. Jefferson De Lanno cedeu um punhado a ele, disse que elas valiam um bom dinheiro. Estavam brilhando? Enevoadas? Ou era pura imaginação diluída pelo sono? Poderia ser, mas não foi imaginação a morte de Aline. A moça morreu de verdade e ele viu seu corpo descendo na grama, assim como viu o de Lídia. Como estariam os outros?

Ping...

Antes de tocar o interruptor da cozinha, esperou alguns segundos. O que encontraria naquele espaço? Uma torneira com defeito? Ou sua falecida esposa se contorcendo no chão como uma assombração de filme japonês? Nesse caso, os olhos brancos de Lídia poderiam estar pretos, e sua língua seria uma escultura bifurcada infestada de minúsculos caramujos e algas.

Enrico se abaixou e se armou com um prendedor de porta — um Yoda de chumbo que Lídia comprara pouco antes de morrer, um presente para ambos.

— Como eu podia saber? — resmungou.

Mas por que se justificar? Para quem?

Estavam mexendo com sua cabeça; esse era o motivo. Ninguém dizia nada, mas todos percebiam que as pessoas daquela cidade estavam perdendo o juízo aos poucos. Havia algo em todos eles, uma ansiedade, uma espécie de euforia falsificada.

Ping... Plic.

Plic...

Você não está aqui. Eu enterrei você.

Ping.

Sai da minha cabeça.

— Você não tá aqui! — Enrico gritou, resgatando um pouco de sanidade. — Encontra essa porra de goteira e vai dormir! *Dormir*, Enrico! — exigiu de si mesmo. — Caralho!

Mas não havia goteira. A pia não pingava. Não chovia.

Remorso? Culpa? Pois é... o arrependimento pesa bem mais que qualquer coisa. Sentia os braços oleosos. A camisa empapada ao peito. Sempre suou demais, era o que Lídia dizia.

"I DROVE ALL NIGHT..." — berrou a voz de Roy Orbison.

Enrico sentiu a coluna enrijecer. O escroto encolheu.

Havia um radinho Philips na cozinha. Presente dela, de Lídia.

O aparelho continuava gritando com o volume no talo, o display marcava 88,8Mhz. O horário estava piscando no 0:00. Teria a energia caído e voltado?

A única energia que Enrico ainda tinha foi gasta em dois copos d'água, logo depois de desligar o aparelho. Sentia-se desidratado de tanto suar.

Ping... Ploct.

E precisou perguntar:

— Li? É você?

O gato correu pelo telhado, pareceu descer uma enxurrada de entulhos.

— Timóteo! Puta merda! — Enrico gritou e esqueceu o Yoda sobre a pia.

O gato miou alguma coisa desagradável no telhado. Pareceu um choro.

Ping... Ping... Ploct...

O barulho recomeçou do outro lado do corredor. Possivelmente da suíte, quarto menos frequentado da casa. Enrico não gostava mais daquele cômodo, das memórias que ele trazia, do cheiro que nunca ia embora. Cheiro bom, que começou a se alastrar com maior intensidade nesse exato momento. Ele conhecia aquele perfume. O reconheceria em qualquer lugar. Era como o cheiro de café, de menta, de casa de mãe.

— Li, eu não tive culpa. O que mais eu posso fazer? Já não sofri o bastante? Que droga, é difícil respirar sem você por perto.

Ping...

Estão mexendo com a minha cabeça.

Estão? Claro que sim.

Mas o que está dentro da sua cabeça, Enrico? Quem ou o quê encontrou o que você escondeu tão lá no fundo?

As respostas estavam depois da última passagem, depois do corredor que ficava mais longo a cada passo, depois do último pedacinho de luz acesa. A luz da suíte estava queimada havia semanas, e Enrico não teve disposição ou motivos suficientes para trocá-la.

Em noites de agonia como aquela, cada cômodo sem luz se transforma em um tipo de portal. Quem ou o que sairia daqueles portais Enrico ainda não sabia, mas talvez não tivesse escolha entre descobrir ou não.

Ping... Ploct... Ping.

O ruído indecente permanecia. Real demais para ser imaginação ou medo.

Ou...

Seria possível?

O corredor terminou.

À frente, o quarto estava mais moribundo do que nunca. A ausência de som que não fossem aqueles pingos; o doloroso vácuo da cama vazia. A escuridão. Era um espaço a ser evitado, um umbral sem fim.

Enrico caminhou para dentro da penumbra. Testou a luz, mesmo sabendo que estava queimada. Na escuridão do cômodo, avançou até o banheiro, se esforçando para que seus ossos não desmontassem pelo caminho. Os arrepios não cessavam, sentia uma contratura na coluna, a presença de alguma coisa antinatural era tão forte que ele quase podia...

Ping.

— Achei você... — se permitiu um sorriso e apertou a torneira do chuveiro. Em seguida sacolejou os braços pendentes, a fim de relaxá-los um pouco. Respirou fundo e sorriu de novo. Ninguém usava aquele chuveiro havia um bom tempo, mas uma casa velha é muito mais segura que uma casa assombrada, ou possuída, ou enfeitiçada.

— Desculpe, Li. Eu continuo sendo um idiota.

Recomposto, aproveitou para vencer a noite fria em sua antiga cama. Fazia tempo. Já era hora de voltar a frequentar aquele quarto. Ela gostaria disso, de perceber que ele seguiu em frente. Relaxado de novo, o sono o pegou como uma avalanche. Em um último instante de lucidez, Enrico pensou em tomar um banho. Melhor no dia seguinte, quando o sol se espreguiçasse lá fora.

Ping... Ploct... Ping.

Ping... Ploct.

O pensamento demorou a se reconectar, agora tinha um culpado, o chuveiro continuava vazando. Mas o chuveiro estava distante, e ele sentia algo úmido resvalando em seu braço direito. Gotas. Tocou aquele braço com a mão esquerda. Estava úmido.

Ping...

Passou a mão sobre o braço com mais atenção. Mas o sono ainda brigava, o sono ainda confundia.

Outro pingo. Molhou seus lábios.

Então aquele cheiro. Então aquele gosto.

Podre, podre. Meio morto. O gosto na boca azedo como vinagre.

Enrico abriu os olhos.

A coisa estava presa em seu teto.

Vestida com a roupa que saiu das águas.

Cabelos empapados.

Poros dilatados.

Algas podres escorrendo pelos dentes.

Estava presa em seu teto. Olhos brancos e opacos. A pele pendurada como se fosse despregar.

— Sai da minha cabeça!

Caramujos e líquen forrando longos trechos de pele.

— Sai da minha cabeça!

Estava presa em seu teto e desabou sobre ele como uma tromba d'água.

A língua ensebada entrou em sua boca, desceu e se esticou até entupir sua garganta. Enrico experimentou a carne fria e áspera, sorveu o gosto da decomposição. A água podre veio em seguida, inundando e preenchendo. Enrico gorgolejou e tossiu, mas o corpo acima pesava uma tonelada de rios e chuva. A língua entrando e saindo, aumentando e engrossando, copulando com a garganta. Todo ele absorvendo a temperatura da morta, seu cheiro, sua oleosidade. O cadáver tinha um pouco do mofo daquelas sementes. Tinha um pouco de morte e muito de renascimento.

Ping...

Ping...

Ping...

O gosto da chuva...

Ping.

Glasssp.

Quando se trata de conhecer e vencer suas fraquezas
Você precisa ser o caçador e a presa

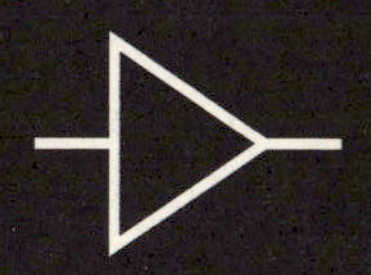

FASE4. RUÍDO3

KR7697PI

WHEN IT COMES TO KNOW AND DEFEAT YOUR WEAKNESSES
YOU NEED TO BE THE HUNTER AND THE PREY **ANGRA**

Algumas profissões têm uma soma bem pequena de novidades, ou assim deveria ser. Você acorda, veste sua farda profissional (que muitos chamam de uniforme), enche a cara de café e parte para mais um dia de muito suor e pouca glória.

Em Terra Cota, no entanto, essa é só mais uma das tantas regras que frequentemente são quebradas.

Mário Frias estava na frente do computador — desde 2013 o lugar mais frequentado por ele dentro do laboratório. Ao lado, uma pilha de exames assinados e outros vinte ou trinta que ainda aguardavam seu rabisco de qualidade.

— Seu Frias? — a recepcionista chamou. — Seu amigo chegou — disse e cedeu passagem ao convidado. Depois voltou para a recepção do laboratório.

— Más notícias? — perguntou Péricles enquanto entrava na sala.

— Eu já te chamei pra oferecer dinheiro? — Frias abriu meio sorriso. — Senta aí, meu amigo, porque a conversa pode ser longa.

— Então vamos direto ao ponto — disse Péricles enquanto se acomodava. — Está acontecendo de novo, não do mesmo jeito, mas os animais e o solo estão contaminados com alguma coisa. — Ele espalmou as mãos em direção a Frias como quem dá a vez. — Agora pode me dizer a sua parte.

— Você conseguiu algum laudo? — perguntou Frias.

— Conseguiram pra mim. Um colega de Cordeiros me telefonou na semana passada, alguns animais que saíram daqui estão doentes por lá, eu nunca vi nada parecido. Eles estão... mudando — ergueu as sobrancelhas. — E, pra você ter me chamado, imagino que as coisas também devem ter ficado estranhas por aqui.

Frias tirou os óculos e coçou o canto dos olhos. Parecia não dormir há alguns dias.

— Deixa eu adivinhar — disse —, no laudo inconclusivo que você recebeu existe a presença de fungos, talvez uma bactéria, algum metal ou liga metálica, e um agente viral, possivelmente envolvido com resfriado comum.

— Esqueceu do componente principal, Frias: DNA desconhecido.

— Não é desconhecido, Péricles, é recombinado. Essa coisa é a mesma que nós conhecemos em 2022, com a diferença que agora ela está puta da vida. Eu chamei você pra falar sobre isso. — Ele se levantou. — Vou mostrar uma coisa.

Frias apanhou uma chave pequena do bolso da camisa e a usou para abrir a primeira gaveta da bancada. Puxou dois envelopes, abriu os dois e colocou os papéis ao lado do computador. Péricles chegou mais perto e começou a ler os dois documentos.

— O primeiro exame é do Arthur, meu menino. O segundo é o sangue de um policial chamado Igor Vilanovo. Os resultados vieram do mesmo laboratório. O do Igor o convênio pagou, o do Arthur eu gastei um dos carros da família pra conseguir depressa.

— Seu filho está doente? — Péricles ergueu os olhos do papel. — É grave?

— Pensamos que fosse, mas o Arthur me contou uma história bem estranha sobre ele e seu amigo Thierry Custódio, o dono daquela loja de eletrônicos que começou a fazer dinheiro de uma hora pra outra.

Péricles voltou os olhos para o laudo e sulcou uma grande ruga na testa enquanto lia o documento.

— Frias... aqui diz que é sugestivo de...

— Neoplasia. Câncer. Eu sei, Péricles, esse já é o exame de confirmação do Arthur. No caso dele, a contagem de células estranhas diminuiu sensivelmente em seis meses, é como se o corpo do meu filho tivesse se acostumado com essas modificações agressivas. Com Igor Vilanovo acontece o contrário, o exame histopatológico detectou estruturas semelhantes a príons.

— Príons? Estamos falando da doença da vaca-louca? Olha, eu não me sinto tão incompetente desde os tempos da faculdade. — Ele balançou a cabeça. — Qual a relação entre seu filho, Igor Vilanovo e os animais de Terra Cota?

— Quando as coisas ficaram loucas na cidade, meu filho acabou indo parar dentro daquela caverna, lembra?

— Claro que lembro. Foi um pouco depois de pedirmos pra Júlia Sardinha disparar o alerta no rádio contra aquela planta tóxica.

— Júlia acabou salvando meu filho das mãos daquele louco varrido, Belmiro Freitas. O Arthur não gosta muito de falar no assunto, mas ele contou para a terapeuta que tinha uma criatura, um monstro lá embaixo, eu e a mãe concluímos que era o Belmiro. Mas o Arthur voltou com uma semente esquisita daquele lugar, ele disse pra psicóloga que comeu metade e deu a outra parte pro velho Thierry. Meu filho acredita que essa semente tirou Thierry Custódio da UTI.

— E você? Acredita nisso?

— Alguma coisa aconteceu com o Arthur — cedeu Frias. — Ele ficou mais esperto, mais sensível, ninguém mais precisa pedir que ele faça as tarefas, mas precisamos brigar para ele brincar com as outras crianças. Semana passada ele veio falar comigo, está disputando uma bolsa de estudos em colégios americanos. Ele é um pouco discreto, mas é isso, eles estão disputando o nosso filho.

— Seu filho é superdotado?

— Não, Péricles, ele *ficou* superdotado. Ele e o amigo que ele tirou da UTI.

— Por causa da semente?

— É o que parece — deu de ombros. — Aí eu começo a receber uma porção de pedidos de antibiograma e cultura. Faço um, dois, vinte e três exames. Encontro alguns fungos e bactérias que são resistentes a quase tudo. Nos exames de sangue dessas pessoas, todos os valores estão altos.

Plaquetas, glóbulos brancos e vermelhos. A dosagem de ferro é altíssima. A contagem de eosinófilos, absurda, como se eles estivessem em choque anafilático, uma crise aguda de alergia. Mas também existem essas células fagocitárias, que digerem as outras e secretam algo muito parecido com a célula original. Eu falei pessoalmente com o Brandão, o único dermatologista de confiança daqui da cidade. Ele me contou que Igor Vilanovo sugeriu que poderia ter entrado em contato com uma semente rara.

— Espera aí, se essa é a mesma que o Arthur comeu...

— Não é *mais* a mesma, esse é o ponto — frisou. — As sementes de agora e o que corre nas veias das pessoas de Terra Cota são coisas diferentes.

— Nas nossas veias? — Péricles estava assimilando as informações.

— Aquelas plantas, Péricles, aquelas porcarias espiraladas que os animais adoravam e atraíram um enxame de maritacas. Nós temos aquilo, parte daquilo, correndo em nossas veias até hoje. Todos nós temos, graças aos esporos que respiramos. Isso não era problema algum até o mês passado.

— Eram comensais?

— Achei que sim. Ou que fossem apenas um contaminante inofensivo. Você sabe, nós temos bactérias nos olhos, na pele, nos cabelos, até dentro do nosso intestino. Um microrganismo inócuo não é algo que mereça ser tratado como uma doença mortal. Isso sem contar as pessoas que convivem com tripanossoma, malária e com coisas piores.

Os dois se calaram por um instante, porque uma notificação do celular de Mário Frias disparou. Ele checou o aparelho. — É só a Sabrina dizendo que chegou em casa.

— Conta logo o que você acha, Frias, eu não sou muito bom nesse negócio de suspense.

— Lembra da última campanha de vacinação de emergência?

— Contra a psitacose?

— Era uma farsa, tudo frio, tudo forjado, não existe e nem nunca existiu vacina para psitacose. O tratamento continua sendo como sempre foi, à base de antibióticos. Os laudos que o município recebeu não foram validados legitimamente, até os testes dessa suposta nova vacina foram forjados, nem as assinaturas conferem. Tudo indica que alguém do ministério da saúde pensou que esse microrganismo até então inócuo, que eles batizaram de KR7697PI, poderia causar problemas no futuro, então eles desenvolveram, ou importaram, ou eu sei lá como eles conseguiram essas vacinas a toque de caixa. Como todo profissional de saúde dessa cidade, você recebeu a orientação de mobilizar a população, inclusive usando a conveniência da ameaça de psitacose, transmitida pelas maritacas.

— Isso parece teoria da conspiração, Frias. Muita gente que eu conheço adoraria taxar você de antivax depois de ouvir essa história. Antivax ou coisa pior.

— Se eles preferem esquecer quem intermediou as vacinas de Covid-19 pra Terra Cota, o que eu posso fazer? E tem mais, eu parei de me importar com o que o povo pensa faz tempo. Pelo que eu sei, quando a teoria deixa de ser teoria e acontece de verdade, a coisa sempre toma uma nova direção. E a mudança é ainda mais rápida quando não é a primeira vez.

— Peraí, nós nunca vimos esse negócio de vacinas falsas — desconfiou o colega. — Pelo menos eu não vi.

Frias riu.

— Não exatamente, graças a Deus. Mas você lembra do enxame de casos de Zika e microcefalia em 2015? As mulheres grávidas entupiram a pele de repelente por um ano inteiro, e a doença de repente desapareceu de uma hora pra outra, sem nenhuma explicação oficial. Foi como se tivesse evaporado.

Péricles respirou fundo, bem fundo.

— Seguindo seu raciocínio, enganaram todo mundo de novo?

— Quase todo mundo — salientou Frias. — O Arthur entrou em desespero quando soube da campanha de vacinação. Ele chegou a pegar uma faca e apontar pra mãe. Ameaçou fugir de casa, arrebentou metade do quarto em um acesso de fúria.

— Que loucura... — Péricles estava impressionado.

— Foi sim — o biólogo travou a expressão, pareceu envelhecer alguns anos. — Não foi uma decisão fácil, mas acabamos cedendo. Meu filho nunca tinha feito um estardalhaço parecido, então decidimos respeitar as razões dele, ainda que nem o Arthur pudesse explicá-las. Ele só repetia aos gritos que tinha alguma coisa errada.

— Mas o quê? — indagou o colega.

— Eu descobri agora, com a ajuda de amigos ligados ao governo, que essa mesma vacina foi aplicada em outros países, e ela não extermina o microrganismo, ela apenas o incapacita. Na verdade, é um mecanismo simples de chave-fechadura, um antígeno de alta especificidade. O invasor continua circulando, mas não consegue continuar seu ciclo.

— Bom, até aí...

— Eu não acabei, meu amigo. A forma de vida biológica original era inteligente, nós dois sabemos disso. Ela evitava fontes de calor extremas, radiação, congelamento, evitava até mesmo meios que foram acidificados ou alcalinizados. Além de se adaptar a quase tudo a longo prazo.

— Ela reagiu à vacina...? — Péricles supôs.

— Não sozinha, mas acelerada por alguma substância presente nessas novas sementes, citadas pelo Igor Vilanovo. Meu palpite é que de alguma forma a planta originária tenha entrado em contato com o sangue de uma pessoa vacinada e se modificado para o que estamos vendo agora. Antes, esse... ser, se é que podemos chamar assim, essa força presente nas sementes, procurava uma maneira de coexistir, de se harmonizar com a espécie humana. Esse parece ser o caso com o meu filho e Thierry Custódio. O que está acontecendo agora é diferente, ela está se impondo, deformando, se alastrando, encontrando maneiras de não ser aniquilada. Os príons são um exemplo desse ataque, eles não possuem DNA ou RNA, são apenas proteínas desordenadas que se aderem a outras e começam a causar problemas. Essa coisa pode estar derretendo nossa mente e trocando por outra coisa, Péricles.

— Mas se todos nós temos esse organismo em dormência, e se quase todos nós o atacamos com a vacina, o que podemos fazer?

— Eu não sei. É por isso que chamei você aqui. Minha esperança é que possamos encontrar uma saída enquanto ainda estamos saudáveis, mas pra isso eu também preciso saber de tudo o que você sabe.

Péricles respirou fundo.

Alguns fatos só recebem a devida credibilidade através de imagens, estratégia assumida por Péricles Solovato. Para isso, ele precisou conectar o celular ao projetor usado no laboratório para treinamentos de equipe.

— Precisa de tudo isso? — perguntou Frias.

Péricles deu outro gole em seu café.

— Confia em mim, meu amigo — ele apagou a luz e colocou a primeira foto.

Era a imagem de um boi. O animal estava corroído por algum tipo de infecção na pele. Os olhos foram subtraídos, a boca parecia ter desenvolvido uma nova dentição, afiada e bem mais agressiva. Havia uma forma de sofrimento intraduzível naquele bicho, como se ele não entendesse mais seu propósito nesse planeta. Era essa a percepção de Mário Frias.

— Deus do céu.

— Começou com esse boi. Gideão acordou no meio da madrugada com o bicho mugindo em desespero. — Péricles avançou mais uma imagem.

— O que é essa... coisa? — Frias precisou perguntar.

— Era uma calopsita. Segundo Marta, esposa de Gideão, ela acordou e a gaiola estava quebrada. Marta encontrou o passarinho no chão, mas não era mais um pássaro. As penas se tornaram escamas, apareceram membranas aquáticas nas patas. Eu vi com meus próprios olhos. Ela não voa mais e, quando tenta se comunicar, o que sai pela boca é uma coisa distorcida e dolorosa.

Péricles avançou mais um.

— Puta merda...

— São rãs — explicou —, ou pelo menos eram.

O que Frias via na imagem tinha o dorso com pele branca, de aspecto humano. As rãs haviam se alongado muito, desenvolvido uma espécie de pescoço. Péricles avançou e a próxima imagem fechava um close nos olhos. Eram muito parecidos com olhos de seres humanos.

— As rãs e sapos têm particularidades estranhas. Quando coaxam, eles têm uma frequência específica, o ruído tem uma identidade, uma estabilidade absurda. O coaxo tem a função de desestimular os machos mais frágeis a competirem pelo território, também de atrair parceiras; o som que as rãs emitem é quase um mapeamento físico do que elas têm a oferecer. Alguns sapos têm detectores sísmicos na pele, isso faz com que eles saibam quando está chovendo, mesmo embaixo da terra. A frequência do coaxar está diferente, é uma coisa rouca que afasta qualquer animal que não seja uma dessas rãs modificadas. Os que insistem em se aproximar são devorados vivos.

— E essa pele? Como é possível?

— É muito parecida com pele de gente. Frias, eu dei uma olhada no microscópio, parece de bicho, de porco, mas é pele humana. Não tenho um exame de DNA, mas depois do que você me falou...

— Tem mais?

— Deixei a melhor parte para o fim.

Frias estava no meio de uma respiração quando a imagem mudou. O pulmão congelou por alguns segundos.

A imagem era da plantação de girassóis do velho Vincenzo, mas não havia muito das flores amarelas que todos conheciam. Em vez delas, estruturas disformes e díspares ganhavam vida, mantendo em comum apenas os caules em forma tubular (que agora lembravam material plástico) e a orientação de todas as flores, no sentido oeste. Havia estruturas azuis, verdes, turquesas e púrpuras, mas eram feias e enrugadas, desnutridas de uma certa forma. Do platô de sementes emergiam o que pareciam patas de insetos. Em outras havia pequenos olhos, e coisas que passavam longe, mas muito longe do que poderia ser considerado natural. Sobre a parte mais baixa de toda plantação, havia uma espécie de névoa bastante densa.

— Eu estive lá e é de botar medo. A menina, netinha do Gideão, contou que viu coisas saindo da névoa. Ela não conseguiu explicar perfeitamente, mas falou sobre fadas e macaquinhos com rosto de gente. A família do velho abandonou a fazenda no começo da semana, vão passar uns dias em um hotel em Poços de Caldas.

— Gideão é pai do policial que foi assassinado por Belmiro. Pobre homem — lamentou Frias.

— Ele não é o único com problemas. Na cidade, as novidades são menores, mas perto daquela mina de quartzo tudo está diferente, principalmente nas plantações. Eu vi insetos que não sei definir, animais que se embrenharam na cana-de-açúcar com a envergadura de uma criança de dez anos.

Péricles acendeu a luz e os dois homens trocaram um olhar confuso, um pouco desesperado. Frias deixou a caneta bater algumas vezes contra a bancada à qual estava sentado, mordia o lábio inferior, como se tentasse bloquear as palavras que desejavam sair.

— Essa coisa se replica a uma velocidade absurda, Péricles. Eu sabia que tínhamos um problemão nas mãos, mas o que acabamos de ver... parece coisa de filme de terror. Eu me pergunto o que podemos fazer, e se podemos fazer alguma coisa que não seja rezar.

— Quando a coisa fica feia como está agora, precisamos cuidar do que está ao alcance das nossas mãos. Foi o que o velho Gideão fez e o que eu pretendo fazer.

— Vai sair da cidade?

— Não. — Encarou o colega. — Mas eu vou ficar longe dos problemas que não consigo resolver. Enquanto for possível.

Frias respirou fundo e mordeu o lábio de novo. As palavras presas em sua garganta estavam subentendidas.

Já não era mais possível.

Eu permaneço em meu solo
A semente da morte
Uma nova criação

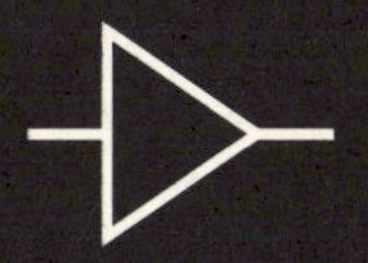

FASE4. RUÍDO4

EM NOME DA MÃE

I STAND ON MY GROUND / THE SEED OF DEATH
A NEW CREATION **NERVOSA**

"Padres católicos não fazem exorcismos", era o que todo clérigo ouvia muito antes de receber uma paróquia. O único problema com essa espécie de postulado era que em países como o Brasil, onde sempre se acendem duas velas ao mesmo tempo, exorcismos e rituais de desobsessão eram praticados em cada esquina. Uma vela pro concorrente, outra pra Deus, uma promessa de joelhos e uma oferenda com charutos, cachaça e farofa.

Padre Lisérgio não pretendia burlar as recomendações de sua igreja de forma alguma, tampouco possuía treinamento e firmeza espiritual para confrontar o demônio; o único detalhe conflitante é que ele estava emocionalmente conectado com sua comunidade, e ela não ia nada bem. Nas fileiras de sua igreja, agora se falava em doenças, transformações corporais, e, aliado a tudo isso, se questionava a toda hora a presença onipotente de Deus.

O padre ouviu muitas dessas histórias em seu confessionário. No desespero das pessoas pelo perdão, descobriu homens que pensavam em assassinar suas esposas e filhos, adolescentes apavorados, mães que perdiam o juízo enquanto ouviam mensagens ocultas em seus rádios e televisores.

— Padre? — Claudemir tirou o homem dos pensamentos. O rapaz havia se criado na igreja, não era muito esperto, mas era prestativo, o que na maioria das vezes tinha uma utilidade maior. Ajudava na limpeza, na organização das missas, acompanhava o padre em algumas novenas e encontros com fiéis.

— Já está na hora?

— O senhor pediu pra chamar duas e meia.

Lisérgio conferiu o relógio.

— Vamos indo.

A família Cesário morava em uma propriedade rural, um pouco depois da casa de repouso dos velhinhos Santa Dulce. O padre conhecia bem aquele caminho, e, se precisasse ser sincero, diria que não gostava nada de transitar por ali. A paisagem havia mudado, mas dentro dele, aquela estrada continuava sendo um pedacinho do inferno.

— Tudo bem, padre? — Claudemir perguntou, notando seu desconforto.

— Tudo, só um pouco cansado.

— O senhor precisa de férias, eu falei até com a minha mãe. Eu falei desse jeito, o padre Luiz Sérgio precisa de férias.

— Agradeço a preocupação, filho. E o meu nome é Lisérgio, tudo junto, não é Luiz Sérgio.

— Ah sim — disse Claudemir e sorriu. Usava aparelhos nos dentes e há poucas semanas tinha trocado as borrachinhas por um amarelo radioativo. Ficava um pouco mais bobo com elas.

O carro passava agora pela propriedade de Tobias Maltes.

Lisérgio o conhecera na infância, era um dos valentões da escola. Batia nos meninos, provocava as meninas, mesmo os professores não podiam com ele. Tobias teve cinco filhos e todos se mudaram de Terra Cota tão logo se emanciparam (um deles se mudou antes, com quinze anos, para morar com o avô materno). A esposa de Tobias morreu de câncer em 2005 e ele sofreu um derrame no início de 2018. Ainda estava vivo, mas era uma vida desgraçada, que ansiava pelo próprio fim.

Havia muitos homens duros em Terra Cota, principalmente naquela estrada de chão. Gente que tratava a própria prole com desdém, que não oferecia escolhas melhores das que haviam recebido. Esse era um dos motivos para a cidade estar em declínio, a falta de renovação, principalmente de ideias. Os mais jovens acabavam indo embora, a fim de reconstruírem suas vidas. Aos pais restavam as doenças da velhice e o Santa Dulce, que para muitos não tinha muita diferença.

O carro contratado via aplicativo fez uma curva suave para a esquerda, tomou um acesso secundário e desapareceu nas canas-de-açúcar.

— Esse lugar dá medo — Claudemir falou depois de um tempo.

Assustava um pouco, sim, todas aquelas canas altas, a sensação de estar em um lugar onde você poderia desaparecer. A cana era boa em fazer isso, assim como o milho. O que se enterrava nessas plantações se tornava alimento bem rápido. Bichos, gente, até mesmo o aço era sugado em poucos anos. Assustava um pouco mais a Lisérgio, que sabia sobre os segredos terríveis que um campo cerrado como aquele sabia guardar. Segredos de confessionário.

— Já vamos sair da plantação — o padre se limitou em dizer ao rapaz.

Com mais cinco minutos de estrada saíram das canas, e com outros cinco chegaram à porteira da Fazenda Renascer. Havia um entalhe muito bonito sobre a entrada, floral, estava envernizado e em excelente estado. Com a aproximação do carro, a dona da casa se apressou em chegar. Saudou a todos com um aceno curto e liberou o ferrolho, depois empurrou a porteira. O carro seguiu até bem perto da casa, na entrada da varanda.

Claudemir foi o primeiro a descer, e não deixou de reparar no jardim, que ficava à direita de onde o carro estacionou. Estava tudo seco, morto, desaparecendo. A terra parecia ter sido adubada com sal, não havia nada verde nela, apenas os restos mortais do que ali vivera um dia.

— Padre, que bom que o senhor veio — disse a mulher.

Agora bem próxima, era possível ver que a dona da casa estava tão ou mais exausta que aquele pequeno jardim.

— Vim o mais rápido que pude, Odete. Como ela está?

A mulher sequer conseguiu responder. O que fez foi baixar os olhos, resignada, contendo o choro.

— Eu não sabia mais quem chamar.

— Venha, vamos dar uma olhada nela.

A mulher sugou o nariz e seguiu em frente, vencendo os três degraus que davam o acesso à varanda. O padre ia logo atrás dela, depois Claudemir. Foi ele quem perguntou assim que botou os olhos na varanda:

— Cadê os passarinhos?

Duas gaiolas vazias estavam na varanda da casa. Elas pareciam inteiras, mas um amassado na armação denunciava que alguém tinha batido de propósito ou apertado muito as hastes de ferro.

— Fugiram. — Odete continuou seguindo até a porta da frente.

A madeira se separou do batente e o padre levou as mãos ao nariz, mas principalmente à boca. O odor que escapou por aquela porta era como um caixão exumado. Rançoso, adocicado com repugnância... definitivamente podre.

— Que catinga — Claudemir definiu perfeitamente enquanto enrugava o rosto. O padre o repreendeu com um olhar.

— É o cheiro dela. Não dá mais pra chegar perto do quarto da Tereza. Eu tenho fé que o senhor vai convencer ela a abrir, mas faz dias que ela não sai. Tá fazendo tudo ali, urinando, obrando...

A casa toda refletia a agonia presente no rosto e no jardim de Odete. Não havia muita luz, a TV falava sozinha, nada de cachorros, gatos ou plantas. Tudo era poeira acumulada por semanas de abandono.

O padre estava a dois passos da porta quando um grito do lado de dentro o fez parar.

— Ela berra o tempo todo — explicou Odete com os olhos tristes.

— O que os médicos falaram?

— Que era problema de cabeça.

Claudemir estava tão impressionado que recuou um passo, para ficar mais perto da saída.

— O Bento tá em casa?

— Meu marido me largou, padre. Fugiu com uma rapariga quando a Tereza começou a piorar. Ele não aceitou o bucho dela, não acreditou que era doença, falou que a Tereza era um vagabunda e que eu encobria a safadeza.

— Ele vai voltar.

— Deus queira que não. Nos últimos dias, só sabia beber e fumar. Depois se trancou na zona e saiu de lá com uma menina. Foi o que eu fiquei sabendo — pigarreou ao fim da frase.

Lisérgio já tinha ouvido o bastante para formar uma ideia do que poderia estar acontecendo.

Conhecia Bento do confessionário, e o homem contou coisas muito ruins sobre desejos carnais. Nunca chegou a mencionar a filha, mas havia citado sua tentação por outras meninas da mesma idade, de prostíbulos, de todo lugar. O homem travava uma batalha contra seus instintos bestiais há décadas; pelo jeito havia cedido a eles.

O padre voltou à porta e outro grito, ainda mais forte, arranhou a casa toda. Não parecia grito de gente, era pior.

— Ela faz isso sem parar. Grita como se estivesse sendo rasgada no meio. É de noite, de dia, enquanto ela tá acordada ela grita.

— Faz quanto tempo que você não a vê?

— Umas duas semanas. No começo ela ainda abria a porta pra eu colocar comida, depois nem isso.

— E ela vive do quê? De vento? — questionou Claudemir.

O rosto de Odete ganhou uma expressão muito sombria ao ouvir a frase. Não conseguiu sequer responder. O que fez foi pegar uma chave extra de dentro de um vaso no aparador e entregar ao padre.

— É melhor o senhor mesmo ver. — Demorou o olhar em Claudemir antes de continuar falando. — Esse mocinho aí que veio ajudar? Ele não vai dar conta dela.

— O Claudemir é mais forte do que parece.

Lisonjeado, Claudemir bateu com a mão esquerda no bíceps direito e sorriu. A dona da casa não sorriu de volta. Detestava idiotas.

— Hoje nós só vamos conversar um pouco, Odete — explicou Lisérgio. — Tentar entender o que está acontecendo.

O padre espetou a chave na fechadura e rodou, sem, contudo, abrir a porta.

— Você vem?

Odete recuou um passo, como quem recebe um convite para uma fogueira.

— Eu não consigo — acenou com a cabeça. — Ela... ela não é mais ela. Não conheço mais a menina que eu coloquei no mundo. Quando eu olho pra Terê, eu só enxergo dor e raiva ... eu nem sei mais se ela me reconhece.

Pareceu exagero ao padre, como sempre lhe parecia exagerada a inaptidão dos pais em lidar com algumas fases dos filhos. Tereza tinha pouco mais de dezesseis anos, não é uma idade fácil de se entender ou se fazer entender. Se o pai de fato abusava dela, a situação tinha razão em beirar o incontornável.

— Eu só quero que o senhor devolva a paz dessa casa — Odete disse antes de começar a correr o terço que sempre carregava no bolso.

O odor dentro do quarto era um pouco pior, uma fedentina que tornava até mesmo o ato de respirar um esforço enorme. Inalar o ar daquele cômodo era como morder um pedaço de carne podre.

— Santo Deus — disse o padre ao avistá-la.

Era possível ver quase todo o antebraço e uma das mãos, o resto estava atrás da cama. A garota tombou o móvel, de modo a formar uma barricada — ou uma cabana, já que o lençol estava amarrado ao estrado e à janela. Pelo que o padre via com a pouca luminosidade do cômodo, Tereza podia estar desmaiada e muito doente. A mão visível estava com uma cor bege e desagradável. As veias pareciam escuras demais, no antebraço havia um edema enorme, tomando quase toda a pele visível.

— Tereza?

— Cuidado, padre. — Claudemir também estava dentro, bem perto da porta. Ele deu um passo para o lado para enxergar melhor os movimentos do padre e pisou em alguma coisa mole.

— Que coisa é essa, padre? — choramingou. Ao retirar o pé do que achava que era um tapete, o nojo se fez completo. Era um gato, e pelo estado do bicho já estava morto há semanas. Não tinha mais os olhos, a barriga estava inchada (e agora partida), havia uma comunidade extensa de larvas na parte que repousava sobre o chão e foi deslocada pelo pé de Claudemir.

— Se controla, rapaz — disse o padre com autoridade. Lidando com assuntos relacionados à possessão, não esperava nada melhor que aquilo. Depois de tudo que já foi dito sobre exorcismo, quando uma família solicita um, é porque chegou ao seu último recurso.

Lisérgio avançou com mais segurança até onde a moça estava. Antes de tocá-la, retirou o lençol, para alcançar alguma luz. Percebendo a intenção do padre, Claudemir venceu sua paralisia e foi até a janela. Abriu a folha de metal, praticamente em sincronia com a retirada do lençol que formava uma cobertura ao corpo da jovem.

O padre trancou a respiração com surpresa.

Ao seu lado, o rapaz arregalou os olhos como quem vê o próprio diabo.

No chão, ainda ligados pelos cordões umbilicais ao quase cadáver da mãe, havia quatro pequenos seres — criaturas. Não poderiam ser ditas humanas. Elas tinham um conjunto de véus orgânicos cobrindo todo o corpo, eram finos tecidos que lembravam a pele de alguns animais aquáticos ou mesmo uma placenta, não fazia muito sentido no ambiente seco daquele quarto. Não tinham pernas, e os braços eram bastante errantes, apesar da intenção humana. O rosto era o de uma criança comum, de cerca de dois ou três anos. No topo da cabeça, em vez de cabelos, havia o que pareciam guelras, de um vermelho ferruginoso, contaminado por deformações cutâneas e verrucosas. Os olhos eram estreitos e pequenos e não tinham cor. Eram de um branco totalmente opaco, talvez fossem cegos. Os cordões umbilicais se ligavam à boca daqueles seres, e eles chupavam o sangue do ventre apodrecido da mãe sem parar.

Tereza ainda vivia, mas seu rosto pálido expressava uma ausência comatosa. Somente uma das criaturas havia se libertado do cordão e mastigava um passarinho, já mutilado. Outra carcaça jazia no chão, pedaços de carne ensanguentada e penas coloridas em uma fusão repulsiva. Também havia a perna de um homem adulto, escapando por um amontoado de cobertores.

A criaturinha encarou o padre e gritou novamente. O mesmo grito que eles ouviram antes.

Quando o padre entendeu, era tarde demais. Odete apontava uma espingarda para ele.

— Que Deus me perdoe, padre, mas as crianças precisam comer.

FASE.S

●●● INDICATE MASTER-TONES
STARS INDICATE UNDISCOVERED ELEMENTS

DIAGRAM SHOWING THE TEN OCTAVES OF INTEGRATING LIGHT, ONE OCTAVE WITHIN THE OTHER. THESE TEN OCTAVES CONSTITUTE ONE COMPLETE CYCLE OF THE TRANSFER OF THE UNIVERSAL CONSTANT OF ENERGY INTO, AND THROUGH, ALL OF ITS DIMENSIONS IN SEQUENCE

DARKSIDE® ELETROELETRÔNICOS

Drogarias Piedade, unidade 189.
Terra Cota.
Quarta-Feira. 21:59h

Quem já trabalhou em comércio sabe que os minutos antes do fechamento sempre atraem as piores situações possíveis. No caso dos estabelecimentos de saúde são os bêbados, os assaltantes, pacientes psiquiátricos sem medicação e outros clientes potencialmente confusos ou desesperados. Naquela quarta-feira, no entanto, os clientes minguaram pouco depois das nove, e os funcionários já desligavam os últimos computadores um pouco antes das dez.

— Desce a porta, Julião, já deu por hoje — autorizou o gerente enquanto tirava o crachá.

Douglas foi ajudar com a porta de metal e viu um homem atravessando a rua.

— Ninguém merece... — resmungou o farmacêutico.

O homem parecia meio desorientado, caminhava na direção da loja.

— Posso ajudar, senhor? — perguntou Douglas.

— Não sei. Acho que não — o homem ofegou. — Acho que ninguém pode.

Depois de respirar fundo, fundo mesmo, a ponto de fazer barulho, o homem continuou:

— Eles não são mais como a gente. São diferentes.

— Eles? — indagou Julião. — Que eles?

— Quando você faz oração de noite, tá rezando pra eles. Se você agradece um milagre, também é deles. E quando você se ferra, se ferra tanto que até chora, aí eles ficam felizes.

— Moço, a gente precisa fechar — Júlio disse.

— Sim, sim. E eles nunca fecham! Se você estiver quebrado, fodido, sem um puto, passando fome, eles sempre têm uma vaguinha. — Cuspiu de lado. — Essa gente come do sofrimento dos outros. Eles ganham dinheiro em cima da tragédia e da desgraça. Sabe por que tem tanta farmácia? Porque eles nunca param de inventar doença! Essa merda de câncer, de aids e de gripe, tudo isso aí é coisa deles. Quanto mais gente doente, mais ricos eles ficam. E a gente vai gastando tudo em remédio, até não ter mais nada! — O sujeito começou a rir como um desgraçado, se perdendo em tosses e catarros.

— É melhor o senhor ir embora — pediu Douglas.

— É melhor mesmo — concordou o homem satisfeito e fedido, se afastando para a rua. — Em uma noite como essa, eles ficam por aí, oferecendo dinheiro pra gente besta que nem vocês dois.

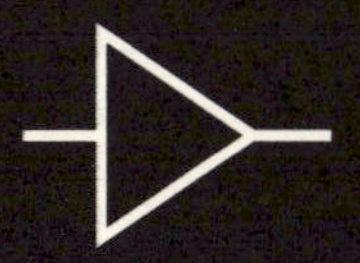

FASE5.RUÍDO1

PEDAÇOS

A BOCA SECA SENTE A MORTE CHEGANDO DEVAGAR / OS OLHOS VERMELHOS ENGOLEM A SECO QUANDO VEEM SEU CARRASCO CHEGAR **FORKA**

Quando a necessidade surgiu, a solução pareceu um milagre.

Semanas antes daquela bênção às avessas se revelar ao seu depositário, Emídio Gomes estava no pátio principal da Aço & Forja, uma das maiores fábricas empregadoras de Terra Cota, mastigando a pele morta do indicador direito e pensando que nada poderia ficar pior até o final do ano. Era começo de dezembro e, enquanto muita gente se preocupava com os presentes do Natal, Emídio só queria uma chance digna de ganhar a vida. Quando a nova-velha-crise começou a se instalar, em 2017, ninguém imaginou que pudesse ficar tão ruim. No mesmo ano, Emídio perdeu seu emprego, vendeu seu carro, sacrificou a poupança e entrou no vermelho em dois bancos da cidade. O pouco que ainda estava nos armários veio da doação dos pais de Luíza, esposa, que já tinham avisado que a torneira pararia de pingar. A filha de Emídio e Luíza, a pequena Diana Leila Gomes, agora era testemunha ocular da transformação de seus pais amorosos em dois galos de rinha.

Emídio tentou de tudo até sentir o gosto da lama. Construção civil, bicos como marido de aluguel, chegou a se inscrever em uma empresa de doação de sangue (que pagava bem pouco e, além de ter fila de espera, exigia três meses de intervalo entre as doações). Pelo Deus dos desgraçados, se existisse uma fada da miséria, Emídio Gomes estava bem debaixo de sua varinha de condão.

A garota do RH reapareceu no pátio da fábrica precisamente meio-dia e meia de uma quinta-feira de 2017, segurando um papel sulfite sobre uma pasta de plástico verde e sustentando os óculos finos em seu nariz perfeito. Depois de citar doze dos vinte oito nomes inscritos na folha, a moça dispensou o restante, com um sorriso amável e complacente pendendo em seu rosto levemente maquiado.

— Dona Dayse? Aqui — ergueu a mão enquanto se aproximava. — Desculpe encher a paciência da senhora, mas tem certeza que não pulou nenhum nome?

— Acho que não — disse ela com suavidade. Aquelas situações eram sempre difíceis. — Mas podemos conferir pra ter certeza. — Ela manteve o acolhimento. — Qual é o seu nome?

— É Emídio, Emídio Gomes.

Dayse correu os olhos pela lista, prestando um último favor àquele condenado.

— Desculpe, seu Emídio, seu nome não está nessa relação. O senhor pode tentar de novo quando oferecermos novas vagas, eu mesma participei de três processos de seleção até conseguir esse emprego.

Emídio ergueu os olhos avermelhados e apertou os punhos ao longo do corpo.

— Esse emprego é minha última chance, dona Dayse. Não quero fazer drama, mas os armários estão vazios. Eu tenho uma filhinha de sete anos...

— O senhor é casado? Tem alguém pra dividir as contas?

— Sou sim, mas parece que meu azar passou pra ela. Minha esposa também não consegue emprego, está muito difícil pra gente.

Alguém com um bigode espaventado, usando uma camisa azul clarinha, apareceu às portas blindadas da fábrica:

— Já terminou aí, Dayse?

— Me desculpe não poder ajudar mais, seu Emídio, eu preciso ir. Quem sabe na próxima?

Emídio aquiesceu e se despediu com um aperto de mãos. Sua vontade era socar o chão com a testa até que a moça da fábrica se convencesse de seu desespero. Bem... pelo menos ela o ouviu — e ainda perdeu algum tempo relendo aquela porcaria de lista.

Junto a Emídio, outro punhado de homens cabisbaixos seguia lado a lado, sem trocar palavra alguma, até chegar aos portões externos. Os carros estacionados passavam longe de serem lançamentos do ano, mas entre todos os candidatos, Emídio foi o único que precisou esperar um ônibus. Talvez ele fosse o mais ferrado entre os ferrados, o mais fodido entre os fodidos, um legítimo habitante da cada vez mais larga linha da miséria.

Sob um sol de quarenta graus, Emídio cruzou lentamente o meio quilômetro de pavimento escaldante que o separava do ponto de ônibus. Não havia mais ninguém sob a marquise, nenhuma boa alma com quem pudesse conversar e minimizar as más notícias de sua mente.

À frente do ponto, muitos carros continuavam atravessando. Nacionais, franceses, americanos, alguns carros japoneses que pertenciam aos altos executivos da Aço & Forja. Para esses homens, Emídio talvez se assemelhasse a um dos muitos carrapichos à beira do acostamento, uma semente azeda sem razões para ter germinado.

Emídio soltou o ar dos pulmões e se sentou. Tentou sentir-se ligeiramente menos carrasco de si mesmo. Inclusive sacou do bolso um livreto de bons pensamentos que ganhou da esposa no aniversário — "Minutos de Sabedoria". Sentiu-se ainda menos sábio ao fazer isso.

Que grande merda... Ele não precisava de sabedoria, precisava da porcaria de um emprego. Coletor de lixo, aparador de grama, eletricista, servente de pedreiro, descascador de alho. Emídio juntaria esterco de macaco se dessem a ele algum dinheiro. É... e os animais estavam proibidos nos circos, pelo menos nos circos que a pasmaceira de Terra Cota visitava, cada vez mais raramente. A cidade estava encolhendo, essa era a mais pura verdade. Como se estivesse sendo sugada de dentro pra fora.

— Boa tarde. O senhor sabe o horário do próximo ônibus? — alguém retirou Emídio de seus minutos de insabedoria.

Ele ergueu os olhos, em seguida fechou-os pela metade, para escapar da luz forte do início da tarde. O homem à frente estava contornado pelo clarão do sol, como se fosse um anjo. Ou um ser radioativo.

— Queria saber também.

— Posso me sentar? — perguntou o sujeito. Ele trazia no rosto aquele mesmo sorriso complacente da mocinha do RH. As roupas também eram boas, camisa limpa, sapatos brilhantes e calça social com vinco. Emídio decidiu tratá-lo bem melhor do que se sentia. Talvez o homem fosse funcionário da fábrica, alguém influente que pudesse ajudá-lo no caso de se impressionar positivamente com ele.

— É bom ter companhia.

Outros dois minutos de sabedoria se passaram até o homem decidir falar novamente.

— Dia difícil?

— Meses difíceis — respondeu Emídio olhando para a frente, meio pesaroso. — Na verdade, anos difíceis.

Apesar do calor da tarde, o homem de social não parecia incomodado. Para começar, sua camisa estava abotoada até o topo do pescoço, as mangas desenroladas até os punhos. Talvez não fosse um empresário, mas um evangélico a caminho de sua congregação. Igrejas surgiam tanto quanto bares em Terra Cota.

— É essa crise política... PIB despencando. A estimativa pra coisa voltar a andar é de quatro anos. No mínimo — disse o homem. Ele estabilizou o olhar em Emídio. — Eu vi o senhor dentro da fábrica.

— Você também ficou fora da lista?

— Eu vim resolver outro assunto. Tinha acabado de sair. Nós nos cruzamos quando o senhor entrou.

— E está cozinhando aqui fora desde aquela hora?

O homem pensou um pouco, parecendo escolher as palavras certas.

— O senhor é um homem esperto, observador. Como se chama?

— Emídio.

— Eu sou Guizard, Paulo Guizard. — Estendeu a mão esquerda. Emídio estranhou, mas retribuiu o cumprimento. Sem querer, acabou procurando algo errado na mão direita do homem.

— É uma prótese — explicou Guizard ao perceber o olhar e subiu a mão. — Quebra o galho, mas não é boa em apresentações.

— Oh, eu sinto muito.

— Eu não, de modo algum. Foi graças a essa mão que eu consegui mudar de vida.

Emídio podia se considerar esperto, mas não arriscou um palpite. Além disso, o homem ao seu lado logo falaria sobre seu membro amputado, quer alguém lhe perguntasse ou não. Se não tivesse essa intenção, ou se sentisse ofendido pelo olhar incisivo de Emídio, ele simplesmente não teria continuado o assunto.

Um ônibus passou, desacelerou e seguiu em frente. O 212 ia para o Bairro dos Colibris, Emídio precisaria esperar mais um pouco pelo que o levaria ao centro.

Foi um silêncio estranho e indigesto de quase cinco minutos. Talvez estivesse errado sobre o homem chamado Guizard. Em vez de falante, o dono da mão protética estava silencioso e tranquilo, observando o asfalto. Parecia em paz consigo mesmo — de uma maneira que Emídio sequer conseguia imaginar. Assoviava uma música sertaneja, "Não aprendi dizer adeus", de Leandro e Leonardo, bem baixinho.

— O que aconteceu com a sua mão? — a curiosidade venceu Emídio.

Guizard abriu um sorriso luminoso e sepultou o assovio.

— Achei que o senhor nunca fosse perguntar — disse ele se ajeitando ao seu lado. — E sabe o que é mais estranho? As pessoas pensam que vão me ofender por se interessarem por um detalhe tão aparente. Eu vou dizer o que é ofensa, senhor Emídio. Ofensa é passar necessidade, é ter uma mulher decepcionada dentro de casa. Existe maior ofensa que não conseguir um trabalho decente? Que não alimentar os filhos?

Emídio riu discretamente.

— Não tive a intenção de fazer piada — esclareceu Guizard. — É uma realidade trágica.

— O senhor acabou de descrever a minha vida. — Emídio decidiu também tratá-lo por senhor, que era como vinha sendo tratado. Possivelmente o homem preferia dessa forma.

— Foi mesmo? — Guizard riu mais um pouco. — Eu também já estive em uma situação ruim, muito ruim mesmo, então descobri uma maneira digna de ganhar a vida. O senhor conhece a história. Perdemos o emprego, a fome começa a bater à porta, não demora muito até aparecer um oportunista empurrando uma ideia criminosa em cima da gente. Homens abomináveis...

— Perdeu sua mão em um assalto?

Guisard riu.

— Sabe, senhor Emídio, tudo o que um homem precisa para mudar de vida é de um pouco de sorte — dissimulou. — Estar no lugar certo e na hora certa, pronto para selar e cavalgar um cavalo selvagem quando ele passar correndo. Já andou a cavalo, senhor Emídio?

— Quando eu era criança. Eu caí feio, peguei pavor desses bichos.

— Cavalos são espertos, bem mais que alguns homens que eu conheço. Devia dar outra chance a eles. Mas falávamos sobre a minha mão direita — ele voltou ao assunto. — O caso, senhor Emídio, é que o senhor é um homem de sorte, assim como eu o fui, anos antes. Foi quando eu recebi a mesma proposta que farei ao senhor.

A expressão de Emídio se desidratou imediatamente.

— Pelo amor de Deus... toda essa conversa fiada é para me vender alguma coisa? Eu estou desempregado, duro, e falta muito pouco pra minha mulher desistir e me dar os papéis do divórcio. Por que você não dá meia-volta e evita um estrago maior, moço?

— Entendo seu estado de humor, mas podemos mudar isso em dois tempos. Eu não quero vender nada ao senhor. Na verdade, quero comprar.

Emídio inclinou o pescoço para ele.

— Minhas roupas não valem nada, e se o senhor for algum tipo de tarado, eu juro por Deus que esqueço a sua deficiência e enfio a mão na sua cara. E eu não me refiro só à deficiência da sua mão — Emídio tateou a têmpora direita.

— Não sou tarado e não sofro do juízo, posso garantir — o sorriso de Guizard ficou ainda maior. — Sou um negociante, só isso.

O ônibus do centro estava se aproximando, Emídio se levantou e acenou. Guizard o tocou no braço esquerdo com a mão protética.

— Pelo menos ouça a proposta, eu chamo um táxi para levar o senhor pra casa.

Emídio olhou para baixo, o homem continuava sentado.

— Eu pago o táxi mesmo que não façamos negócio algum — insistiu.

O ônibus diminuiu a marcha, a porta se abriu, o motorista ergueu os óculos escuros e mascou o palito de dentes que começava a se dissolver na boca.

— Errei o ônibus, patrão — Emídio se justificou ao motorista. A porta voltou a se fechar e o homem sacudiu a cabeça atolada de gel de um lado para o outro.

— Se não for nada que envolva essas sujeiras de sexo, o senhor pode fazer sua proposta — disse Emídio cruzando os braços enquanto o ônibus acelerava.

Uma maritaca pousou exatamente onde o ônibus havia saído. Aparentemente surpreendida com o calor do asfalto, deu dois ou três saltos curtos. A ave abriu o bico, soltou um grito desagastado e encarou Emídio. Em seguida, reorganizou suas penas e alçou voo. Emídio sentiu algo estranho ao vê-la. Um déjà vu.

Guizard pigarreou.

— Represento uma empresa bastante sólida, muito bem-conceituada desde a sua fundação.

— Aço ou quartzo?

— Carne.

A voz dele ficou mais grave na resposta rápida.

— Espero que não tenha envolvimento com esses escândalos do Matadouro de Hermes Piedade. Se for esse o caso, é melhor nem perder o seu tempo.

— Hermes? De modo algum, senhor Emídio. O grupo Piedade mantém algumas relações conosco, mas somos uma empresa multinacional. Nossos grandes acionistas estão na Europa, alguns na China; os principais pertencem ao Oriente Médio.

— Vocês devem ser os maiores fornecedores de carne do mundo nesse caso.

— Sim e não. De fato, somos grandes, mas operamos em um ramo praticamente livre de concorrência.

— Eu não entendo muito de carne. O que o senhor tem para mim? Abate? Açougue? Beneficiamento?

Guizard deixou o olhar se perder no outro lado da avenida, em um grande terreno abandonado. O mato ainda era viçoso apesar do calor, tão resistente quanto alguns homens que encontrara na vida.

— Nós compramos algumas peças de carne que não pertencem a animais.

Emídio podia ser menos inteligente que muita gente, mas não era burro.

— Está querendo comprar meus órgãos? É isso? — Bufou. — Eu já ouvi falar de tráfico de rins e esqueletos na Índia e na porra da China, mas nunca achei que essa indecência chegaria no nosso país.

— Órgãos internos causam inconvenientes. Buscamos algo mais prático, que seja proveitoso para as duas partes. Um dedo, por exemplo.

Emídio se levantou e colocou as mãos atrás das costas.

— Que espécie de maluco é você?

— Tenha calma, senhor Emídio. Nós não obrigamos ninguém a fazer coisa alguma — a fala tão controlada que mais parecia uma aula. — É só um negócio. Muito lucrativo, de fato, se o senhor me deixar explicar.

— Não tem que explicar porra nenhuma! Foi isso o que aconteceu com a sua mão? Você vendeu? Jesus Cristo, homem! E eu cheguei a ter pena de você.

— Seu Emídio...

— Olha só, você tem cinco segundos para sair da minha frente antes que eu chame a polícia. — Emídio tateou o bolso fingindo existir um celular ali.

— Tenha calma, o que estou propondo é...

— Dois segundos! — cortou ele.

Guizard se levantou em seguida. Colocou sua mão esquerda no bolso da calça e sacou um cartão de visitas. Estendeu o papel retangular a Emídio.

— Ainda vai aceitar o táxi? Faço questão de honrar o que combinamos.

— Acabou o tempo, patrão. E eu ainda posso enfiar a mão na sua cara.

— Tudo bem — Guizard espalmou as mãos. A protética ficou um pouco presa, mas executou o serviço. — Vou deixar meu cartão aqui no assento. O senhor pode ir embora e esquecê-lo bem aí. — Olhou nos olhos de Emídio. — Mas isso seria um erro enorme da sua parte.

O cartão foi para o banco de alvenaria, da alvearia para o chão com o auxílio do vento.

Guizard continuou seu caminho. Emídio ficou no ponto, um pouco mais irritado do que estava antes. Guizard ganhava distância, tomando todo aquele sol no coco e assoviando outra melodia de merda. Um novo ônibus da frota municipal se aproximou do ponto e Emídio não se importou em ler o destino.

Emídio Gomes precisou tomar três ônibus para voltar para casa. Aquele primeiro tinha o destino do bairro Água Dura, segundo pior bairro da cidade. Emídio desceu no Água, passou vinte minutos de tensão esperando o próximo veículo, e embarcou. Desceu na rodoviária e tomou o próximo pra casa.

Ainda pensava no homem chamado Guizard quando cruzou o portão. Só podia ser doido. Comprar pedaços de gente? Dedos e braços? Mãos e pernas? E qual seria o destino daqueles pedaços? Canibais?

Emídio engulhou e precisou de outro minuto inteiro para se controlar e cruzar a porta. Luíza estava assando alguma coisa nas panelas, o cheiro era bom, mas ele não arriscaria enfiar um pedaço de carne na boca, não naquela noite.

— Aconteceu alguma coisa? Tá com uma cara... — disse Luíza assim que ele entrou na cozinha.

— Eu só tenho essa. Imagino que não tá grande coisa.

— Nada na fábrica? — ela baixou os olhos para o refogado.

— O de sempre. Primeiro as moças bonitas, depois os rapazes jovens; em seguida os mais velhos do que eu. Nada pro seu homem aqui. Eles não me quiseram nem para limpar banheiro. — Emídio puxou uma cadeira da mesa da cozinha. — E a Diana?

— Tá na casa da Claudinha. A mãe dela combinou de levar as duas no shopping em Três Rios. Comentei com você na terça.

— Deu algum dinheiro pra ela? Não quero que a nossa filha passe vergonha com gente rica.

Luíza diminuiu o fogo e sentou-se ao lado do marido. Forçou uma das mãos de Emídio para que ficasse entre as suas.

— As coisas vão melhorar, querido. Não somos os únicos, essa crise está pegando todo mundo.

— Seria melhor se fossemos os únicos, pelo menos teríamos pra quem pedir ajuda — falou ele com a voz vazia. — Eu não sei mais o que fazer. Não consigo um emprego, não consigo empréstimo, eu não me sinto mais homem que o tapete da porta.

— Mas você é. E eu não gosto de ver o meu homem abatido desse jeito. Por que não tira essa roupa e toma um banho? O jantar não vai demorar, eu fiz carne de panela que você adora. Tem mais batata que carne, mas eu caprichei no tempero, o gosto está bom.

— Tô sem fome, amor. — Emídio sentiu a saliva engrossar na boca.

— É só a entrevista mesmo? — Luíza recolheu as mãos. — Ou aconteceu alguma outra coisa?

— Não tem nada pior para acontecer, pode acreditar em mim — Emídio se levantou e recostou a cadeira à mesa. — A gente ainda tem o que comer nos próximos vinte dias, mas depois disso...

— Tá com medo de morrer de fome? — Ela riu. — Emídio, nós temos nossa família, eles vão ajudar, eles sempre ajudam.

— Não foi o que o seu pai disse.

— Seu Arlindo Dodge é durão, mas sempre foi um bom pai.

Emídio respirou fundo.

— Aposto que sim. Um pai bem melhor que eu.

• • •

O banho foi bem curto — para economizar na conta de energia elétrica. Livre do suor do corpo, Emídio foi até a TV e esticou o jornal em seu colo. Com uma caneta esferográfica, foi circulando todas as vagas dos classificados que não exigiam experiência. Lavador de carros, coletor de recicláveis, faxineiro, faz-tudo, servente de pedreiro na prefeitura, duas vagas de repositor em um supermercado piolhento da cidade. Ele riscou as vagas compatíveis com seu conhecimento com tanta pressão que chegou a enrugar as folhas.

Deus do céu, ele queria trabalhar.

Ainda era forte, bem-disposto, e ele não trataria o emprego como uma maldição depois de três meses. Muita gente fazia isso: esperava o contrato de experiência terminar, assinava a carteira e arranjava um meio de ser demitido; então mordia a fatia molambenta do seguro-desemprego e recomeçava o processo em um ciclo que só terminava na aposentadoria.

— Tinha um cartão no chão do banheiro. — Luíza cruzou a sala e foi até ele com o cartão na mão. — É seu? É pra jogar fora?

Apesar de parecer improvável, o mais certo é que tivesse grudado na sola do seu sapato.

— Pode deixar comigo — ele apanhou o cartão.

Enquanto Luíza se afastava com a trouxa de roupas, Emídio girava o papel entre os dedos. Pelo menos não era um cartão vagabundo. Era plastificado, tinha marcas d'água dos dois lados, um belo logotipo da empresa — um cifrão monetário. Estava meio grudento e isso poderia explicar como ficou preso no sapato.

— SENOY: Inovações & Energia — ele leu o nome acima do logotipo em voz alta e o enfiou no bolso da frente da calça. Ainda queria dar uma olhada nos empregos da internet antes do jantar.

Nas semanas seguintes, Emídio participou de outros três processos de seleção. Dois em supermercados, e o terceiro, o que ele realmente queria ocupar, em uma revenda de maquinários agrícolas de Três Rios, a Ariano Máquinas. Como as duas primeiras, essa terceira vaga não exigia experiência, a única exigência da revenda era carteira de habilitação profissional (algo que Emídio só descobriu no ato da entrevista). Aquilo realmente o irritou — eles podiam, eles *deveriam*, ter colocado essa precondição no jornal. Emídio ficou tão desapontado que requisitou a última garrafa de bebida da casa assim que cruzou a porta. Não era grande coisa, um uísque de terceira linha. Servia pra ficar bêbado.

Como esperado, a garrafa proveu a tontura que ele queria — além de um sono tumultuado e uma ressaca nojenta. Por volta das dez da manhã seguinte, Emídio estava na garagem enfiando uma dipirona de 1 grama na goela e tentando soldar o cabo de energia do aparelho de som pela terceira vez. Foi quando a campainha tocou. Com a distração, o ferro de solda escapou das mãos, Emídio tentou segurá-lo (puro reflexo) com o mindinho esquerdo. A pele frigiu bonito e, para completar o serviço, Emídio tropeçou nos fios, derrubando uma das caixas de som do aparelho. Ainda massageava o dedo queimado e praguejava quando chegou à porta da frente.

Emídio Gomes não tinha muita experiência em receber boas notícias, mas nunca tinha ouvido falar que a polícia trouxesse algumas delas.

— Tentamos ligar pro senhor — disse um dos homens fardados. Era bem mais jovem que o segundo homem, e devia ter a metade dos quarenta anos de Emídio.

— Estamos sem telefone fixo. Aconteceu alguma coisa, policial?

— Sua esposa se encontra?

— A Luíza tá trabalhando, ela faz unha pra fora. O que aconteceu? Minha filha está bem?

Os homens se entreolharam, o mais velho, que pouco falava, olhou para a ponta do coturno.

— É melhor o senhor vir com a gente — disse o outro.

— Pelo amor de Deus, o que está acontecendo?

— Sua menina está internada.

Emídio engoliu em seco.

— Estávamos no hospital visitando um colega. Uma das moças da recepção não conseguia localizar o senhor e a gente decidiu ajudar, eu também tenho uma menininha.

— O que aconteceu com a Diana?

— Alguma coisa com uma bactéria. Foi o pessoal da escola quem levou ela até o pronto-socorro. É melhor o senhor vir com a gente e falar com os médicos, eles vão explicar melhor.

Emídio deixou a porta aberta às suas costas.

— Eu já volto.

Reapareceu em menos de um minuto, enfiando a carteira no bolso e vestindo outra camisa. E a celeridade acabou por aí.

Emídio não sabia que uma viatura de polícia conseguia ser tão lenta. Para piorar, os homens tomaram o caminho mais longo, a via principal estava passando por outra obra da prefeitura. Quando finalmente chegaram ao Hospital Municipal, Emídio estava calado e pegajoso de suor, com um pressentimento muito mais sério do que uma virose de verão tomando sua mente.

— Eu preciso avisar a minha esposa. Será que vocês podem ligar pra ela?

— Nós tentamos, mas todas as nossas chamadas caíram na caixa postal. Foi a sua filha quem deu o seu endereço e os telefones, um pouco antes de receber atendimento.

Emídio tornou a agradecer e subiu as escadas, forçando cada passo para que reduzisse o percurso em alguns segundos. Encontrou Luíza na recepção. Ela correu até ele e o abraçou, o deixando ainda mais preocupado. Estava com os olhos vermelhos.

— O que aconteceu com a nossa filha? — perguntou ele.

Antes da resposta, um pouco de choro.

— Eles disseram que é uma bactéria, uma superbactéria.

— E o que essa merda faz, Luíza? Usa uma capa?

— Eu não sei, eu estou em pânico! — a voz saía entrecortada.

— E ela? Como ela está?

— A Diana chegou a desmaiar, mas conseguiram controlar a infecção do sangue, pelo menos por enquanto. O problema é a pele, Emídio. A Diana se enroscou em um arame enferrujado no parquinho da escola, foi onde começou. Emídio — mais um pouco de choro —, essa coisa come a pele, deixa tudo em carne viva.

— Assim? De uma hora pra outra?

— É muito rápido. Nossa menina tem uma ferida enorme na perna direita. Os médicos disseram... eles... — soluçava a cada palavra.

— Ei, tente se acalmar um pouco. Estão cuidando dela, não estão? — ele tentava manter a calma pela esposa. — Quando nossa Diana volta para casa?

— Não é assim.

— Senhora Luíza ou Senhor Emídio Gomes? — um rapaz da enfermagem chamou.

— Vamos — Emídio disse. Deu um passo, mas a mão ficou com Luíza.

— Você não vem?

— Eu já ouvi o que ele quer conversar com você. Pelo amor de Deus, Emídio, por tudo quanto é mais sagrado, dá um jeito de levar nossa filha para casa.

Corredores de hospitais costumam ser frios, mas naquela noite estavam congelantes. Emídio precisou cruzar dois deles, sentindo os braços afinarem de arrepios e o estômago se aprofundar de medo, até chegar à porta com a identificação: Pediatria.

— Pode entrar, o doutor Clayton está esperando o senhor — o enfermeiro abriu a porta.

— Eu sou pai da Diana — Emídio se identificou assim que entrou.

— Sente-se, por favor — o médico estendeu a mão.

Emídio se irritou um pouco com a tranquilidade do homem, mas não deixou transparecer. No fundo ele conseguia entender. Depois de tantos anos fazendo a mesma coisa, o ser humano se acostuma com quase tudo.

— É muito grave? — Emídio tomou a coragem de perguntar.

— Bastante. Felizmente, nada que não consigamos reverter com os medicamentos certos.

— E o senhor ainda não fez isso?

— Eu gostaria de ter feito. Os medicamentos disponibilizados pelo hospital são para as doenças mais comuns, senhor Emídio, eles não conseguem combater uma dermatite severa como a da sua filha.

— Minha esposa falou em uma bactéria, mas eu saí da escola bem antes da faculdade. Pode explicar algo que eu entenda?

— O nome é Estafilococos, o sobrenome não é mais importante do que o mal que ela causa. Infecções na pele são comuns em crianças, mas a bactéria que acometeu sua filha é bastante rara.

— Uma superbactéria.

— É o nome que usamos para explicar que essas bactérias resistem a quase todos os antibióticos disponíveis. Tivemos um surto sanitário aqui na região, o senhor deve se lembrar.

— A coisa das carnes de Três Rios?

— Exatamente. Imagina-se que as bactérias tenham se adaptado, se tornado mais resistentes graças ao exagero dos produtos químicos descartados pelo grupo Piedade. Existem alguns estudos que prometem ser conclusivos, mas ainda estão em andamento. O que sabemos é que essas coisinhas são quase indestrutíveis.

— Não é possível que não exista uma porcaria de remédio nesse hospital capaz de matar essa coisa.

— Infelizmente é isso mesmo. Bactérias são privilegiadas pela natureza, elas se reproduzem rápido e algumas nascem diferentes das outras, mais resistentes. Os antibióticos convencionais são como açúcar pra elas.

— Minha filha já tomou algum remédio?

— Todos os que poderiam resolver. A única resposta positiva foi com derivados de penicilina, mas infelizmente não deteve o processo.

— Estou ouvindo, doutor. Onde essa conversa precisa chegar?

— Existe uma importadora na cidade que tem o medicamento certo para esses casos, pelo menos é o que costuma resolver quando todos os outros falham. O único problema, seu Emídio, é que o município e o estado demoram muito para aprovar o uso de um antibiótico caro como esse, e é um tempo que nós não temos.

— E no caso de eu não conseguir comprar?

Dr. Clayton suspirou.

— É um risco e tanto, senhor Emídio. Sua filha pode perder a perna. E no caso da infecção retornar ao sangue, ela pode... Não se recuperar.

— Jesus Cristo. Quanto custa essa porcaria?

Luíza deixou as cadeiras da recepção assim que avistou o marido. O corpo rijo, os olhos arregalados, tinha a postura de quem precisava de uma boa notícia. Mais do que isso, Luíza parecia ter certeza de que existia uma. Aquilo machucou Emídio como uma faca.

— O que nós vamos fazer? — perguntou ela quando ouviu o oposto.

— Eu dou um jeito. Acho que conheço alguém que tem dinheiro.

— Quem vai emprestar setenta mil para nós? *Quem*, Emídio? — Luíza caiu no choro.

E de repente tudo ficou mais escuro. As luzes da recepção, o rosto das recepcionistas, a imagem da televisão. A alma.

— Me dá o seu telefone. Se a Diana piorar, você me liga.

— Aonde você vai?

— Arranjar um jeito de levar nossa menina para casa.

• • •

As nuvens do lado de fora também refletiam a angústia de Emídio Gomes. Um firmamento pesado, irritado, um céu incapaz de verter algo sobre a terra que não fosse sua amargura contida.

Emídio respirou fundo e encarou o teclado opaco e já marcado pelos dedos de Luíza. Antes de teclar qualquer novo número, fez uma oração silenciosa para algum habitante daquele céu cinzento. A resposta das nuvens foi um novo ronronar, que Emídio interpretou como "estou ocupado".

Do solo, ele recebia todos os nãos do catálogo. Dos bancos, dos familiares, até mesmo dos agiotas que não emprestavam mais de dez mil a alguém como ele. O que Emídio tinha para vender não levantaria metade do dinheiro. O sogro também não tinha aquela quantia. Dodge disse que poderia conseguir, mas precisaria de pelo menos dois dias.

— Acho que chegou a hora de me desesperar — Emídio lamentou com o céu e retirou o cartão prateado do bolso da frente da calça.

Aquela coisa pareceu feita de chumbo, e o brilho do papel fez Emídio pensar em uma lâmina. O perfume irritante e doce daquele sujeito emanava do cartão e o deixou enjoado. Mas no pior momento de sua filha, aquele retângulo maldito estava no bolso da frente da calça. Como um carma, uma praga, como se já estivesse escrito.

Firmando os dedos úmidos, Emídio teclou oito dos nove números estampados no cartão. Então parou e voltou a encarar o céu entupido de nuvens. Silenciosamente, pediu que fosse impedido antes de efetuar a ligação. Enfim desceu os olhos e apertou a última tecla, o número oito. O aparelho foi para o ouvido direito, Emídio ainda implorando para que Luíza enviasse uma mensagem, dizendo que tudo estava bem, que o milagre chegou um segundo depois da pior provação.

Não foi assim.

O homem chegou em um Mercedes-Benz preto, reluzente, polido como um espelho. A janela traseira direita se abriu para a calçada e Guizard apareceu na abertura.

— Não esperava receber sua ligação, senhor Emídio. Fico feliz que tenha reconsiderado.

— Eu não reconsiderei.

— Podemos conversar melhor? Pela expressão em seu rosto, o senhor precisa se acalmar antes de seguirmos qualquer negociação.

Emídio olhou para o restante do quarteirão. Alguém maluco como Guizard poderia simplesmente matá-lo dentro daquele carro.

— Eu não tenho escolha — respondeu Emídio e a porta se abriu para ele.

Guizard esperou o homem terminar de contar a sua história.

— Lamento muito sobre a sua filha — disse ao fim. — Eu também tenho um filho, um menino. Bem, hoje em dia ele não é mais tão menino, mas para mim continua sendo uma criança.

— Vamos deixar a conversa de lado. Eu preciso de setenta pau pra tirar ela daquele hospital. Eu preciso de um empréstimo.

— Não somos uma financiadora, senhor Emídio. Como expliquei ao senhor, trabalhamos com compra e venda.

— E o que vai ser? Meu coração?

— Isso aniquilaria a sua vida. Assassinato não é um dos pilares da nossa empresa.

— Imagino que não.

— Se acalme, senhor Emídio, estamos no mercado há muito tempo, em muitos lugares. Os homens que me antecederam estiveram negociando no deserto, na América Central, passamos muitos anos entre a Europa e a Ásia.

— Sem conversa fiada, moço. O que eu preciso vender para salvar minha menina?

— Essa é sua única questão? O senhor não tem nenhum outro receio quanto à nossa negociação?

— Eu estou com receio de perder a minha filha, homem! E estamos perdendo nosso tempo com essa conversa, o tempo dela! — Emídio socou a porta à sua esquerda. Guizard não se incomodou. O motorista do Mercedes sequer lançou um olhar ao retrovisor.

— Acho que podemos estacionar — Guizard disse ao mesmo homem, cem metros depois.

Estavam a alguns quarteirões do hospital, em um enorme campo de concreto, geralmente usado para treinamento dos alunos de autoescolas da cidade, e mais raramente como terreno para pequenos parques de diversão. Naquela tarde, o concreto estava vazio, à exceção de um cachorro preto que dormia na extremidade esquerda do terreno.

— O senhor me parece inseguro. Tem certeza de que podemos seguir em frente?

— Pelos setenta que combinamos, podemos fazer muita coisa.

— Muito bem. Estamos apenas começando nossa parceria, então pensei em ser generoso com o senhor. Como disse, eu também tenho um filho, consigo entender perfeitamente o motivo de nos telefonar. E respondendo sua pergunta sobre dividendos, geralmente fixamos um único dedo, completo, no valor de vinte mil. O senhor pode fazer uma conta rápida e perceberá que...

— Não importa. Eu faço o que for preciso. Pode pegar a mão inteira.

— O senhor não tem muita experiência em negociações, não é mesmo?

— Se eu tivesse, não estaria dentro desse carro.

Guizard sorriu e apanhou uma maleta do assoalho do Mercedes. Emídio se afastou alguns centímetros no banco, imaginando o que aquela valise escondia. Uma arma de fogo, um pano embebido com éter, talvez uma faca afiada e antiga, que pertenceu a algum dos antecessores canibais daquele psicopata cheio de educação.

— Pensei em algo mais confortável para o senhor — Guizard esclareceu. — Confesso que estou emocionalmente comprometido e isso certamente irá cobrar algumas explicações aos meus superiores. Mas estamos falando em começar uma parceria com o pé direito, certo?

— Pode cortar o meu pé.

— Foi força de expressão, senhor Emídio, vamos fechar os setenta que o senhor precisa em um único dedo. E ainda deixo o senhor escolher qual lado lhe fará menos falta.

Emídio pensou no dedo ferido pelo ferro de solda, no ex-presidente Lula e sorriu. Definitivamente o mundo parecia ter um estranho interesse em mindinhos.

— Pode ser o dedinho?

— Como eu disse, quero que o senhor se sinta confortável.

Emídio estendeu as duas palmas e tocou os mindinhos, alternando entre a mão direita e a esquerda.

— Vai ficar mais difícil arranjar um emprego nos próximos meses. Eu não tenho muita inteligência, então preciso da força.

— Um dedo mindinho não é nada, pode confiar em mim — Guizard sorriu e ergueu sua prótese. E o senhor poderá concorrer às vagas de deficientes nas empresas. É um mercado bastante próspero, senhor Emídio.

— Puta merda, eu não sei se posso fazer isso. Não tem outro jeito?

— Sempre existe uma escolha. Mas nesse caso o senhor precisará de capacitação, e isso leva tempo. Na situação que o senhor se encontra, talvez não seja uma boa ideia.

— Se existe uma escolha, eu quero saber.

— O senhor pode trabalhar com as negociações, é o trabalho que eu faço atualmente. Existe uma grande carência nesse setor.

— Quer dizer, convencer os outros a vender pedaços de seus corpos?

— Exatamente.

Emídio acariciou os mindinhos. Primeiro o direito, depois o esquerdo, que ostentava uma bolha na parte interna. Então ele fechou o punho e deixou apenas aquele dedo ferido eriçado, como uma antena de caramujo, apontado para o rosto polido de Guizard.

— Faz o que precisa ser feito.

Agora, Emídio sustentava um contrato em suas mãos ainda intactas. O papel tremia um pouco, os dedos úmidos marcavam as laterais. Notando que Emídio entendia muito pouco do que lia, Guizard se adiantou em explicar:

— O mais importante é o depósito feito antes da compra e a cláusula de sigilo. Nós vamos providenciar o dinheiro tão logo o senhor assine. Sua parte nessa negociação é cumprir o fornecimento combinado e guardar sigilo sobre o que acontece dentro desse carro. Ou fora dele, se o assunto tiver relação com a nossa empresa.

— Porque é ilegal...

— Nosso ramo de atuação é perfeitamente legal, mas optamos pela discrição.

— E se eu acabar contando pra alguém?

Guizard apanhou uma caneta dourada do bolso e acionou sua ponta.

— Coisas ruins podem acontecer, senhor Emídio. Coisas muito ruins.

Emídio tomou a caneta, olhou para o dedo mindinho esquerdo e assinou os papéis. Em seguida devolveu a caneta a Guizard.

— Eu vou morrer de infecção. Como vocês vão cortar a merda do meu dedo? Com um alicate?

Guizard guardou o contrato em sua valise e abriu um segundo fundo da maleta. De lá, apanhou uma embalagem retangular, de vinte por dez centímetros, forrada com couro.

— Tudo o que faremos é absolutamente seguro — ele fechou a valise e depositou a caixinha sobre ela. Depois a abriu.

Guizard passou a montar o artefato amputatório com destreza profissional, encaixando as várias peças de inox. Não era mesmo um alicate, e Emídio fazia ideia do que poderia ser.

— Para pequenos fornecedores, o processo é bem simples. Vamos higienizar o seu dedo, usar um anestésico leve e um antibiótico via oral. Daremos inclusive uma explicação para evitar transtornos posteriores.

— Explicação pra perder um dedo?

— Exatamente. O senhor dirá que teve o dedo amputado pelo porta-malas de um táxi. Talvez se interessem pelo taxista, mas o senhor dirá que o homem não teve culpa, que o senhor foi ajudá-lo quando um pneu furou e acabou se machucando.

— E quem acreditaria nisso? Ainda mais falando de um táxi em vez de Uber?

— O senhor se surpreenderia em como as pessoas se convencem com facilidade. — Guizard deu um último clique nas peças da coisa.

Era parecida com uma guilhotina, um cortador de legumes, desses que aparecem nos programas da TV de madrugada. Brilhava como prata e devia cortar como uma espada japonesa.

Depois de efetuar o depósito de setenta mil com seu smartphone, Guizard calçou luvas de látex e apanhou um tubinho spray transparente, que retirou da valise.

— O que é isso? — Emídio se interessou pelo frasco.

— Antisséptico e anestésico de curta duração. Também é um vasoconstritor poderoso, para que não haja algum sangramento que nos coloque em riscos desnecessários. Faremos um torniquete, é claro, mas a mágica é esse sprayzinho aqui. Também é praticamente indetectável, já pensando no atendimento médico. Um dedo é um pequeno membro, o senhor vai precisar tomar alguns pontos.

— Quanto tempo eu tenho até conseguir atendimento?

— O efeito do spray é bem curto, por isso estamos perto do hospital.

— Tem anestesia?

— Infelizmente não, senhor Emídio.

— Deus do céu — ele recuou um pouco na direção da porta.

— O senhor ainda pode declinar. Não costumo fazer isso, mas posso rasgar nosso contrato. Obviamente iremos desfazer o depósito, esquecer toda essa conversa.

Bem pouco confiante, Emídio voltou a estender o mindinho esquerdo. Guizard o apanhou e borrifou um pouco do spray sobre a pele.

— Sabe, senhor Emídio, não importa quantas vezes eu repita esse processo, sempre me admiro com a coragem de homens como o senhor.

Emídio girou a cabeça para o outro lado.

— Arranca logo esse dedo.

Emídio andou duzentos metros, então começou a sentir os passos falharem por conta da dor da amputação. Não doía o que restou da mão, mas o dedo em si, como se ele ainda estivesse preso à mão esquerda. Começou a andar mais rápido quando avistou os vidros espelhados do prédio do Hospital. Com a comoção, a fissura do dedo arrancado começou a pulsar com o coração.

Até então, o corte vertera a maior parte do sangue no momento da amputação. Guizard havia enrolado uma borracha apertada na base residual do dedo, para evitar a provável hemorragia, mas o sangue jorrou como uma fonte. Sujou os estofados, a camisa clara de Guizard, ensopou as roupas de Emídio. Bastou que o negociante usasse o tal spray pela segunda vez e o sangue esgotou em um passe de mágica.

Agora, a faixa enrolada sobre a mão estava toda vermelha e já pingava um pouco.

— Jesus, eu sei que não devia ter feito uma bobagem dessas, mas deixa eu viver até a Diana ficar boa. — Emídio atravessou a rua, sem notar o sinal vermelho. Um Maverick escuro passou a toda velocidade, o motorista disse algo não muito simpático sobre a mãe de Emídio. Outros dois carros também passaram bem perto, mas Emídio chegou em segurança à outra calçada. Subir a rampa de acesso ao saguão do hospital foi um pouco mais difícil. A verdade é que Emídio era horrível com sangue. Mesmo com pequenos cortes, não era raro que desmaiasse. Mas não, não agora, não tão perto das luzes frias da recepção.

— Emídio! Deus do céu, o que aconteceu!? — Luíza correu até ele.

— Um acidente, Luíza. Chama um médico para mim. Eu consegui o dinheiro todo.

— Conseguiu? Com quem?!

— Luíza! — ele a chamou para o problema mais imediato. — Um médico, Luíza, pelo amor de Deus, mulher! — Emídio pressionou o punho e respirou fundo. Luíza correu até uma das recepcionistas e antes que precisasse abrir a boca dois enfermeiros passaram pela porta de atendimento. Emídio vacilou a consciência, estendeu os braços, estava tombando como uma árvore sem raízes quando foi amparado pelo mais forte dos rapazes. Depois não viu mais nada.

• • •

Nem tudo aconteceu conforme o planejado, mas Emídio arriscaria dizer que o resultado superou suas expectativas. Ele recebeu atendimento e conseguiu um tratamento no mesmo hospital, mas precisou ficar em quarentena, por conta de uma infecção contraída no pronto-atendimento (ao que tudo indicava, o spray de Guizard também não era lá essas coisas). As melhores notícias ficaram por conta da rápida recuperação de Diana e uma boa negociação no preço do medicamento. Depois de chorar tudo o que tinha nos olhos, Luíza conseguiu que o antibiótico saísse com um desconto, o que colocou 15 mil no saldo negativo dos Gomes. O problema é que os meses seguintes sugaram o dinheiro como um ralo, a conta estava quase no zero outra vez quando Emídio encarou sua primeira entrevista de emprego, agora como portador de necessidades especiais. A vaga era em uma distribuidora de medicamentos de Terra Cota (o médico de Diana, Clayton, foi quem indicou). Emídio não entendia muito de remédios, mas conseguiria organizar o estoque por ordem alfabética e monitorar os medicamentos termolábeis — sensíveis à temperatura.

Aquele emprego pareceu um milagre, e, como muitos deles, acabou sendo rapidamente contestado.

A distribuidora Santa Luzia decretou falência em alguns meses, e Emídio Gomes saiu pela porta da frente de cabeça baixa, contando apenas com o seguro-desemprego que não duraria noventa dias. Com a miséria que recebia, Emídio não conseguiu guardar nada, e o pouco que poderia ter poupado acabou sendo gasto em medicamentos para controlar a dor em seu mindinho fantasma. Bem, pelo menos foi um dinheiro bem aplicado, o dedo amputado parecia nunca ter existido.

No dezembro seguinte ao seu encontro com Guizard, as coisas estavam tão complicadas quanto antes. Emídio sequer conseguia novas entrevistas, o mercado estava comatoso, estático, esperando a virada do ano para respirar sozinho ou morrer de uma vez. Diana tinha novamente uma saúde de ferro, mas a menina precisava de uma casa para morar e os Gomes já avançavam três meses sem pagamento de aluguel. Como em um passado bem próximo, Emídio tentou os bancos, o sogro e a assistência social. Como naquele mesmo passado maldito, pensou que poucas coisas doíam mais que a miséria.

Dia 13 de dezembro de 2018, Emídio saiu novamente de sua casa com um conhecido cartão social nas mãos. Dessa vez, o local definido para o encontro foi La Dolce Vita, uma doceria do centro de Terra Cota, um lugar público. Emídio chegou meia hora adiantado e ficou de pé à entrada, olhando para os poucos carros passando na rua. Guizard preferiu cinco minutos britânicos de antecedência.

— Senhor Emídio, que prazer em reencontrá-lo! — o negociante estendeu a mão esquerda.

Emídio retribuiu o aperto. — Prazer está bem longe do que eu sinto.

— Que conversa é essa, homem? Se não ficou feliz em me ver, qual é o motivo do nosso encontro?

— Vamos chamar de desespero. — Emídio seguiu até os fundos da doceria, estava vazia perto das cinco da tarde. Sentaram-se a uma das mesas.

— Muito bem, senhor Emídio, em que lhe posso ser útil?

Emídio redescobriu um velho cacoete e massageou os dedos das mãos. O mindinho direito, o anelar, tocou levemente um indicador com o outro.

— As coisas ficaram difíceis. De novo.

— Lamento ouvir isso.

— Eu fui bem por algum tempo, cheguei a acreditar que tudo daria certo pra gente... o problema é essa porcaria desse país, esse comércio morno, essa economia gelada. Os políticos safados. Não tem emprego, seu Guizard, nem pra quem é inteiro e menos ainda pra gente como eu e o senhor.

— Creio que o termo correto seja Portador de Necessidades Especiais.

— Eu não tenho necessidade maior que conseguir dinheiro. E isso não é especial nesse país.

Guizard ergueu sua mão protética e uma das atendentes caminhou até a mesa. A mocinha anotou os pedidos (Emídio disse que não queria nada, mas Guizard insistiu em pagar por uma porção de doces sortidos que seria o suficiente para os dois) e voltou para trás do balcão. Logo ela trouxe um pratinho com brigadeiros, bem-casados e dois pedaços de torta holandesa. Para beber, duas latas de Coca-Cola. Os homens se serviram e abriram os refrigerantes. Emídio fez as honras com a lata de Guizard.

— Muito bem, senhor Emídio, agora que estamos com a língua doce, me diga o que tem em mente.

Emídio apanhou mais um docinho e empurrou um novo gole de Coca-Cola pela garganta apertada.

— Eu estive pensando... antes que o senhor me pergunte, eu pensei bastante. No nosso primeiro negócio, recebi setenta mil pelo dedo. Bem, pelas minhas contas ainda tenho outros nove, o que significa seiscentos e trinta mil.

— Não é bem assim, não queremos deixar o senhor sem dedos nas mãos.

— Eu ainda não terminei. O que eu vou propor é um pouco menos traumático. Eu acho.

Guizard deu outro gole na Coca e esperou que Emídio fosse em frente.

— Estou disposto a vender mais *dois* dedos, o senhor pode até escolher. Então faz o depósito, e eu rasgo o seu cartão. Eu ponho fogo nele.

Guizard comeu outro brigadeiro, mordeu o bem-casado e terminou com outra mordida na torta holandesa. Mantinha os olhos em Emídio enquanto mastigava, e parecia necessitar de cada mordida daqueles doces.

— Não sei se o senhor se lembra — disse enfim —, mas eu fui bastante claro em nosso primeiro encontro, sobre como nossa empresa estava sendo... maleável no pagamento. — Ele largou o talher e juntou as pontas dos dedos. — Entenda, senhor Emídio, mesmo em 2017 não pagávamos setenta mil por um dedo, mesmo que fosse um dedo médio, que acaba sendo o pivô central das nossas mãos. Se bem me lembro, eu disse ao senhor que estava emocionalmente envolvido e que esse era o motivo da minha generosidade. Agora, nesse ano, com essa crise, sinto dizer que o valor dos dedos diminuiu bastante.

— Bastante quanto?

— Dez mil por dedo.

A mão parcialmente desfalcada de Emídio segurava a lata de Coca-Cola, e ela não teve dificuldade em amassá-la um pouco.

— Isso é um absurdo, um abuso! O que vocês pensam que nós somos?

— Entendo sua frustração, senhor Emídio, mas não é culpa nossa. O senhor sabe, essa crise política está prejudicando todos os segmentos do nosso país.

— E lá fora?

— Um pouco melhor, cerca de quinze por cento a mais.

Emídio deixou a lata e cruzou as mãos sobre a mesa.

— Sinto muito ter chamado o senhor à toa, mas eu não posso aceitar tão pouco. São só dedos, mas eles acabam fazendo falta. Eu demorei alguns meses para conseguir segurar um copo com a mão esquerda.

— Nós ainda temos a segunda opção. A vaga na captação de novos fornecedores ainda pode ser sua.

— Já basta o meu sofrimento, seu Guizard. Não desejo o que estou passando para outro coitado — Emídio se levantou e recostou a cadeira. — Eu gostaria de dividir a conta dos doces, mas não tenho dinheiro pra isso.

— Sente-se, senhor Emídio, vamos conversar. Pode ser que ainda exista uma possibilidade.

Emídio ficou parado um instante. Antes de se sentar novamente ele sondou o rosto daquele homem. Guizard podia ser um canalha, mas ele não se parecia com um. Negociantes honestos sempre emitem alguma empatia nos olhos, um certo brilho. Além disso, aquele sujeito já estivera do outro lado da mesa, quando ainda tinha sua mão direita.

Emídio se sentou e tomou o que ainda havia de Coca-Cola na lata amassada.

— Estou ouvindo.

— Não tenho certeza se o senhor está pronto para o que vou dizer. Eu não gostaria de propor um negócio tão grande a um fornecedor tão novo. Mas me parece que o senhor faria qualquer coisa para reverter sua situação financeira.

— *Qualquer coisa* está um pouco longe. Eu não sou idiota. O que vai me propor dessa vez, seu Guizard? Meus intestinos?

— Não, e eles não valem quase nada. Mas o senhor falou de seus dedos, chegou inclusive a fixar um valor, seiscentos e trinta mil, se não me engano.

— Por todos os meus dedos, mas eu não disse que venderia tudo de uma vez.

— Senhor Emídio, existem partes mais valiosas nos nossos corpos. E eu não me refiro a órgãos internos, que parecem exercer certa fixação sobre o senhor. Nossa empresa também trabalha com olhos, orelhas, uma ou duas vezes negociamos narinas.

— Isso foi longe demais — Emídio resmungou e voltou a se levantar. — Não pretendo fatiar o meu rosto.

— Sente-se, senhor Emídio, eu não estou sugerindo nada, estou apenas explanando, fornecendo algumas opções.

— Ninguém vai fatiar a minha cara — ele repetiu com firmeza, mas voltou a se sentar. — E nem pense em propor alguma coisa que envolva o meu... — Olhou para baixo.

— Genitais não valem muito, atualmente existe muita gente querendo se livrar deles. Não sei se o senhor sabe, mas o sistema público não financia a mudança de sexo, então existe muita oferta. Eu tinha outra proposta em mente, algo que se equipara ao montante de setecentos mil.

Emídio voltou a sentar.

Guizard pigarreou antes de explicar.

— Precisaríamos de um membro completo, na verdade, um conjunto de membros.

— Conjunto?

— Uma perna, senhor Emídio. Perna, joelhos e pés com dedos. Ou um membro superior, contanto que possua braços, antebraços e mãos com dedos.

Emídio olhou para sua mão esquerda.

— É um braço *completo*. A mão precisa contar com todos os dedos. — Guizard explicou.

— Não parece bom para mim. Já não estou conseguindo emprego sem um dedo, que emprego vão me dar se eu tiver só um braço?

Guizard forçou mais empatia em seu rosto.

— Vamos pensar grande, senhor Emídio. Até quando o senhor pretende trabalhar para os outros? Ser maltratado, subestimado, demitido? Com o dinheiro certo, o senhor pode se tornar um investidor, um proprietário de imóveis, pode ser dono de algum comércio; as possibilidades são vastas. Estamos falando de mais de meio milhão, certo? Com essa quantia bem aplicada em um bom negócio, o senhor vai esquecer para sempre da sua carteira de trabalho. Eu não pretendo pressioná-lo a aceitar, mas podemos chegar a sete milhões com dois membros completos de uma vez.

— Sete milhões?

— Sete.

— Pelas duas pernas?

— O senhor é quem decide. Duas pernas, um braço e uma perna, posso inclusive pagar pelo braço de sua mão comprometida, mas o valor ficaria mais baixo. O único detalhe é que essa venda precisa ser realizada de uma vez só. Dois membros no mesmo momento.

Emídio respirava depressa. As mãos estavam calmas, mas os pés tamborilavam o chão sem parar, como um bumbo de bateria. Já estava um pouco vermelho a essas alturas, secando a testa com um guardanapo.

— Um empreendedor... — disse a si mesmo. — Ser o dono no meu próprio nariz. É uma coisa boa.

— Muitos dizem que é uma opção arriscada nesse momento de instabilidade política, mas quem são eles para desacreditar no seu potencial? Tem alguma ideia em mente, senhor Emídio? Alguma vocação?

— Postos de Gasolina — Emídio respondeu de pronto. — Nessa cidade nada dá mais dinheiro que uma bomba de gasolina, nem mesmo o quartzo ou as casas lotéricas. Bom, talvez as torres de celular deem, mas ninguém toca nas coisas de Ícaro Rocha.

— O senhor tem alguma experiência em fornecimento e comércio de combustíveis?

— Já trabalhei na bomba.

— Só isso?

— Foram mais de seis meses.

— Nesse caso, nós deveríamos repensar...

— Precisa ser agora. Eu sei de um homem que está queimando seus postos como gasolina. A Luíza faz as unhas da mulher dele. Seu Maurício Junco andou perdendo dinheiro no jogo, muito dinheiro.

— Um vício abominável — lamentou Guizard.

— Não é mais abominável que comprar e vender membros humanos, mas é, é bem ruim sim.

Algum silêncio voltou à mesa. Guizard o respeitou, dando a Emídio o tempo necessário para que ele tomasse sua decisão definitiva. O cliente parecia mais tranquilo agora, mesmo seus pés estavam quietos e estacionados no chão.

Quando Emídio finalmente saiu dos próprios pensamentos, tinha uma nova pergunta.

— Como pretende cortar as minhas pernas?

Dizem que boas decisões levam tempo, mas Emídio estava cansado de esperar. Mesmo depois do que ouviu de Guizard — das coisas horríveis que ouviu de Guizard —, ele passou o resto daquela tarde pensando em como gastaria o dinheiro que ainda não tinha. A ideia dos Postos de Gasolina falava mais alto que todas as outras, mas Emídio também conjecturava a compra de uma unidade de franquia de lavar roupas, e, como terceira opção, uma franquia de gêneros alimentícios (desses food trucks que ainda parecem proliferar como gripe).

Na sexta-feira, data marcada para sua negociação, Emídio passou boa parte da manhã calado, com as pernas esticadas sobre a poltrona e sem dar atenção alguma às péssimas previsões econômicas do aparelho de televisão. Também não deu atenção à Diana e suas reclamações de como a vida era dura na escola do estado, ou para Luíza, que continuava preocupadíssima com as ligações dos credores. No final da tarde, trinta minutos antes do horário combinado com Guizard, Emídio tomou um banho, vestiu sua melhor calça e apanhou seus documentos.

— Esqueceu do jantar com os meus pais?

— Eu tô sem fome. Não me sinto confortável em aceitar mais comida da sua família.

— E sobre o que conversamos mais cedo?

Emídio fez sua melhor expressão de confusão. Do jeito que a cabeça dele estava, poderia ter descoberto a senha de todos os silos nucleares do planeta e não se lembraria do primeiro dígito. Tudo o que pensava era em abastecer carros, caminhões e ganhar dinheiro.

— Essa sua confiança em arranjar dinheiro. De onde ele vem, Emídio? De onde ele *veio* quando salvou a nossa filha? Por que ninguém está cobrando aquele empréstimo?

— Não precisa se preocupar com isso. Ela está bem, não está?

Luíza continuou no caminho, parada na abertura da porta do quarto.

— Por acaso você se meteu com bandidos?

— Amor, eu não arriscaria a segurança da nossa família com essa gente. Eu prestei alguns serviços, tudo na legalidade.

— E que tipo de serviço paga tão bem? — ela prosseguiu desconfiada. — Eu não nasci ontem, Emídio, e a não ser que você tenha descoberto uma mina de ouro, vai ter que me convencer que não fez nenhuma cagada. Ou que não vai fazer outra.

— Eu salvei a vida da Diana e consegui uns meses de sobrevivência. Cagada ou não, foi o que resolveu nossa vida por um tempo. O negócio é legal, Luíza, confidencial, mas legal. Eu já quitei cada centavo que recebi deles.

— E quem são eles?

Emídio sacudiu a cabeça para os lados e enfiou as mãos nos bolsos. Respirou fundo duas ou três vezes.

— Quando um milagre acontece, ninguém precisa conhecer o santo. Nossa filha está viva, tem as duas pernas e uma vida inteira pela frente. É só isso o que você precisa saber.

— Minha avó tinha um ditado, Emídio. Ela dizia que quando a gente empresta de um santo, o outro fica com ciúme.

— Não existem santos nessa história. É uma cláusula contratual de sigilo. Eu recebi dinheiro pelo meu acidente com o dedo e não devia contar pra ninguém. Foi um político daqui da cidade, ele bateu no táxi onde eu estava e meu dedo acabou fatiado. O sujeito estava bêbado, ficou com medo de um escândalo e me subornou. Lu... eu não me orgulho disso, mas foi o que aconteceu.

— Um suborno? Pelo amor de Deus, eu não sei se comemoro ou caio no choro. Quem é o salafrário?

Emídio checou o relógio de pulso e chegou mais perto de Luíza. — Deixa isso pra lá. — Beijou-a na testa.

Ela continuava furiosa, mas deixou que ele chegasse à porta. Seu marido cuidava da família; era um pouco azarado, mas ainda era um bom homem. E ele estava com aquela expressão decidida outra vez — decidida e bastante assustadora.

Conforme o combinado, Emídio esperou seu transporte no bairro das Raposas, a dois quilômetros de sua casa. O local do encontro foi a filial abandonada da Cantão Computação e Softwares. Às cinco e quinze da tarde, a Mercedes encostou na calçada. O vidro do motorista desceu e Emídio recuou um passo.

— Senhor Emídio?

— Cadê o Guizard? E quem é você?

— Sou o motorista. — O rapaz tinha os cabelos muito loiros, pareciam tingidos. — Seu Guizard pediu para eu vir buscar o senhor, enquanto ele cuida dos preparativos.

Emídio caminhou até o carro e entrou, se perguntando como seria a vida sem as duas pernas que o levavam até a porta. E quem ele queria enganar? O que não conseguia mais manter consigo era a pobreza, o medo, a impossibilidade de uma sobrevivência digna que deveria ser o direito mais básico de um ser humano. O resto ele dava um jeito.

— O senhor precisa vestir o capuz.

Emídio olhou para o banco ao lado.

— Eu não vou colocar essa coisa na cabeça.

— Normas da direção.

— Pensei que vocês confiassem em mim.

Calmamente, o novo motorista abriu sua porta e desceu do carro. Em seguida, abriu a porta ao lado de Emídio.

— Se não concordar, o senhor pode descer — disse com a voz calma. — Eu explico tudo para o senhor Guizard.

Emídio pensou em todos aqueles zeros, um depois do outro, uma grande cadeia de zeros...

Sete milhões era muito dinheiro, e em sua opinião era bem mais do que valiam suas duas pernas cansadas. Emídio apanhou o capuz e puxou ele mesmo a porta do carro de volta.

• • •

Não era possível ter certeza, mas Emídio calculou ter rodado por mais de uma hora. Durante esse interminável tempo de escuridão desorientada, voltou a calcular a insanidade de tudo aquilo. Vender dedos e mãos, braços e pernas... e sabe-se lá mais o que aqueles homens negociavam. Ainda pensava em órgãos internos, e que o sofrimento de perder um rim não se comparava a perder duas pernas. "O que os olhos não veem o coração não sente", diziam...

— O senhor já pode tirar o capuz — a voz firme do motorista avisou. Emídio se enrolou um pouco, mas logo se livrou do tecido. A luz ainda forte do dia o cegou por um instante, ele protegeu os olhos com a mão direita e perguntou:

— Que lugar é esse?

Tudo o que via era um galpão enorme. Não havia casas ou prédios ao redor, apenas asfalto, estradas secundárias e um mar de canas-de-açúcar embalado pelo vento.

— Não precisa se preocupar. Estamos em segurança.

— Onde foi parar a cidade?

— Está onde sempre esteve, senhor Emídio. Venha comigo, por favor — o homem loiro avançou até chegar à uma porta de metal. O sujeito golpeou o aço com cinco pancadas — *pã, pã, pã-pã-pã* — e cruzou as mãos às costas. A porta deslizou para a direita e Emídio passou pela abertura.

O metal deslizou para a esquerda logo depois, as corrediças silenciosas, perfeitamente lubrificadas. O motorista ficou do lado de fora.

Emídio procurou por algo que pudesse identificar posteriormente. Um símbolo, uma indicação de endereço, outros carros. Não havia coisa alguma que fornecesse uma identificação segura daquele lugar, a não ser o galpão em si mesmo. Ele conhecia a cidade, conhecia muito bem, mas não se lembrava de ter estado em um lugar parecido. Decidido a continuar com aquela ideia blasfema, Emídio caminhou pelo galpão.

A estrutura parecia ter metade de um campo de futebol. À frente, porém, havia apenas uma mesa de mogno. Sentado à mesa, um homem de terno preto e camisa clara, cabelos incorruptivelmente pretos, sobrancelhas perfeitamente alinhadas da mesma cor. Guizard estava de pé ao lado dele. À frente dos dois havia outra cadeira, vazia. Contrariando as expectativas de Emídio, o lugar era bem fresco. Sem contrariar sua segunda expectativa, também era um pouco assustador, mesmo que ninguém precisasse perder um ou mais membros. Havia um vazio naquele espaço, uma rigidez aterrorizante.

— Temi que o senhor mudasse de ideia na última hora — Guizard enfim olhou para Emídio.

— Ainda pode acontecer.

— Estamos felizes em tê-lo conosco. Esse é um grande passo, senhor Emídio, um passo enorme.

— Melhor que seja, vai ser o meu último.

— Fiquem à vontade — disse o rapaz e seguiu seu caminho, para uma porta do lado esquerdo.

— Quem é ele?

— O recepcionista. Sente-se, senhor Emídio — pediu Guizard e se sentou na cadeira que havia sido desocupada pelo rapaz de terno.

Emídio puxou a cadeira livre. Assim como a mesa, a cadeira era bonita demais, conservada demais para aquele enorme campo de cimento coberto com zinco.

— Tomei a liberdade de adiantar alguns procedimentos, mas preciso confirmar se o senhor continua convencido de que essa negociação é satisfatória para ambas as partes.

— Sete milhões é satisfatório para mim.

— Admiro sua convicção, senhor Emídio, o mundo seria melhor se existissem mais homens como o senhor. Com tamanha decisão, tudo o que me resta é oferecer minha caneta — Guizard a estendeu. Dessa vez, Emídio não a apanhou.

— Eu vou vender minhas duas pernas, então quero saber mais sobre a sua empresa.

Guizard recuou a mão direita, manteve a caneta nas mãos.

— É um pedido razoável.

— Não é um pedido, é uma exigência.

A caneta voltou para o bolso da camisa e Guizard apanhou sua valise do chão. Colocou sobre a mesa. Do interior, sacou um calhamaço de folhas de sulfite, depois devolveu a valise ao chão. Emídio acabou se distraindo com o arrulhar dos pombos, havia alguns deles no teto, conversando seus assuntos nas vigas de aço.

— O que o senhor quer saber?

— Tudo.

— Não teríamos tanto tempo ou, mesmo eu, conhecimento. Sou um bom soldado, senhor Emídio, mas sou um soldado raso. Eu não sei dos grandes planos dos generais, tudo o que eu sei é o que preciso fazer para ganhar a vida honestamente.

— Mesmo que essa loucura esteja dentro da lei, eu não sei como vocês conseguem isso. Convencer outras pessoas a venderem pedaços me parece uma ocupação criminosa, horrível.

Pela primeira vez, a expressão afável de Guizard mudou, as extremidades dos lábios se tensionando e arqueando para baixo.

— O senhor tem alguma religião, senhor Emídio?

— Católico, não praticante.

— E já ouviu falar em livre-arbítrio?

Emídio assentiu.

— Nós não obrigamos ninguém a nada. As pessoas são livres, ou pelo menos deveriam ser, é o que pensamos. Um homem deve ser livre para andar por aí, comer, procriar, deve ser livre para se embriagar ou perder a vida em um mosteiro. Livre para continuar vivo ou terminar a própria existência.

— Livre para vender pedaços de seu corpo...

— Muitos homens se vendem por completo, senhor Emídio, e a maior parte deles nem se dá conta.

— O senhor falou em religião, isso é algum tipo de sacrifício?

— Muito inteligente, senhor Emídio, muito inteligente. As religiões, a maioria delas, têm o sacrifício como seu principal pilar. Cair de joelhos, ceifar a vida de alguém, jejuar, chicotear a si mesmo ou levar o filho primogênito para o alto de uma montanha. E os sacrifícios são apreciados em todos os lugares, assim na terra como no céu. Principalmente nas empresas da terra.

— O que vocês fazem com as partes? Comem?

— Minha nossa, não! Que espécie de homens nós seríamos se fizéssemos algo parecido? Os membros saem das unidades de captação e são encaminhados à incineração.

— Não fazem nada com os pedaços? Então por que pagar tanto dinheiro?

— Pela remoção, senhor Emídio. Isso é o que pagamos para os nossos fornecedores. Pagamos por seu... sacrifício.

— Isso é inacreditável.

— Será mesmo? Se o senhor observar com atenção, quem mais cresce em todos os segmentos da sociedade moderna são os homens que chamamos, me desculpe o termo, de puxa-sacos. E o que é um bajulador senão alguém que se sacrifica pelo outro o tempo todo, sem exigir quase nada em troca que não seja um pouco de atenção?

— Jesus Cristo...

— Talvez alguém tenha pagado para vê-lo na cruz também. Mas voltando ao nosso presente, está disposto a continuar?

Emídio pensou um pouco. Respirou fundo para se livrar da tensão acumulada com aquela conversa.

— Eu acho que sim. Falamos sobre o Maurício Junco, lembra? Ele baixou mais o valor inicial de um dos postos.

— Postos de gasolina são um negócio arriscado — Guizard conjecturou.

— Perder as duas pernas é o risco maior na minha opinião. Mas parece que a mosquinha do empreendedorismo me picou, e o senhor sabe o que dizem da teimosia dessa mosca.

Guizard voltou a sorrir e estendeu os papéis a Emídio. Fez o mesmo com a caneta que rapidamente trocou de mãos.

— Se não envolve canibalismo e essas sujeiras, podemos continuar negociando — ele se ajeitou na cadeira e pegou a caneta, mas a repousou antes de assinar. — Existe algum detalhe essencial que eu precise conhecer antes de assinar isso aqui?

— Ainda bem que o senhor perguntou, eu quase me esqueço de mencionar.

As pombas se agitaram lá em cima, como se alguma coisa as afugentasse. Emídio voltou a encará-las, Guizard o trouxe de volta.

— O senhor deve supor que uma negociação que envolva tantas cifras tenha alguma diferença em relação ao nosso primeiro acordo.

— Espero que eu não precise sangrar até a morte.

— De modo algum. Mas preciso informá-lo que o processo será um pouco mais doloroso. Traumático, por assim dizer. O senhor ainda receberá alguns anestésicos leves, nossa assistência, mas com um membro tão grande como uma perna, duas na verdade, não podemos garantir que o senhor não sentirá nada.

— Vai doer?

— Vai sim, senhor Emídio, vai doer muito.

Sete milhões, seis zeros depois de um sete. Seis zeros. Um, dois, três, quatro, cinco, seis... sete é um bom número, um número capaz de construir uma saída de qualquer poço.

— Tem certeza que eu não corro risco de vida?

É muito dinheiro, vai acertar a minha vida. Sete paus é mais do que eu ganharia em três vidas, e eu ainda posso aumentar esse número. E mesmo que eu morra... as meninas vão estar seguras.

— Absoluta — Guizard respondeu com firmeza.

— E onde fica a guilhotina?

— Esse é outro detalhe sobre o qual precisamos conversar, senhor Emídio.

As opções eram poucas e Emídio quase vomitou ao conhecê-las.

Havia o arraste (dois carros puxando as pernas previamente seccionada até que elas se separassem do corpo), a motosserra (que estraçalharia os tecidos fazendo a dor beirar o insuportável — ainda que desse ao candidato um bônus de duzentos mil) e o Grande Machado. Depois de pensar um pouco — e se acalmar com um tranquilizante —, Emídio se decidiu pelo último.

Conduzido por Guizard, ele já se ambientava à nova sala. Era branca, azulejada, iluminada como uma final da Copa do Mundo no Japão. Em um dos cantos da sala havia esse homem vestido com a mesma brancura impecável do lugar. Usava uma espécie de capa completa, com capuz e tudo. Respirava forte, longa e profundamente. Emídio também notou o cheiro clorado do lugar, água sanitária ou coisa parecida, nada que incomodasse demais. O que levou o prêmio de maior incômodo foi o som ambiente, era algo clássico, pelo menos parecia clássico para os padrões musicais reduzidos de Emídio Gomes. Aquilo simplesmente não cabia na situação.

Depois dos anestésicos (que pareceram funcionais, a ponto de impedir que Emídio sentisse a pele dos pés), Guizard se refugiou em um dos cantos e vestiu uma capa parecida com a do outro homem, mas transparente.

Tudo era tão asséptico naquela sala, tão irritante a Emídio. Outro ponto que o incomodou profundamente foi sua nudez quase total (a única peça de roupa que usava era uma tanga, que mal cobria a bolsa escrotal).

— O senhor ainda pode trabalhar conosco em outros módulos — disse Guizard, percebendo o incômodo.

— Eu não vou convencer ninguém a... isso — fez um gesto apresentando a sala.

— A decisão sempre foi sua, senhor Emídio. E se estamos de acordo, preciso pedir um último favor.

— Se está pensando em arrancar mais alguma coisa, esquece.

— Não precisa se preocupar — o homem sorriu. — Se for possível, gostaria que o senhor olhasse diretamente para aquele pontinho luminoso.

Emídio não o havia notado até então. Ficava logo em frente à maca onde ele estava imobilizado, um minúsculo ponto vermelho maculando a brancura da sala.

— É uma câmera de alta resolução, senhor Emídio. Havia uma em nosso carro, na ocasião da perda do seu mindinho.

— Vão mostrar o meu rosto por aí? — ele se sentou. — Já mostraram?

— Ninguém vai reconhecê-lo, confie em mim. E mesmo que o reconheçam, ninguém será autorizado a abordá-lo. Nossos clientes são homens poderosos e importantes, eles são orientados contratualmente a não importunar os fornecedores.

— Gente rica sempre consegue o que quer.

— Nem sempre, senhor Emídio. Riqueza é uma coisa boa e útil, mas não devemos confundi-la com o poder. Nossos principais associados possuem muitas coisas, mas sua principal característica é a capacidade de convencer outras pessoas ao que eles querem. Convencimento, essa é a essência do poder.

Pareceu convincente a Emídio, afinal, em breve conseguiriam cortar suas duas pernas. Se isso não é poder, ele não sabia mais o que o seria.

— Podemos começar? — Guizard perguntou.

Emídio apertou os olhos, seu queixo enrugou, algumas lágrimas correram pelo rosto. Guizard apanhou a mão direita de Emídio sem desamarrá-la.

— O senhor é um bom homem, um homem forte. Tenho orgulho em tê-lo como nosso parceiro. — Sacou um lenço da parte de trás da calça e secou o rastro de lágrimas. — Eu insisto, senhor Emídio, venha fazer parte do time de uma vez por todas, alguém com a sua fibra poderia revolucionar a captação.

— Faça o que precisa fazer com as minhas pernas — Emídio disse e as sacudiu. — O que acontece depois?

— Vamos encaminhá-lo a uma unidade de recuperação. O senhor será medicado e suturado e, quando estiver estável, voltará pra casa. Como esclarecemos no contrato, nós cuidaremos do depósito bancário e notificaremos sua esposa que o senhor se acidentou, por consequência de um acidente na Ferrovia.

— Ela vai chamar a polícia.

— Acredito que não. Mas, se acontecer, nós conhecemos algumas pessoas da lei. Tudo que o senhor vai precisar fazer é sustentar sua história. Haverá um acidente, uma enorme viga de aço descerá de um vagão de carga e amputará as suas pernas. A viga também as esmagará, irreversivelmente. Teremos os laudos e o boletim de ocorrência.

— E as pernas? E se quiserem ver?

— Nós teremos material orgânico para comprovar as declarações. E o senhor estará pronto para uma nova vida. — Guizard se virou para o homem de capa branca, operador do Grande Machado. — Vamos?

— Deus, me perdoe — Emídio pediu em voz alta e olhou para o pequeno ponto vermelho à sua frente.

Uma nova ruga mimetizou um sorriso abortado no rosto de Guizard. Ele deu duas palmadas suaves na perna direita de Emídio e se afastou.

E o Grande Machado subiu.

— Espera! — Emídio gritou. O machado ficou onde estava, refletindo no fio o brilho agressivo das lâmpadas fluorescentes.

— Pode dizer, senhor Emídio.

— Se eu morrer, minhas meninas recebem o dinheiro?

— Cada centavo. Além da minha palavra, nós temos um contrato assinado. Podemos prosseguir?

— Sim.

Emídio apertou as mãos a ponto de fazê-las sangrar, mas as pequenas gotas que emergiram das palmas eram como o orvalho noturno ante a tempestade que viria a seguir.

Na primeira vez que o machado tocou a pele, ele sentiu algo semelhante a um empurrão. Não doeu quase nada, foi apenas um golpe violento, que pareceu ter acertado muito acima do local do corte. Mas então a lâmina avançou até encontrar a segunda camada de musculatura. Os tendões pareceram sentir o risco e se retesaram, a dor começou a amornar a pele, para em seguida torcê-la.

Glasprrrr! Tumhh!

— *AHHHHHHHHH!!!!!!*

Powc

Tchlin'

Queda, golpe, impacto com a maca, a lâmina sacudindo.

E em cada fração daqueles intermináveis segundos, gritos que ameaçavam esfarelar a garganta de Emídio.

Em uma tentativa desprezível de parecer forte, Emídio mordeu os dentes com tanta força que chegou a quebrar dois deles. Sentiu o gosto do sangue na boca; ao mesmo tempo viu o primeiro jato vermelho subir como uma torneira de alta pressão. O líquido foi ejetado tão longe que manchou as paredes. A capa de plástico de Guizard ficou toda vermelha. O sangue praticamente lavou todo o operador do machado.

— Eu vou morrer! Eu vou morrer, caralho! — gritou Emídio.

E a lâmina voltou a subir e, apesar de afiada, pareceu cega como um formão no concreto. Eram os tecidos, os tecidos tentavam manter o metal preso entre eles. Era o que Emídio sentia, como se cada pedaço da perna direita tivesse a consciência de que a saída da lâmina acabaria com tudo.

Em um espasmo, Emídio içou a perna seccionada, se esquecendo que estava preso pelos tornozelos. E de fato ele não estava mais preso. O movimento ergueu a parte do coto, um palmo acima dos joelhos. Era como uma manilha cuspindo sangue. Emídio a sacudiu, o líquido vermelho pintou metade do teto.

— Não, não... NÃÃÃO! — ele gritou dessa vez, mesmo sabendo da impossibilidade de interromper aquela atrocidade. Ele assinou um contrato, e o assinaria de novo. Pensou no dinheiro e gritou: — SETE PAAAAAUUUUUSSSS!

— Vamos para a segunda — Guizard aumentou o tom da voz, competindo com o desespero de Emídio Gomes.

O Grande Machado voltou a subir, o coto da perna ainda se balançava como uma cobra decepada. A lâmina estava vermelha, lubrificada, o cabo de madeira, antes claro, agora tinha a mesma cor intensa dos ferimentos. Emídio procurou pelos olhos de seu cirurgião. Eles eram escuros e frios, não tinham prazer ou desgosto em realizar sua missão. O operador era um profissional, talvez alguém que assinara um contrato diferente e, mesmo enojado, viu-se obrigado a cumprir a sua parte. Assim era o mundo e Emídio o conhecia pelos avessos. Sempre alguém precisando fazer algo que não se orgulha, sempre se vendendo, se alugando, se prostituindo. Quando a lâmina fez o caminho de volta, Emídio exigiu seu desmaio. Infelizmente, ele descobriu uma nova resistência ao sangue, e só foi atendido pelo apagão depois de outros dois golpes (o machado deve ter perdido parte do fio, porque em sua segunda incursão metade da perna esquerda continuou presa pelos ossos). Foram mais despertares e gritos e desespero e, enfim, uma estranha paz o tomou de assalto. Não havia mais dor ou palavras desarticuladas, os gritos cederam lugar a gemidos breves e sons balbuciantes, sentia-se falando dormindo. Emídio Gomes calculou que tivesse entrado em choque, embora houvesse outro sentimento, um bem mais claro que a iluminação daquela sala: ele tinha sete milhões em sua conta bancária.

— Sete pau.

Houve um soluço, um bip e um choro feminino que jamais seria confundido.

Despertado de sua sagrada anestesia, Emídio abriu apenas uma fresta das pálpebras, e rapidamente voltou a fechá-las. Estava claro demais, talvez ainda estivesse apagando e acordando de novo, esperando para receber um novo golpe do machado.

Não, não era o que estava acontecendo. O choro era de Luíza. O que ela estava fazendo naquele galpão maldito?

Um novo bip mecânico, uma nova voz falando com... um papagaio? Jesus Cristo, o quê...!?!

— Eu tô vivo — Emídio abriu os olhos e esperou que a TV ganhasse nitidez. Ao mesmo tempo sentiu Luíza pesando sobre sua barriga.

— Graças a Deus, Emídio. Minha nossa, o que aconteceu com você?

Cortaram minhas duas pernas, foi isso o que aconteceu. Disseram que ninguém vai comê-las, mas eu não acredito totalmente. Eles devem ter uma rede de distribuição e nesse exato momento alguém está apreciando meus pedaços em um prato bem decorado e incrivelmente colorido. Talvez estejam bebendo um pouco do meu sangue, apesar da dificuldade de conservação.

— Foi um acidente — Emídio sentiu a garganta arder. Pensou em olhar para baixo, mas não sentiu coragem para tanto. Talvez fosse só um sonho ruim, um trauma causado pela perda do dedo mindinho. Isso, era isso mesmo. Ele ainda estava na cama do hospital, recebendo atendimento e sofrendo pesadelos vívidos, ele nunca foi muito bom com sangue... Tinha tempo e setenta mil, nada de ceder suas pernas para um maluco de camisa branca e capa de plástico transparente.

— Consegue se lembrar de alguma coisa? — Luíza secou os olhos e sugou o nariz. Pela sua expressão, chorava há dias.

— Eu...

Ele e Guizard haviam combinado alguma coisa. Uma história com vagões e vergalhões. Emídio eriçou o corpo. Não conseguiu terminar o movimento.

— Me ajuda.

— Emídio... acho melhor chamar um médico. — Luíza lançou os olhos aos cotos, e Emídio soube claramente o que aqueles olhos castanhos diziam. Havia acontecido. Era tudo verdade.

Luíza deslizou as mãos ao lado da cama e apertou a campainha da enfermagem. Percebendo o que a esposa acabara de fazer, Emídio se esforçou mais, a fim de içar seu corpo por si mesmo. Teria que se adaptar, e quanto antes começasse, tão mais fácil seria. Com todo esforço improdutivo do marido, Luíza se afastou da cama e colocou as mãos sobre os lábios; chorava outra vez.

Emídio repetiu o movimento, dessa vez sentindo a musculatura dos braços reciclada e apta. O corpo se ergueu, não muito, mas o que precisava para colocar os olhos na direção certa.

— Puta merda — ele disse, e não exatamente por não encontrar suas pernas.

O problema secundário, a surpresa lamentável, estava no tamanho dos cotos. Eles eram desiguais, estranhos, como se tentassem crescer de novo em um ritmo diferente. O coto esquerdo era quase vinte centímetros maior que seu amigo da direita. Emídio sentiu o mundo rodopiar. O choro de Luíza e a voz de Louro José começaram a se perder pelos ouvidos. Um clique na porta. Emídio o desprezou e procurou pela esposa.

— Estamos ricos? — perguntou a ela, sentindo a voz derretendo na garganta.

Emídio só ouviu aquela resposta três semanas depois, quando os médicos encontraram segurança em reduzir todos os sedativos que o mantinham longe do pânico e o transferiram para outra ala do mesmo hospital.

Então, a recuperação, a negação de Emídio em usar próteses, sua ascensão quase milagrosa com o recém-adquirido posto de gasolina que começou a se multiplicar em novas franquias. Foram dois anos longos e estranhos. Emídio se deu muito bem com os novos postos, formou uma rede com outras seis unidades lucrativas. Seu único problema é que a citada prosperidade seria atingida pelo furacão chamado Covid-19.

Em janeiro de 2020, a TV começou a dar sinais do que viria a seguir. Pessoas adoecendo, diminuição drástica da frota de carros nas ruas, fechamento de pontos de comércio em várias cidades. Em março de 2020, lockdown com mais de trezentas mil pessoas infectadas no Brasil e um maremoto de mortes em Terra Cota. Em julho, depois de uma crise de estresse de Emídio, Luíza decidiu se separar dele, na pior fase da pandemia. Emídio ainda apostava em um amante que jamais se tornou fato, mas as alegações de Luíza diziam coisas sobre as mudanças de seu marido, o constante mau humor, seu desprezo por toda e qualquer afetividade humana. Diziam, principalmente, sobre o horror que ela sentia por aqueles membros amputados e desiguais. Luíza nunca confessou esse último motivo, mas o sexo jamais voltou a acontecer com naturalidade depois da amputação. Luíza não conseguia sequer ajudá-lo com a higiene nos primeiros meses, e quem cuidou dessa parte foi uma enfermeira, que mordeu uma pequena fração daquela enorme quantia de dinheiro supostamente paga pela seguradora do transporte ferroviário. Luíza e Emídio tiveram uma dúzia de conversas sobre o acidente, Luíza o pressionou, Emídio se manteve firme e repetiu sua história, mesmo sabendo que seu casamento estava em risco.

A relação com a filha se deteriorou da mesma forma. Mesmo antes da pandemia, Emídio passava o dia todo em seu escritório, sediado no principal posto da rede Gomes — ficava na saída da cidade. Ele precisava fazer dinheiro, muito dinheiro, ou, como bem sabia, voltaria a pensar em Guizard e no que ainda poderia negociar com ele. Quando Diana reclamava de sua ausência, Emídio dizia que estava ocupado com o futuro e voltava a fechar a porta. Nada de passeios, nada de abraços e brincadeiras, nada de acompanhá-la em suas apresentações da escola. Emídio perdeu o balé, o campeonato de judô, perdeu inclusive o amor incondicional (que sim, tinha condições) de sua única filha.

Entre março de 2020 e janeiro de 2021, as pessoas morriam sem parar. Em casa, nos hospitais, em seus empregos presenciais. Os jornais veiculavam uma pandemia mundial irrefreável, o país mergulhava em outra onda de desapontamentos políticos enquanto sua população implorava por uma vacina. Em 2021, o império de solventes de Emídio já agonizava, mas todos apostavam em uma recuperação quando a vacina chegou. Infelizmente tal reação não veio, para Emídio ou para Terra Cota. Começou a vender alguns postos na segunda metade de 2021. Primeiro, os menos lucrativos, depois os de pior localização, em seguida outros dois, para saldar dívidas de meia dúzia de processos trabalhistas.

Em sua busca alucinada por mais dinheiro, Emídio não cumpria todas as normas de segurança, tampouco as normas sanitárias durante a pandemia. Após um dos frentistas ganhar a primeira ação trabalhista, os outros se aglomeraram como moscas na carniça. Para liquidar a fatura, a CETESB, em um ato de fiscalização, lacrou a unidade que realmente alimentava as contas de Emídio. Ele acabou vendendo o posto a preço de banana, um negócio muito lucrativo para um comprador ousado, que nunca foi apresentado formalmente a ele. Tudo foi feito através de uma representação legal, fornecida pelo advogado do negociante.

O golpe de misericórdia ocorreu quando Terra Cota virou do avesso por conta de um problema que começou com os celulares e terminou com uma invasão de aves. Aproveitando a onda de desgraças, o comprador misterioso do posto interditado de Emídio abriu uma nova unidade, a quinhentos metros do posto da saída da cidade que pertencia a Emídio. Não teria sido um problema incontornável, exceto que, meses depois, a administração municipal decidiu inverter o fluxo automobilístico das ruas. Emídio agora estava localizado depois do concorrente, vendendo a gasolina a preços ridículos e pagando palhaços e malabaristas para trazerem os clientes até o seu posto. Chegou a sortear dois carros, pobre desesperado, um pouco antes dos bancos começarem a negar os empréstimos.

Era terça-feira, outro dia chuvoso e carrancudo de maio 2023, quando Emídio se viu obrigado a negociar com Guizard novamente. Ele ainda tinha algum dinheiro, mas era uma quantia sonsa e morna, nada que o içasse das garras da mediocridade e o devolvesse até (pelo menos) a primeira metade da classe média.

Emídio usou o telefone e vestiu seu melhor terno. Embarcou em seu Volvo adaptado e acelerou até o local combinado. Como em outras ocasiões, sentiu falta de operar o câmbio manualmente, de usar o acelerador, como sentia falta de estar no comando de sua própria vida. Enquanto as casas e comércios decadentes corriam pelos vidros, pensava que investir todo seu dinheiro em um único negócio foi uma péssima ideia. Pensava principalmente em por que ele nunca reconhecia a hora de parar. Emídio não teve apenas sete milhões em sua conta, teve pouco mais de doze.

— E eu enfiei tudo no cu — lamentou-se e acelerou mais um pouco. Aplicações na bolsa, negócios de risco, empréstimos. Falências.

No vácuo dos pedais, as pernas ausentes pareciam zangadas. Emídio sentia um pouco de dor, coceira; sentia cãimbras. Síndrome do membro fantasma, os médicos explicaram seguidas vezes. Emídio ainda precisava de medicamentos para conseguir dormir. Muitas vezes, acordava com uma sensação de pós-formigamento terrível, e não havia pernas para tocar e coçar, o que existia era sua insônia e as horas que o separavam da paz que só o trabalho incessante proporcionava.

Enfim, o Volvo estacionou em frente à Igreja de Santo Antônio, o local escolhido por Guizard. Não foi muito fácil encontrar uma vaga, e dessa vez Emídio agradeceu por ser deficiente e conseguir uma brecha. Naquela manhã havia muita gente nos arredores, rezando, conversando, vendendo seus produtos informais. Pipocas, balões, algodão-doce. Flores, velas e lembrancinhas.

Sem precisar de ajuda, Emídio apanhou sua cadeira de rodas e a colocou ao lado do carro. Em seguida, com um pouco mais de esforço, mudou de embarcação, ajustando o corpo com os braços fortes e acostumados com a manobra. No aglomerado de pessoas, procurou pelo rosto que não desejaria rever. Alguns transeuntes o olhavam de volta com sua curiosidade piedosa e irritante. Outros desviavam o olhar com um incômodo indisfarçável. Era o mesmo nojo horrível que Luíza sentia por ele desde a amputação das pernas? E ela dizia que o amava... Amor? Amor não existe.

— Senhor Emídio? — alguém gritou. A voz chegou um pouco baixa aos ouvidos do cadeirante. Emídio vergou a cadeira e relembrou os velhos dias.

(Além da minha palavra, nós temos um contrato assinado. Podemos prosseguir?)

Eles prosseguiram, sim, embora Emídio preferisse estar morto.

— Como vamos indo, senhor Emídio? Fiquei surpreso quando meu telefone tocou pela manhã — Guizard disse e estendeu a mão protética.

Emídio a apertou com insegurança. Um aperto com a mão direita era novidade.

— É automatizada — Guizard explicou. — Deve ter custado uma nota, mas não é mesmo impressionante?

— Onde podemos conversar?

Guizard sugeriu um restaurante próximo, mas Emídio não tinha apetite suficiente para comer uma azeitona. O consenso foi um dos bancos da pracinha, em um local menos tumultuado pelos fiéis. Guizard fez a gentileza de empurrar a cadeira, embora Emídio não parecesse agradecido pela ajuda. Cruzaram um caminho ladeado por pequenos arbustos e flores coloridas, passaram por uma fonte luminosa inativa, acabaram escolhendo um banco à sombra de uma grande seringueira, que devia ser bem mais velha que Guizard, Emídio ou mesmo aquela igreja.

— Pensei que o senhor estivesse em uma situação financeira confortável. Foi o que eu soube pelos jornais.

— Eu fui rico, sim, mas as coisas mudam depressa nesse país. Vendi um dedo quando estávamos em crise. Minhas pernas se foram em uma segunda crise. Perdi tudo o que ganhei em uma terceira crise. Ou talvez... — Emídio respirou fundo. — Talvez eu seja simplesmente azarado, Guizard. E por mais que um azarado se encontre abençoado pela sorte, ele sabe que essa bem-aventurança é apenas uma distração da concorrência.

— Não se subestime dessa maneira. O senhor é um homem de fibra, um homem admirável.

— Por que estamos na frente de uma igreja?

Guizard ergueu os olhos o máximo que conseguiu e chegou ao topo da catedral. Emídio seguiu a mesma direção, mas acabou em um ponto mais alto, onde andorinhas ensaiavam uma queda livre, menosprezando a firmeza do chão. Pássaros eram felizes. Havia os gatos, os gaviões, e as crianças e suas maldades, mas as aves nasciam prontas para o voo. Ele não; Emídio Gomes era uma pedra com asas.

— Igrejas são lugares de esperança e reflexão — Guizard deu sua resposta.

— E comércio. Eu quero vender o meu rim direito.

Não foi uma surpresa, mas Guizard não esperava que Emídio chegasse ao ponto tão depressa. O homem de camisa branca baixou a cabeça e cruzou as mãos, massageando a prótese robótica com a mão esquerda.

— Não poderei atendê-lo, senhor Emídio, não nesses termos.

— Vocês não compram órgãos? Não me venha com essa, Guizard, gente como vocês compra qualquer coisa.

— Vou ser mais claro. Nós compramos órgãos em situações extremas, mas o senhor ainda não está nessa condição.

— *Não?* — Emídio emendou com um riso esganiçado. Alguns garotos que descansavam apoiados em suas bicicletas a alguns metros dos dois se interessaram. Emídio os encarou e eles desistiram de olhar pra ele. — O que está faltando? Eu vendi um dedo, porra, vendi duas pernas, perdi minha família por causa de vocês.

— Sinto muito por sua família, senhor Emídio, mas não é culpa da nossa empresa. Nós sempre fomos idôneos em nossas negociações. O senhor recebeu cada centavo proposto, estou errado?

— E eu estou pronto para negociar outras partes. Eu teria proposto um braço, mas acho que não valeria todo o dinheiro que eu preciso.

— Eu vou explicar mais uma vez: nós nos preocupamos com nossos fornecedores. A retirada de um órgão é algo muito sério, algo que frequentemente leva a um óbito prematuro. Imagine o senhor se nós atendêssemos cada homem desesperado desse país? Quanto tempo levaria para um escândalo incontornável varrer nossa corporação como um tornado?

— O que eu preciso para convencer vocês? Pelo que tenho lido nos jornais, a coisa com os De Lanno e aquele policial melou todo o esquema. E eu fui bem claro quando falei sobre as coisas sexuais que não queria me meter. Já soube do que encontraram na chácara onde Eric De Lanno filmava suas nojeiras?

— Senhor Emídio, nossa instituição é justa, mas também é feita por humanos. É muito difícil conter os impulsos e a cobiça de todo mundo. O que aconteceu com Giovanna e Eric, e as ramificações desse incidente, são consequências de quebra contratual. Se o senhor leu atentamente o que assinou, percebeu que filmagens não autorizadas podem incorrer em... medidas extremas.

Guizard respirou tão fundo que Emídio pensou que seria o fim da conversa. Mas ela continuou sim. Dura, fria e cortante.

— Para vender órgãos internos, o senhor precisaria não ter mais nada a oferecer. Dedos, pés, mãos, pernas ou braços. Ou então precisaria de uma doença terminal.

— Câncer?

— Existem várias, senhor Emídio, eu tenho uma lista delas bem aqui — Guizard colocou sua valise no colo e começou a soltar os fechos.

— Não — Emídio tocou a tampa da valise. — Eu estou perdendo meu tempo.

— Existe um motivo mais forte para eu ter escolhido uma igreja para o nosso encontro, mais especificamente essa igreja. — Guizard girou o pescoço para um ponto onde era possível observar o vaivém dos fiéis.

— Não sei se ainda estou interessado, mas vá em frente. Gaste a porra do meu tempo.

— Santo Antônio é o padroeiro de muitas pessoas, senhor Emídio, inclusive dos amputados.

— E algum santo já abençoou um amputado por cobiça? — riu.

— Olhe pra eles, para os que estão na nossa condição. Percebe que a amputação não tirou a fé dessas pessoas? Os fiéis continuam vindo, muitos deles sem braços ou pernas ou algo que os diferencie de um coto. Eles continuam acreditando no santo, pedindo sua ajuda, mesmo que o santo não tenha impedido a perda de seus membros.

— O associado majoritário de sua empresa é Santo Antônio? — Emídio riu outra vez, resgatando um humor que julgava ausente.

— Nossos associados são bem mais solícitos que um santo, senhor Emídio. Eles procuram atender a todos que nos procuram.

— Ah, sim, eu tinha me esquecido. O poder.

— Poder, sim, a amálgama essencial da raça humana. E nossos poderosos ainda têm grandes planos para o senhor. Nós acreditamos em seu potencial, sempre acreditamos. Mas não poderíamos ou gostaríamos de obrigá-lo a coisa alguma. Eu ofereci, senhor Emídio, diversas vezes, uma chance do senhor atuar como nosso representante, esse poderia ter sido o melhor caminho, mas o senhor sempre negou.

— Eu não vou convencer ninguém a vender pedaços para a sua empresa.

Guizard deixou um sorriso se perder no rosto.

— Nós já tivemos essa conversa antes. As pessoas fazem isso o tempo todo, vendem pedaços de si. Pedaços que poderiam ser dedicados aos amigos, à família. Um artista, por exemplo, um pintor ou um compositor, qualquer criador que se preze coloca um pedaço de seu coração em suas obras, ou estou errado?

— Não estamos falando de choramingos artísticos, Guizard, pelo amor de Deus. Estamos falando de amputação.

— Só um minuto, senhor Emídio. — Guizard voltou à valise. Soltou um dos fechos dourados, depois o outro. — As pessoas que vêm a essa igreja têm muita fé, mas creio que o senhor seja um homem de fatos, e que só será convencido por eles. — Guizard estendeu um envelope a ele.

Emídio o apanhou com receio, como quem apanha o resultado de um exame de sangue. Abriu delicadamente o papel, em seguida retirou algumas folhas e passou a lê-las. Guizard deu-lhe o tempo que precisava, interessado no vaivém dos fiéis, na fé dos desgraçados com seus membros fantasmas e doloridos.

— O que significa isso? — Emídio perguntou ao final da leitura.

— Exatamente o que o senhor leu.

— Luíza? A minha Luíza é dona da rede de postos que me fodeu?

— Exatamente, senhor Emídio. Lamento que o senhor saiba dessa transação tão tardiamente, mas nós não podíamos chegar até o senhor e dividir essa informação sigilosa sem o seu interesse em uma nova negociação, o que, admito, não acreditei ser possível. Pelo que sabemos, seu dinheiro referente à pensão atrasada de Diana e à divisão dos bens foi usado para comprar seus postos. Ela contratou um laranja. Sinto dizer isso, mas enquanto o senhor se afundava, sua esposa comprava um iate.

— Filha da puta. — Emídio apertou as folhas a ponto de enrugá-las. — Depois de tudo o que eu fiz... Eu me sacrifiquei por ela, *por elas*! — gritou. Dessa vez ninguém o ouviu. Não havia garotos por perto. Os fiéis haviam entrado na igreja a fim de acompanharem a missa em homenagem ao santo.

— Entendo sua frustração. Eu preferi, como sempre, ser franco com o senhor.

— Mas que maldita — continuou a reclamar.

— Com a sua licença — Guizard recuperou os papéis das mãos de Emídio. Alisou-os contra a perna e voltou a guardá-los.

— O que vocês querem de mim? E o que a desonesta da minha ex-mulher tem a ver com tudo isso? Eu não posso culpar a Luíza por ser mais inteligente do que eu.

— Tem certeza, senhor Emídio? Porque culpá-la me parece uma conclusão perfeitamente plausível.

Emídio se ajustou à cadeira de rodas.

Guizard continuou. — Dona Luíza nos telefonou na semana passada, tentando marcar um encontro.

— Eu nunca disse nada, se estou sendo acusado, eu...

— Sabemos disso, senhor Emídio. Dona Luíza conseguiu nosso número em seu cartão, mas ela ainda pensa em agiotagem. Pelo que pude perceber, ela está doente, e os negócios não vão indo muito bem depois da loucura que varreu nossa cidade no ano passado. Sua esposa foi mal assessorada por Aquiles Rocha, acho que o senhor conhecia o homem.

— O que era dono das torres de telefonia?

— O próprio. Ela me contou que boa parte do dinheiro foi aplicada com a investidora dele, em Bitcoins, não sei se o senhor conhece a transação.

— E quem não conhece essa merda...

— Quando Aquiles foi assassinado pelo filho, as ações entraram em declínio, era mais um esquema de pirâmide. Sua esposa precisa de dinheiro para manter os postos e retirar um tumor que está pressionando sua coluna vertebral, um bom dinheiro. Existe um tratamento experimental, dizem que resolve, mas custa muito mais do que ela tem.

— Ex-exposa — Emídio retificou.

— Tenho pensado em como ajudá-lo e acredito que seria um grande mérito, uma espécie de justiça tardia, se o senhor encabeçasse essa conversação com a Dona Luíza. Além dos laços de confiança que vocês dois possuem, o senhor sabe como ninguém os prós e contras do fornecimento.

— Ela nunca vai aceitar, Luíza tem nojo das minhas pernas.

— Por enquanto. Mas o que acontecerá quando ela sentir o que o senhor sentiu? Quando ela perder algum membro, viver o que o senhor viveu? Quem sabe essa seja uma chance de reaproximar vocês dois, isso seria bom, não seria?

— Eu realmente não tenho certeza.

— Não precisa tomar essa decisão imediatamente. Do meu ponto de vista, já passou da hora do senhor se tornar um colaborador na nossa empresa. Conheço suas razões, mas garanto que é uma função altamente compensatória. Podemos inclusive providenciar novas próteses, mais funcionais, mais bonitas! Automáticas!

— Podem ajustar o tamanho dos meus cotos? É estranho, sabe? Ficou meio desproporcional.

— Obviamente. Podemos inclusive encaminhá-lo à cirurgia antes do encontro com a sua ex-esposa. Ela o receberá de uma maneira mais confiante vendo o senhor de pé e de cabeça erguida, com uma valise nas mãos, novamente dono de seu próprio nariz.

— De pé? Quanto isso vai me custar? Não sou um homem tão ingênuo quanto eu era em 2017. Vocês nunca perdem, e quando são ameaçados, pessoas desaparecem como se fossem papel queimado.

Guizard esboçou um sorriso no rosto levemente retesado.

— Nossa empresa fornece ao mundo o que ele pede. Com o tempo, o senhor irá compreender todo o processo, e eu garanto que não haverá arrependimentos. Nosso plano de carreira é sólido, somos uma empresa tradicional com soluções inovadoras.

— Aposto que sim — Emídio olhou para as pernas. — Sendo bem honesto, eu não me importo mais em trabalhar pra vocês. Parece que chegamos a um consenso, Guizard. Eu assumo a negociação com Luíza, e vocês arrumam as minhas pernas. Se tiver algum custo extra, pode colocar na minha conta. Pelo jeito seremos parceiros por muito tempo.

Guizard apanhou a valise e pediu que Emídio a amparasse no colo, em seguida rodeou a cadeira e a colocou na direção certa.

— E o que nós sabemos do futuro? Felizmente ou infelizmente, tudo o que podemos fazer é dar um passo de cada vez. Está pronto para fazer isso?

Emídio olhou novamente para seus cotos e pensou em sua Luíza, na Luíza que não era mais sua. Sorriu de verdade pela primeira vez em muitos anos.

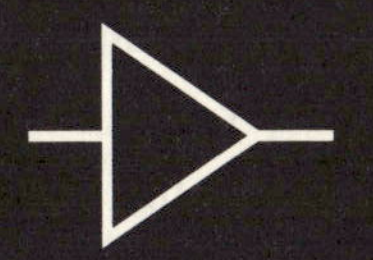

FASE5.RUÍDO2

CADEIA ALIMENTAR

QUANDO A PRESENÇA SE RESUME A EXISTIR
NÃO QUERO APENAS SOBREVIVER **MANGER CADAVRE**

Os dois homens estavam sentados em frente à ala nova do Cemitério Municipal, observando as pessoas que ainda se abraçavam e se despediam. O dia estava sem muito vento e sem muito sol, um dia perfeitamente ajustado para ser apenas mais um, coadjuvante e esquecível. No meio da plantação de lápides, um pássaro de meio metro passou voando depressa.

— Que bicho é aquele? — Damião perguntou. — Gavião?

— Nada. É coruja — o outro, Antunes, respondeu.

Damião era só um ano mais velho que Antunes, mas estava mais acabado. Ambos tinham quase oitenta.

— Coruja nada... Coruja não voa de dia.

— É coruja sim, elas não fazem barulho quando voam. Só coruja consegue isso.

Damião acatou. O amigo não costumava mentir.

Um pouco à frente da rota que a coruja acabara de fazer, duas mulheres se encontraram e começaram a chorar uma no ombro da outra. A coruja estava ao lado, sobre uma lápide, almoçando um filhote de gato que acabara de caçar.

— As coisas já não são como eram — Antunes disse.

Parou de falar novamente, e ambos observaram uma menininha correndo com dois amiguinhos. Brincavam de pega-pega entre as lápides, tomando cuidado para não pisar na casa de alguém. A menina era mais alvoroçada, e além de correr mostrava a língua para o menino que estava com o pique. O segundo menino que corria parecia grande demais para estar com eles, mas era lento.

— Anda morrendo muita gente — Antunes complementou o pensamento.

— Sempre morreu. É que antes nós não achávamos que seríamos os próximos.

Com isso os dois riram, e por um momento o cemitério pareceu bem mais agradável. As crianças também riram alto e trocaram de caçador, agora quem estava com o pique era a menina. Ela parecia feliz com isso, em perseguir os outros meninos.

Damião suspirou, e todo seu bom humor foi embora com o ar expelido.

— Só hoje enterramos três amigos, três pessoas em uma ponta de alfinete como Terra Cota, em um dia. Eu sei que já estivemos em situação pior, mas fico pensando o que ainda vamos ter que enfrentar.

— Tudo bem com seu filho? — Antunes perguntou. Conhecia o amigo há mais de quarenta anos, tinha alguma coisa escondida beliscando os humores dele.

— Elias é como uma folha no vento. Hoje está aqui, amanhã não está mais. Ele pegou a moto e foi pra Três Rios na semana passada, disse que de lá ia pra Cordeiros.

— A trabalho?

— Acho que sim. Ele está trabalhando com vendas agora. Pelo que entendi era algum tipo de insumo agrícola, sementes. — Damião ainda olhava para as crianças. — Olha só pra eles... não faz muito tempo e as nossas crianças corriam por aí desse mesmo jeito, enquanto a gente cuidava da gastrite.

Os dois cultuaram algum silêncio. Outro carro da funerária chegava.

— O safado do Roberto Pinheiro vai ficar rico — Damião disse.

— Vai ficar não: ele já ficou. A Maria Helena da imobiliária vendeu três imóveis pra ele, tudo pertinho do centro. Já deu uma olhada na funerária? Aquilo ali parece uma boate de tanto enfeite.

— Quem ia imaginar que metade da cidade morreria de gripe?

— Pois é. E continua morrendo gente, mas agora ninguém tá espirrando.

A menina pegou o garoto grande, e agora era a vez dele correr atrás dos dois. Do jeito que era lento, ficaria assim por muito tempo.

— Estão falando de uma nova doença — Antunes disse. — No Porão nós já disparamos um alarme, tem gente que está usando máscara e tudo. Dois dos irmãos entraram em quarentena por escolha própria.

— Você e esse bando de lunáticos. Porão, maçonaria, Lions Club, no fundo é tudo a mesma coisa. Quem precisa de uma sociedade dentro da outra? E por que voltar a usar máscara? Não é um problema de pele?

Antunes ficou com uma expressão bastante conhecida por Damião.

— Desembucha, Antunes. Ou então é melhor nem continuarmos essa conversa. Amigos de tanto tempo como eu e você não têm direito a segredinhos, isso é coisa das nossas comadres.

— A fonte eu não vou dizer, mas o problema não é uma bactéria ou um vírus. E também não é uma planta.

— Então o que é?

— Ninguém sabe direito. Eles atacam na pele, nos pulmões, atacam até no couro cabeludo. Pelo que já descobriram, esse novo germe se reproduz mais depressa e se adapta ainda mais rápido aos remédios. Essa coisa é tão habilidosa que consegue parasitar até outros parasitas. Como um fungo.

Até então Damião estava sorridente, quase ridicularizando o que ouvia de Antunes. Mas aquela palavra por algum motivo o transtornou. Ele fumava uns cinco cigarros durante o dia há dez anos, apenas para manter o vício em dia. Naquele momento Damião acendeu um tubinho e tragou com muita vontade.

— Você se lembra que eu trabalhei com controle de pragas? — perguntou a Antunes.

— Claro que sim, sua empresa fazia o serviço pra gente lá na prefeitura. Acho que foi na gestão do Teodoro Leite.

— Também na gestão dele. Eu trabalhei com os venenos do Piedade por dez anos, até que meu fígado ameaçou explodir. O caso, Antunes, é que os fungos são uma das coisas mais perigosas e subestimadas que a mãe natureza já fez.

— Já tem gente do governo envolvida, o pessoal da Vigilância Sanitária está acompanhando de perto. Ouvi dizer que tem até estrangeiro recolhendo amostras. Nós vamos encontrar uma cura, tenho certeza disso.

— Só se estiverem procurando no lugar certo — pontuou Damião.

A menina tropeçou e o menino grande aproveitou para pegá-la. Ela se levantou, mas não correu ou se moveu daquele ponto. Talvez estivesse fingindo para que os meninos chegassem mais perto de novo.

Damião tragou o cigarro outra vez.

— Eu tinha um grande amigo biólogo nos tempos de empresa, a gente tinha esse problemão com formigas e eu não conseguia resolver, então me consultava com ele. Jogávamos veneno, elas sumiam uns dois meses, depois voltavam a infestar. Não sei se você sabe, mas as formigas são um dos bichos mais resistentes que existe. Se elas gostarem de um lugar — Damião fez um som de viiiixi arrastado —, só colocando fogo.

— E o que isso tem a ver com fungos?

— Quase tudo. Segundo o meu amigo, quem gosta do lugar não são as formigas, mas os fungos que vivem na formiga-rainha. De algum jeito as formigas ficam viciadas nesse fungo e nas porcarias que ele produz, como se fosse uma dessas drogas terríveis. Toda a colônia funciona para agradar a rainha por causa dos fungos, e em troca a rainha continua pondo os ovos, e mais formigas nascem e se viciam no néctar contaminado dela, e assim vai indo. É por isso que a gente nunca acaba com certos formigueiros, a não ser que tornemos o lugar todo uma porcaria inabitável.

— Isso também acontece com outras espécies de insetos?

— Eu não duvido, Antunes. Esse planeta sempre foi e sempre será isso, uma competição sem fim.

No gramado cheio de lápides, a coruja passou voando outra vez, em seu voo diurno que não deveria existir. A menina se agachou e saltou, a apanhou em pleno voo. Depois quebrou o pescoço da ave, a rodopiou e a atirou nas pernas do menino grande. Ele caiu de boca e ela correu até ele. Enquanto o menino ainda chorava, ela disse:

— Tá com você. Vem me pegar, bobão.

Você só precisa se lembrar de que não possuem você
Não fuja, de novo não, de novo não, de novo não

FASE5.RUÍDO3

CASO LEYLA

YOU JUST NEED TO REMEMBER THEY DON'T OWN YOU / DON'T RUN AWAY, NOT AGAIN, NOT AGAIN, NOT AGAIN **FAR FROM ALASKA**

Por mais que Ducatte amasse sua profissão, a vida como investigador de polícia passava bem próxima a uma espécie de penitência, uma autoflagelação. Ainda há pouco fora obrigado a rever, pela centésima vez, o caso estacionado desde a morte de Diogo Vincenzo. Tentou argumentar com o delegado Sérgio Linhares a inutilidade de revisitar o arquivo, mas o homem insistiu. "Os De Lanno ajudaram a fundar essa cidade, nós devemos uma satisfação para a família." Sim, era um bom e reutilizável argumento, mas isso nunca revolveu um caso. Algumas coisas simplesmente não encontram uma explicação, e cada vez mais esse parecia ser o ponto final com a organização especializada em torturas e agressões sexuais descortinada por Diogo Vincenzo. Vasculhando arquivos policiais de toda a região, o mais próximo de uma nova pista que Ducatte obteve foi um representante de vendas de uma produtora de cinema em Três Rios. Segundo o homem contou para a polícia em 2015, ele tinha dúzias de fitas VHS com gravações captadas no meio da madrugada, ao longo dos últimos trinta e cinco anos. Ducatte nunca conseguiu encontrá-lo. O sujeito, de nome Paulo Guizard, parecia ter desaparecido sem deixar rastros. Abandonou inclusive esposa e filhos.

Ducatte respirou fundo e passou para a próxima demanda daquela manhã de segunda-feira. Não sabia que tipo de problema o delegado tinha com ele, mas devia existir algum. Nada era pior para um investigador do que revisitar um caso não resolvido por um colega, e Linhares lhe dedicou logo dois.

O Caso Leyla, herança de outro investigador transferido para Nova Granada, estava parado desde fevereiro. A moça tinha desaparecido quinze dias antes da família notificar a polícia, e a principal suspeita era Suzane Gervazi, sua companheira. Encontraram sangue na casa onde viviam, cenas de destruição doméstica, mas Suzane tinha o álibi incontestável dos pais de Leyla, que alegaram estar com ela, em viagem, dias antes da invasão da casa das duas (segundo contaram em depoimento, a filha deveria se juntar a eles no passeio, no final de semana). A novidade é que agora Suzane estava internada no Hospital Municipal, vitimada por uma espécie de síndrome imunológica gravíssima, e Linhares insistia que Ducatte falasse com ela antes que a moça batesse com as dez.

— Ducatte? — era Shirley, escrivã e porta-voz do homem. Estava prestes a se aposentar, então o delegado a obrigava a falar por ele quando não queria se comprometer com algum assunto (ou quando seu comprometimento arriscasse piorar a situação).

— Fala, Shirley.

— Seu chefe perguntou se você já tinha ido, eu achei melhor avisar antes de sair caguetando. O que eu falo pra ele?

Ducatte sorriu e apanhou a chave do Peugeot. Levantou-se da cadeira e enfiou o celular no bolso.

— Diz pro mala que eu já fui.

Na passagem pela porta, tocou os ombros de Shirley.

— Você é única, Shirley. Se eu não soubesse que a aposentadoria é tão boa, eu faria um abaixo-assinado pra você ficar.

— Vira essa boca pra lá, meu anjo. Tem café por aqui?

— Tem sim, mas deve tá meio frio.

Shirley riu.

— Café é café.

• • •

A polícia tem alguns privilégios, mas eles não incluem entrar em alas restritas de hospitais sem um mandado. Para conseguir essa proeza é necessário algum charme, poder de persuasão, ou até mesmo um parente próximo de um dos enfermeiros cumprindo sua pena em um centro de detenção na região. Para a surpresa de Ducatte, ele recebeu autorização da paciente a lhe fazer uma visita assim que foi anunciado.

Hospitais não são considerados ambientes agradáveis nem pelos donos e administradores, mas havia uma espécie de morbidez intoxicante tomando conta dos corredores do prédio. Um tipo de silêncio, de receio, quase como se todos soubessem que poderiam ser o próximo nome a estar naqueles quartos. Mesmo no rosto dos funcionários era possível detectar essa angústia, esse peso. Em alguns havia até mesmo um traço de revolta.

— Quanto silêncio — Ducatte acabou dizendo para o enfermeiro que o acompanhava. — É sempre assim tão quieto?

— Está desse jeito faz umas duas semanas. Do nada começou a chegar gente com todo tipo problema. Doença de pele, dos ossos, de tudo. Dor de ouvido e confusão do juízo, então... são cinco ou seis por dia. O pessoal daqui está um pouco assustado, com medo de pegar alguma coisa.

Caminharam mais alguns metros e chegaram ao quarto dezessete no mesmo corredor.

— Então, seu Ducatte, a gente mudou ela pra cá pra vocês poderem conversar, mas o caso dela é bem sério. Você pode ficar com a Suzane no máximo dez minutos, depois ela volta pra UTI.

— Vai ser mais rápido que isso — informou Ducatte. O rapaz já abria a porta.

Não era uma visão bonita. A moça que conhecera parecia reduzida pela metade. O corpo estava seco, os cabelos haviam afinado e caído, os dentes pareciam maiores, combinados à desnutrição do rosto. Suzane também tinha uma vastidão de feridas pelo corpo, quase todas secas. Um dos olhos estava vermelho como sangue. Livre de qualquer vaidade, o roupão dela estava aberto, mostrando um pedaço do seio esquerdo.

— O seu... — Ducatte fez questão de preveni-la. Indiferente, ela se cobriu e suspirou.

— Achei que tinham desistido — disse ela.

— Preferia isso?

— Não sei ainda.

Ducatte olhou em outra direção, apenas para não manter os olhos nela e esboçar o que sentia. Não havia um sentimento maior que o medo de acabar daquela forma.

— O que você tem?

Ela tossiu.

— Ninguém sabe. Eu comecei e sentir fraqueza e a perder peso, mesmo comendo pra caramba. No começo era só isso, então comecei a ter doenças. Pneumonia, herpes zoster, até catapora eu tive.

— Você é soropositiva?

— Aids? Não. Fizeram teste de novo, inclusive. Não é aids, não é câncer, pode ser tristeza. Ou saudade. Se é que isso pode matar alguém.

— Leyla?

— Leyla...

Ducatte esperou que a mulher na cama perguntasse se encontraram sua companheira, ou pelo menos o corpo, mas a pergunta não veio. Isso só comprovou o que ele já suspeitava.

— Chegou a hora de fazer a coisa certa, Suzane. É melhor pra todo mundo.

— É... deve ser sim — sorriu com tristeza. — Você já fez alguma promessa na vida, moço?

— Algumas.

— E quantas fez pra quem amou?

Ducatte precisou pensar um pouco. Se sua mãe pudesse entrar na conta, ele prometeu que se formaria em engenharia, e nunca prestou vestibular pra essa profissão. Também prometeu para duas mulheres que as amaria até a morte, e estava se divorciando da segunda.

— Você prometeu alguma coisa pra Leyla?

— A-hã, mas não quero levar isso pra cova.

Suzane emendou com uma crise de tosse. Tão feia que Ducatte caminhou até a porta, a fim de pedir ajuda.

— Não — disse ela. Tossiu mais um pouco. — Eu não vou morrer de tosse.

A mulher tomou mais algum tempo respirando, o peito chiando como uma sanfona.

— Essa cidade é um esgoto. A minha Leyla era a pessoa mais legal que eu conheço, mas até ela foi sugada por esse... ralo.

— Ela está viva?

— Quem sabe? E mesmo que esteja... tem vida que não vale a pena. Eu sou um exemplo disso, olha bem pra mim. Olha pra essa pele e osso que eu virei. Dá pra chamar isso de vida? Nessa cama?

— Pessoas ficam doentes todos os dias, em todos os lugares. Não é privilégio seu.

— Aí está ela, a velha simpatia da polícia de Terra Cota — um sorriso cansado.

— Preciso saber onde ela está, Suzane. A família merece uma explicação.

— O pai e a mãe dela? Eles já têm explicação, caralho. Quem não tem nada são vocês da polícia e essa cidade, que sempre tratou a gente como duas degeneradas.

— Onde ela está?

— Tem certeza de que vai atrás disso? Tem coisa que é melhor não saber, Ducatte, confia em mim. O que aconteceu com a Leyla já está resolvido, você não tem que se envolver nisso.

Ducatte chegou mais perto da cama e por um breve instante sua intuição falou mais alto que todo seu histórico na polícia. Nesse pequeno segundo de compreensão, ele percebeu finalmente o que poderia ter acontecido.

— Quem machucou ela, Suzane? Quem separou vocês duas?

Leyla começou a lacrimejar. Depois a chorar. No começo lentamente, logo aos soluços.

— Eu vou ajudar. Estou aqui pra isso.

— Não dá, ninguém pode ajudar a Leyla. Mas se quer ter certeza, eu vou passar o endereço. Só promete que não vai machucar ela, se ela estiver... viva de algum jeito.

Ducatte ofereceu um lenço e retirou o celular do bolso para adicionar o endereço.

— Você tem minha palavra.

Ducatte apanhou um pente de balas extra e partiu com o carro, a fim de liquidar com aquela fatura. Segundo Suzane, encontrar Leyla com vida era praticamente uma impossibilidade, e isso foi tudo o que ela disse antes de ter uma parada respiratória. Quando Ducatte deixou o hospital ela ainda estava viva, mas ele duvidava que o quadro permanecesse assim por muito tempo.

O lugar indicado por Suzane ficava nas proximidades da mata preservada que limitava a cidade a leste. Em um passado não muito distante, a reserva era frequentada para trilhas de motocross, escotismo e acampamentos informais.

Havia inclusive uma cachoeira, alimentada pelo Rio Choroso, onde o pessoal costumava se reunir. Que Ducatte soubesse, poucos se arriscavam nos últimos dois anos, desde a interdição da área pela Defesa Civil. Também não era novidade que impedimentos sem fiscalização significavam quase nada.

Havia uma estrada secundária que contornava a área verde até o ponto onde ficavam, segundo Suzane, duas propriedades. A primeira casinha estava abandonada havia anos, mas a segunda recebia visitas constantes de um caseiro, que deixava tudo mais ou menos funcional para visitantes. De acordo com Suzane, era esse o paradeiro de Leyla.

Não foi difícil chegar, a parte mais complicada foi vencer a vegetação exuberante que, em alguns pontos, conseguia impedir a estradinha. Além da aparência mais selvagem, a mata estava mais colorida do que Ducatte se lembrava, parecia mais cheia de vida. Talvez a responsável fosse a quantidade de chuvas do ano anterior, ou a própria ausência humana por um período de tempo razoável.

Estacionou um pouco antes da entrada da casa, tão logo avistou o imóvel. Para aquele meio de nada, a casa não era tão ruim. As madeiras estavam notadamente velhas e sem verniz algum, o telhado era meio torto, mas tudo parecia estável, em condições de abrigar alguém.

Ducatte notou guimbas de cigarro pelo chão assim que se aproximou, ainda estavam frescas, sem muitas manchas de barro. Pegadas não encontrou, mas onde havia cigarros, havia gente. Seguiu silenciosamente, tentando ficar oculto pela vegetação. Não era muito difícil. Fora dos limites do chão varrido da casa, as árvores e o mato cresciam sem controle.

A porta da frente continuava fechada, mas havia uma janela aberta lateralmente, protegida apenas por uma cortina de contas. Ducatte manteve os olhos nela e seguiu pelo mato. Parou de caminhar em alguns metros, havia uma moto tombada no chão. Era uma Honda, mas foi difícil reconhecê-la. Pela quantidade de mato sobre ela, estava ali há vários meses, muito antes de Leyla ter se aventurado.

Ducatte se abaixou depressa.

Alguém espionava pela janela. Foi apenas um segundo, mas ele conseguiu ver um dos olhos. Com o elemento surpresa caindo por terra, o jeito foi antecipar a Taurus. Antes de se identificar, conferiu os fundos, a fim de descobrir um segundo acesso na casa. Não havia. Existia uma casinha usada como banheiro, longe da casa principal, e era só isso.

— Leyla? Leyla Távora? — ele permaneceu na lateral, de modo que ainda enxergasse a porta da frente e a janela.

Não houve movimento algum, dentro ou fora da casa.

— Leyla, eu sou policial. Quem me passou o endereço foi a Suzane.

Nada. Nem mesmo um suspiro. Nenhum movimento na janela.

— Eu sei que tem alguém na casa, eu vi você. Leyla, se for você, a Suzane está no hospital, ela está doente. Ela me contou que você preferiu ficar aqui. Você pode ficar, mas eu tenho que saber se está tudo bem.

Não conhecia muito da mulher chamada Leyla, mas suspeitava que, se ela estivesse naquela casa ou tivesse condições para tal, teria se identificado. Segundo imaginava, Suzane ainda era suspeita. Mesmo com um álibi, ela poderia ter armado tudo, mandado matar a parceira sabe-se lá por qual motivo e deixado o corpo por lá. Como convenceu a família a tomar seu partido ainda era um mistério, mas não era impossível de acontecer. Agora, Suzane talvez quisesse mostrar seu feito, ansiosa pelos holofotes antes de morrer. Não era incomum entre assassinos.

— Estou armado e não estou sozinho! Se acontecer alguma coisa comigo, essa cabana vai virar uma peneira. É a última chance que você tem de sair antes que dê merda, ouviu?

Fez silêncio por alguns segundos, foi chegando ao pé da porta. Então gritou e socou a madeira:

— OUVIU, PORRA?!

Do lado de dentro, alguém se assustou. Houve um ruído metálico. Pareceu o som de uma panela caindo. Depois, um som mais comprimido, abafado, como se alguém estivesse com amarras na boca. Não precisou ouvir mais nada.

— Polícia! — anunciou, um segundo depois de arregaçar a porta com um chute. Não precisou forçar muito, o fecho era feito com pregos e a madeira do batente estava podre.

A casinha possuía um cômodo de entrada, uma cozinha e um quarto. Na sala havia somente duas poltronas surradas. Nada que Ducatte pudesse ver na cozinha. Havia uma calça jeans jogada no chão, na entrada do quarto.

O cheiro da casa era terrível. Parecia o ranço de comida podre, uvas decompostas, um cheiro azedo e enjoativo a ponto de evocar o vômito. Ducatte precisou se concentrar para não botar tudo pra fora. Conseguiu, mas os olhos lacrimejaram. Havia algo de errado naquele cheiro, talvez antinatural. Sentira o odor da morte algumas vezes e aquele buffet era bem diferente, era pior.

Avançou pisando mais firme, propositalmente fazendo barulho sobre o ripado do chão. Havia baratas se escondendo entre os vãos a cada passo, elas pareciam à vontade naquela casinha.

— Devagar pra não levar bala — disse ao pé do quarto.

Abaixou-se em frente à porta, usando o batente como trincheira, pronto para disparar. Logo se ergueu e alternou o revólver em diferentes direções.

— Se estiver vivo, fala alguma coisa — ordenou.

Havia uma pessoa na cama do quarto. Daquela distância não dava para ter certeza, mas parecia um rapaz. Um cobertor encardido cobria o corpo, a cabeça estava amarrada pelo pescoço ao travesseiro, tão apertado que apenas a pressão da corda poderia ter sufocado a vítima. Ouvindo a voz, a pessoa começou a resmungar e a se agitar, mas não saiu da cama. Conforme se movimentava, mais daquela fedentina se erguia. Moscas alçavam voo a cada ato convulsivo. Estavam sob o cobertor, embaixo da cama, por toda parte.

Domando o nojo, o policial fez o que era preciso e levantou o cobertor.

— Puta merda, o que fizeram com você?

Com todas as sensações sequestradas ao horror, foi quase impossível sustentar o revólver com a mesma implacabilidade. Aquele pobre coitado estava com tumores terríveis nas costas, coisas que pareciam lipomas e tinham o tamanho de um joelho adulto. Havia seis daquelas protuberâncias. Uma delas, a que estava mais próxima da coluna, tinha um formato diferente, era mais oblonga. Ao redor de todas as elevações havia uma massa de carne podre, tinha o aspecto de um ninho de podridão. Havia larvas naquela pele, entrando e saindo, se movendo preguiçosamente.

— Solta a arma, cara. — Ducatte sentiu uma pressão às suas costas, na nuca. Era uma voz feminina.

— Não faça nenhuma cagada. Eu sou da polícia.

— Sei quem você é. A Suzane me telefonou.

— Leyla?

— Me dá a arma, Ducatte. Agora.

Com a frieza da fala, Ducatte não pestanejou. Estendeu a arma às costas e a captora a apanhou.

— Pode virar agora.

Ele o fez com lentidão.

— Santo Deus.

O que via daquela mulher era uma forma humana híbrida e repugnante. Tinha pelos grossos no colo que lembravam o das moscas, os cabelos pareciam de alguém exposto a radiação. Não tinha mais dentes, pelo menos Ducatte não podia vê-los. Leyla tinha olhos purulentos e amarelados, ictéricos. Estava magra e com várias feridas pelas áreas visíveis do corpo. Sob a camiseta havia uma barriga protuberante, talvez estivesse grávida.

— O que aconteceu nesse lugar? Quem é aquele cara?

— Ele? É da família — ela riu com um tom de deboche e loucura em seu rosto, um sentimento de perda de humanidade. Olhar para Leyla era como acreditar em milagres às avessas. Em muitos pontos, sua pele parecia uma esponja, edemaciada e furada, como se todos os poros tivessem se dilatado ao tamanho de bolas de gude.

— Leyla, me conta o que aconteceu aqui — Ducatte continuou com as mãos espalmadas.

— Tem coisa que não dá pra explicar. Mas eu posso mostrar.

Leyla terminou a frase e puxou com força o tecido da camiseta. A malha velha e apodrecida não insistiu em ficar inteira, rasgando com facilidade do pescoço até o umbigo. Em um segundo puxão, se abriu de vez.

— Caralho, o que é isso!?

Havia uma estrutura se projetando para fora do ventre da mulher. Era grossa e feita de pele, como o começo da perna de um gêmeo parasita. O membro estava encaracolado, e agora ganhava projeção. Tinha cerca de um metro e terminava em uma espécie de ferrão, foi o que Ducatte pôde conjecturar. A estrutura da ponta tinha forma de gota, era avermelhada e brilhante.

— O que é você?

— Não sei. Mas foi presente desse filho da puta — apontou com a arma para o homem amarrado.

— Conhece esse homem?

— Esse é... ou era... — sorriu — o Rossi. A gente namorava antes de eu conhecer a Suzane. Ele sempre foi meio violento, nunca aceitou que a gente terminasse. Rossi invadiu a nossa casa e me estuprou. Foi desse jeito que começou. Depois de colocar a sujeira em mim, ele me trouxe pra cá, acho que pra continuar me estuprando enquanto eu estivesse viva.

— Eu... eu sinto muito.

— Eu também. Mas eu parei de sentir pena de mim mesma quando essa coisa começou a nascer na minha barriga. Ele tinha me amarrado de bruços, do jeito que ele está agora, então não viu que eu estava mudando. Quando ele me colocou de frente de novo eu peguei ele. Peguei de jeito — ela riu, tapando a falta de dentes com a mão direita.

— Ele está vivo?

— O suficiente.

— Suficiente para quê, Leyla? O que são essas coisas nas costas dele?

— Coisas? Não, não são coisas. Eles são meus filhos e filhas, o Rossi está vivo pra alimentar os bebês. Até nasceram dois pela frente. Um dos ovos eu coloquei... — ela riu meio desordenadamente — você sabe onde.

— Leyla, isso precisa parar. Que tipo de coisa horrível aconteceu com vocês?

— Não importa — ela foi incisiva. — Agora já aconteceu. O que interessa é o dia de amanhã e o que eu e as minhas crias vamos viver. Eu nem tenho mais mágoa do Rossi... ele está ajudando agora.

— Sua família sabe?

— A Suzane contou alguma coisa pra eles. O pai e a mãe disseram que sentem muito, mas que é melhor assim. Eles não entendem o que eu estou me tornando. Tadinhos... eles não entendiam nem antes.

— E Suzane? O que ela tem foi...?

— Não fui eu. Essa cidade inteira está doente, não é de hoje. Todo mundo sabe, todo mundo sente, mas ninguém fala nada. Deve ser um jeito das pessoas continuarem com suas vidinhas de bosta. Eu tenho pena da Suzane, mas a vida precisa seguir em frente.

— Vai me matar?

Leyla riu, e dessa vez foi um riso bastante humano.

— Eu não preciso fazer isso. Mas vou comer os seus olhos se você colocar a mão nos meus bebês. Se quiser ir embora, é só virar as costas, mas esse filho da puta fica comigo pra alimentar os filhos.

Ducatte olhou para a saída do quarto, ela deu um passo para o lado, cedendo espaço.

— Eu sinto muito mesmo. Não sei como o que aconteceu é possível, mas eu acho que ele merece ficar nessa cama. Eu só quero ir embora.

O corpo na cama deu um solavanco e uma das ovas começou a sangrar. O cheiro era terrível. O ruído era pastoso.

— Não quer ficar mais um pouco? Está quase nascendo mais um.

— Não, Leyla, eu acho que não.

Ducatte foi saindo da casa sem ser impedido. Entrou no carro, deu a partida e ouviu aquele pobre diabo gritar. Não tinha imaginação suficiente para supor o que sairia das feridas, mas pensou em uma porção de corpinhos nojentos, com asinhas de borboleta.

Eles teriam o rosto da mãe.

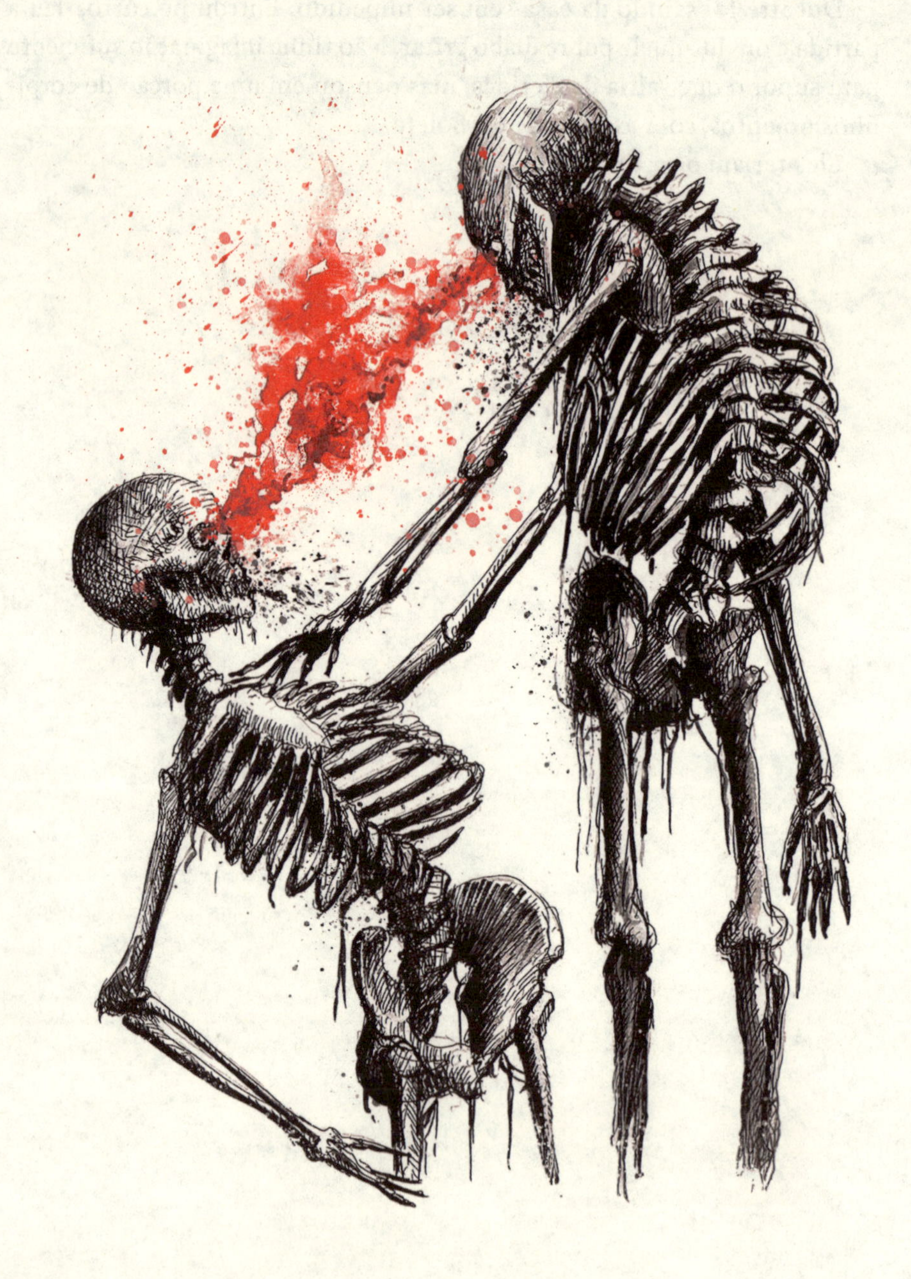

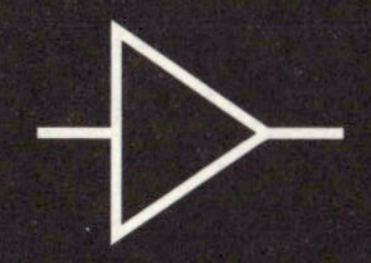

FASE5.RUÍDO4

ASSASSINOS EMBRIONÁRIOS

HOJE EU VOU TE ENSINAR / PORQUE SE VOCÊ FOR PENSAR / JÁ QUE ESSA CULPA É NOSSA, EU ESCOLHO A QUEM CULPAR **MATANZA RITUAL**

Todo dia a mesma história.

Batidas na porta do quarto, café da manhã, pai e mãe com a cara enfiada no celular.

"Toma pelo menos o leite", mãe dizia e ele cagava. Já estava de saída. Odiava a escola. Mas a casa era um pouco pior.

"Não ouviu sua mãe?", o pai desviava os olhos do celular.

"Eu não sou surdo."

Ele bebe o leite, pega a mochila e sai.

Assiste aula. Volta pra casa. Dorme. Internet noturna. Todo dia a mesma coisa. Dezesseis anos da mesma droga de coisa.

• • •

Wesley não tinha uma vida ruim, nunca teve. Na primeira infância, a família acolhedora. Nos natais e aniversários, os melhores presentes. As matrículas nas melhores escolas. A pré-adolescência também não foi ruim, e tirando uma ou duas confusões pelo bairro, a vida passou em brancas nuvens. Como extra, um dos melhores jogadores de futebol da escola.

As coisas começaram a mudar depois dos treze. De repente, nada do que ele fazia era tão bom como antes. Os pais tinham coisas melhores do que se orgulhar, a irmã caçula era mais doce e superior em quase tudo, seu corpo começava a mudar. Sentia-se magro e desinteressante, o rosto afinou e as orelhas dobraram, os cabelos espetaram e as sobrancelhas ficaram mais grossas. A voz alternava como um instrumento empenado. Até no futebol seu desempenho vinha piorando, porque ele já não conseguia lidar com o crescimento rápido das pernas. Altura, oh sim, esse foi outro problema. Sendo um dos mais altos da sala, Wesley começou a andar curvado, para não destoar tanto dos amigos. À medida que ele mudava, também se afastava deles, e quanto mais Wesley se afastava, menos eles sentiam sua falta, porque é sempre assim que as coisas funcionam no mundo adulto.

Redescobriu alguma felicidade na rede. Não exatamente a alegria, mas uma maneira de ser tudo o que ele já não conseguia viver no mundo real. Navegando fotos falsas e avatares poderosos, Wesley se tornou Adam, um garoto norte-americano que morava no Brasil desde 2019. Adam era um pouco mais velho, tinha dezenove. Também era bonito, rico, e já havia alcançado a estabilidade financeira graças a aplicações em criptomoedas. Wesley construiu toda uma vida pra Adam. Isso incluía viagens, fotos, namorada, ex-namoradas, valiosos carros esportivos e os restaurantes mais disputados do mundo. Adam também era emancipado dos pais, e por isso não devia satisfação a ninguém. O problema é que Adam sempre tinha que devolver a vida para o idiota do Wesley, que de tanto odiar a si mesmo começou a se autoflagelar com garfos, facas e pedaços de vidro. Sabia onde fazer, como fazer, de modo que ninguém soubesse onde ele escondia as feridas, sobretudo as mais profundas.

Wesley ainda era virgem, mas Adam conseguia nudes de garotas incríveis, até mesmo de mulheres maduras, na faixa dos trinta anos. Adam era tão bom de lábia que conseguiu fotos e vídeos de uma amiga da sua mãe, nua em pelo; amiga que por acaso também era mãe de um aluno da escola. Em outra coincidência terrível, o filho da Mãe Nua em Pelo acabou se interessando e namorando uma paixão platônica de Wesley. Mas o traidor pagou o preço, e toda a escola recebeu um vídeo da Mãe Nua em Pelo se masturbando para Adam. O menino mudou de escola. Ponto para Wesley.

Entre vinganças, novos amores e encontros jamais realizados, Adam foi se tornando cada vez mais forte, ao ponto de Wesley, seu criador, passar a odiá-lo. Depois de um ano, a raiva se tornou tão forte que Wesley decidiu acabar com a farsa, se encontrando pessoalmente com a namorada virtual que Adam cortejava há seis meses. Marcaram em um restaurante, porque Wesley não era nenhum principiante, então a garota poderia também estar mentindo e ser um homem, ou ter mais de setenta anos.

Mas ela não mentia. Leandra era tudo o que ele conhecia das fotos e um pouco mais, porque nenhuma reprodução em alta definição conseguiria superar aquele sorriso ao vivo. Ele a observou por um tempo, criando cenas imaginárias e tomando uma Coca-Cola do outro lado do restaurante. Quando o contato visual se estabeleceu, ele sorriu. Por alguma razão ela sorriu de volta. Então Wesley se aproximou e perguntou se ela ficaria muito desapontada em saber que Adam era um pouquinho diferente das fotos. Ela estava tomando água com gás e parou o gole no meio. Deixou descer às pressas e começou a rir, a gargalhar, riu tanto que estapeou a mesa.

Então o riso cessou.

— Seu escroto doente! — ela se levantou. — Se vier atrás de mim, eu chamo a polícia!

Wesley nunca se recuperou daquele incidente, e se a sua vida era difícil com Adam, se tornou insuportável na solidão dos meses seguintes. Foi quando ele cedeu ao impulso de violência pela primeira vez. Não contra si mesmo, mas contra um menino que encontrou no caminho da escola.

Ele nunca tinha visto aquele moleque, então chegou bem perto e o socou com tudo, no meio da cara. O menino já caiu sangrando, e Wesley saiu correndo. Ninguém o perseguiu. Nos dias seguintes, ninguém o reconheceu. Nos meses seguintes, sua vida continuou a mesma lata de merda.

Muito se diz sobre como alguém perde completamente o juízo, mas no caso de Wesley nunca haveria uma resposta simples. Ele gostava de violência explícita, estava viciado em pornografia, a tensão sexual às vezes era tão grande que ele sentia sua pele queimar. Em casa, as conversas eram cada vez mais raras, e agora os pais falavam em se divorciar. A caçula estava frequentando uma psicóloga, Wesley disse que não iria, que estava tudo bem e ele não sentiria nenhuma diferença caso os pais se separassem. Quando estava na escola, era o inferno. Um inferno onde não existia agressão, apenas o não pertencimento. Wesley estava deslocado de tudo e de todos, estava tão fora da realidade, que ela não parecia mais ser real. Dormia cada vez menos, e passava cada vez mais tempo vasculhando a vida alheia. Todos eram tão ridiculamente felizes. Até mesmo o filho da Mãe Nua em Pelo havia se recuperado e agora ajudava outros jovens vítimas de cyberbullying.

Aos poucos, a vida foi se tornando um fardo pesado demais a se carregar, e da mesma forma o ódio de Wesley pela felicidade dos outros seguia aumentando. Ele teve uma crise aguda de estresse, mas aguentou calado. O corpo tremendo, o coração descompassado, a boca ressecada como poeira de giz. Um desmaio e a cabeça quase explodindo quando ele saiu do chão.

Uma semana depois da crise, Wesley encontrou um fórum interessante, o *Free and Rational Society*, um site brasileiro (apesar do nome em inglês) onde ele estaria seguro para dizer tudo aquilo que gostaria e precisava. Na mesma comunidade, Wesley descobriu que não era o único, e também encontrou diferentes meios de, na forma como os fundadores do site diziam, "reconfigurar sua vida sem as máscaras da mentira". Alguns meios incluíam bebidas, drogas leves, Wesley chegou a contratar uma prostituta, mas desistiu na última hora. No final das contas, todos aqueles artifícios não passavam de ferramentas para mantê-lo sob um novo controle, não era disso que ele precisava. Wesley precisava parar de sentir dor.

Comprou a arma através de um contato no próprio site. A coisa era bem simples, envolvia riscos mínimos. Wesley entraria em uma capelinha da cidade de Três Rios e colocaria o dinheiro combinado sob um piso solto, na Igreja da Saudade. Para assegurar que a negociação não era uma armadilha, ele teria uma semana para fazer isso sem dias marcados. No final da semana seguinte, o revólver estaria no mesmo local. Além das operações no Brasil, integrantes do site tinham contatos na Argentina, Bolívia, Peru, praticamente em toda a América Latina. Wesley achou melhor não perguntar demais, para não ser confundido com alguma autoridade e perder sua grande oportunidade, e aceitou a facilidade. Ele deixou o dinheiro na mesma semana, e na semana seguinte apanhou sua arma e uma caixa extra de balas. Foi e voltou de Uber, com o dinheiro dos estelionatos de Adam. Seus pais já não estavam se falando, e ocupados com seus próprios advogados, mal notavam a existência dos filhos.

Foram dias segurando a coisa nas mãos, sentindo seu peso, fantasiando o grande momento. Era estranho segurar um revólver, mesmo um pequeno como aquele. O que Wesley conseguiu foi um .32, efetivo em distâncias curtas, mas pouco eficiente de longe. Não seria necessário, Wesley planejava pegar duas salas, três no máximo. Sabia que quando começasse a atirar os alunos se tumultuariam no corredor, se espremeriam, seria como matar passarinhos em uma gaiola.

O peso do metal, sua temperatura, tudo em uma arma de fogo era fascinante. Tão sedutor que em algum momento ele pensou que talvez não precisasse executar seu plano. Se não o fizesse, poderia dedicar sua vida à polícia, e matar quem bem entendesse com o título de herói social, porque em sua cabeça transtornada era só isso que a polícia fazia direito.

O plano era agir na quarta-feira, um dia simbólico para Wesley. Quarta era um dia muito, muito idiota; pior que uma quarta, só mesmo os domingos que só conseguiam ser bons para o pessoal viciado em igrejas.

Durante a véspera, terça, ele ficou uma pilha de nervos, e chegou a dar um tapa no rosto da irmã porque ela insistiu em ver TV com o volume alto demais. À noite, os pais saíram juntos com a menina, a fim de recompensá-la pela agressão do irmão. Se a intenção dos idiotas era castigá-lo, passou bem longe, mas a solidão daquela noite colocou muitos pensamentos estranhos na mente de Wesley. Estava à beira do arrependimento, mesmo antes de ter feito qualquer coisa. Mais uma vez o estresse o levou pra arma, e o desespero o fez colocar uma única bala no tambor.

— Deus, seu filho da puta, se você existir, faz o que precisa ser feito.

Meteu a arma na boca e a sustentou, sentindo a mira do revólver esbarrar no céu da boca. Não era uma coisa boa, ele se sentia dando uma chupada na Morte. Mentalmente, refez seu desafio divino. *Deus, seu filho da puta*. E...

Click.

Com a arma no colo, Wesley chorou pela primeira vez em muito tempo. Não por arrependimento, não por resignação, menos ainda por falta de fé. Wesley chorou de felicidade. Enfim não haveria juízes quando a penitência chamada vida finalmente chegasse ao fim. Nada de fogo do inferno, nada de corpos apodrecendo até o levante dos mortos, nada de volta de Jesus Cristo. Deus não estava nem aí e ele mostraria pra todos o quanto o mundo era podre e insuficiente, o quanto era venenoso.

Se algum sangue inocente molharia a terra? Não, de jeito nenhum. Seria mais fácil acreditar em um Deus surdo e mudo do que encontrar uma alma inocente na Terra.

Acordou bem cedo no dia seguinte. Colocou a camisa de uniforme mais nova que havia no armário, passou uma gilete nos pelos finos do rosto e deu um bom jeito nos cabelos. Usou a colônia que ganhou de presente de aniversário. Em vez do tênis All Star falsificado remendado com Silver Tape, tirou da caixa um Nike novinho que nunca havia usado. Na cozinha, não precisou ser lembrado de seu leite. Em vez disso, ele mesmo o preparou, e também fez um pão com queijo, presunto e tomates. Antes de sair, deu um beijo em sua mãe. Disse tchau para seu pai que era tratado como estrume há dias e se recusava a ir embora. Não sentia mais amor algum pelos dois, mas parecia certo se despedir, caso os estivesse vendo pela última vez. Se tudo saísse do jeito certo, ele os veria de novo só depois de ir pra cadeia, e já seria conhecido e respeitado por todos os vermes insensíveis daquela cidade.

Já podia ver sua foto estampada nos jornais, nos noticiários, sua história se tornando filme. Se ficasse tanto tempo encarcerado quanto previa, poderia até mesmo escrever um livro. Autor brasileiro vendia mal, ouvia dizer, mas um autor brasileiro assassino? Aí a história seria outra.

— Filho? — a mãe o chamou.

Ele parou antes de cruzar a porta.

— Tá com uma cara boa hoje — disse ela.

— Valeu. — Wesley saiu e foi até o quartinho dos fundos, onde a arma ficou escondida; estava dentro de uma caixa de som velha. Ele apanhou o ferro e o sustentou no braço, deu uma olhada no espelho empoeirado deixado no chão, escorado na parede. Com o ângulo certo ele ficava maior, mais poderoso. Naquele momento Wesley sequer se sentiu horrível. Não seria cínico de dizer que chegou perto da beleza do rosto polido de Adam, mas estava bem aceitável. Ou deveria estar se o mundo não fosse um pudim de merda.

Embora esperasse por isso, não houve nada de diferente ou especial naquela sua chegada ao colégio. Nem mesmo a ronda extra dos guardinhas da prefeitura estava ativa. Desde que os ataques a escolas começaram pelo país, os pais mais ricos da cidade mobilizaram a guarda municipal para si, e o prefeito e vereadores, com medo de perderem seus votos, rapidamente cederam às exigências. Não ocorrera nenhum ataque até então, mas alguns alunos espertinhos fizeram ameaças anônimas, a fim de conseguirem matar dois ou três dias de aula.

Na porta, o inspetor Josafá, conhecido pela molecada como "Cara de Nada", manteve a expressão de xadrez. Sequer olhou para Wesley e sua mochila. O mesmo com o diretor "Cebola", que na realidade se chamava Nilson. Uma das meninas bonitas da sala passou por Wesley e o deslocou para a esquerda. Ele se desculpou; ela, se ouviu, o ignorou. Logo a menina estava com seu bloco de vespas, rindo e zumbindo a caminho da sala. Misturados aos alunos mais velhos, os mais jovens pareciam ainda mais invisíveis. Vez ou outra alguém dava um tranco em um deles, só pra provocar, mas na maior parte do trajeto só desviavam, como fariam com um cocô de cachorro. Os rapazes mais populares andavam em bando, uma fauna bastante peculiar. Você precisava ser muito bonito, muito rico, muito esperto também servia, só não servia mesmo pra nada ser muito inteligente. Um dos rapazes, Netão, vendia maconha. Ele era popular com certeza. O bloco dos esquecidos (e Wesley era um deles) andava sempre separado, porque nenhum deles queria ser visto com seus pares. Se já era ruim chamar atenção negativamente sozinho, em bando era muito pior. Sempre que dois feios, ou dois esquisitos, ou dois ou mais rejeitados por quaisquer motivos se uniam, os "normais" se sentiam ameaçados, isso os fazia revidar bem rápido. Bilhetes com desenhos pornográficos, piadinhas com a mãe e as irmãs, empurrões nas aulas de educação física. Pensando friamente, Wesley não via vítimas ali, somente agressores e alvos que sonhavam em serem promovidos a agressores.

A primeira aula daquela manhã era de Geórgia Spagza. Quase cem anos, dentadura extra-larga, olhos embaçados pelo fumo. Geórgia tinha um tom monótono e uma voz chuvosa, e mesmo que você não estivesse com sono, iria ficar exausto e bocejando em dez minutos de aula. Naquela manhã, Wesley não sentiu sono nem cansaço, ele parecia estar com duas baterias extras. A contraindicação vinha com um tremor incontrolável nos braços e pernas, principalmente nas pernas. Elas pareciam gelatina. Outra coisa péssima era o suor. Wesley não usava agasalho, mas estava melado, e ainda não era nem nove da manhã. Os outros caras não demoraram a notar, e uma das meninas caladas da sala, Patrícia-Cogumelo, chegou a perguntar se estava tudo bem com ele. Wesley respondeu com um "me deixa em paz".

Com a chegada da segunda aula, a ansiedade aumentou, o plano de Wesley era agir antes do próximo sinal. Quem estava com o giz na mão era o professor Almeida. Ele sim era o maior filho da puta da escola. Ficava de olho nas meninas, nos meninos, diziam que ele cortava pra todos os lados e no meio. Almeida vivia oferecendo carona para os alunos, e quem topasse nem precisava estudar para as provas. Sem contar que, mesmo se Almeida não fosse o desgraçado número um, ele era o rosto da matemática, então assumia o mesmo posto. Com vinte minutos de aula, Wesley pensava em quem seriam suas primeiras vítimas. Almeida talvez fizesse as honras, porque ele era alguém que poderia estragar tudo. Depois seria o pelotão de puxa-sacos da frente, o pessoalzinho das notas altas. Na sequência, o meio da sala, as meninas que o esnobavam, seguidas pelos mais cuzões. Entre esses últimos, a bola da vez seria o Guerrinha, ex-melhor amigo que agora tratava Wesley como material radioativo.

Faltando cinco minutos para o ataque, o corpo de Wesley, todo seu sistema, foi inundado por um estranho equilíbrio. O coração já não tamborilava, as mãos estavam secas, a urina já não queria escapar da bexiga. Mesmo seus intestinos estavam acomodados.

Tudo voltou a mudar outra vez quando o diretor Nilson-Cebola enfiou sua cabeça calva na abertura da porta.

— Tudo bem por aí? — perguntou ao professor.

Almeida acenou que sim.

— Passando pra avisar que teremos treinamento com os bombeiros depois do intervalo.

Um som discreto e comemorativo escorreu entre as carteiras. Treinamentos não eram exatamente a festa do sorvete, mas era muito melhor que qualquer aula. Nilson-Cebola se despediu e a aula continuou. Wesley também ficou muito contente com a notícia. Treinamento com os bombeiros no dia de seu ajuste de contas com certeza iria ajudar na repercussão do evento. Não acreditava mesmo em Deus, mas, se tivesse um, parecia estar do seu lado. Wesley respirou fundo e fixou os olhos no relógio da sala.

Dez segundos.

Nove.

Oito.

Sete.

Seis.

Cinco.

Quatro.

Três.

Dois.

Um.

— Professor?

O homem parou de explicar os fundamentos da regra de três e cedeu atenção a Wesley.

— Eu preciso ir no banheiro.

Alguns alunos riram, eles sempre riam quando o assunto era usar o banheiro.

— Não dá pra esperar?

Wesley se levantou com a mochila sustentada na parte da frente e presa pelos ombros. Sua mão direita estava dentro da bolsa.

— Precisa levar a mochila? — perguntou Almeida.

Wesley seguiu caminhando em silêncio e chegou à porta. Não chegou a tocar na maçaneta.

— Tem papel no banheiro, Wesley. Por que não deixa a mochila?

— Se eu demorar muito, vou ter que cagar bem no meio da sua boca, seu filho da puta.

A reação de choque manteve todos em silêncio por dois ou três segundos, então alguém do fundão riu tão alto que Almeida ficou da cor de um braseiro. Wesley pensou que poderia levar uns tapas se não estivesse com aquele revólver.

Mas ele estava.

— O que é... Calma aí, garoto.

Quando o revólver recebeu a luz fria da sala, quase todas as carteiras e cadeiras de metal rasparam contra o chão. Os gritos seriam o som a se ouvir em seguida, mas os primeiros ruídos acabaram abafados por duas balas do .32. O primeiro disparo acertou o quadro negro, exatamente entre as duas traves de um sinal de igualdade. O segundo tiro entrou pela barriga e espatifou o baço do professor Almeida, que já caiu perdendo a vida. Antes do terceiro estampido, Wesley cerrou os dentes e moveu o revólver, encarando a sala de aula. Seu braço tremia, mas a arma parecia feita de algodão. O que pesava eram seus músculos e tendões, pesava o retesamento de suas articulações.

A maior parte dos alunos já estava aglomerada aos fundos, se abraçando e chorando e tentando atravessar a parede. Alguns estavam no chão, se entrelaçando entre pernas, mochilas e carteiras empurradas. Havia muito choro e arranhões, empurrões e desespero. E havia aqueles três. Patrícia, Enzo e Iran. Estavam na primeira fileira, e olhavam com muito mais curiosidade do que pavor para Wesley. Eles sequer olhavam para a arma, mas para ele, para os olhos dele.

— Vocês vão morrer! — disse Wesley com a voz seca.

A intenção era puxar o gatilho, mas não foi o que aconteceu. A única garota entre os três da frente acabara de revirar os olhos. A boca estava aberta, e havia um som estranho deixando a glote. Era incompleto e estalado, portador de uma frequência que paralisava os movimentos de Wesley. Os outros dois se levantaram, sem avançarem até ele. O garoto da direita (Enzo) abriu a boca, o ruído desgastante cresceu e o braço de Wesley começou a se mover no sentido oposto, na direção de seu rosto.

— Que porra é essa? Para com isso!

O garoto de boca fechada, Iran, o encarava com seriedade, parecendo observar suas reações frente ao ataque dos outros dois. O som que produziam era algo discreto, mas Wesley sentia que aquele ruído perfurava seus ouvidos até chegar aos centros de comando do cérebro. A dor de cabeça foi tão forte, chegou a tal ponto, que ele lançou um jato de vômito leitoso sobre o peito.

Segundos antes do braço se vergar totalmente em sua direção, Wesley conseguiu executar um tiro, mas a bala só acertou a parede. Ele resistia. Tentava. O corpo tremia. Não podia aceitar aquele final. Não era pra ser daquela forma. Não podia.

A garota pareceu perder a paciência e vergou o pescoço para a lateral, então o braço desarmado de Wesley se partiu. O som do osso quebrando foi tão alto que uma das meninas no fundo da sala tapou os ouvidos e caiu de joelhos.

— Ahhhhh! Caralhooooo! — Wesley gritou, e tudo o que se moveu nele foi a boca e algumas gotas de suor.

Iran parecia ser o líder, e isso ficou mais claro quando ele lançou um olhar desapontado à garota. Patrícia nada expressou. À frente deles, Wesley era tomado por um tremor ainda mais intenso. O braço partido acabou tendo o osso expelido para fora. Com os movimentos convulsivos, o sangue jorrava.

O garoto líder se aproximou até chegar bem perto do ouvido direito de Wesley. Tão próximo que Wesley sentia alguma intenção sexual naquela aproximação, na troca de calor entre a boca do garoto e a sua pele. O menino o lambeu.

— Você sofre — sussurrou. — Causar sofrimentos nos outros não é a melhor forma de acabar com a dor.

Wesley verteu uma única lágrima e sentiu a língua do menino penetrar sua orelha. Não foi bom no início, mas depois de alguns centímetros, o calor e a viscosidade do toque o fizeram relaxar. A língua de Iran foi penetrando e se afinando, experimentando as várias curvas e sinuosidades daquele cérebro. Wesley assumia uma expressão de exaustão, de vácuo, estava refém das intenções do outro. A garganta gemia baixinho.

A expedição continuou até a coisa que morava em Iran perceber que não havia nada do que se apropriar. Só então o deixou em paz.

Wesley caiu sobre o revólver e uma pequena gota de sangue rolou por seu ouvido esquerdo. Incompreensivelmente, havia uma paz moribunda habitando seu rosto, algo muito, muito distante da felicidade.

Os outros alunos foram chegando aos poucos, desviando dos cadáveres e fazendo um cerco ao redor de seus novos heróis. Do que aquelas três crianças eram feitas, ainda não estava claro, mas elas pareciam muito melhores que o garoto caído no chão.

Condenado
A viver no inferno
Nenhum limite, nenhuma barreira

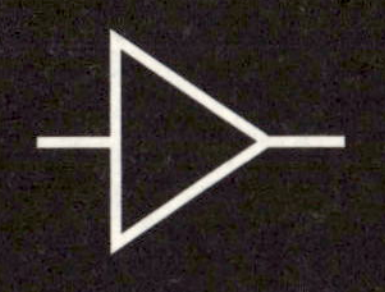

FASE5.RUÍDO5

COLÔNIA 358

CONDEMNED / TO LIVE IN HELL / NO LIMITS / NO BARRIERS
KORZUS

Foi um longo dia. Com tantos anos de casa, Guizard aprendeu a gostar de seus colaboradores, e gostava um pouco mais de Emídio Gomes, mas aquele era um homem difícil de convencer. Terminado o assunto com ele, Guizard ainda precisou abordar outros três possíveis fornecedores, e só encerrou todas as conversas por volta das sete da noite. Entrou no carro bastante aliviado, já afrouxando o nó da gravata — uma tarefa que nunca era fácil sem sua mão biológica. Ainda era estranha a ausência daquele membro. De certa forma, o braço removido parecia continuar ali, pregado nos músculos, ossos e pele. Algumas vezes a mão coçava, em outras, doía, e Guizard tinha sonhos constantes em que estava pescando com a ajuda daquele braço.

— Pensando na vida, seu Guizard? — perguntou o motorista. Às vezes puxava papo com o homem no carro.

— Sempre — Guizard respondeu com um sorriso e coçou a junção biomecânica do braço amputado. Certo dia, o homem que o convenceu a vender aquele braço disse que o desespero é a terra fértil da oportunidade; Guizard não podia negar. Em Três Rios, uma demissão em massa no grupo Hermes Piedade colocou muita gente na fila; em Cordeiros, a estagnação da criação de ovinos acometidos por uma nova doença decretou a urgência, e em cidades como Assunção e Velha Granada sempre existiria alguém acendendo velas para mudar de vida. Sim, o Brasil era um celeiro de desgraçados — e o interior era um verdadeiro silo de grãos selecionados.

— Pra onde, seu Guizard? Hotel? — perguntou seu condutor.

— Acho que essa foi a melhor sugestão do meu dia.

Guizard acabou de dizer a frase e seu telefone recebeu um SMS. Ele leu a mensagem e voltou a ajustar a gravata, dessa vez apertando o colarinho.

— Mudança de planos, Arantes, parece que eu tenho uma reunião com a chefia.

— Então... pro túnel? — confirmou Arantes.

— Pro túnel.

Arantes nunca entendeu bem como a coisa funcionava, mas apostava que havia uma passagem secreta. Era sempre a mesma coisa, Guizard entrava naquele túnel e não voltava a sair. Em uma ocasião, Arantes o esperou por dez horas e nada. Em outra, um motorista antigo da firma disse que chegou a entrar no túnel para dar uma olhada e não encontrou nada. Já fazia bastante tempo que Arantes preferia não se interessar e fazer o caminho de volta. Cuidar da sua vida, esperar o telefone voltar a tocar. Era um bom salário. Mesmo que dissessem que existiam passagens secretas parecidas no meio da estrada para Três Rios, se nada pedissem a ele, tudo continuaria bem.

Dentro do túnel, Guizard tentava desviar das nojeiras que se acumulavam no chão. Camisinhas azedas de esperma, roupas velhas, todo tipo de comida podre. Aquele túnel já havia sido fundamental para a linha ferroviária, mas desde a mudança no fluxo dos trens a passagem se tornou um local de consumo de drogas e prostituição. Também havia muita umidade, o cheiro do ar era viciado, cheio de chorume. Guizard preferia não usar uma lanterna, sentia menos nojo, mas os estalos sob seus pés diziam que havia todo um ecossistema de insetos morando ali.

Enfim chegou à parede com pichações e grafites. Entre passagens bíblicas, desenhos penianos e números de telefones dedicados ao amor, existia um número nove bem discreto, com um símbolo abaixo dele, um triângulo com a ponta voltada para a direita e cortado por uma linha. Guizard colocou sua mão mecânica sobre o concreto e ele se liquidificou em um passe de mágica. Voltou a ajustar a gravata e atravessou.

Precisou ajustar os olhos à luz do dia. Naquele ponto do mundo, era sempre fim de tarde. Os mesmos pássaros voando nas mesmas rotas, as mesmas estradas para lugar nenhum, o mesmo silêncio de um mundo sem amanhã. Até o cheiro do ar se mantinha idêntico há vinte, vinte e poucos anos. Havia um pouco de poeira, diesel, um perfume floral desconhecido. Na distância, o vento morno continuava embalando as canas-de-açúcar. À frente, o mesmo aço reluzia nas portas de um galpão.

Guizard golpeou o aço com cinco pancadas ritmadas e conhecidas — *pã, pã, pã-pã-pã*. O acesso se abriu devagar, como as pernas de uma prostituta que sabe se valorizar. Guizard passou pelo portão e ele voltou a se fechar às suas costas. Alguém já o aguardava no salão. Naquele imenso espaço mal ocupado, era sempre estranho vê-lo sentado à mesa.

Guizard se lembrava de ter visto aquele rosto ano após ano, sem notar nenhuma mudança significativa. As mesmas sobrancelhas perfeitas, o mesmo sorriso desprovido de alma, a mesma voz que sempre o recebia com a pergunta:

— Como tem passado, senhor Guizard?

— Tudo ótimo.

— O senhor me parece um pouco cansado.

— Dizem que um homem precisa trabalhar pra ser chamado de homem. Esse tipo de cansaço faz bem.

O rapaz executou uma expressão concordante e se levantou. Conhecendo a rotina, Guizard deu um passo para a esquerda, a fim de segui-lo até chegar à sala de reuniões. Dessa vez, pela primeira vez em muitos anos, o rapaz disse a ele, já caminhando na direção oposta:

— Por aqui, senhor Guizard.

Subiram um pequeno lance de escadas à direita e seguiram pelo pavimento superior ao solo que circundava o salão. Passaram por cinco portas sem qualquer tipo de identificação ou numeração, e a cada uma delas Guizard cedeu à nítida impressão de que outras cinco apareciam. Ao longo dos anos, ele vira muitas coisas estranhas naquele galpão, mas ainda conseguia se sobressaltar com as novidades. Logo o recepcionista também o surpreendeu com uma pergunta:

— Há quanto tempo nos conhecemos?

O rapaz era bom de ouvir, mas costumava falar bem pouco. Desde a primeira visita de Guizard ao galpão, o recepcionista ficava sentado, aguardando e ocasionalmente conduzindo os funcionários da captação para suas reuniões com a diretoria. Falava estritamente o necessário, o suficiente para não parecer arrogante.

— Faz tempo. — Guizard sorriu. — Eu ainda tinha o meu braço.

— Sente falta dele?

— Acho que não. De certa forma ele ainda está aqui. É como uma perda familiar que me deixou uma boa herança.

O rapaz tentou sorrir, não foi muito longe. O rosto não parecia equipado para realizar tal façanha. Era algo na pele. Ou algo que faltava na pele.

— O senhor sempre foi muito bom com as palavras. E muito competente, preciso dizer. É por isso que nós o convocamos para essa reunião.

— Nós?

— Nós. Eu prefiro ficar mais próximo dos colaboradores, mas também estou no comando, senhor Guizard. Sou os olhos e ouvidos da diretoria, algumas vezes sou parte do cérebro. O senhor já deve ter percebido que o alto escalão prefere ficar longe dos tumultos da sociedade.

Guizard manteve o silêncio.

— Esse é outro traço admirável da sua personalidade.

— O que quer dizer?

— Sua discrição, senhor Guizard, a maneira como o senhor vem suportando suas dúvidas e atribulações sem levantar questionamentos desnecessários. A sobriedade com a palavra não é um privilégio de muitos.

— Vocês me salvaram, eu não era nada até ser resgatado a esse lugar. Uma pena o que aconteceu com o seu Carlos, eu ainda me lembro da nossa primeira conversa. Eu e minha mãe tínhamos acabado de internar o meu pai. Aquele dinheiro salvou sua vida.

— Carlos Ariano conhecia os riscos, todos nós conhecemos. Senhor Ariano precisava lidar pessoalmente com o problema de Heriberto Plínio e os De Lanno, afinal, ele mesmo colocou essas pessoas na nossa companhia. E se vamos ser bem racionais: ele poderia estar tendo essa conversa em seu lugar se não tivesse preferido continuar na captação.

— É por isso que estou aqui?

— O senhor já vai descobrir. — O homem abriu a próxima porta. — Por favor, senhor Guizard.

O outro lado da abertura parecia o interior de um computador, essa foi a primeira impressão de Guizard. Eram toneladas de blocos de equipamentos, fios, luzes e sistemas de refrigeração. A maior parte da iluminação era soturna, em tons de azul e verde, e nascia dos aparelhos de armazenamento de informação. Um data center, era o que o lugar parecia. Assim que cruzou a porta, a sala ganhou amplitude — a folha de aço por onde acabara de passar com o recepcionista ganhou a distância de pelo menos dois metros. Uma possível distorção de espaço-tempo.

— Que lugar é esse?

Havia um corredor formado por esses grandes servidores à frente de Guizard, uma verdadeira parede de tráfego de informação e energia. As luzes coloridas das máquinas piscavam ininterruptamente, o zumbido grave e discreto dos transformadores preenchia toda a sala. O teto era alto e incomum, um mosaico de telas que mostravam imagens dinâmicas e distintas umas das outras. Guizard reconhecia algumas imagens do passado, de propagandas de produtos de limpeza, brinquedos e refrigerantes, programas e empresas que há muito haviam deixado de existir. Outras imagens eram apenas paisagens, pessoas sozinhas e outras em grupos, duas ou três telas mostravam animais se confrontando. Em uma das telas havia pornografia pesada, e uma mulher em trajes de couro enforcava um homem com um cinto cravejado de espinhos, enquanto outra o penetrava. Mais à frente, um menino arrancava as asas de uma borboleta e as comia. Ao lado dessa tela, uma menina chupava uma lagarta, como se as vísceras do bicho tivessem gosto de chocolate.

— Chamamos de Gênesis. — O homem de terno seguiu caminhando. O corredor de servidores e telas era extenso e labiríntico, as imagens se tornavam mais estranhas a cada curva, o ruído ficando mais grave e pronunciado. Então o silêncio imperativo e a escuridão quebrada apenas por alguns flashes arroxeados. Depois de mais alguns minutos de uma caminhada sem pontos de referência, Guizard notou uma luz azulada estável surgindo uns poucos metros à frente. Seu condutor caminhou até irromper por aquele ponto.

Banhados pela luz, notou o círculo de pessoas sentadas em cadeiras reclináveis. Estavam bem vestidas, mas não pareciam pertencer a um mesmo tempo. Havia ternos e gravatas, mantos e vestidos, fardas e uniformes com insígnias banidas. Havia saias escocesas e burcas masculinas. As pessoas contidas ali quase não se moviam, apenas os dedos das mãos se mexiam, e também os pés calçados, executando movimentos curtos e espasmódicos. Não era possível ver os rostos, todos estavam cobertos com um tipo de tecido preto e brilhante, que repousava perfeitamente sobre os contornos mais profundos do rosto.

— O que eles estão fazendo?

— Difícil conceber em palavras. Talvez sonhando.

— E eles estão assim há quanto tempo?

— De certa forma, desde o início.

Ficaram em silêncio por algum incômodo de tempo. Havia tons de desespero naquele lugar, mas também havia esse estranho senso de paz. Como se a incompreensão de uma desgraça iminente pudesse funcionar como a maior das bênçãos.

— Não são meramente sonhos, o senhor deve ter imaginado.

— Eu não sei o que imaginar.

— Não será preciso ainda. Essas pessoas que o senhor vê, senhor Guizard, estão alterando e criando diferentes realidades, compondo novas experiências e infinitas possibilidades de existência.

— Eles são... o conselho? Qual a relação entre essas pessoas e os nossos fornecedores? Com o que compramos dos nossos fornecedores? — Guizard perguntou, um pouco ríspido demais. Talvez a proximidade com Emídio Gomes o estivesse afetando mais do que imaginava.

— Existe uma substância fundamental no sofrimento das raças, e isso também está incluso nos homens e mulheres que habitam a realidade que o senhor conhece tão bem. O primeiro de muitos conseguiu notar essa energia fundamental e, com o tempo, também conseguiu processá-la e se utilizar dela.

— Qual é a função de tudo isso?

— Podemos dizer que é uma cura.

— Eles estão... doentes?

— Todos estão doentes. E lamento dizer, senhor Guizard, que até mesmo o que se entende por criador está doente. A busca para a cura dessa doença é a fonte que torna toda a nossa empresa possível, essa e muitas outras. Nós experimentamos a dor e a vivenciamos com os nossos fornecedores, nós vomitamos a agonia dessas pessoas por nossas próprias bocas, e através dessas infelicidades e desprazeres tão singulares, os grandes milagres acontecem.

— Não é somente dor. Eu vi nas telas.

— Sexo? — ele ergueu as sobrancelhas. — Claro que o senhor se refere ao sexo. De fato, senhor Guizard, o ápice do sexo, o exagero da carne, assume a exata antítese do sofrimento humano. Mas outro de nós certa vez imaginou o que aconteceria quando uníssemos o sexo a uma completa falta de limites ou senso moral. Sexo pela carne, pelo êxtase, pelo delírio. Sexo sem gametas ou orientações, sexo caótico.

— Isso tudo é tão obsceno. — Guizard disse, relembrando algumas imagens do corredor que o levou até aquele... antro. — Eles ficam assim por quanto tempo?

— Pelo tempo que escolherem ficar.

Guizard caminhou livremente pelo hall. Observou as conexões entre as pessoas, equipamentos que reconhecia de fábricas mecanizadas e outros que apresentavam uma estranha simbiose entre o metal e as formas vivas. Uma dessas conexões era bastante curiosa, lembrava a planta que havia invadido Terra Cota no ano anterior. O cipó estava enroscado em uma espécie de computador, tinha muita semelhança com os primeiros IBM PCs. À frente do monitor da máquina, flores em cálice ganhavam a cor verde das letras estampadas na tela. Naquele lugar, mesmo as tecnologias se misturavam. Havia computadores novos e antigos, mecanismos e engrenagens, recipientes com líquidos oleosos que se comunicavam e frequentavam em uma vastidão de cores. Havia as plantas.

— É possível... — Guizard fez um gesto silencioso de aproximação, sugerindo remover o tecido.

O condutor se adiantou e fez isso em seu lugar.

— Meu Deus do céu — Guizard recuou um passo.

O homem não tinha nariz no rosto, apenas uma perfuração. Os olhos estavam murchos e impossivelmente pequenos, como se tivessem sido desidratados. Os lábios rachados e completamente secos. Na parte superior e frontal do crânio existia uma estrutura tubular, mecânica, inserida na carne e no osso. O recepcionista retirou um grampo de fixação e puxou esse equipamento. Algo semelhante e um esfíncter róseo e melado brilhou no local de conexão. O homem deitado se esticou convulsivamente, ficou travado por uns três segundos e voltou a relaxar. Encarou o rapaz de terno com seus olhinhos murchos.

— Por que me tirou? Me coloca de volta, porra! Me põe de volta agora! — A dicção do homem era bastante falha, como se a mandíbula e os dentes não soubessem agir direito, como se estivessem com defeito.

— Calma, Cardeal, sou eu.

— Me coloca de volta — o homem mudou o tom mandatório e assumiu o imploratório. Guizard pensou que caso aquele homem ainda pudesse chorar pelos olhos, o teria feito naquele instante. — Eu quero voltar, eu preciso. E faço qualquer coisa, mas me coloca de volta.

O recepcionista encarou Guizard, como se esperasse dele uma confirmação.

Guizard aquiesceu e foi obedecido.

— Por que viver dessa forma?

— Opções, senhor Guizard. Escolhas. Nossos amigos trilham estradas tortuosas para atingirem sua própria iluminação. Sofrem para alcançarem seu próprio nirvana. Cada uma dessas mentes escolheu ocupar essa cadeira e se manter nela desde então. Nossa empresa nunca obrigou ninguém a fazer coisa alguma, o senhor sabe, os contratos servem unicamente para que os curiosos enxerguem as coisas em seus devidos lugares.

— Se vocês criam a realidade, então o caso do policial Diogo, e o flagrante e morte de Carlos Ariano por ter sido...

— Sim. Alguém pode ter arquitetado para que acontecesse dessa forma. Ou alguém pode ter achado que nós imaginamos a cadeia de acontecimentos na forma a qual foi concebida. Reações em cadeia, senhor Guizard.

— Você não está deitado como eles. Foi sua escolha ou... — Guizard precisou escolher muito bem a palavra e não a encontrou.

O recepcionista afrouxou sua própria gravata.

— Que bom que perguntou — ele levou a mão ao rosto e tirou o olho direito. Saiu com facilidade, deixando apenas um pino magnético em seu lugar. Na base do buraco da órbita, existia um pequeno aparato azulado por onde o pino emergia, parecia feito de vidro ou acrílico. O outro olho estava quase íntegro, mas as pálpebras eram outro embuste, e o rapaz as retirou de ambos os olhos com a mesma facilidade. Fez o mesmo com o nariz, e o trajeto do ar ganhou um som sujo e extremamente desagradável. Depois do nariz, os lábios se foram. Depois dos lábios, mais um tanto de pele e as orelhas. Um tecido estranho tomava partes daquele rosto, era algo terreno, mas de maneira alguma humano. Era liso, reflexivo e esverdeado, parecia composto por minúsculas escamas. O homem também desconectou o braço direito e golpeou a perna do mesmo lado. O ruído era como bater em metal.

— Eu não preciso continuar mostrando minha devoção, mas adianto que resta bem pouco do que eu costumava ser. Já estive no seu lugar, senhor Guizard. E no deles. Já estive na aurora da criação e no final dos dias. Vivi e revivi infinitas experiências e existências. Essa colônia não é a única, talvez sequer seja real, mas ela é especial de tantas formas... sobretudo para mim.

— O que... o que vocês são?

— Criadores, alienígenas, demônios... deuses. Penitentes. O senhor pode descobrir por si mesmo. Tudo o que precisa fazer é deixar de ser coadjuvante e assumir um papel principal nas entrelinhas da criação. Existimos há muito tempo, senhor Guizard, nosso convite é que o senhor contribua para um último ato de boa vontade. Esse é o nosso prêmio por todos os seus anos de compromisso incondicional.

— Somos os únicos? Existem mais lugares como esse?

— Basta olhar para o mundo, senhor Guizard. Basta olhar para o mundo.

Guizard preferiu olhar para aquelas pessoas e imaginar o que as motivava a oferecerem seus pedaços de dor, e o de tantas outras pessoas, a fim de erguerem suas próprias catedrais de realização e cura. Talvez não houvesse nada mais verdadeiro, mais indisfarçável ou incorruptível que o sofrimento humano. Talvez não houvesse nada mais digno a fazer do que continuar participando de tudo aquilo.

Talvez, pensou.

E aquela ainda era uma excelente palavra.

FASE.6

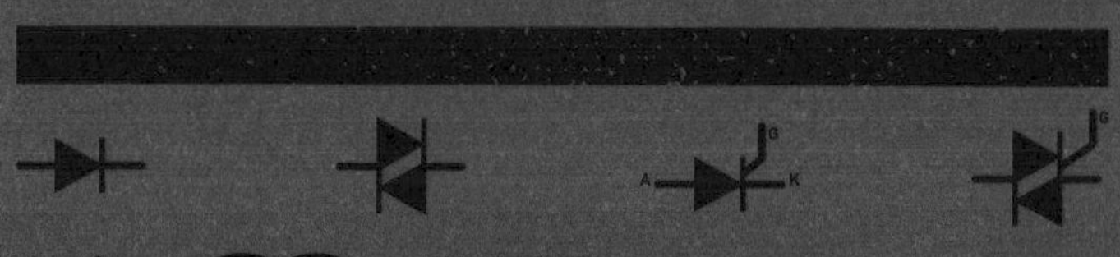

INDICATE MASTER-TONES,
STARS INDICATE UNDISCOVERED ELEMENTS

DIAGRAM SHOWING THE TEN OCTAVES OF INTEGRATING LIGHT, ONE OCTAVE WITHIN THE OTHER. THESE TEN OCTAVES CONSTITUTE ONE COMPLETE CYCLE OF THE TRANSFER OF THE UNIVERSAL CONSTANT OF ENERGY INTO, AND THROUGH, ALL OF ITS DIMENSIONS IN SEQUENCE

DARKSIDE® ELETROELETRÔNICOS

Drogarias Piedade, unidade 189.
Terra Cota.
Quinta-feira. 17:53h

— Bom dia, moço, o senhor é o farmacêutico?

Douglas forçou um sorriso e tirou os olhos do programa SNGPC, que usava para lançar a movimentação da medicação controlada da loja. O homem à sua frente aparentava bastante idade, talvez mais de oitenta.

— Eu mesmo. No que posso ajudar?

— Dignidade. Eu só preciso de dignidade.

— Tem muita gente querendo isso, mas a gente não vende não — disse Douglas sorrindo.

— Só estou brincando, mas eu ando meio confuso. Minha memória anda bagunçada, tem hora que eu não sei o que é de verdade ou de mentira. O que já aconteceu ou se é alguma coisa que eu vi na televisão.

— O senhor chegou a procurar um médico?

— Fui em um geriatra de Três Rios. Ele pediu um monte de exame e falou que não era nada, mas eu tenho medo de ser contagioso. Seu Élbio, vizinho nosso, começou com uns esquecimentos e acabou internado.

— E o que era? Descobriram?

— Ninguém sabe. O pessoal andou comentando que ele começou a ouvir coisas no rádio, na TV, diz que até falar sozinho no telefone ele falou. Aí acharam melhor internar. Eu não quero ficar maluco desse jeito.

— O senhor notou algum sintoma mais específico? Tontura, desorientação? Alguma coisa anormal que se repete com frequência?

O homem riu.

— É estranho o moço falar nisso, porque às vezes eu me sinto um menino com a memória do velho que eu sou. O senhor já olhou no espelho e sentiu que estava faltando alguma coisa? Algum detalhe da sua vida?

Douglas pensou, pensou e pensou. Nada disse, mas achou que podia ter acontecido algumas vezes. Uma espécie de desconexão com a realidade.

O homem sorriu.

— Me vê uma vitamina dessas pra gente velha. Deve ser coisa da minha cabeça.

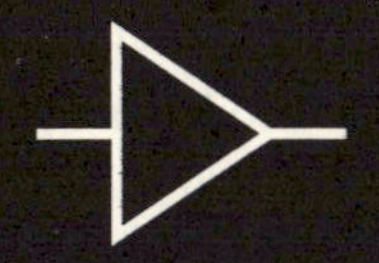

FASE6. RUÍDO1

CHAMADA A COBRAR

SUFOCADOS, OLHANDO PRA CIMA, O CÉU É A REDE DE ESGOTO / VIGIADOS A TODO MOMENTO, ISSO É O QUE RESTOU, ESSE É O SUBMUNDO **SURRA**

Sem boa companhia, as quartas-feiras de uma cidade do interior podem ser bastante entediantes. A menos que você seja criativo. Era o caso do menino.

Arthur Frias estava em seu quarto, concentrado em um livro que muitos garotos de sua idade só usariam para alcançar mais altura ou acender uma fogueira. Arthur não era como eles, e quase sempre preferia conhecer a cultura de outros povos do que continuar viciado no velho Playstation da sala. Os russos e seus livros, por exemplo, estavam entre as pessoas mais interessantes (e mais inusitadas) do mundo, ao lado dos chineses e de alguns povoados da África. Mas também havia o Japão medieval que conseguia ser tão curioso quanto qualquer outro povo antigo. Os samurais, nossa, eles eram demais. E os samurais independentes, guerreiros que se guiavam unicamente pelo fio das outras espadas, eram mais demais que os demais. Também eram solitários, claro que sim, como todo humano que conquistou um lugar acima da média. Nessa modalidade, Arthur Frias estava entre eles, e ficando mais esperto a cada dia — não era muito bom na maior parte do tempo.

Alguém bobo, ou com uma capacidade de inteligência que permita que esse alguém seja feito de bobo, é muito mais feliz do que alguém de raciocínio rápido. Desde que Arthur começou a ficar inteligente demais, ele sabia exatamente quando estava sendo enganado, muitas vezes sabia até antes, quando a pessoa em questão ainda estava pensando em como enganá-lo. Era assim com seus pais, com seus professores, até com seus avós e primos.

Arthur só não se sentiu enganado em momento algum por Thierry Custódio e Júlia Sardinha. Júlia inclusive tinha ido embora da cidade. Disse que não conseguia mais conviver com as pessoas e com o jeito que olhavam pra ela. E aquele policial morreu, Diogo. Júlia gostava dele, ou recomeçou a gostar quando ele foi assassinado. Ela também disse que morria um pouco a cada vez que encontrava Yasmin, a filhinha dele. E que morria um pouco mais quando encontrava Marta e Gideão, os pais de Diogo.

Se pudesse, Arthur também teria ido embora. E se tudo corresse conforme o planejado ele faria isso em pouco tempo. Sentiria falta da mãe e do pai, um pouco mais de Thierry, mas seria melhor dessa forma. Seus pais já não o enxergavam como antes, e Arthur não podia tirar suas razões. A gente sempre sabe quando está se tornando outra coisa que jamais será tão amada quanto o velho e reconhecível eu.

Retirando da equação sua inteligência aguçada e uma intuição que raramente falhava, Arthur continuava sendo um menino normal, que de vez em quando ainda gostava de se divertir com bonecos, programas de TV e videogame. Amigos, não tinha muitos, e os de antes já não conseguiam compreendê-lo. Amizade no final das contas é entendimento e reconhecimento, e uma amizade verdadeira precisa envolver empatia absoluta ou não encontra uma motivação para continuar existindo.

No quarto ele ainda conseguia ser razoavelmente feliz. Tinha os livros, componentes eletrônicos para seus experimentos, uma TV, um rádio e uma porção de brinquedos manuais, feitos basicamente de madeira e ferro, e desses ele gostava bastante. Gostava também de jogos de tabuleiro, mas o cálculo da probabilidade de vencer ou perder sempre estragava boa parte da experiência. Xadrez e Damas não tinham a menor graça, ele nunca perdia a menos que o oponente fosse Thierry Custódio.

Cansado do livro, Arthur foi para a frente do rádio que ganhou de presente de Thierry. Há algumas semanas ele o alterou novamente, para que se transformasse em um receptor ainda mais potente. Arthur conseguia captar a frequência da polícia, dos aviões, conversas de PX (faixa do cidadão), telefones, uma variedade enorme de frequências de rádio, mensagens cifradas em Morse e outros códigos parecidos — além de encontros entre amantes e negociações entre traficantes e policiais que sempre eram bem surpreendentes. Mas o que ele realmente buscava, A Voz, ele ou Thierry dificilmente conseguiam contactar. Assim como seu velho amigo, Arthur sentia que A Voz ainda estava em algum lugar. Em um passado não muito distante, eles conseguiam ouvi-la, então tudo se foi, e ser abandonado por ela doeu bem mais do que ser atacado naquela caverna. Pelo menos o agressor morreu. E talvez não fosse sequer um castigo a ele, porque morrer era apenas deixar de ser, e em muitas experiências de vida humana isso pode significar libertação.

Arthur não alterou somente a parte elétrica do rádio, mas também sua aparência. Agora o acrílico que iluminava as frequências do mostrador tinha três cores: vermelho, azul e verde. As cores dos três rios (Choroso, Onça e Rio Verde) que afamavam e abasteciam a região. Sangue, fé e renovação. Os botões de sintonia, volume e equalização também foram alterados. Em vez do plástico vagabundo, eles agora eram de um baquelite antigo, preto e brilhante, que o velho Thierry tirou de uma das carcaças que tinha em sua loja.

Depois do que vivenciou, o chiado do rádio jamais foi o mesmo. Havia coisas diluídas no ruído branco, galopando o mesmo sinal. Com um pouco de concentração Arthur podia ouvi-las, como ouvia as músicas ou a voz dos locutores. Por falar nisso, uma mocinha nova estava na Rádio Cidade. Ela não era tão legal quanto Júlia Sardinha, mas se esforçava bastante. Às vezes um rapaz fazia a locução. Ele era um pouco melhor, tocava mais rock e menos pop, mas parecia sempre estar com o nariz entupido. Quem fazia as entrevistas ainda era o Milton Sardinha, e ter algum convidado interessante era mais raro do que um eclipse de Júpiter. Milton convidou Custódio para participar de um dos programas, sob a pauta "Anomalias Tecnológicas em Terra Cota". Foi um programa bem legal, mas ninguém entendeu nada, porque seu Custódio era esperto demais para a audiência de Milton Sardinha.

Arthur moveu o botão para 88,8MHZ e o display continuou azul, na frequência de FM. Tocava uma música antiga, bem, tudo era um pouco antigo na idade de Arthur, mas aquela era velha de verdade, dos tempos de sua avó (que não era tão velha assim). Arthur moveu o botão um pouquinho mais, só um pouquinho, a fim de ajustar na frequência exata. Acionou o primeiro filtro de frequências e um pouco da música se perdeu. Acionou o segundo filtro, o de precisão, e a cor mudou para o verde. Um sinal aberto, semelhante a um microfone, começou a emergir pelos autofalantes. Ainda não havia som, apenas a ausência, a possibilidade de som.

— Anda, eu sei que você tá aí, fala comigo.

Mas ninguém falou, ninguém nunca falava. O que acontecia era outra coisa.

Eram códigos, Arthur conseguia perceber. Códigos maliciosos e convincentes. Alguma parte inconsciente de seu cérebro era capaz de decodificar aqueles sinais, e eles eram bastante perturbadores. Algumas vezes, enquanto escutava aquele vácuo, Arthur sentia uma tristeza inexplicável. Em outras, sentia que estava sendo muito menos do que poderia ser, como filho e como menino, e isso sempre o deixava deprimido. Mas por que alguém faria um sinal como aquele existir? Por quais motivos? Fosse essa razão qual fosse, o vácuo o levava de volta para o rádio, a fim de escutar mais um pouco. Era como um vício. Com o tempo, ele descobriu que a mesma coisa acontecia com os celulares, mas desses conseguiu se livrar. Não via graça. Nas redes sociais a mentirada era tanta que até a verdade deixava de ter razão.

— O que você quer da gente? — perguntou dessa vez. Ouviu um ruído, como uma respiração. No início não soube exatamente se vinha do rádio ou do lado de fora da casa, na janela às suas costas.

Arthur Frias morava em uma casa de dois andares, seu quarto e o quarto dos pais ficavam em cima. As janelas receberam grades de proteção, mas eram para sua segurança, não havia maneiras de alguém, um intruso, chegar ali sem uma escada. E o intruso estava bem ali.

Não era um adulto, mas uma criança. Tinha a pele tomada por algo parecido com uma alergia, que evoluía a um tegumento semelhante a uma brotação. Havia um tecido de aparência vegetal sobre o menino, lembrava o musgo que cresce em troncos castigados por meses de chuva. Os olhos da criança eram incrivelmente atentos, e eles encararam Arthur com uma mistura de admiração e ciúme. Arthur conhecia aquele menino, chegara da Argentina há poucos meses. Costumava falar pelos cotovelos nas primeiras semanas, então ele ficou calado. Xavier vinha faltando na escola há algumas semanas, os professores disseram que ele estava com uma doença pulmonar.

Antes de ir embora, a coisa arreganhou os dentes e estendeu um sorriso desesperado e confuso. Depois saltou.

Arthur não conseguiu levantar de onde estava. Aquela coisa não deveria existir, não daquela forma. Foram necessárias várias respirações profundas e outros goles de coragem para chegar até a janela. Em passos curtos, pensava se a coisa ainda poderia estar ali, dependurada, esperando que ele se aproximasse, para subir e rugir como um animal selvagem. Ou ainda, talvez estivesse esperando para arranhá-lo no rosto para que ficasse concretizada sua existência. Arthur chegou mais perto. Não tocou a janela. Do lado de fora a noite caía pesada, e as marcas da mão da criatura ainda estavam no parapeito da janela, como uma prova feita de terra e mofo.

A sensação congelante continuou por muito tempo, e só foi quebrada quando o telefone fixo da casa começou a tocar.

Naquele dia e horário, Arthur ficava sozinho em casa. Apesar das esquisitices, Terra Cota ainda era considerada uma cidade segura, e seus pais nunca demoravam mais de uma hora em suas reuniões no Rotary ou quando saíam uma vez por semana, para se sentirem um casal e evitarem a terapia.

— Alô?

Chamada a cobrar, para aceitá-la, continue na linha após a identificação.

Arthur pensou que aquele tipo de chamada nem existisse mais, mas pelo jeito estava errado. Sua intuição preferiu ficar calada naquele momento, e isso o levou a confabular uma coisa bem ruim. Seus pais não estavam, então podia ser um deles, querendo avisar sobre um problema sério com o outro. Mas por que telefonar a cobrar?

— Quem é? — perguntou Arthur.

Não houve resposta, mas existia algum som, um ruído de fundo. Não era alto, estava mais para um telefone aberto. Arthur tentou reconhecê-lo. Uma respiração, ruídos externos, música, qualquer coisa. Ouviu um som estranho e muito baixo, um som de raspar bem discreto.

O chamador tomou um fôlego profundo e mesmo assim a voz saiu sem vontade, mais lenta que a velocidade de uma voz comum, como se tivesse sido alterada, desacelerada.

Preciso falar com Arthur Frias.

— É... é ele.

Estou falando com Arthur Frias?

— Já falei que sim. Quem tá falando?

Preciso falar com Arthur Frias.

Arthur ficou em silêncio, aquela voz era irritante como uma gravação. Possivelmente outra gracinha das crianças da cidade, elas pegaram no seu pé por um tempo, por causa da história da mina de quartzo.

Arthur Frias?

— Sim, sou eu — Arthur se armou de uma nova calma.

Você vem, Arthur?

— Aonde? Quem é você?

Você precisa, Arthur Frias. Precisa vir.

Mas o que veio foi o tom de linha do telefone.

Arthur devolveu lentamente o telefone ao gancho e imaginou que ele tocaria de novo.

Não aconteceu imediatamente.

Foi uma noite difícil, mas finalmente ele conseguiu dormir. Fechou a janela com todas as trancas e não contou nada para seus pais, nem sobre a coisa pendurada nela e nem sobre a chamada a cobrar que recebeu mais cedo. Eles não fariam nada melhor que tentar dizer alguma bobagem tranquilizadora, culpar sua cabeça. Arthur estava imune a essas coisas.

No dia seguinte, acordou preferindo acreditar que havia se confundido, e que nada daquilo tinha acontecido da forma como lhe pareceu. A mente infantil prega peças o tempo todo, uma mente como a dele faz logo um espetáculo. Tomou um café da manhã silencioso e foi para a escola, e pela primeira vez em muito tempo sentia falta de seus velhos amigos. E eles sentiram a sua, mais especificamente Mariana Rocha, que veio acompanhada da turma toda.

— Eu sei que você não tem tempo pra gente, mas eu preciso contar uma coisa — ela já chegou falando.

— Oi pra você também. — Ele inclinou a cabeça. — Eu nunca falei que não tinha tempo.

— E nem precisou... — disse Renata erguendo as sobrancelhas.

— Ihhh, já começou bem — resmungou Beto. Foi o primeiro a estender a mão. — Como é que cê tá, Arthuro? — Ele brincava assim às vezes, no passado.

— Tô bem — respondeu Arthur. — Vai aí? — Ofereceu um pouco de seu Doritos. Beto aceitou. Renata também pegou um. Mariana recusou dizendo que tinha “nojo desse negócio”. — O que você quer me contar? — Arthur cravou os olhos nela.

O recreio era sempre uma bagunça de crianças. Garotos correndo, tropeçando, se batendo, tentando se machucar de alguma forma. Mas Mariana parecia mais preocupada com Carlos Augusto, uma espécie de espiga de milho que era o inspetor mais atento da escola.

Os quatro se afastaram dele e foram para baixo de uma grande mangueira que existia no colégio desde os anos 1970. Quando ainda eram bem criancinhas, eles gostavam de se desafiar a quem subia mais alto. Renata quase sempre vencia. Arthur era o segundo. Beto nunca saía muito do lugar. E Mariana quebrou o braço em uma queda.

— Arthur, a gente viu uma coisa. Uma coisa bem ruim — Renata diminuiu o tom da voz. — Muito ruim mesmo.

— Ruim de que jeito? — perguntou Arthur, pensando na coisa em sua janela na noite passada.

— Não ouviu nada? Sobre o cara morto da rua D'Argonnel? — quis saber Mariana.

Arthur continuou com a mesma expressão.

— Eu falei que eles iam abafar! — a voz de Beto tinha convicção.

— Eu ainda não leio pensamento, gente, desembucha.

Renata assumiu a vaga e resumiu tudo. No final, explicou:

— E tinha essa coisa que parecia um sapo cabeludo e o cara todo morto e enfaixado. Eu ainda não tô dormindo direito, toda vez que fecho os olhos eu vejo ele. O moço morreu um pouquinho antes da gente entrar, Arthur! Tem noção do que é isso?

— Vocês falaram que a casa estava esquisita?

— Sim. A casa dele parecia um pedaço de floresta, parecia outro planeta! — Beto explicou melhor. — A polícia fechou a rua inteira, claro que a gente lembrou do que aconteceu lá na mina. Será que tá acontecendo de novo?

— Você ouviu alguma coisa no rádio? — perguntou Renata. — Daquelas... coisas?

Estavam assustados e o medo era tanto que eles acabaram chegando muito perto, cercando Arthur.

— Calma aí, gente, não é assim — Mariana conteve os outros dois. — Você lembra de como foi antes, Arthur. A gente só não quer passar por outra tragédia. E nem quer que você passe.

— E o que eu tenho a ver com tragédias? — perguntou Arthur.

— Ué, você é que foi lá pra baixo, né — pontuou Beto. — E foi abusado lá pelo tal pastor. A gente só tá perguntando... não precisa ficar todo irritado.

— Ei! Eu não fui abusado!

— Cala essa boca, Gato de Bosta! — ordenou Mariana. Voltou a Arthur. — A gente queria saber se você e o seu Custódio perceberam alguma coisa esquisita. E eu não tô falando de plantinhas ou maritacas, eu tô falando de coisas bem piores.

O menino na janela. Os olhos desesperados dele. A coisa que crescia e tomava a pele. Chamadas a cobrar esquisitas.

— Não vi, não.

Dizer o que sabia naquele momento poderia colocar seus amigos em perigo. Se aqueles três soubessem de alguma coisa pra correr atrás, só parariam quando se machucassem feio.

— Mas eu vou ficar de olho. Vou perguntar pro seu Custódio quando encontrar com ele — completou Arthur.

— Vocês ainda ficam olhando as estrelas? — perguntou Mariana. — A gente podia combinar de ir todo mundo. — A voz dela ficou mais afável. — A gente sente a sua falta, Arthur.

— É sim, até eu. — disse Beto.

O sinal soou em seguida e Arthur não encontrou nada melhor para dizer do que um anêmico "vamos marcar sim". Mais do que qualquer um, ele gostaria que tudo voltasse a ser como antes, ele só não sabia como. Ou se de alguma forma isso seria possível ou mesmo útil. Um dos livros que lia dizia que vento quando sopra demais se perde em si mesmo, e amizade quando se desfaz... parece nunca ter existido.

Arthur chegou em casa por volta das cinco. Disse olá para Margarete, a moça que ajudava na limpeza da casa, e subiu as escadas. Depois de tirar as roupas "de rua" e colocar outras limpas (um hábito que mantinha desde a pandemia), fez algo que não fazia há muito tempo: ligou a TV nos canais abertos. Passou por duas telenovelas e algumas propagandas até encontrar o que procurava. A emissora de TV regional sempre trazia coisas desinteressantes e reportagens sensacionalistas. Ele a deixou ligada, deitou em sua cama e abriu um pacote de wafer recheado Dadinho. Se o que seus amigos disseram fosse verdade, era quase certo que a notícia seria veiculada naquele canal. Geralmente as reportagens giravam em torno de comércios locais e obras assistenciais, algumas vezes se falava de algum artista ou espetáculo que estava sendo apresentado na cidade. Já não acontecia tanto. Depois da pandemia e dos episódios estranhos de Terra Cota, pouca gente séria se aventurava a incluir a cidade em seu roteiro.

A reportagem no telejornal agora falava das condições imperdíveis na Concessionária de Veículos Adriana Rocha, com a própria Adriana falando. Ela rejuvenesceu uns dez anos depois da morte do marido, Aquiles Rocha. Adriana era madrasta de Ícaro Overloque e Mariana, a menina que por muito tempo ocupou a vaga de melhor amiga e um pouco mais no coração de Arthur Frias. A família estava melhor sem Aquiles, e ninguém precisava ser amigo deles para perceber isso. Overloque era o único que não estava muito bem, mas para alguém que levou um tiro na cabeça, ele até que estava razoável. Adriana ainda falava na TV — "venha nos fazer uma visita e eu boto um sorriso nesse rosto!", seu jargão preferido — quando a tela pulsou. Em um frame rápido demais para ser totalmente compreendido, Arthur viu uma coisa bem desagradável, que de modo algum deveria ser vista por uma criança.

Ele saiu da cama e foi até a TV.

Se fosse um dos aparelhos de Thierry Custódio, seria bem fácil mexer na sintonia, mas aquela era uma TV moderna, com tudo automático, as únicas coisas ao alcance do usuário comum eram o volume e a troca dos canais — e se você fosse alguém bem curioso, alguns ajustes de áudio e vídeo que quase sempre serviam para piorar a formatação original.

À medida que se movia, Arthur percebia novas alterações na imagem. Se fosse para a esquerda, havia uma espécie de mudança de cor; para a direita, uma floculação e maior perda do sinal local. Para a frente fazia pouca diferença.

Thierry costumava dizer que todo ser humano é uma espécie de antena, mas que ele e Arthur se tornaram algum tipo de satélite depois daquela semente. Se isso fosse mesmo real — e Thierry Custódio raramente se enganava —, naquele momento Arthur poderia ser a principal causa, não só para aquela interferência, mas também pelo que acontecia com o rádio em outras ocasiões.

Outro pulso na TV e Arthur viu um homem amarrado a uma maca. E a TV local começava a falar com um veterinário, que explicava outro surto de doenças nos animais da cidade. Era um rapaz bastante jovem ainda, e estava bem mais preocupado com a posição de seu rosto na câmera do que com o que falava. Outro pulso e a imagem perdurou por mais ou menos meio segundo. Arthur reviu o homem amarrado e um outro, com uma capa de plástico, que segurava um machado. Com o impacto daquela imagem, ele recuou um passo e a imagem foi embora outra vez.

Se existe uma verdade no mundo das crianças, é que a curiosidade sempre vence. Arthur rodeou o aparelho e apanhou o fio da prestadora de serviços da TV. Apertou com força e se manteve todo esticado para não tirar os olhos do aparelho. A imagem chuviscou, floculou, se deformou e se refez a partir de uma explosão de cores. Em seguida ganhou um tom cinzento a azulado estável, entrecortado por algumas interferências de cor verde.

Arthur não queria ver, sabia que seria terrível. Mas certamente não resistiria. Segredos são feitos para isso, afinal, pelo risco de serem expostos.

O machado desceu e o desespero que tomou o rosto do homem assumiu a forma de um novo monstro. Não era somente dor o que parecia sentir, sua expressão era mais sofrida que qualquer resultado de injúria. Havia tensão em cada milímetro de pele, nos olhos lacrimejantes, na boca cheia de baba. A câmera parecia fazer questão de dar ênfase àquele rosto. Em um certo momento, Arthur pensou tê-lo reconhecido. Talvez fosse o pai de alguém da escola. Então o machado desceu. Arthur manteve os olhos abertos, mas soltou o fio no exato momento em que a lâmina acertou a perna daquele homem. Nesse mesmo instante, Arthur não olhava para a perna, mas para o rosto convulsivo do homem. Não precisou ouvir, ou ver o sangue, ou retornar sua atenção para o machado, ele sabia que aquele homem havia sido decepado. Arthur ficou onde estava, o fio solto no chão, os ouvidos zumbindo com o choque de todas aquelas informações.

O telefone começou a tocar.

O despertar da paralisia chegou a ser doloroso. O ruído da campainha do telefone entrou bem fundo no cérebro do menino, como se fosse a lâmina do machado. Arthur deu um passo e antes de dar o próximo precisou parar um pouco, ou teria caído no chão. O zumbido no ouvido ainda era forte, a tontura tentava se impor.

Aos poucos ele conseguiu se controlar, inclusive conseguiu gritar para a moça que ajudava na limpeza:

— Eu atendo, Margarete!

Estava tremendo um pouco quando chegou ao aparelho. Ao tocá-lo, sentiu uma descarga estática que o fez recuar. Ele insistiu, então ouviu:

Chamada a cobrar, para aceitá-la continue na linha após a identificação.

— Alô?

Preciso falar com Arthur Frias.

— Sou eu. Quem é você? Você mexeu na minha TV?

Estou falando com Arthur Frias?

— Você sabe que sim. O que você quer? Quem é você?

Arthur Frias? Essa voz é de Arthur Frias?

Novamente a voz de gravação. Ela parecia ainda mais lenta agora, e cheia de sujeira audível. A voz estava um pouco floculada, imprecisa.

Arthur Frias?

— Sim, sou o Arthur.

Quando você vem, Arthur? Você precisaaaaaa...

— Quem tá falando?

Você precisa, Arthur. Arthur Frias precisa... — vozes indiscerníveis — *Ela age... sombras. Arthur precisa voltar.*

— Pra onde? Onde eu tenho que ir?

Ela. Ele. Você.

Preciso falar com Arthur Frias.

E o tom de linha voltou ao telefone.

— Alô? Fala comigo! ALOOOÔÔÔ! — ele gritou e socou o aparelho de volta. Fez isso mais duas vezes.

Na porta, Margarete o observava, segurando um rodo e um balde com água. Aquele era um menininho bem estranho.

— Eu não sei se gosto disso, Mário. A amizade com esse homem... não parece natural — Sabrina disse assim que Thierry Custódio desapareceu pelas escadas, conduzido por Arthur.

— Se faz bem pro nosso filho, não pode estar tão errado. E você é a pedagoga da casa, não é? Eu sou apenas um biólogo.

— Não, Mário, eu sou coordenadora de ensino regional, e pra chegar nesse lugar eu precisei cursar pedagogia e fazer duas especializações.

Mário respirou fundo. Ela andava estressada e ele sabia que a melhor estratégia era suportar o golpe e voltar com alguns bombons de cereja, os preferidos da esposa. E se possível comprar flores. E abastecer o carro dela.

— Eles sempre foram amigos, o velho é boa gente. Nosso filho passa muito tempo sozinho, é até bom que tenha companhia.

— Crianças precisam de outras crianças para se desenvolverem.

— Sim, amor, eu sei. Mas elas também precisam dos avós, e o Arthur não tem mais essa sorte. Nosso filho é esperto, se existisse alguma coisa errada, qualquer coisa, ele já teria percebido e comunicado. Precisamos confiar nele, não é o que você sempre diz?

— É sim, Mário. Eu só queria que alguém calasse a boca da minha intuição — ela disse e apanhou a chave do carro. — Quer uma carona?

— Eu posso dirigir?

Sabrina não respondeu e apanhou sua carteira. Resignado, Mário Frias foi atrás dela.

Arthur reapareceu no topo da escada.

— Pronto, já foram — disse.

Sabia que Margarete iria continuar de olho no que eles faziam, mas ela não era problema. Margarete entendia tão bem de rádios e comunicações analógicas quanto de exames de endoscopia.

Thierry já estava colocando seu rastreador espião no telefone do quarto dos pais de Arthur, uma caixinha com o tamanho aproximado de uma saboneteira, feita de acrílico. Era possível ver a placa de circuito impresso e todos os componentes ligados nela. Para colocá-la em operação, Thierry a conectou na saída da linha que ficava na parede, no outro lado da caixinha conectou o cabo do telefone. Por último, ele ligou seu celular e perguntou a senha de internet da casa.

— É Chupacabra@1618J17. O primeiro c é maiúsculo e o j é maiúsculo.

O velho apenas o encarou. Depois riu. O menino chegou mais perto.

— Como isso funciona, seu Custódio?

— A explicação é bem complexa, mesmo pra você, mas é um rastreador parecido com o que o pessoal da polícia usa. Como a chamada é feita em pulsos, eu consigo rastrear o número chamador e sua posição com uma precisão de duzentos metros. Isso tudo é traduzido eletronicamente e enviado para o número de celular cadastrado. O único problema é que vamos precisar esperar uma nova chamada.

Thierry continuou fazendo alguns ajustes via celular no quarto de Arthur, e o menino se sentou à frente do aparelho de som. Ficou observando o que Thierry fazia, seus movimentos, seus trejeitos.

— O senhor sabe de mais coisa. O que está escondendo de mim?

— Escondendo? Eu? E desde quando eu consigo esconder alguma coisa do senhorzinho?

Arthur continuou encarando.

— Tá, tá... Se não parar de me olhar desse jeito eu vou acabar errando a triangulação do sinal. Preciso invadir o código das torres para ter acesso ao sistema de telefonia, isso exige um pouquinho de atenção.

— É só dizer e pronto. Tá acontecendo de novo? É isso? A coisa de baixo da terra voltou?

— Eu gostaria de saber, Arthurzinho, gostaria de verdade. O que eu sei é que alguma coisa está navegando os sinais de comunicação outra vez. É um sinal discreto, mas é constante e muito persuasivo.

— E o que ele faz?

— Até onde eu percebi, e isso tem muito mais de percepção do que de dados técnicos, é que ele *não* deixa fazer. Funciona como um tipo de sedativo, um calmante. Percebi esse sinal há umas duas semanas, ele tem ficado mais forte de lá pra cá. Se você ouvir rádio, TV ou mesmo se não ouvir e estiver perto daquelas torres, vai sentir uma espécie de confusão mental, um sentimento que se mistura com algum tipo de exaustão e ansiedade. Essa coisa deixa a gente inseguro de tomar qualquer direção. É uma espécie de modulador de ondas cerebrais, está me acompanhando?

— Essa coisa deixa a gente dopado?

— É o que parece. Dopado e angustiado. Tem alguma coisa muito ruim acontecendo em Terra Cota, tão ruim que o que aconteceu antes, mesmo na época daquela gripe apocalíptica, vai parecer um tropeção em um formigueiro. E tem mais.

Nesse momento Thierry tomou algum tempo. Tinha que dizer ao garoto, o garoto compreenderia, mas puxa vida, ele era só um menino.

— Tem outras coisas no sinal, Arthur. São emissões que só aparecem nas TVs digitais muito tarde da noite, ou quando chega uma tempestade e o céu está cheio de eletricidade. Eu consegui flagrar algumas dessas transmissões com um receptor modificado, são coisas horríveis. Coisa de gente depravada e sem amor nos outros.

— Eu vi uma... eu acho que vi uma coisa na TV. Era de dar medo, achei que era um filme. Mas daí eu fiquei... travado, não conseguia me mexer. Tinha um homem cortando a perna do outro, parecia isso.

— Sim, é esse tipo de coisa terrível. E algumas vezes eles transmitem propagandas antigas, mas elas não são daqui, são de um tempo e lugar que não é o nosso, produtos que não existem. Eu pesquisei, Arthur, parece tudo de fachada, uma simulação, interpretação, mas ao mesmo tempo... parece real.

— Não é só na TV, seu Custódio. Apareceu uma coisa na minha janela, bem ali. E não era só uma coisa, era um menino da escola. Ele virou... um tipo de bicho. Os meus amigos também contaram que foram na casa de um homem e que a cozinha dele parecia uma floresta. Acho que eles viram um bicho estranho também. Um tipo de sapo. No jornal deu que um monte de gente anda tendo problemas de pele. Mas aí eu fico pensando que não faz nenhum sentido, porque a coisa lá de baixo podia ter matado todo mundo, e em vez disso ela ajudou a gente e ajudou a Júlia.

Thierry já havia terminado com o celular. Estava muito pensativo agora, tensionando a mandíbula e coçando a parte de trás da cabeça com a mão esquerda.

— Ela lá de baixo não ajudou você e eu, Arthurzinho, não diretamente. Ela ajudou a Júlia Sardinha, e então ajudou você a pedido dela, e você depois decidiu me ajudar. Talvez nós dois sejamos só consequências, obras do acaso, até mesmo reações adversas. Ou quem sabe essa coisa nunca foi realmente quem ela alegou ser.

— E o que a gente faz?

— Continuamos de olhos abertos. E agora seria muito bom descobrirmos quem está ligando para você. — Thierry sorriu. Arthur já tinha mudado de posição, indo para a frente do rádio. — O que está fazendo?

— Quero ouvir o sinal que o senhor descobriu. Como ele é?

— Você já deve ter ouvido sem perceber. É um chiado irritante. Eu precisei amplificar e decodificar pra descobrir do que se tratava.

O menino já estava ligando o rádio.

— Não é assim que funciona, Arthurzinho, você precisa do equipamento certo.

— Pode ser, mas eu vou colocar em 88,8 e subir o volume no máximo.

O menino estava pronto para cumprir sua ameaça, mas assim que chegou à frequência de 88 o telefone do quarto dos pais começou a tocar. Arthur se afastou do rádio como se a coisa fosse um fantasma. Foi para perto de Thierry.

— Quem é? — Olhou para o celular que o velho acabara de sacar do bolso.

— Você precisa atender antes, e enrola o máximo que puder!

Arthur correu, se jogou na cama e tirou o telefone do gancho.

— É a cobrar, seu Custódio! — gritou.

... para aceitá-la continue na linha após a identificação.

— Alô, aqui é o Arthur Frias, quem tá falando?

Preciso falar com Arthur Frias.

— Sou eu! E quem é você? Por que fica ligando pra mim?

É Arthur Frias? Filho de Sabrina e Mário Frias?

— Sim, sim, sim! Eu já falei que sim.

A voz estava ainda mais lenta e mais deteriorada. Ela parecia enfraquecer, se decompor a cada tentativa de comunicação.

Arthur Frias. Você precisa... Arthur. Arthur Frias precisa... Você...

Arthur precisou afastar o telefone porque a mistura de gritos, apitos e interferências pareceu furar seu ouvido esquerdo. A dor foi tão forte que ele deixou cair o aparelho e apertou os ouvidos com força. O cheiro de queimado veio depois. Era a caixinha de acrílico, o rastreador estava derretendo. Arthur o tirou da tomada com chutes, porque nem por amizade a Thierry ele colocaria a mão naquele negócio. Voltou correndo para o seu quarto.

Thierry estava com o telefone celular na mão, pálido, parecia perturbado.

— Arthurzinho... você não vai acreditar.

— Descobriu de onde veio?

— Do chão, Arthurzinho, a chamada veio do chão podre daquela mina de quartzo.

Ouça as melodias macabras do fim
Pesadelos tão reais

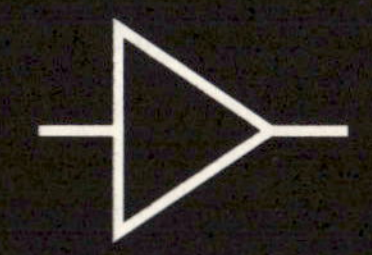

FASE6. RUÍDO2

DEFLEXÕES SUBTERRÂNEAS

LISTEN THE MACABRE TUNES OF THE END / NIGHTMARES SO REAL
TORTURE SQUAD

Depois de certa idade, todo homem se torna mais responsável. Os riscos são menos aceitos, a velocidade perde a graça, os agasalhos passam a fazer mais sentido.

Thierry se sentia muito mal por estar com o menino naquela manhã. Ele tentou desestimular Arthur Frias de todas as formas, mas tanto ele quanto o menino sabiam que sua presença era imprescindível. Agora, estavam na frente daquele lugar de poeira e más lembranças, pensando se deveriam mesmo descer do Fiat de Thierry Custódio e entrar na mina.

— A gente não veio aqui pra assar dentro do carro, né, seu Custódio?

— Tenha paciência, Arthurzinho, eu só quero saber se estamos seguros.

— Eu não vi mais nenhum carro.

— Humm. Um carro pode ser estacionado nas propriedades vizinhas.

— É só isso mesmo? — Arthur reforçou.

— Você sabe que não, Arthur. Eu não quero nem pensar nisso, mas estou até com vontade de fumar um cigarro. Um não... eu fumaria logo uns dez. Nós somos diferentes agora, você sabe e eu sei, a gente sabe que...

— Tem alguma coisa lá embaixo.

— Tem, Arthurzinho, tem sim. E eu consigo sentir meu coração acelerando só de pensar no que pode ser.

— Meu estômago também tá esquisito. Eu tô sentindo gosto de...

— Ferro — completou. — O meu também está assim.

Com a ligação que se estabeleceu entre eles desde que mastigaram uma semente azul nascida naquela mesma caverna, muitas palavras se tornaram desnecessárias. Eles sabiam bastante do que o outro pensava e sentia, sabiam parte de seus pensamentos.

— Você não confia nela — constatou Thierry. — Nós dois mastigamos aquela semente que ela se tornou, mas você ainda desconfia dela.

— Não é isso. Quando a gente vê um deus, daquele jeito... a gente se sente pequeno, seu Custódio, tão pequeno que é quase uma vergonha continuar existindo.

— Aquilo não era um deus.

— Então o que era? Só um alienígena? Um E.T.? Porque uma coisa que faz o teto virar um poço de lava e depois se transforma em uma semente não pode ser só um bicho que veio de fora.

— Você ainda sente ela em você?

Arthur deixou o ar escapar bem devagar.

— Às vezes. Mas já não é do mesmo jeito — enrugou a testa. — Antes eu sabia de mais coisas, resolvia qualquer tipo de problema sem pensar muito, era como lembrar da resposta. Agora eu preciso pensar um monte e não é sempre que eu consigo, nem na escola.

— Humm — Thierry resmungou de novo. Bloqueou essa parte do pensamento para que o menino não conseguisse saber. Thierry fora salvo por metade daquela semente, se ela estava enfraquecendo sua ação no menino, ele talvez definhasse da mesma forma. — Vamos, Arthurzinho. Vamos descobrir quem anda telefonando pra você e voltar pra casa. Nós dois sabemos que não temos escolha.

Eles não sabiam o estado real da mina de quartzo. Mesmo antes das autoridades embargarem o lugar, tinham feito o pacto de não se aproximarem novamente. Agora percebiam a entrada livre de vigilância, mas ainda impedida por madeiras, correntes e cadeados. Metros antes da entrada propriamente dita, existia uma porção de cavaletes, todos alertando sobre o risco de desabamento. Havia até mesmo uma placa de "invasão sujeita a detenção provisória".

Thierry serpenteou entre os cavaletes e alcançou a entrada. Testou as correntes.

— Parece que não fomos só nós dois que tivemos essa ideia — disse ele e deixou as correntes caírem. O cadeado estava arrombado. Tinha virado um enfeite.

— Será que é gente ruim, seu Custódio? Bandidos?

— Pouco provável. Você não falou muito do que aconteceu, a Júlia deixou a cidade, até o Milton e a rádio sensacionalista dele preferiram botar panos quentes em tudo. Isso ofendeu gente de fora, eles se sentiram feitos de besta. Eu ainda tenho que despachar repórteres na porta da minha loja, e tem uns sebosos que conseguem o meu número de telefone. Se alguém invadiu esse lugar, deve ter sido um desses enxeridos.

Thierry precisou se esforçar um pouco para conseguiu mover a entrada provisória, as tábuas não estavam tão bem pregadas, mas eram pesadas. Ele passou primeiro, atestou que não cairia nada em sua cabeça e convocou Arthur em seguida. Nenhum daqueles dois conhecia muito do ambiente de uma mina ou escavação, e talvez por isso, por desconhecerem os reais perigos daquele local, tenham consentido em uma ideia tão absurda. Ou quem sabe fosse outra coisa, uma espécie de chamado que nem o velho ou o menino seriam capazes de ignorar, uma imposição discreta, mas eficiente. Pelo menos eles tinham lanternas potentes. Também um equipamento de geração de energia que poderia ser carregado via dínamo. E, claro, mais que fundamental: um kit razoável de primeiros socorros.

Enquanto Thierry calculava a segurança dos próximos passos, Arthur passava as mãos sobre a lama solidificada das paredes. Sua impressão é que tudo ali era novo demais, compactado demais. Mesmo o chão estava trabalhado (varrido e compactado), provavelmente pelo pessoal da polícia.

— Eles nunca encontraram o moço que morreu — disse Arthur. — Acho que foi por isso que a Júlia foi embora.

— Pode até ser, mas aquela mocinha também se tornou o alvo de muita gente. Eu me lembro das reportagens maldosas no jornal, das mentiras que inventaram dela. O ser humano pode ser muito ruim, Arthurzinho, e ele fica um pouco pior quando está frustrado. — Thierry iluminou o menino e interrompeu a fala. — Tá ouvindo? — perguntou.

— Parece alguma coisa arranhando.

— Apaga essa piroca, garoto, depressa.

Arthur apagou a lanterna e os dois se encolheram lado a lado. Thierry se armou com uma pedra e passou o braço esquerdo à frente do menino. A coisa continuava arranhando a madeira da entrada. Thierry conseguia ouvir o *rec rec* das unhas e também uma respiração acelerada, quase histérica.

— E agora, seu Custódio? — cochichou Arthur.

— Fica tranquilo, se for alguém ruim, eu acerto ele com a pedra. E você corre, Arthurzinho! — sussurrou cheio de urgência. — Só para de correr quando encontrar ajuda.

Ouviram uma das ripas de madeira ranger. Depois um estampido. Um pedaço de tábua caíra, tinham certeza.

O ruído da respiração começou a aumentar dentro do túnel, ao passo que o ritmo diminuía. Algo estava se deslocando pelo chão, e, naquele breu, a imaginação não foi muito generosa. Em algum momento Thierry viu essa espécie de silhueta, não era gente. Não poderia ser gente daquele tamanho reduzido.

— Se prepara — cochichou ao menino. Thierry se afastou um pouco, sustentou a pedra na mão direita e a lanterna ficou na mão esquerda. Encheu o peito de ar. O arfar parou de ressoar, como se o invasor tivesse percebido o plano de reagir a ele.

Thierry sentiu um toque em sua perna, um resvalar de leve, quase acidental.

— Sai de mim! — acabou gritando e derrubando a pedra com o susto, mas pelo menos a contração da mão acendeu a lanterna.

Arthur começou a rir sem controle enquanto Ricochete pulava na direção do facho de luz, desorientado pelo brilho. Thierry não sabia muito bem o que fazer, mas ainda não conseguia rir.

— Quem foi que convidou o senhorzinho? — falou para o cão. — Como você chegou aqui? Se escondendo no meu carro como um delinquente?

A resposta mais provável é que ele tenha feito isso e saltado do carro antes de todo mundo, esperando o momento certo para agir. Ouvindo a voz do dono, Ricochete se empolgou ainda mais, e começou a dar pequenos saltos sobre a perna do velho. Thierry deixou a lanterna com Arthur e apanhou o cachorro no colo, coisa que não costumava fazer.

— O senhor pode ficar, mas é bom me obedecer daqui pra frente, tá ouvindo? Esse lugar é muito perigoso, principalmente pra velhos, criancinhas e vira-latas com menos de cinco quilos. E já que o senhor está aqui — disse enquanto devolvia o cachorro ao chão —, pode ajudar e farejar um caminho seguro.

Ricochete correu até o menino, que há muito era considerado um segundo dono. Reunidos de novo, avançaram pela poeira da mina. Ricochete latiu algumas vezes à frente, e Arthur pensou que o cão tentava encontrar um caminho através da reverberação do som. Não como os morcegos, era algo muito mais discreto, mas era o que Ricochete parecia fazer. E logo ele tomou sua decisão e correu pela escuridão da caverna.

— Vem, seu Custódio!

— Eu não vou me guiar pelo temperamento histérico do Ricochete. Se tivesse ido atrás dele nas outras vezes, teria me afogado, sido atropelado ou coisa muito pior!

— Vem logo, seu Custódio! — insistiu o menino. Ricochete havia encontrado uma passagem estreita e tinha escapulido por ela pouco antes do menino chegar.

— Ahhh pronto! Agora perdi meu cachorro — lamentou Thierry. Arthur estava conferindo a abertura.

Ao apertar um pouco, algumas partes se soltaram, como flocos secos de terra. Arthur usou o punho para bater e mais farelos caíram. O jeito foi ficar de pé e chutar com tudo o que tinha. O velho ajudou e em poucos chutes mais de um metro de parede veio abaixo.

— Era só uma casquinha de barro. Você achou, Rico! Achou! — Arthur comemorou com o cachorro que os esperava do outro lado. O velho sacudiu a cabeça em negativa.

— Eu cuidei do seu corpinho canino até hoje, mas está cada vez mais difícil. Fique por perto, tá ouvindo?

Ricochete concordou com um chiado fino.

— E agora? — Thierry perguntou a si mesmo, iluminando outra parte do caminho. Ricochete correu até lá. Arthur foi logo atrás.

Havia mais três ou quatro metros de um corredor estreito e mais nada. O pequeno caminho terminava em uma parede que, diferente da estrutura quase farelenta dos pontos iniciais da mina, era massuda, tinha a solidez do concreto. Thierry e Arthur começaram a vasculhar aquele ponto com as luzes, o menino parecia ter um pouco mais de especificidade, tocando a parede com delicadeza.

— O que estamos procurando agora, filho?

— A Júlia contou que ela e o moço da polícia encontraram umas plantas esquisitas aqui embaixo. Ela sempre achou que foram essas plantas que fizeram eles descerem, de propósito.

— Nós nunca falamos muito sobre o que aconteceu aqui. Como você chegou aqui, Arthurzinho? Consegue se lembrar?

— Mais ou menos. Eu peguei o seu aparelho pra seguir o sinal de rádio, e lembro que atravessei uma parede, do outro lado da mina. Eu tava com meus amigos, mas me perdi deles correndo atrás do João Bússola. E o Rico correu atrás de mim.

— João Bússola... aquele pirado.

— Eu nunca achei que ele fosse doido de tudo. — O menino continuou averiguando a parede. — Ele conhecia esse lugar, seu Custódio, foi ele quem achou um jeito de sair. O Ricochete pegou a pista dele e eu e a Júlia fomos atrás. Foi assim que a gente escapou.

— E antes, Arthurzinho? Quando você encontrou aquele homem.

Arthur parou de tatear a rocha, mas manteve as mãos esticadas. Precisou respirar fundo antes de responder. Não era um assunto que ele e o velho abordavam com frequência, pensar em Belmiro Freitas trazia de volta as coisas que o menino queria esquecer.

— O pastor também não era maluco de tudo, mas ele estava perturbado. Tinha alguma coisa mexendo com a cabeça dele, dizendo coisas ruins. Não era como o que eu e o senhor ouvimos, eram pensamentos cheios de... como se diz quando alguém quer fazer o outro de bobo, mas de um jeito que o outro não percebe?

Thierry estranhou que o menino tivesse uma dificuldade tão boba, mas o ajudou:

— Astúcia? Malícia?

— Isso, malícia. O que ele ouvia era cheio disso daí.

— Ele machucou você, filho? Pode me contar, às vezes é bom colocar tudo pra fora.

— Ele me enforcou. O Rico tentou me ajudar e levou um chute. Não um chute fraquinho, mas pra machucar feio. Belmiro ficava me apertando e falando que tudo já tinha acontecido, que estava escrito e eu precisava morrer porque foi o que Deus falou pra ele no rádio.

— Que coisa terrível, garoto, eu sinto muito.

— Eu também. Depois que a gente vê a morte de perto, ela nunca mais sai do nosso lado. Quando eu vou dormir, eu ainda penso que estou morrendo de novo antes de pegar no sono. A morte não é como as pessoas falam. Não tem luz, anjo, nem nada dessas mentiras. Quando a gente morre só tem um zumbido e mais nada. — As mãos pararam de se mover. — Acho que tem alguma coisa aqui, seu Custódio.

O velho mudou a lanterna de direção e iluminou a parede de barro, Ricochete se afastou um pouco, mas ficou por ali, de pé e de orelhas eriçadas.

— Me deixa ajudar. — Thierry sacou um pincel grosseiro e redondo que trouxe em sua mochila (o máximo que conseguiu pensar em matéria de escavação além de um formão e um martelinho). O pincel cumpriu a função, retirando a terra que se incrustara à estrutura. — São fios? — especulou.

— Parece. Ou pode ser um galho ou uma raiz seca. Lá embaixo tinha uma planta que parecia uma placa de circuito impresso, igual o que tem nos aparelhos eletrônicos que o senhor conserta. Eu estava vendo ela quando aquele homem chegou.

Arthur passou as mãos sobre o relevo e notou uma pequena alteração. Começou com uma bolinha mais escura, que rapidamente alcançou o tamanho de um grão de feijão. Ao lado dela, outros pontos apareceram. Eles se uniram e formaram uma mancha. Um pedacinho de água brilhou na mancha e desceu, carregando lama.

— Tá derretendo — Arthur explicou a Thierry.

— Sai de perto dessa coisa, Arthur — disse o velho e também se afastou. Ricochete começou a latir, então toda a parede começou a ganhar a mesma umidade, como se a estrutura em forma de raiz estivesse se revelando e vertendo algum tipo de exsudato, semelhante ao suor.

— Ai que droga! O que foi que eu fiz?

— Não acho que foi você, Arthurzinho, mas pode ser que essa coisa dentro da gente tenha ativado essas... raízes.

Se afastaram o máximo possível delas, mas não poderiam ir muito longe. A mesma estrutura que se revelava na parede lateral agora emergia do chão e formava uma trama, uma nova estrutura vegetal sobre o percurso que os levou até aquele local. No ponto onde Arthur estava, ocorreu algo similar, porém o bloqueio às suas costas começou a se abrir.

— Mas que piroca é essa? — Thierry puxou o menino e o trouxe para perto de si. Agora havia uma abertura razoável bem à frente deles.

O primeiro a passar foi Ricochete. Ele cruzou a abertura, farejou o solo composto pela mesma trama vegetal e latiu, convocando a companhia dos dois humanos que ficaram para trás. Arthur foi o segundo, e só depois de ser chamado duas vezes, Thierry se livrou daquela espécie de paralisia.

Nunca é fácil encontrar uma definição para o desconhecido, e o mais próximo que a mente de Thierry alcançou foi a de uma estrutura que mesclava características animais e vegetais com artefatos puramente sintéticos. As paredes e o solo não eram regulares, pareciam estáveis, mas não eram lisos. Principalmente o chão, era de uma composição em forma de trama, que se trançava e emaranhava, se reformulando em si mesma. O resultado era o que parecia chão, mas se confundia com ossos, ferro, sistemas vasculares, caules, espinhos, até mesmo costelas. Tais estruturas conhecidas e desconhecidas estavam conectadas de tal forma que a impressão aos olhos era de um ser vivente, ou o exoesqueleto de um ser que um dia esteve vivo. Não havia um sistema de iluminação, mas a luminescência da própria estrutura era suficiente para guiar os olhos e clarear os imensos trechos da galeria.

— Ficou mais frio desse lado — comentou Arthur.

— Ficou, sim. E está fedendo um pouco.

Arthur passou a mão sobre uma das paredes.

— É úmido... como é que pode ser molhado e não estar liso?

— Não sei, mas eu não colocaria as mãos nessa nojeira.

Arthur recolheu as mãos e notou uma espécie de gosma verde-escura aderida a ela. Cheirou e fez uma careta. Limpou as mãos na calça.

Rico latiu alguns metros à frente, interessado por uma espécie de elevação em um ponto do mesmo corredor. Poderia ser uma bancada, ou algo destinado a esse uso. Era retangular, tinha um metro e meio de altura e era feita do mesmo material do resto da galeria. Os motivos estampados lembravam algo eletrônico, diagramas confusos. Thierry tomou a frente de Arthur e chegou primeiro. Ricochete ainda rosnava e tentava puxar alguma coisa com os dentes. Não seria nada fácil, a estrutura era perfeitamente polida. Mas o que animava o cachorro era outra coisa, um tecido.

— Eu não sei o que o senhor achou aí, mas é melhor deixar pra lá. Esse lugar todo é uma porqueira.

O cachorro reclamou em rosnados, sem intenção alguma de deixar o pano encardido em paz. Só parou com os protestos quando Arthur se aproximou e apanhou ele mesmo o tecido. Estava preso a um espaço entre as tramas do chão, alguém tinha dado um nó.

— É uma jaqueta.

Thierry tomou-a nas mãos e checou os bolsos. Em seguida esticou o tecido verde militar para ver se estava podre. Estava surrada, suja, mas não era velha. Sem encontrar nada de útil nos bolsos, devolveu ao chão. Ricochete abocanhou de volta, sacudiu duas vezes e largou, atraído por algo bem mais interessante.

O som que ecoou no corredor poderia ser qualquer coisa, mas se parecia muito com uma tosse suprimida, para que não fizesse barulho. Um som toráxico. Prevendo problemas, Arthur apanhou Ricochete no colo e o abraçou.

— O senhor... quer... Será que é melhor voltar? — perguntou a Thierry.

O velho o olhou profundamente antes de responder. Havia algo novo naquela pergunta, perdido na voz. Não era uma coisa boa.

— Filho, desde que você colocou os pés na minha oficina pela primeira vez, eu nunca percebi medo verdadeiro em você. Já vi desobediência, curiosidade, receio. Teimosia, então, nem se fala... Eu quero voltar pra casa, sim, mas não quero levar esse veneno com a gente. Vamos em frente, Arthurzinho, medo sem uma ameaça real é um sentimento muito, muito perigoso. Faz a gente esquecer como se vive.

Percorreram mais centenas de metros de corredores iluminados com aquele mesmo tom verde e moroso, os ruídos cada vez mais raros. Com o avanço por longos períodos entre estruturas parecidas, os olhos logo se acostumaram ao desconhecido. As paredes e o chão tinham muito de sistemas internos, de veias, feixes musculares e ossos, mas Arthur parou de avançar quando percebeu dois rostos.

— Que coisa horrível — disse.

Thierry chegou a ele e usou a lanterna. Eram rostos, sim, humanos, retratados lateralmente, olhando um para o outro, simétricos, parcialmente descarnados, e entremeados com tubulações, fios e conexões que os transformavam em uma espécie de equipamento biomecânico. Os rostos entranhados na parede eram de tamanha realidade que Thierry precisou tocá-los, e o fez esperando um movimento, uma reação, um piscar de olhos. Ao lado dos dois rostos, os adornando, havia uma centena de estruturas vermiculares. Os rostos pareciam expressar poder, mas de uma forma bastante intuitiva. Eles não diziam isso claramente, eles faziam com que Thierry e Arthur pensassem nisso.

— Esse lugar inteiro... é como um ser vivo — disse Arthur devagar. — Dá pra ver as veias, órgãos, a gente passou por uma coisa que parecia um esqueleto de gente. E tinha uma outra que parecia um pedaço de tripa.

Thierry se manteve calado, mas vira estruturas parecidas. No seu caso, os olhos eram atraídos para os pequenos seres como salamandras, escorpiões e besouros. Eles estavam presentes em todo o pavimento, e pareciam mais do que aderidos ou esculpidos, eles pareciam estar sendo digeridos.

— Se isso é um ser vivo, Arthurzinho, não é nada que a gente conheça.

Ouviram mais uma vez o som tussígeno, e dessa vez ele não foi contido. Arthur saiu na frente, colocou Ricochete no chão e os dois seguiram correndo. Thierry tentou acompanhá-los, ou demovê-los de tomar a pior decisão possível, mas os dois rapidamente abriram dianteira e desapareceram na próxima curva, descendente e à direita. Ricochete começou a latir com raiva, o menino gritou como se tivesse sido golpeado.

— Arthur! Arthurzinho, fala comigo! — gritou Thierry forçando mais a corrida.

Mas já era tarde demais.

— Não chega perto, velho! Não chega perto de mim! — disse o rapaz.

O sujeito estava muito sujo, roupas encardidas, os cabelos cheios de oleosidade. Tinha uma espécie de desespero nos olhos que só a fome de vários dias ou o estresse prologando era capaz de causar.

— Não vou chegar, mas solta o menino!

A essas alturas, Ricochete dividia o tempo em latir e se esquivar dos chutes do homem. O rapaz era jovem, seu rosto trazia alguma familiaridade a Thierry. O técnico em eletrônica não conseguiu se lembrar exatamente quem era, talvez fosse um desses rostos do passado, talvez não fosse ninguém, apenas um rosto comum demais. Com muito azar seria um criminoso.

— O que vocês querem? Eu conheço vocês dois!

— Você se confundiu, somos só dois curiosos. Agora solta o menino, ele não pode fazer mal a você.

— Soltar é o caralho! Eu vi você no hospital! Joga a bolsa, velho! Joga a porra da bolsa pra cá! — ele se virou para Ricochete e esbravejou. — Sai, porrinha!

Thierry sustentou os olhos no desconhecido e segurou a bolsa na mão direita. — Quietinho, Rico — pediu e deu um passo na direção do rapaz. O cachorro parou com o ataque e se refugiou aos pés de Thierry.

— Eu vou entregar nossas coisas, mas veja o que você está fazendo... somos um homem velho, um menino e um cachorro. Nós é que devíamos estar preocupados. Toma, pega a mochila. Agora solta o menino.

O rapaz soltou Arthur e tomou distância, vasculhando a mochila e alternando os olhos para os dois.

— Eu sei quem vocês são, eu vi vocês na gravação, o moleque aí enfiou uma semente na sua boca.

— Tá tudo bem? — Thierry perguntou a Arthur.

— Eu ia chutar o saco dele se tivesse dado tempo.

— Tem alguma coisa pra comer aqui?

— No bolso lateral — respondeu Thierry.

Ele se serviu de uma barrinha de KitKat e atirou a mochila de volta a Thierry.

— Eu te conheço, rapaz? — Thierry perguntou.

— Não. Acho que não. Talvez o meu irmão, a gente era parecido. Eric De Lanno.

— Eric De Lanno... — Thierry puxou na memória. — Oh, sim, o jovem que foi pego com a boca na botija com a esposa e os amigos tarados dele. — Ergueu as mãos em sinal de desculpas. — Sem ofensas, moço, é só a maneira que a cidade inteira se lembra dos seus parentes.

— Meu nome é Jefferson, eu só quero sair desse lugar.

— E como foi que você entrou? Consegue lembrar?

— Eu não sei como, estou rodando nesse lugar há dias — os olhos desesperados corriam o lugar. — Eu estava... doente. Aqui, da cabeça — bateu os dedos na têmpora. — Tinha alguma coisa me deixando confuso.

— Pelo jeito ainda tem — disse Arthur baixinho. Thierry o reprovou com os olhos.

— Eu entrei nessa caverna com uma equipe, fomos pagos para encontrar sementes que só nascem nesse lugar. Mas você e o menino já sabem disso.

— Sementes azuis? — perguntou Arthur.

— Não, elas mudaram quando a gente encontrou, ficaram vermelhas. O plano era vender o lote todo, mas tinha alguma coisa errada. Um tipo de veneno, ou verme, eu já não sei bem o que é verdade ou... loucura.

Enquanto Jefferson falava, ele abraçava o próprio peito, em uma vulnerabilidade quase infantil. Seus olhos estavam cheios daquela substância febril, suas palavras estavam empapadas por ela. Tendo em vista o folgar em suas roupas, era possível supor que ele havia emagrecido um bocado. Sua palidez e sudorese exagerada podiam significar desidratação.

— Eu comecei a... alucinar. Quando dormia, sentia essas coisas rastejando dentro do meu cérebro, como se eu tivesse um ninho na cabeça. Eu podia ouvir as patinhas rastejando, sentia coçar lá dentro. Quanto mais tempo eu ficava perto das sementes, mais eu me intoxicava com elas. Uma noite eu acordei mastigando uma daquelas coisas, tentei vomitar, mas acho que não consegui devolver tudo. Pretendia jogar fora, mas acordei no meio da madrugada, só com uma calça fina, tremendo de frio, do lado da caixa d'água da Escola Boaventura. Eu vi as sementes lá dentro, na água. Até onde eu lembro, acabei voltando pro hotel e tentei continuar acordado. A coisa dentro da minha cabeça ficou pedindo que eu fizesse coisas, me torturando. Eu desmaiei algumas vezes de exaustão.

— Acordava nos hospitais, em carros que não eram meus, em agências bancárias. Da última vez eu acordei nesse lugar aqui, preso em uma parede. Olha para as minhas costas — ele começou a tirar a camisa e girar o corpo. Arthur não conseguiu olhar muito tempo, mas o velho o fez.

— Minha nossa senhora...

Não havia pele nas costas de Jefferson, somente o tecido dos músculos. Estava um pouco infeccionado, e havia muitas ilhotas em tons de verde e roxo, em estado de apodrecimento. O odor era terrível.

— Eu tentei fugir e acabei fazendo o mesmo caminho todas as vezes. Amarrei a minha jaqueta pra ter certeza de que não estava sendo enganado de novo. Esse lugar é um pedaço do inferno, ele se move, esquenta e esfria, ele faz o que quer.

— Calma, rapaz, tenha calma — falou Thierry com a voz firme. — Nós podemos fazer um curativo e você pode vir com a gente se quiser.

— Não! — exclamou Arthur. — Ele tentou me matar!

— Arthurzinho, ele só não quer morrer. Se esse homem tem algum envolvimento com o que está acontecendo nessa cidade, e se ele ainda está vivo dentro dessa caverna, talvez seja pra ajudar nós dois.

Arthur voltou a se aproximar e encarou Jefferson De Lanno.

— O que aconteceu na escola foi de verdade, moço, você envenenou um monte de crianças com aquelas sementes podres. Se você colocar a mão em mim de novo, tomara que ela apodreça igual as suas costas.

Thierry passou por Jefferson e deixou mais um KitKat com ele. Começou a desembalar o kit de primeiros socorros.

— Eu vou te ajudar, rapaz. Mas você ouviu o menino.

• • •

Depois da água e dos chocolates, mas principalmente depois de receber a companhia de Thierry, Arthur e Ricochete por algum tempo, Jefferson se refez fisicamente. Talvez tenha se refeito até mesmo psicologicamente e recuperado um pouco do homem que costumava ser. Decidiram sair dali juntos.

— Estou nesse buraco há dias — voltou a explicar. — É o que parece. A luz é sempre a mesma, o fluxo de ventilação, o silêncio. Quando ouvi vocês, fiquei com medo do que podia ser, mas também fiquei feliz. A solidão em um lugar como esse é um veneno.

— Solidão não é pior que má companhia — disse Thierry. — Agora que está mais calmo, porque não conta pra gente como tudo começou?

— Eu presto serviço pra um pessoal graúdo da região. Empresários, políticos, resolvo alguns problemas que ninguém quer resolver. Dessa vez fui contratado por um cirurgião. Eu não fiz muitas perguntas, mas ele sabia o que existia aqui embaixo, aquelas sementes. Você e o menino devem saber melhor sobre essa parte.

— Saber é exagero. É mais certo dizer que o Arthur tropeçou em uma coisa bem mais esquisita que um punhado de sementes.

— E o que foi?

— Melhor perguntar pra ele, rapaz.

Arthur estava só um pouco à frente, então podia ouvir o que os dois falavam. Ele não pestanejou em responder:

— Era uma alienígena. Uma dessas coisas que a gente vê nos filmes e acha que nunca vai existir aqui.

Jefferson olhou para o velho Custódio de novo.

— *Uma*? Era mulher? — perguntou.

— Ela quis parecer uma — contou Arthur. — Mas não era homem ou mulher, e não era uma coisa que a gente consegue entender. Era como uma luz muito forte, como um brilho, um anjo. Quando eu acordei da morte ela tava flutuando no teto e o ar parecia feito de água. A semente azul que eu e o seu Custódio mastigamos era o corpo dela que... mudou de algum jeito. O seu Custódio estava morrendo, então ela fez aquilo por mim e por ele. É o que eu sinto que aconteceu.

— Isso não pode ser possível — Jefferson estava surpreso.

— Não é todo mundo que acredita em E.T... — disse Thierry.

— Não, não essa parte. Eu não encontrei *uma* semente, entendeu? Eram dezenas, centenas delas. E se cada semente for um desses... seres, com o *poder* desses seres, então...

— Talvez não seja a mesma, mas um segundo tipo de coisa — conjecturou o velho. — Talvez a entidade tenha... florescido?

Passavam por mais uma parede feita de tubulações e estruturas orgânicas terrenas. Era um pouco diferente das demais, parecia tentar contar uma história, como hieroglifos egípcios e certas inscrições rupestres. Não era compreensível a nenhum dos três. Havia essa espécie de estrutura floral que brotava em letras e números que, combinados com sinais e outros signos de escrita, poderiam ser expressões matemáticas ou meramente caracteres combinados aleatoriamente.

— Alguma coisa mudou tudo. Até essa caverna mudou... — disse Arthur. — Eu e a Júlia, a gente conversou muito enquanto voltava pra cidade, acho que ela queria ter certeza de que eu ainda era eu mesmo. Ela contou que viu plantas que nunca tinha visto. Elas eram esquisitas, mas eram bonitas, tinham cores fortes, flores em forma de bichos, as sementinhas das plantas eram como a dos girassóis, em círculos. — O menino olhou ao seu redor brevemente. — Nada é assim agora, esse lugar parece um pesadelo.

— Também lembra outra coisa, baixinho — comentou Jefferson. — Centros de tortura e interrogatório. Nesses lugares, todo o ambiente é decadente de propósito. É feito assim para sugerir um caixão, uma tumba.

Thierry apanhou o celular. Seu principal rastreador era um aplicativo instalado no Samsung. A tela se acendeu e ameaçou sumir, mas piscou outra vez e se estabeleceu novamente. O sinal estava oscilando desde a entrada na mina, e podia ser que caísse em breve. Thierry pensava algo diferente. Se alguém ou alguma coisa quisesse o menino lá embaixo, e o quisesse por perto, encontraria meios para manter o sinal ativo.

— Pode ser um jeito de falar a nossa língua — arriscou Arthur. — Por isso tem essas formas de animais e partes do nosso corpo.

— Isso não descarta a primeira possibilidade — acrescentou Jefferson.

Thierry parou onde estava com o celular aberto e espalmou a mão livre.

— Que foi, seu Custódio?

O velho sorriu discretamente.

— Não é à toa que você não avançou muito — disse a Jefferson. — A máxima intensidade de sinal é exatamente nesse ponto aqui.

— E...?

— E ou a gente vai pra cima ou para baixo. Isso se não quisermos andar em círculos, como você fez.

Arthur chegou mais perto dos dois homens e começou a pisar no chão com força. Não disse nada, apenas continuou fazendo isso.

— É sério? — Jefferson parecia muito supreso.

— Se tiver alguma coisa oca aqui embaixo, a gente vai saber pelo barulho — explicou Arthur.

— E se for em cima?

— Aí você pode tentar alcançar, gênio. — Arthur pisou o chão com mais força.

Thierry começou a fazer a mesma coisa, e até Ricochete decidiu ajudar. Como seu peso era muito pouco, ele ficou arranhando o chão. Foi uma boa ideia de Arthur, e mesmo Jefferson precisou concordar com isso.

Ainda assim, improdutiva.

Depois de pisotearem três metros quadrados de galeria por quase quinze minutos, todos estavam cansados e prostrados. Os cabelos de Jefferson já estavam úmidos, Thierry ofegava bastante. Arthur acabou se estressando antes dos dois e caminhou até uma das paredes, uma estrutura que também tinha partes de um rosto. Era austero e severo, alongado, aparentava mais idade que os demais.

— Você trouxe a gente pra cá! — esbravejou o garoto. — Ficou telefonando, mexendo com a cabeça das pessoas e espalhando sementes podres. Agora a gente tá aqui. O que você quer? Que a gente morra nesse labirinto? Trouxe a gente aqui só pra isso?

Jefferson olhou para Thierry. O velho sacudiu a cabeça. Arthur era um menino mais esperto que os outros, mas ainda assim era só uma criança.

— Você é surdo? Não ouviu o que eu perguntei? — Arthur começou a socar a parede com tudo o que tinha. Gastou uma dúzia de socos, e quando a mão começou a doer ele usou os pés. Thierry foi até ele, a fim de contê-lo. O menino reagiu com sobriedade e interrompeu o acesso de fúria.

— A gente tava errado, seu Custódio. Essa coisa não serve pra nada.

— Shii. — Jefferson os interrompeu. — Isso é um telefone?

Thierry já estava sacando o celular do bolso e o colocando na orelha. Esperou até ter certeza, e um pouco mais até dizer:

— É a cobrar, Arthurzinho...

Arthur evaporou toda a raiva que ainda sentia e apanhou o smartphone.

...continue na linha após a identificação.

— É o Arthur, Arthur Fri-Frias.

O celular ficou calado. Ainda que Arthur ouvisse uma combinação de interferências ao fundo, não havia vozes.

Arthur Friasssssss.

A voz voltou quase totalmente deteriorada, um chiado articulado perdido em um rio de interferências. Ela estava ali, A Voz, se afogando. Mas foi capaz de dizer antes de se perder de vez: *Estou aqui.*

Tão logo a ligação foi interrompida um contorno de luz, na forma de um quadrado, contornou parte do chão onde estavam. O brilho ficou um pouco mais forte quando a mesma parte do pavimento emergiu e se dobrou sobre si mesma, à esquerda, expondo uma passagem para os níveis inferiores. Ricochete não gostou e recomeçou os protestos, Jefferson já estava descendo as escadas. Thierry se manteve parado à borda, observando a descida de Jefferson e avaliando os possíveis riscos.

— Eu sei o que senhor está pensando — Arthur chegou até ele. — A gente não tem escolha.

O pavimento inferior era menos iluminado, e ainda mais próximo ao orgânico — isso o tornava bastante incômodo aos olhos. Os tons escuros de verde e bege cederam lugar a uma tonalidade que lembrava o vermelho da carne, ficando mais claros, quase brancos, em alguns trechos, como se existissem depósitos de gordura entremeando músculos. Em outros pontos, causava maior nojo, e o arroxeado do *rigor mortis* e o bege sujo da decomposição tomavam as estruturas para si. Da mesma forma que ocorria no pavimento superior, estruturas mecânicas se mesclavam com o orgânico, compondo algo que só poderia ser caracterizado como uma nova forma de vida, no mínimo uma tentativa se alcançar tal prodígio. Nas paredes de tecido corpóreo, havia essa espécie de estrutura radicular que bombeava fluidos para o interior da parede. Tinha a cor próxima à do sangue, apenas de tonalidade mais escura. Entremeadas nesse sistema, tentativas de hibridização humana, animal e vegetal. O resultado era capaz de causar pesadelos, e a pior parte é que agora eles não estavam restritos aos desenhos ou ao relevo do pavimento.

Jefferson foi quem avistou o primeiro desses seres. Era uma lesma, ou parte da coisa era uma lesma; tinha o tamanho aproximado de um gato. O ser mantinha a barriga pegajosa no chão e fazia seu caminho, deixando para trás um rastro verdolengo, de consistência próxima ao esperma. Aquela coisinha tinha um rosto bastante humano, e bracinhos e perninhas insetívoros com cobertura de carne brotando em um florescimento absurdo e ofensivo. Jefferson o encarou com a única expressão possível, o nojo, e a coisinha o encarou de volta simulando a mesma sensação. Ele tinha um rosto parecido com o de um bebê. Planando nas paredes, Jefferson notou pequenos seres alados, que poderiam ser mosquitos gigantes ou besouros hematófagos, mas eram feitos de carne e possuíam uma fina pelagem cinza. Eram gordinhos e nojentos. Iam e vinham se fartando de pequenos orifícios que encontravam nas paredes. Da maneira como sugavam a galeria, pareciam copular.

— Que nojo! — Arthur estapeou um bicho que tentou pousar em seu rosto. A coisa reclamou como uma abelha e se afastou.

— Esse lugar é um câncer — Jefferson definiu pelo grupo.

— É sim. E o câncer é o impulso da evolução de muitas espécies — comentou Thierry. — O primeiro homem deve ter começado a pensar graças a um tumor no cérebro. O primeiro anfíbio descobriu que o ar era bom porque os pulmões não funcionavam como o de seus pais e avós. É como as coisas funcionam nesse planeta quando não dá tudo muito errado.

Seguiram avançando com o sinal no telefone relativamente estável, diferente de como o aparelho indicava lá em cima. Thierry mantinha os olhos na tela, ainda tentando acomodar todas aquelas novas experiências em sua mente. De modo oposto, Jefferson fazia o possível para não registrá-las em muitos detalhes. Se tivesse um desejo a ser atendido, ele só gostaria de acordar daquele lugar.

— Gente... — disse Arthur em um fio de voz. — O que é aquela... coisa ali?

Estava à frente, logo depois de vencerem a próxima curva, a cinco ou seis metros. Estava de costas, mas era possível ver que se tratava de alguém pequeno, talvez uma criança de seis, sete anos. Não tinha pernas, mas um conjunto de emissões tubulares e articuladas a partir da linha da cintura, que se prendiam firmemente ao chão. Nas costas do ser havia um conjunto de poros abertos, como ventosas, e eles chiavam como pequenos pulmões. Não tinha cabelos, mas era feito de pele.

— Misericórdia, o que fizeram com você? — Thierry se perguntou quando o viu de frente.

— Você não precisa ver isso — Jefferson disse a Arthur.

— Mas eu quero — o menino se encorajou a ir adiante.

Aquela resposta significava saber que crianças empunham fuzis em diferentes guerras, matam pais abusivos em defesa de suas mães e irmãs, crianças constroem muros e ajudam a proteger impérios. Depois de tudo o que aprendera nos livros, Arthur sabia que muitas crianças valiam dez vezes a valentia de um adulto.

Era horrível olhar para aquele ser. De alguma forma, ele era apenas uma criança.

Não tinha cor nos olhos, mas na brancura havia uma contaminação suja, opaca e lodosa. A boca era torcida e vestigial, os dentes eram pequenos, malformados e encardidos. Havia uma nódoa em todo o rosto, principalmente descendo pelas narinas e ouvidos. A coisinha ria, ria como se não compreendesse seu estado de sofrimento.

— Deus tenha piedade — Thierry disse, evocando algo que não conseguia conceber com sinceridade há anos. Se houvesse um deus, qualquer que fosse, que ele providenciasse alguma justificativa para aquela criatura.

— Vamos sair daqui — pediu Arthur. Ele foi o primeiro a conseguir tirar os olhos da coisa. Depois Thierry fez o mesmo, se afastando o máximo possível para não a tocar. Jefferson, no entanto, não conseguiu fazer o mesmo. Ele sacou uma arma da cintura e apontou para o rosto da criatura.

— Não! — exclamou Thierry. — Não faça isso!

— Uma coisa dessa não deveria existir!

O dedo chegou a tocar o gatilho, mas antes do disparo, o corpo da coisa infantil se abriu horizontalmente. Do centro carnoso, uma estrutura tubular com metade do diâmetro da cintura do ser voou para a cabeça de Jefferson. Tinha um aspecto vermiculoso, segmentado. Da ponta, se originava uma boca de duas fileiras de dentes pequenos e alternados em posição, como os dentes de um serrote de costa. Aquela coisa começou a chupar o tecido do rosto de Jefferson, começou a se alimentar dele. À medida que fazia isso, sua cor mudava, partindo da tonalidade pastel para um róseo bem intenso. O corpo de Jefferson ainda ficou sobre as pernas por alguns segundos, então dobrou aos joelhos. A coisa continuou chupando e chupando.

Thierry estava abraçado a Arthur para que o menino não presenciasse aquele ato desgraçado. Existe um limite suportável para a mente humana, mesmo para mentes humanas aprimoradas como as que se tornaram a dele e a do menino. Tal limite era muito inferior ao que acabara de ver. Quando os ruídos esmoreceram, ele forçou Arthur a se levantar e seguiram em frente.

Pelo caminho que precisariam percorrer, havia mais sete coisas como a anterior, alternando entre animais, flores e aves. Havia estruturas de base semelhantes a ninhos, outras com o formato das barragens de castores, tudo feito a partir do mesmo material que simulava (ou era feito de) carne. Havia formas jurássicas mescladas com animais modernos. Um humanoide com bico de gralha, um equino com nadadeiras ao redor da cabeça, bovinos com dentes piscianos.

— O que eles são? — o menino perguntou enquanto se esforçava para não tocar em nada. Não era tarefa fácil, porque a curiosidade era quase exigente de tão grande. Naqueles corredores e paredes havia uma mistura de tudo o que existia de belo na terra, mas o resultado era terrível, indecente, depravado.

— Estão vivos. É só o que podem ser — respondeu Thierry.

Depois de um tempo inseguro e ansioso, avançaram pelos seres sem que nenhum deles despertasse de sua letargia.

Mesmo com a coloração tendendo a um verde esmaecido, o próximo corredor era apenas ósseo, estático, não parecia apresentar riscos aos dois. Ambos preferiram continuar longe das paredes e das pequenas espículas que formavam desenhos de uma geometria perfeita. Eram ossos polidos e esculpidos que evocavam catedrais, torres, cúpulas e domos. Espirais sem fim.

Dos ossos, o tecido das paredes se alternou gradativamente para algo infeccioso e contaminado. E cheio de cores.

— Isso é mofo? — o menino perguntou quando a transição ficou mais evidente.

— Parece, Arthurzinho, parece muito.

De todas as estranhas galerias, aquela era a mais colorida. A parede toda era composta por estruturas semelhantes a fungos. Havia líquens, micorrizas e formas evolutivas mais aprimoradas, que se aproximavam de cogumelos. Eram azuis, amarelos, verdes e vermelhos, eram atraentes aos olhos e provocantes ao toque. Havia algum movimento neles, principalmente em um grupo que se destacava da estrutura, compondo algo que vagamente poderia lembrar um pavimento marinho.

— Aquilo é um olho? — Arthur perguntou, apontando para essa área.

E um outro, e muitos outros, outras dezenas se abrindo.

Aqueles olhos erráticos acompanharam Thierry enquanto ele se aproximava da parede. Quando Arthur moveu os braços, olhares se concentraram em suas mãos. Quando deu um passo à frente, todos os olhos se inclinaram na mesma direção.

— Vamos sair daqui, garoto. Nunca confie em um fungo — o velho disse e o conduziu, o libertando daquele maravilhamento tão perigoso.

Seguiram por um trecho de pequenos cogumelos agáricos bem mais uniforme, que assumia um tom escuro e frágil. Depois de alguns passos, Thierry experimentou a textura de um grupo dessas estruturas com uma garrafinha de água vazia; a tintura de fuligem se soltou facilmente. Ele alertou Arthur para que caminhasse devagar e respirasse o mínimo possível, até que chegassem a uma nova abertura. A luz que escapava por ela era discreta, de um tom acinzentado.

Thierry checou seu celular pela última vez. A fonte do sinal poderia estar depois daquela abertura. Foram poucos segundos até conferir novamente o aparelho, e a tela do celular escureceu, deixando como rastro apenas um conjunto de símbolos desconhecidos.

— Tenho uma notícia boa e duas ruins, Arthurzinho. Uma delas é que o meu telefone foi invadido, e eu não sei quanto tempo faz. A outra é que as chamadas de telefone que você recebeu foram feitas daquela sala bem ali.

— E qual é a notícia boa, seu Custódio?

— Bom, não é uma notícia que você não tenha percebido, mas nós ainda estamos vivos. — Thierry sorriu e se abaixou, para ficar na mesma linha de visão do menino. — Olha, filho, eu não tive muitos amigos nessa vida. Metade das pessoas que conheci me subestimava, e outra parte fazia o possível para me depreciar. Eu não sei se eu tenho alguma culpa nisso, mas acho que não, acho mesmo que eu só dei o azar de conhecer um monte de gente sem noção. Você é diferente, Arthurzinho, você eu posso chamar de amigo. Nós dois vamos entrar naquela sala e, aconteça o que acontecer, valeu a pena ter você na minha vida.

Arthur não chorou, mas não foi nada fácil. E talvez ele tenha vertido acidentalmente algumas lágrimas enquanto abraçava seu amigo. Arthur secou os olhos e apanhou o cãozinho na mão direita, estendeu a esquerda para Thierry. Era hora de atender àquele último chamado.

• • •

Diferente do que haviam experimentado até ali, o novo espaço era bastante amplo. Era redondo na forma, e parecia o esboço de um centro de operações. Não havia computadores ou nada que pudesse ser identificado como tal, mas existia essa espécie de contorno de diversas estruturas mobiliares, como se alguma inteligência tivesse simulado apenas a forma, e ignorado o conteúdo. Era assim também com estruturas que lembravam assentos e até mesmo no que poderiam ser considerados luminárias. O tegumento que recobria a sala era cinzento e seco, árido, embora habitado por milhares de conexões; fios que tinham a mesma coloração fria da base e se fundiam a ela. Alguns eram grossos, com a espessura média de um braço adulto, muitos eram capilares de tão finos. Havia um zumbido elétrico no lugar, bastante discreto, não chegava a incomodar. Diluído na impressão sonora elétrica, sons de sino, em uma espécie de reverberação infinita — e esses eram bem estranhos. No centro da sala, uma espécie de coluna ligava o chão ao teto alto, com pelo menos cinco metros de pé direito. A estrutura colunar era bastante larga, ligeiramente mais fina no centro, e obliterava boa parte do outro lado da sala.

— Parece abandonado.

— Talvez — resmungou Thierry.

Abandonado talvez, mas desabitado? De modo algum. E as impressões de Custódio se materializaram assim que eles avançaram outros passos, seguindo os protestos de Ricochete.

— Ah não... — disse Arthur e parou de caminhar.

No espaço à frente dele, a sala não era tão circular, mas quase plana. Aquele era o local para onde todas as conexões corriam, era o ponto de encontro. Diretamente à frente da parede havia uma estrutura com a forma de uma mesa, e sobre ela, a única coisa que parecia estar completa como fora concebida na superfície: um telefone. Não era moderno, mas um telefone vermelho, ainda com a roda de discagem. Arthur botou os olhos nele e a coisa começou a tocar.

Com todo o silêncio onde estiveram mergulhados, o ruído áspero da campainha parecia uma agressão.

— Acho que é pra você, Arthurzinho — disse. Ele deu um passo curto à frente. — Vamos, eu te acompanho.

Mais uma vez de mãos dadas, chegaram ao telefone. Arthur o retirou do gancho e apertou a mão de Thierry com força, adquirindo a segurança que precisava para continuar. É o que os grandes amigos fazem de melhor, estão juntos nos momentos decisivos.

— A-alô?

Ainda bem que você chegou, Arthur.

Sem mais razões para existir, o telefone se reduziu em si mesmo, a partir do número nove da roda de discagem. Ele foi encolhendo, se enrugando, até se tornar um pontinho minúsculo e desaparecer.

Arthur retrocedeu um passo, a parede à frente também começava a mudar. O local onde todas as conexões convergiam assumiu um brilho um pouco mais intenso e azulado. Um novo relevo se formou aos poucos, mas continuamente. Primeiro o rosto, depois o busto, por fim toda a estrutura do corpo original emergiu, como se estivesse coberta com um tecido muito fino que compartilhava a mesma tonalidade daquela sala. Após essa etapa, adereços brotaram na cabeça; três estruturas que lembravam o aparato de alguns besouros rinoceronte. Um central, um em cada lateral. Ao redor da cabeça e anterior aos chifres, uma coroa semicircular, de aspecto solar. No corpo não havia uma indicação clara de asas, mas um conjunto de costelas expostas em exoesqueleto podia ser considerado como tal. As pernas se mantinham humanas. Todos aqueles fios mergulhavam na pele do ser, em seus ouvidos, em seus seios, na sua genitália. Os olhos foram a última parte a se formar e destacar na parede. Eles encararam o menino com reconhecimento.

— Júlia? — disse com surpresa. — Júlia! O que fizeram com você?

O menino fez menção de ir até ela, mas Thierry o conteve.

— Pode não ser ela.

— Sou eu — disse ela. — Não sei por quanto tempo, mas sou eu.

— Era você no telefone?

— Foi a única maneira. Na primeira vez que voltei à Terra Cota alguma coisa assumiu o controle e me arrastou pra esse lugar.

— Mas eu falei com você! Seu pai, um monte de gente falou!

— Não era eu. Era a coisa que sabe quase tudo o que eu sou. Ela pode falar por mim, pode forjar minha imagem nos aparelhos, ela só não pode ter a minha carne. Não lá em cima.

Thierry notou algo no ventre de Júlia, uma coisa se movia ali, como uma aranha aquática. A coisa tinha oito patas, o ferrão de um artrópode e boca em formato de quatro pinças. Um só olho. Nadava com naturalidade.

— É real — garantiu Júlia. — De alguma maneira eu desenvolvi essa coisa. Ela me arrastou de volta.

— A gente precisa tirar você daí — a voz de Arthur era urgente.

— Isso é possível? — Thierry perguntou a ela.

— Vocês vão precisar confiar em mim — ela respondeu.

Júlia fechou os olhos e dois filamentos saíram da parede. Do lado de fora, eles ganharam a cor vermelha, não como fios sólidos, mas como filamentos biomecânicos que lembravam os barbilhões de alguns peixes venenosos. Era possível observar seu movimento articulado, característico de animais que possuem uma coluna, existia uma ponta em formato piramidal na extremidade. O conjunto era ligeiramente translúcido.

Foi um pequeno momento de indecisão de Arthur e Thierry, mas foi o bastante.

Às costas dos dois, a temperatura regrediu e congelou a ponto de fustigar a pele. Uma onda de eletricidade varreu a sala, ela foi tamanha que todos os trechos onde havia carne estalaram contra as roupas, a fim de se livrar de toda energia inesperada. Os olhos de ambos lacrimejaram, e a Júlia presa na parede perdeu sua boca e os olhos, tendo a subtração trocada por uma superfície lisa e rígida.

Thierry virou o corpo e se deparou com um ser desconhecido que o espreitava.

— Quem é você? — perguntou.

Diferente de Júlia e das outras entidades subterrâneas, aquele não estava restrito a paredes ou ao chão. Não tinha um rosto exato, mas uma expressão sólida, quase óssea, porém vítrea e azulada. O nariz era delicado e pequeno, os olhos eram humanos, mas carregados de um senso de sobrevivência quase ofensivo, reptiliano. O corpo possuía uma cobertura vermelha e reflexiva, que apesar de móvel, possuía o mesmo brilho de um metal anodizado. A cobertura se aproximava, na forma, de asas recolhidas. Nada de pés, e não seria preciso. Em vez deles, era possível observar um sem número de emissões avermelhadas, finas como cabelos, que provavelmente permitiam um tipo desconhecido e inexplicável de locomoção.

— *Quem é você?* — a coisa perguntou de volta, em uma voz similar à de Thierry, e contaminada por ruídos e distorções.

O rosto vítreo passara a uma coloração próxima à carne humana, a cabeça também notadamente humanizada, mesmo polida e sem vestígios de cabelos ou pequenas imperfeições, quaisquer que fossem elas.

Na parte de trás da cabeça, havia uma espécie de projeção em formato de asas, lembrava um pouco alguns fungos popularmente chamados orelha-de-pau, que se desenvolvem em eras de abandono úmido. Quando o rosto de estabilizou, a entidade sorriu, escolhendo um tom infantil e inocente. Jamais conseguiria rir como um humano, seu riso era um movimento bastante imperfeito, a começar pela dentição trocada por uma placa gengival. Voltou a um tom masculino e equilibrado depois do movimento falho.

— Eu sou A Voz. Sou a vontade. Sou perfeição.

— Não, você não é! Quem era perfeita me salvou e depois salvou o seu Custódio! Você é um monstro! Por que está fazendo isso agora?

— *Por que está fazendo isso agora?* — a coisa replicou o menino. — Por que não fazer isso agora? Como não fazer isso agora?

— Você não precisa machucar o menino ou a moça presa na parede. Nós só queremos ir embora. Não estamos aqui pra destruir esse inferninho ou pra atrapalhar o que quer que seja.

— *Nós só queremos ir embora.* Não há como ir embora, Thierry Custódio. Não existe retorno no fim.

— Fim? Estamos sendo finalizados? Exterminados?

— Evolução pode ser um processo doloroso, mas não é extermínio. — O ser volitou alguns centímetros na direção de Thierry.

— Deixa ele em paz! — O menino se colocou ao lado do amigo.

— *Deixa ele em paz!* — a voz emulou. — Isso não é possível. Vocês me confundem e enfraquecem. A necessidade de um humano compreender tudo, a incapacidade de aceitar seu declínio. A compreensão é dispensável à grande equação da vida. Nós chegamos e florescemos, vocês são substrato. E o que o bom jardineiro faz quando o substrato se torna venenoso?

Na parede, Ricochete se interessava por uma das sondas que Júlia emitiu. Da forma como ele mordia e rosnava às provocações, era óbvio que Júlia ainda operava o mecanismo. Mas o que se via do resto dela era uma forma imóvel e sólida, exceto pelo ventre que albergava o aracnídeo. A forma de vida encarcerada ali estava cada vez mais agitada, performando movimentos vigorosos e errantes, como se estivesse sendo atacada.

— O veneno é você, seu pedaço de nada! — Arthur se desvencilhou de Thierry. O velho ainda tentou agarrá-lo, mas suas mãos apenas resvalaram em suas roupas.

Arthur sequer pestanejou, ele correu e agarrou a coisa pontuda que chicoteava o ar. Ela se vergou voluntariamente para sua barriga, indicando o caminho. Arthur a pressionou contra a pele. Não perfurou imediatamente, porque a autopreservação de Arthur e mesmo sua força limitada não permitiam que fosse feito dessa forma. Mas a sonda encontrou outra maneira. Rastejando pela pele, ela foi abrindo um pequeno filete de sangue até chegar ao umbigo, por onde mergulhou. Arthur esticou o corpo todo em um movimento rápido e convulsivo. Retesou músculos, tendões e ossos e ficou na mesma posição, suspenso, sustentado, amparado pela coisa tubular que deixava a parede à direita de Júlia.

— Está errado! Não pode ser dessa forma! — disse o outro ser.

Agora, o rosto se confundia, formatava uma revolução dissoluta. Olhos, narinas e boca, tudo de tornando uma coisa só, se reformulando e assumindo o aspecto de várias espécies terrenas. Piscianos, répteis, anfíbios, primatas e, só então, humanos. Um rosto que se confundia em dezenas de pequenas espículas organizadas em espiral.

Refletindo a agonia do ser, a sala tomava tons de vermelho, e não de um vermelho comum. Em poucos segundos toda a estrutura se tornou um jarro de sangue, um imenso coágulo. Mesmo o cheiro refletia o odor exato de um ferimento profundo. O ruído que emergia do ser disforme à frente de Thierry era fino e torturante, insetívoro, amplificado a níveis dolorosos.

A coisa tomou a direção de Arthur, deixando apodrecer o manto alado e exibindo seu dorso raquítico. Estendeu os braços finos e espinhosos que ficavam ocultos sob a cobertura, braços que se assemelhavam ao exoesqueleto espinhoso das patas de alguns besouros. Percebendo que atacaria Arthur, Thierry correu pelo outro lado e apanhou o segundo barbilhão, que estava na boca de Ricochete. O cãozinho emitiu um som magoado, mas pareceu entender a intenção do dono e se afastou. Thierry mergulhou a coisa em sua barriga e sofreu o mesmo impacto do menino.

— Nãoooooo! — a coisa gritou com uma centena de vozes distorcidas.

Com ambos os corpos em suspensão, Júlia voltou a ter um rosto completo. Não só isso, como foi capaz de, aos poucos, se destacar daquela parede. Na medida que emergia em definitivo, recuperava sua aparência natural, embora estivesse nua e encharcada pelo líquido avermelhado de consistência gelatinosa, provedor de todos aqueles horrores. As sondas biomecânicas que se conectavam com Arthur e Thierry eram oriundas de seu próprio corpo, da lateral do dorso, possivelmente dos pulmões. Assim que ela se apartou da parede, seu baixo ventre também se abriu espontaneamente, a fim de expelir a forma de vida que era forçosamente gerada ali. Tão logo desceu em uma poça de nutrientes, a coisa aracnídea agonizou em movimentos frenéticos e espasmódicos. Tentava voltar ao útero, ferroar, se defender, buscava reencontrar uma forma que pudesse classificar como mãe. Mas tal forma não existia mais; talvez, nunca tivesse existido. O aracnídeo pulsou às cegas mais algumas vezes e deslizou pelo chão, procurando um buraco onde se enfiar. A fim de ter certeza de seu extermínio, Júlia o pisoteou, enquanto seu ventre voltava espontaneamente a se fechar.

— Não! Não está certo! Não pode ser dessa forma! — a coisa sem rosto repetiu com sua voz metamorfa. Eram muitas vozes. Vozes roubadas, vidas e experiências usurpadas.

E Júlia, o *também* que morava em Júlia, replicou seu gêmeo:

— *Não pode ser dessa forma.* Assim será, minha metade. Você tentou nos enganar desde o começo, tentou usar o menino, tentou usar a mim, você se implantou em nós para descobrir nossas fraquezas. Foi uma boa estratégia, tão boa que eu a repliquei. Estou em você, irmã! Assim como você está em mim!

O outro ser se afastou com um som desgastado, de quebra, emergindo de cada fração articulada. Aquilo estava com medo, era o que os sons diziam. Colapsava.

— Se agi dessa forma, não fiz por escolha, a dualidade é um traço do comportamento humano! Eles atacaram, sempre irão nos atacar. Como eu poderia ser? Como nós poderíamos ser?

— Sim — Júlia assumiu de volta —, nós humanos somos plurais. E profundamente infecciosos.

Júlia emitiu uma terceira sonda na exata junção de seu pescoço com a coluna, na parte de trás. A estrutura chicoteou o ar e avançou a uma velocidade absurda, com destino certo até perfurar a face do outro ser. A coisa se esticou e agarrou a sonda com as patas, tentando removê-la. Logo começou a fazer um ruído terrível, uma frequência que só poderia ser classificada como perturbadora. Enquanto gritava e distorcia a própria realidade que concebera, as paredes se borravam, e o próprio tempo parecia desacelerar. O corpo também foi secando a partir do ponto de impacto no rosto, perdendo a cor e o tônus, se liquefazendo em derretimento. Da estrutura rachada da face, era possível o vislumbre real da essência daquele ser. Não havia como defini-la ao todo. Graças à mistura de tantos elementos, sua própria identidade estaria para sempre comprometida. Era como um dissabor, um azedume, uma evolução desordenada e agressiva. Dentes sobrepostos nos olhos, tufos de cabelos e ossaturas pontiagudas na boca. Espinhos, fios e emissões artríticas, nódoas tóxicas, imprecisão.

A coisa não era nada, era apenas uma tentativa, uma reação.

Quando o processo chegou ao fim, Júlia percebeu que algo também deixava seu corpo. Uma vida não totalmente etérea, não totalmente orgânica, nada humana em absoluto. Era apenas a presença benigna que um dia coabitou outras vidas. O menino e o velho estavam livres das emissões, mas ainda estavam no chão, em um estado de dormência do qual logo acordariam. Assim como Júlia, talvez não soubessem dizer que parte daquele pesadelo havia de fato existido.

As paredes da imensa fábrica de possibilidades já começavam a mudar, reassumindo o tom terroso que cunhou sua origem. A essência que abandonou Júlia se entranhava no barro originário, compreendendo que a humanidade precisaria esperar muito tempo por ela, e que a ambiguidade humana jamais permitiria uma evolução de geometria perfeita a curto prazo.

Até lá, a possibilidade de um humano coexistir em plenitude com o desconhecido continuaria onde sempre esteve. Nas sombras da existência. Esperando.

E sonhando.

A
G
K
O abraço e o enforcamento caminham juntos / E o ontem, agora / É apenas uma memória / De momentos que nunca aconteceram

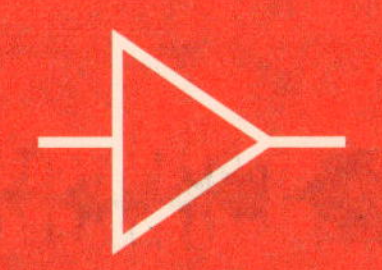

EPÍLOGO
REALIMENTAÇÃO

HANGING WALK TOGETHER / AND YESTERDAY IS NOW
A MEMORY OF MOMENTS / THAT NEVER HAPPENED **SARCÓFAGO**

No dia 7 de setembro de 2023, muitas pessoas de Terra Cota acordaram confusas, com um gosto amargo na boca e uma série de outras sensações que não encontravam explicação lógica.

Alguns "especialistas no assunto" disseram que era apenas um estado de confusão causado por uma explosão nos subterrâneos da cidade, que emitiu frequências nocivas ao cérebro humano. Outros alegaram se tratar de um reflexo da operação "Cicuta", manobra do governo relacionada a ocultação dos danos causados por inseticidas, patrocinada por potências do mercado do agronegócio.

O que se sabia com certeza é que nada parecia estar no lugar certo, e que uma série de informações importantes foram retiradas dos bancos de memória de centenas de pessoas. Nos bares, nas escolas e nos comércios, a sensação era de que algo havia sido borrado, reformulado, reprogramado.

A maior parte dos afligidos buscou consolo em um sonho vívido, algo que as afetou como a parábola do sábio chinês. Agora existiam muitas borboletas sonhando que eram sábios, e muitos sábios sentindo falta de suas asas coloridas. Em todos os cantos da cidade havia alguém introspectivo, esvaziado, pensando que aquela realidade não era exatamente como deveria ser. Filhos que nunca existiram, esposas que nunca subiram ao altar, mortes que jamais aconteceram. Eram tão numerosos os pesadelos terríveis, tão reais, que não poderiam mesmo ter existido.

Na manhã daquela quinta-feira, Arthur Frias abriu os olhos no seu quarto e começou a chorar. A algumas centenas de metros de sua casa, aconteceu o mesmo com o dono da loja de eletrônicos Raio-Z, Thierry Custódio, que tinha plena certeza de que escapou da morte graças a uma espécie de milagre. Cinco quarteirões adiante, no sentido oeste, Júlia Sardinha recuperava os sentidos depois do que pareceu um ano de anestesia e ausência. Milton, seu pai, foi o primeiro a vê-la. Júlia estava na porta de sua casa, confusa, molhada de chuva, usando roupas largas demais para ela. Não soube explicar o que aconteceu ou como chegou ali, mas sabia da imensa falta de "alguma coisa" que sentia. Que coisa era essa, Júlia talvez nunca descobrisse, mas imaginava que um dia havia existido uma força, uma essência, que faria todo o resto do mundo se sentir mais completo.

Embora muitos tivessem a nítida impressão de que a mina de quartzo existira até a noite anterior, os jornais e documentos oficiais diziam que ela havia eclodido em si mesma há cerca de um ano, deixando apenas a profunda e imensa cratera que podia ser vista a quilômetros de distância. Muitos diziam a mesma coisa das torres de telefonia, que sempre foram três, quando na verdade todos os documentos diziam uma. Nos campos, homens como o fazendeiro Gideão Vincenzo sentiam receio de suas criações, e juravam de pés juntos que seus bois, cavalos e porcos haviam se tornado monstruosidades uma semana antes. Padres e outros religiosos se penitenciavam em jejum e clausura, com a certeza de terem sido atacados por um batalhão de demônios.

Os hospitais também estavam vazios naquela quinta-feira de feriado, e continuariam assim por semanas a fio. Ao que pareceu, até mesmo as doenças e os acidentes haviam sido retirados da agenda de Terra Cota. Aos poucos eles se encheriam de doentes e as crianças voltariam para as escolas, assim como seus pais voltariam para seus empregos, sem conhecer explicação razoável para a destruição que varreu a cidade. Aqui e ali ainda havia escombros e entulhos. Ainda havia demolição. Mas as TVS continuaram falando mais alto sobre coisas banais, os celulares continuaram gritando mentiras mais alto que todo o resto, ensurdecendo a verdade, emudecendo a vida. Vida que continuou dando pouquíssimas respostas, apesar de tantas perguntas. Era o que a vida sempre faria de melhor.

Continuaria.

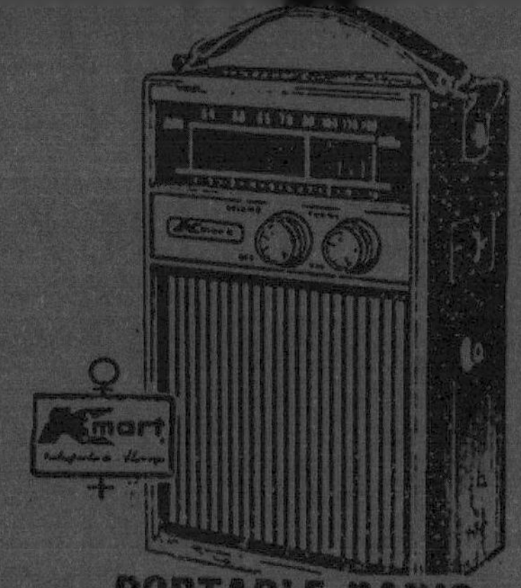

6-BAND PORTABLE RADIO

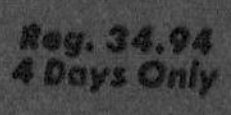
Reg. 34.94
4 Days Only

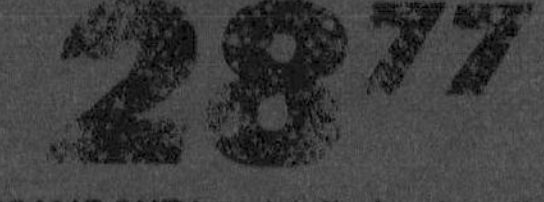

AM/FM/PB1/PB2/AIR/WB band, full-circuit radio in leatherette cabinet. Useful built-in AC adapter.

PORTABLE RADIO

Reg. 13.97
4 Days Only

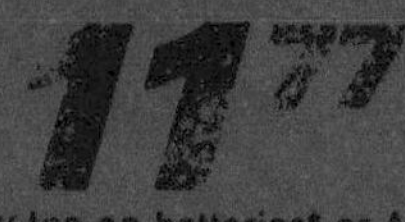

Handy AM radio operates on batteries* or AC. Has slide-rule tuning. Durable leather-like case.
* Batteries Not Included

2-WAY AM/FM PORTABLE

Reg. 23.94
4 Days Only

Quality radio runs on home current or batteries. Slide controls for volume, tone; AC cord.

AM/FM CLOCK RADIO

Reg. 49.97
4 Days Only

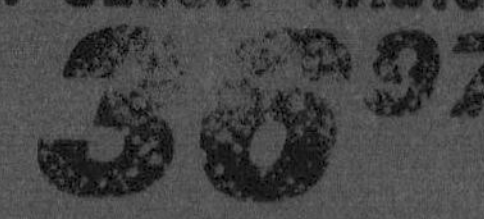

AM/FM stereo radio, with digital clock, delivers quality sound. Plug for phones, sleep dial.

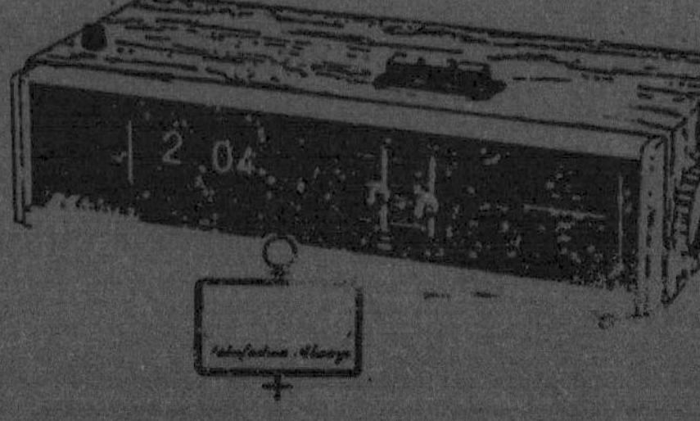

/FM DIGITAL CLOCK RADIO

Reg. 37.88

AM/FM CLOCK RADIO

Reg. 39.97

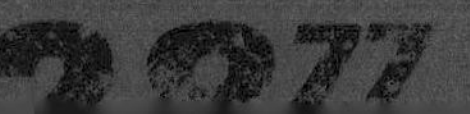

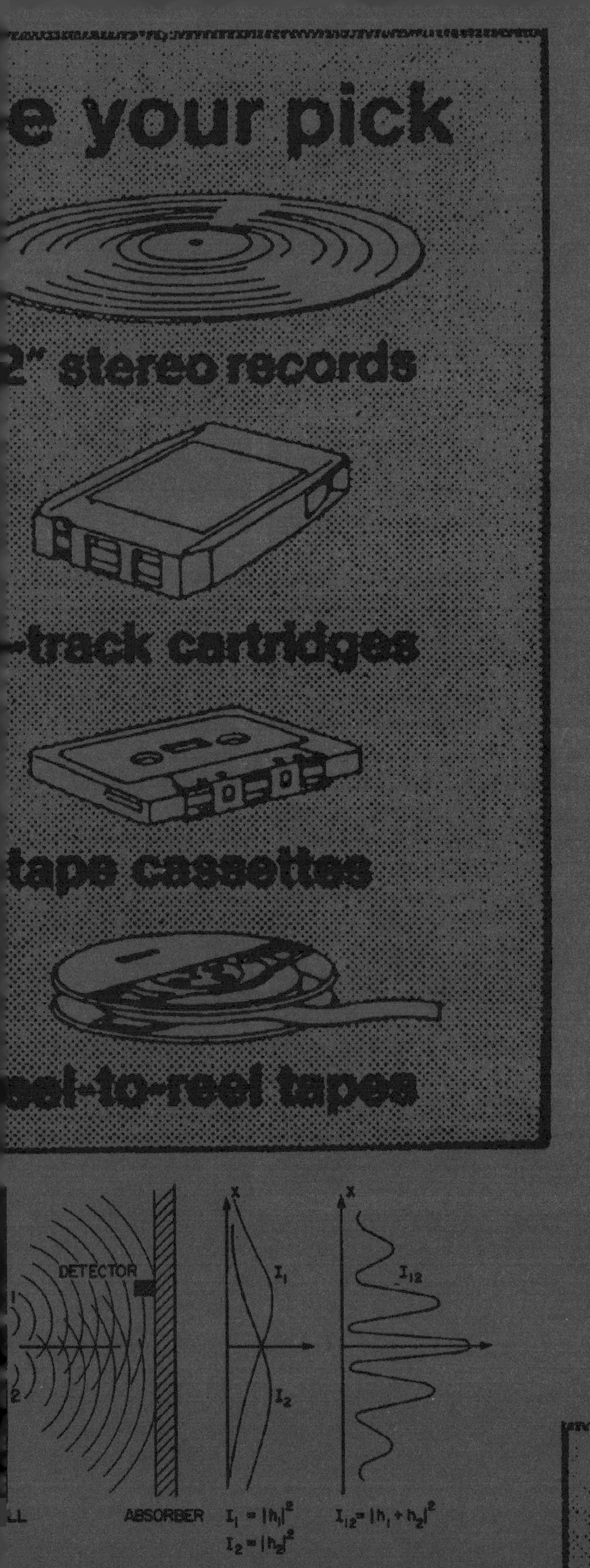

AGRADECIMENTOS

Algumas pessoas chegam em nossa vida em momentos cruciais, e eu gostaria de nomear cada uma delas, mas acho que já escrevi demais nesse livro (além disso, elas sabem quem são). Tais pessoas nos inspiram, nos sacodem, nos tiram noites de sono e nos colocam novamente em um lugar muito especial chamado zona de desconforto. É graças a essas pessoas que esse livro foi concebido, graças a sua confiança incondicional no que escrevo, aos seus desafios, muitas vezes aos seus próprios dilemas, que acabaram se tornando os meus.

Agradeço com todo meu coração aos profissionais que tornaram esse livro possível, esses grandes amigos, e mais uma vez: eles sabem quem são. Já faz algum tempo eu fui acolhido em uma casa muito especial, por uma família coesa composta por caveiras, bruxas, ícones do horror, fadas, monstros e psicop… vamos parar por aqui. É graças a esse pessoal que meu amplificador mental alcança decibéis cada vez mais altos, e com maior definição.

Falando em família, agradeço a todo o clã e menciono os que estão mais próximos em meu dia a dia: Sarah, Bianca, Nico, Vinícius, Cidinha, Flávia e Thor (não perguntem, risos). Obrigado pela paciência e amor incondicional de todos vocês.

No mais, é tocar cada vez mais alto, porque é apenas dessa forma que seremos ouvidos mais longe.

Rock and Roll, baby!

66V
POLY
PRESET
1
2
3
H.VOL
TONE
HARMONIX
EXP
VOL
BLEND
ATTACK
DECAY
RETURN
SEND
OUTPUT
DARKNOISE
INPUT
OVERALL
TAPE T∃VERSE SIMULATOR
BRAVO›HARMONIX
DARKSIDE

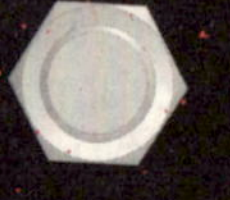

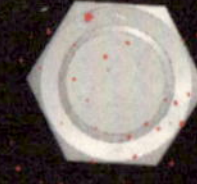

AUMENTA O SOM

Um agradecimento a todas as bandas que fazem parte dessa aventura musical de *Amplificador* — Sepultura, Krisiun, Dorsal Atlântica, Black Pantera, Zumbis do Espaço, Cavalera Conspiracy, Antrvm, Low Tide Riders, Crypta, Hatefulmurder, Ratos de Porão, Sangue de Bode, Electric Mob, Muladhara, Angra, Nervosa, Ira, Gangrena Gasosa, Forka, Manger Cadavre, Far From Alaska, Matanza Ritual, Korzus, Surra, Torture Squad, Sarcófago. Assim como vocês, sou apaixonado pelo poder da música e sei que o som é capaz de provocar sensações de toda natureza, incluindo o pavor, a raiva, a dor e evocar os mais profundos medos da alma. As músicas de vocês são poderosas e inspiradoras para todos nós. Obrigado a cada um por transformar o nosso país num celeiro sangrento de talentos. Continuaremos aplaudindo e propagando a arte de vocês, pois a vida não teria a menor graça sem uma trilha sonora...

CESAR BRAVO (1977) nasceu em Monte Alto, São Paulo, e há mais de uma década dá voz à relação visceral com a literatura. É autor e coautor de contos, romances, enredos, roteiros e blogs. Transitando por diferentes estilos, possui uma escrita afiada, que ilumina os becos mais escuros da psique humana. Suas linhas, recheadas de suspense, exploram o bem e o mal em suas formas mais intensas, se tornando verdadeiros atalhos para os piores pesadelos humanos. Pela DarkSide®, o autor já publicou *Ultra Carnem*, *VHS: Verdadeiras Histórias de Sangue*, *DVD: Devoção Verdadeira a D.*, *1618*, organizou a *Antologia Dark* em homenagem a Stephen King e, também para o mestre, traduziu *The Dark Man: O Homem que Habita a Escuridão*, poema do autor inédito no Brasil. Como editor na DarkSide® Books trabalhou com autores como Roberto Denser, Irka Barrios, Marco de Castro, Verena Cavalcante, Paula Febbe, Paulo Raviere e Márcio Benjamin. Seu novo romance fragmentado, *Amplificador*, aumenta o som em Terra Cota e toca um terror para o mundo inteiro ouvir.

JAROSŁAW PAWLAK (1980) é designer e Mestre em Arte pela academia de Jan Długosz, em Częstochowa. O artista enfrentou uma década de afastamento das telas devido a desafios pessoais, ressurgindo em 2018 como um mestre das paisagens sombrias. Inspirado pelos romances de Lovecraft, ele domina técnicas de nanquim e guache, criando obras cativantes e envolventes que exploram o lado mais obscuro da imaginação. Sua jornada artística é uma história de renascimento e paixão, convidando o espectador a explorar o fascinante mundo das sombras. Siga em instagram.com/embraced_by_death_art.

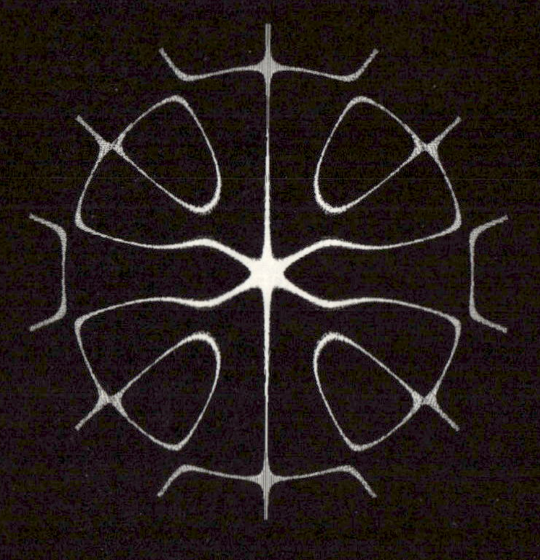

"Between good and evil. If only Earth had a door
The door is the boundary of irrationality"
— **"WALLS", DORSAL ATLÂNTICA** —

SEGUIMOS FAZENDO A NOSSA MÚSICA

DARKSIDEBOOKS.COM